LA ROSE
ET LE LYS

GERALD MESSADIÉ

LA ROSE ET LE LYS

JEANNE DE L'ESTOILLE *

ARCHIPOCHE

Si vous souhaitez recevoir notre catalogue et être tenu au courant de nos publications, envoyez vos nom et adresse, en citant ce livre, à Archipoche,
34, rue des Bourdonnais, 75001 Paris.
Et, pour le Canada, à
Édipresse Inc., 945, avenue Beaumont,
Montréal, Québec, H3N 1W3.

ISBN 978-2-84187-810-9

PREMIÈRE PARTIE

LES TAROTS BROUILLÉS

1

La mauvaise prière

Elle s'était attardée à chercher des champignons, mais elle ne le regretta pas. De toute façon, il n'était pas si tard que cela ; l'angélus du soir n'avait pas encore sonné. Quand sa mère verrait la cueillette, elle oublierait de la gronder. Un plein panier de cèpes ! Et des girolles ! La soupe serait goûteuse, et Jeanne en huma d'avance le fumet relevé d'ail. Pourquoi donc ne pouvait-on cultiver des champignons dans le cottier ? Elle se rappela la réponse de son père :

— Les champignons, c'est des voyous. Peuvent pas pousser dans un potager. Ils naissent au hasard, comme les enfants de marins.

Pourquoi les enfants de marins naissaient-ils donc au hasard, mystère. Mais son père ayant été marin, il devait savoir.

Elle considéra sa cueillette et sourit : elle ne savait pourquoi les cèpes lui faisaient penser à Guillemette, la femme du forgeron, et les girolles, à des fillettes. Elle imagina une saynète qu'elle monterait pour son petit frère Denis, avec un cèpe et trois girolles dansant autour.

Sur le sentier qui descendait la colline, elle chercha instinctivement la maison des yeux et lécha sur ses lèvres le jus des premières fraises qu'elle avait picorées au hasard dans l'herbe. Au bout de quelques pas, elle fronça les sourcils : comment se faisait-il qu'il n'y eût pas de fumée au-dessus de la cheminée ? Elle pressa le pas et bientôt s'alarma : mais que faisait donc la huche au milieu du chemin, là-bas ? Car c'était bien la huche, elle l'aurait reconnue entre toutes. Et renversée ?

À dix pas, elle cria :

— Maman ? Maman ?

Des geais lui répondirent sans bienveillance.

Sur le seuil, elle saisit simultanément l'odeur du sang et l'image des pieds écartés.

— Papa !

Elle poussa un cri strident et laissa tomber le panier.

La gorge tranchée. Bouche ouverte dans un cri désormais éternel. Les yeux révulsés. Les mains liées derrière le dos.

Elle ne reconnut pas le son rauque qui jaillit de sa propre gorge.

— Maman ?

Dans un angle près de l'âtre, la tête dans la cendre encore tiède, à deux pas du chaudron renversé et vide.

— Maman…

Elle aussi, le cou peint de sang caillé et noircissant. Mais les yeux fermés.

— Denis ?

Elle éclata en sanglots. Hurla. Bava. Folle. Le monde tournoya et Jeanne sombra dans un trou noir, grouillant de sang et d'horreur.

Quand elle revint à elle, elle fut surprise de reconnaître les poutres qui soutenaient le toit de chaume.

N'était-elle pas morte, elle aussi? Peut-être les morts voyaient-ils la même chose que les vivants ?

Les odeurs la rappelèrent à la réalité. Le jour déclinait. Elle s'assit par terre, sur les dalles de pierre. Elle tourna la tête et revit sa mère. Elle se leva péniblement et alla la tirer, pour lui sortir la tête de l'âtre. Tous les cheveux avaient brûlé à l'arrière.

Elle erra d'un mur à l'autre de la chaumière. Le manteau de son père ? Disparu. Le pain aussi, évidemment, puisque la huche était vide. Et la demi-motte de beurre. Et le confit de pommes. Tout le vin et tout le cidre. Des brigands. Ils avaient mangé la soupe. Elle alla boire à la cruche et faillit vomir.

Elle sortit et cria :

— Denis ?

Elle regarda alentour, espérant le voir venir, de son pas lent. Peut-être était-il allé se promener, comme elle, et reviendrait-il pour le souper ?... Où l'avaient-ils emmené ? L'avaient-ils tué ailleurs ?

La futaie frémit. Jeanne la regarda intensément, folle de terreur, et elle courut vers la maison, à la recherche du grand couteau. Ne le trouva pas. Songea à grimper sur la poutre la plus basse.

Un son étrange la paralysa.

Un braiment.

— Donky !

Elle se dirigea vers la porte, à pas de loup.

— Donky !

Il hocha la tête. Il était seul, portant toujours ses deux paniers vides.

Donky : c'était le nom que l'homme égorgé lui avait donné.

Elle s'élança vers lui et lui entoura le cou de ses bras frêles. Elle pleura. Elle tomba aux pieds de l'âne. Elle n'était plus que larmes. Hoquets. Morve. Détresse infinie. Il semblait comprendre. Il la regardait de ses grands yeux bons et tristes. Elle pleura toute la nuit, par intermittence. Elle eût donné sa vie pour entendre la voix des morts une fois de plus. Mais les brigands leur avaient justement coupé la voix. Et le même couteau qui les avait égorgés l'avait amputée de son passé. De son avenir. D'elle-même, se dit-elle obscurément.

Écrasée par le chagrin, elle se laissa gagner par la nuit comme par la mort et, incapable d'accepter la réalité, elle sombra dans une torpeur animale. L'aube la trouva hébétée, aux pieds de l'âne qui n'avait pas bougé, mais qui avait poussé un braiment soudain. Elle leva la tête et interrogea l'animal. Que savait-il ? Avait-il pris la fuite devant les brigands ? Mais elle vit un renard qui détalait, sans doute attiré par l'odeur des morts.

Puis une idée aussi brutale qu'un coup de marteau : que faire des morts ? Elle n'avait même pas de pelle pour creuser des trous, à supposer qu'elle en eût la force. Il fallait demander conseil au père Godefroy. Elle ferma la porte et enfourcha l'âne. Chemin faisant, elle se dit qu'elle ferait mieux d'aller quérir du secours au hameau.

La Coudraye était en pleine ébullition, si bien qu'on fit à peine attention à la jeune fille. Jeanne dut dresser l'oreille pour connaître l'origine de cette agitation, et l'horreur naquit de nouveau. À l'aube, le fermier Jeanin s'était rendu chez le curé, afin qu'il administrât les sacrements à son vieux père qui se mourait. La petite église dressait son clocher à un tiers de lieue du hameau. Or, Jeanin avait trouvé le curé égorgé au pied de l'autel. Les objets du culte, la croix et le ciboire d'argent avaient été dérobés dans le tabernacle, défoncé. On avait pissé partout. Et pis. Et dans la maisonnette qui servait de presbytère, Jeanin avait trouvé Marinette, celle qu'on appelait « la prêtresse », égorgée elle aussi, au milieu d'un désordre indescriptible.

Jeanne chancela. Godefroy, celui qui lui avait enseigné le *Pater Noster* et l'*Ave Maria* en latin…

On cria :

— Ce sont les chiens d'Anglais ! Il en reste dans les bois ! Comme les loups !

D'autres cris s'élevèrent.

Les Anglais, on ne les avait pas toujours appelés « chiens » : bien d'autres que le père de Jeanne, à La Coudraye et dans les campagnes environnantes, étaient de leur sang.

Mais quand on avait vu, quelque trois lunes auparavant, apparaître leurs soldats, pour la plupart fraîchement débarqués de la Bretagne d'au-delà la Manche – la Grande Bretagne comme on disait –, un ressentiment avait pris corps, comme toujours chez les paysans que la soldatesque vient dévaster.

Ces soudards roux et blonds, venant de Rouen, se dirigeaient vers l'ouest pour voler au secours de leurs places fortes menacées par les Français. Ils arrivaient par bandes dans les villages, réclamaient du vin et de la viande, rudoyaient les hommes et tentaient de forcer les femmes et les filles. Ils ne parlaient pas, ils aboyaient dans une langue souvent impénétrable, comme le gallois ou le bas-saxon. Si l'on tardait à les servir, ils allaient directement aux poulaillers et aux étables et égorgeaient la première volaille ou le premier quadrupède venu pour l'embrocher et faire ripaille en braillant.

On se plaignit de leurs manières à leurs capitaines : ils se tinrent cois deux ou trois jours et revinrent se venger.

On les appela donc « chiens ».

Heureusement ils n'étaient pas restés trop longtemps, une semaine, le temps de gagner leurs positions et de s'y faire piler.

Les habitants de La Coudraye apprirent qu'il y avait eu une bataille à cinquante lieues de là après qu'ils virent débouler les hordes lamentables des premiers réfugiés : des hommes et des femmes tirant eux-mêmes des charrettes chargées de ballots, car les ânes aussi avaient été réquisitionnés par les Anglais. Ils venaient de Saint-Lô, de Saint-Martin-des-Besaces, de Villers-Bocage et de maints autres lieux ravagés par la guerre. Ils racontèrent que les Français se battaient avec les Anglais et que ceux-ci s'étaient comportés comme des sauvages.

— Ils ont tout pris ! Tout brûlé ! Tout ! Même les champs !

Puisqu'il ne leur restait plus rien, les malheureux s'en allaient vers l'est, loin des batailles.

On apprit ensuite que les Anglais avaient perdu. Les troupes du roi Charles le Septième leur avaient infligé une raclée et les avaient boutés jusqu'à la mer.

Que la Normandie ne fût plus anglaise, on s'en fichait. Français ou anglais, un seigneur était toujours un seigneur, un homme qui récoltait l'impôt et levait la dîme. Le grand souci de la population, c'étaient les campagnes dévastées, et les soldats anglais errant dans les forêts de Normandie. Des fuyards affamés et désespérés dont on ne pouvait rien attendre de bon. La preuve.

Jeanne, toute blême, s'avança dans le cercle des villageois. Une fleur de lin parmi des sarments, corps noueux, visage anguleux ou camus, chevelures broussailleuses. Dans ses vêtements sombres, elle paraissait plus frêle encore, et ses cheveux plus blonds.

— Mes parents aussi, dit-elle. Égorgés. Je viens demander de l'aide.

Les regards se posèrent sur elle. À son visage creusé, terreux, on devina sa détresse. Une main se posa sur son épaule. C'était celle de Guillemette, la femme du forgeron Thibaut, jadis Thybald. On ne pouvait plus parler de ces « chiens d'Anglais » : Matthieu l'Anglais, le père de Jeanne, lui aussi avait été assassiné.

— Jeanne Parrish, demanda Thibaut, un homme trapu au visage tanné par le feu et qui était en quelque sorte le chef du hameau, que dis-tu ?

— Ils ont égorgé mes parents. Mon frère Denis a disparu.

— Quand ?

— Hier dans l'après-midi, mais je ne sais pas quand. J'étais allée cueillir des champignons. Quand je suis revenue, l'angélus n'avait pas sonné...

— L'angélus n'a pas sonné hier, dit Guitaut, dont le rude visage était comme sculpté à la hache. Nous avons pensé que le curé était ivre et qu'il s'était endormi.

Elle se rappela, en effet, qu'elle n'avait pas entendu la cloche. En dépit de son malheur, et peut-être même à cause de lui, elle l'aurait entendue, c'est certain.

Thibaut réfléchit, les mains sur son tablier de cuir noirci par le feu. Des battoirs qui paraissaient capables de forger le fer sans marteau. Il dit :

— Tout ça a dû se passer à la même heure. Ils ont dû venir par le chemin de La Malebraye, le long de la forêt. C'est pour ça que personne ne les a vus. Les hommes étaient aux champs de l'autre côté. Moi, j'étais dans la forge. Ils sont sortis des bois.

— Alors allons les chercher dans les bois ! cria Guitaut.

— On n'est pas armés, et il y a plus pressé à faire, Guitaut, observa Guillemette.

— Eh oui, commença maître Bourry le métayer, s'ils ont des arcs et des épées, c'est pas avec des fourches…

Et d'abord combien étaient-ils, ces brigands ? Personne n'en avait la moindre idée. Sans doute n'étaient-ils pas très nombreux, puisqu'ils n'avaient pas osé s'attaquer au hameau. Une demi-douzaine, supposa Thibaut. Des fuyards de l'armée anglaise l'autre mois.

— Ça fait cinq personnes à enterrer, conclut Jeanin.

Jeanne tituba derechef. Guillemette la retint. Elle l'emmena chez elle, manger un bol de gruau chaud avec des miettes de pigeon. Dehors, les hommes criaient qu'ils iraient toutes affaires cessantes chez le vavasseur du comte de Clermont, le chevalier de Mortbise, chez le comte lui-même, chez l'évêque. Chez le roi ! Guillemette sortit pour crier :

— On s'occupe d'abord des morts !

Maître Bourry attela sa carriole. Guillemette et deux autres femmes y grimpèrent, pour aller faire la toilette des morts ; elles reviendraient à pied. Jeanne suivit, montée sur Donky, et deux hommes allèrent à pied. Une demi-heure plus tard, ils arrivèrent au lieu-dit du Bouc-de-Chêne.

Deux corbeaux s'étaient aventurés sur le seuil de la maison.

Quand elle ouvrit la porte, Jeanne manqua défaillir une fois de plus.

Les femmes se signèrent. Les hommes ôtèrent leurs bonnets. La maison s'emplit de murmures.

Guillemette et Denise, la femme du boucher Griset, partirent chercher de l'eau pour laver les morts. Jeanne s'agenouilla près de sa mère, puis près de son père. Elle voulut prier. Elle ne trouva pas les mots que lui avait enseignés le père Godefroy ; ils se mélangeaient dans sa tête. Dieu ne parlait-il vraiment que le latin ?

Les hommes s'agenouillèrent à ses côtés. Ils partageaient tous son chagrin.

— Si c'est permis que des choses pareilles arrivent ! grommela l'un d'eux.

Mais les réalités de la vie demeuraient inchangées, et Jacquet le Borgne alla chercher les deux bœufs dans le pré pour les ramener à l'étable.

Le pire fut le transport vers le cimetière. Les cous avaient été si profondément tranchés que les têtes menaçaient de se détacher dans les cahots. Jeanne dut tenir celle de son père, et Guillemette, celle de sa mère.

Tout le hameau les attendait là, égaillé entre les cinq fosses, les hommes buvant un coup de cidre pour patienter. Pour tout le monde, c'était une journée de perdue.

Le curé, le père de Jeanin et Marinette la prêtresse étaient déjà couchés dans des cercueils qu'on achevait de clouer. Puis on déposa Matthieu et Joséphine dans leurs bières.

— Veux-tu leurs alliances ? demanda Thibaut à Jeanne.

Elle regarda les anneaux d'argent quasiment sertis dans les doigts noueux. Elle secoua la tête.

— Ils sont mariés pour toujours, dit-elle. Ce serait comme si je les séparais...

Le premier corps qu'on descendit fut, selon la hiérarchie instinctive de ces gens, celui du curé. En second le père de Jeanin, puisqu'il était mort avant. Puis le père de Jeanne, puis sa mère. Et enfin la prêtresse. Comme il n'y avait pas de curé, il n'y aurait pas non plus de messe. L'on récita au hasard des prières au bord des fosses. On ne sait qui sonna le glas au clocher, presque comme il fallait : un coup tous les trente battements de cœur.

Tout le monde attendait que Jeanne, au bord de la fosse, dît des prières à haute voix. Mais elle savait qu'elle ne le pourrait pas. Sa petite voix, claire et haute, monta dans l'air calme du matin.

— Seigneur Jésus-Christ, et toi son Père, mon père et ma mère étaient innocents. Si tu ne les venges pas, c'est que tu n'existes pas. Si tu existes, accorde-leur ta miséricorde au Ciel. Et rends-moi mon petit frère Denis.

Hommes et femmes écarquillèrent les yeux. Cette prière-là frisait le blasphème. Mais Guillemette hocha la tête avec force et imposa le respect à tout le monde. N'était-elle pas la femme du forgeron ? Quand il fallut dire aussi une prière pour le curé et Marinette, Élisabeth, la sœur de Guillemette, sans doute enhardie par l'exemple de Jeanne, s'avança entre les deux fosses.

— Seigneur Jésus-Christ, Seigneur Dieu et votre Saint-Esprit, vous avez laissé égorger vos serviteurs sans défense par des brigands. C'est le Diable qui a triomphé hier. Nous vous adjurons de les venger au nom de la foi que nous vous portons. Et vite, avant que vous nous receviez Là-Haut. C'étaient de braves humains. Ils n'ont pas mérité ce sort. Amen.

Les hommes écoutèrent, bouche bée.

Puis on jeta les premières pelletées de terre.

Le ciel pâle de la Normandie demeura impassible, ce dix-huit mai de l'an 1450, un mois après l'avant-dernière bataille de la guerre de Cent Ans. Il en avait vu pire. Il en avait aussi entendu d'autres.

Toutefois, alors que les fosses étaient comblées et que les hommes enfonçaient des croix dans la terre fraîche, il eut la décence de verser des larmes. Un crachin, inhabituel pour la saison, commença de tomber, faisant crépiter les feuilles des arbres.

2

Le vent des canons de France et un couteau à cran

Formigny ? Quelques mois auparavant, Jeanne avait entendu ce nom prononcé par son père. Une bataille. Mais que savent les jeunes paysannes des combats menés par cette race mystérieuse que sont les seigneurs ? Elle ignorait que le dépit causé par deux canons un mois plus tôt, le 15 avril 1450, en un lieu nommé Formigny et situé entre Caen et Tréguier, bien loin de chez elle, avait d'une certaine façon changé son destin.

Matthew, Matthiou et plus tard Matthieu, le père de Jeanne, avait parlé d'« Anglais » et de « Français », mais c'étaient là des choses abstraites pour la petite Jeanne. D'abord, il parlait mal le patois normand et Jeanne entendait mal l'anglais, ayant été élevée par sa mère Joséphine dans la première langue ; elle ne comprenait donc pas vraiment les propos de son père. Ensuite, ces termes d'« Anglais » et de « Français » paraissaient fumeux au bon sens paysan qu'elle tenait de sa mère : n'étaient-ce donc pas les mêmes êtres humains ? Les Anglaises n'avaient-elles donc pas de seins comme les Françaises ? Les Français ne mangeaient-ils pas de pain comme les Anglais ? Ne priaient-ils pas tous le même Bon Dieu ?

Elle n'attacha donc plus d'importance à ces notions.

Elle ignorait l'histoire des hommes…

La Normandie appartenait jusqu'alors aux Anglais, et cela depuis 1419. Le fait contrariait le roi Charles VII, appelé par dérision « roi de Bourges », fils d'un monarque fou et d'Isabeau de Bavière qui l'avait injustement déclaré bâtard pour le priver de son trône. Isabeau était une luxurieuse obèse et intrigante, qui buvait pour maigrir des électuaires à base d'or! Qu'espérer de lui? Mais Charles avait rencontré à Chinon une autre Jeanne, une jeune fille étrange que les Anglais et un évêque au nom de porc allaient brûler à Rouen. Elle lui avait rendu confiance en lui. Non, il n'était pas bâtard. Oui, il était roi de France. Et il avait alors décidé de conquérir la Normandie.

Un beau matin, le seigneur de Normandie, le duc de Somerset, siégeant à Caen, se vit soudain assiéger par une gigantesque armée française, commandée par Charles VII. Chemins coupés. Plus de vivres. Il appela Londres au secours; on lui dépêcha pas moins de quatre mille cinq cents hommes, menés par Sir Thomas Kyriel, le biennommé. Kyriel essaya de briser le siège de Caen. Mais à Formigny, il se trouva aux prises avec les trois mille lanciers et les deux mille fantassins commandés par le comte de Clermont. Et il se trouva surtout face à face avec deux canons amenés par ce dernier. On ne faisait jusqu'alors la guerre qu'avec des archers, des lanciers et des cavaliers; les archers tiraient, pour nettoyer un peu le terrain, les lanciers chargeaient à pied et les cavaliers arrivaient enfin. Suivait la bonne vieille mêlée sanglante où l'on taillait à l'envi hommes et chevaux. Mais des canons?

D'abord, l'idée était absurde.

Édouard III d'Angleterre avait bien fait un siècle plus tôt, en 1346 à Crécy-en-Ponthieu, l'essai d'une arme à poudre noire qu'on appelait « pot-de-fer ». C'était une façon de gros vase auquel s'abouchait un tube ; on emplissait cette sorte de cornue de poudre noire, diabolique mélange de salpêtre, de soufre et de charbon de bois, inventé, disait-on, par des Chinois. Puis l'on fourrait un gros caillou rond dans la bouche du tube et l'on mettait le feu à la poudre. Quand le coup réussissait, l'explosion projetait le caillou à trois cents pas. Mais rien n'était moins sûr : ces armes malcommodes étaient fabriquées en fer forgé ; autant dire que le fer du vase et du tube manquait d'homogénéité et que c'était souvent le pot-de-fer lui-même qui explosait.

Ensuite, rien n'était plus malcommode que d'essayer d'enflammer de la poudre à l'intérieur d'un vase en passant par un trou, et cela quand il ventait ou pleuvait.

Sur le continent, toutefois, l'idée du pot-de-fer avait été reprise et améliorée par les Génois et les Français, et elle avait abouti à deux types nouveaux d'armes à feu, la bombarde, gros mortier, et le canon, ainsi nommé en raison de la ressemblance de son tube avec un roseau creux, *canna*, dont l'avantage était qu'il permettait un tir plus précis. Car les Français avaient appris à fondre des canons d'une seule pièce, beaucoup moins susceptibles d'exploser.

C'était ce nouveau type d'armes que le comte de Clermont mettait à l'essai à Formigny, démontrant une fois de plus que des inventions anodines peuvent changer des destinées de chair.

Kyriel n'en savait rien. Il se retrancha dans un verger au bord d'une rivière. Selon les règles classiques de la guerre, il fit creuser une tranchée, éleva derrière une palissade en arc convexe et posta ses archers à l'abri, comme il convenait. Il comptait que la pluie de flèches qui déferlerait sur les soldats de Charles VII aurait rapidement raison de leur vaillance, tout comme au début de la guerre de Cent Ans, à Crécy-en-Ponthieu, justement. Ses archers, d'ailleurs, disposaient de leurs fameux grands arcs, qui tiraient loin et passaient pour plus redoutables que les petits arcs du continent.

Clermont dupa les Anglais en les distrayant d'abord, çà et là, par des escarmouches, en guise d'amuse-gueule. Peut-être inventa-t-il de la sorte la guerre des nerfs. Les Anglais se laissèrent prendre à ces accrochages, croyant que la bataille, s'il y en avait une, ressemblerait en fin de compte à toutes les précédentes. Mais Clermont nourrissait d'autres plans ; il commanda à Giraud, maître de l'ordonnance royale, d'amener les deux canons et de tirer sur les palissades derrière lesquelles les archers anglais se croyaient inexpugnables.

Les boulets défoncèrent les palissades et semèrent une indescriptible pagaïe chez les archers. Fous de rage et de bravoure, ceux-ci quittèrent leurs postes et se lancèrent à l'assaut des canons. Les Français les laissèrent s'en emparer, et cela fait, les prirent à revers. Dans la mêlée, les archers ne pouvaient se servir de leurs arcs et furent contraints au corps à corps. On les décima commodément. Puis les troupes fraîches des comtes de Richemont et de Laval arrivèrent et taillèrent en pièces le reste des troupes de Kyriel.

Les Anglais perdirent trois mille sept cent cinquante hommes et les soldats de Charles VII, moins du tiers. Presque exactement l'inverse de ce qui s'était passé à Crécy-en-Ponthieu.

Le duché de Normandie était perdu pour la couronne d'Angleterre et regagné pour celle de France. Charles VII, le roi adoubé par une bergère, vengeait son grand aïeul Philippe VI de Valois.

Le canon venait de faire son entrée dans l'art militaire, et son irruption inopinée causa aux Anglais un âcre dépit.

Ils se débandèrent et ceux qui ne furent pas faits prisonniers gagnèrent la mer et l'Angleterre sur tous les bateaux disponibles. Cependant, ils n'y parvinrent pas tous. Quelques douzaines de fuyards se réfugièrent dans les forêts, décidés à se venger de la perfidie française et de ses canons. Ils vécurent là de rapines et de racines, et à l'occasion de meurtres.

La Normandie avait été pendant trente et un ans aux mains des Anglais, depuis sa conquête par Henry V en 1419. De nombreux Anglais s'y étaient installés, pêcheurs, cultivateurs et artisans de corporations diverses. Ils fondèrent famille, car l'attraction sexuelle se moque des querelles héréditaires et des frontières. Les fuyards ignoraient qu'ils comptaient des compatriotes dans la région.

Ce fut ainsi qu'ils assassinèrent leur compatriote Matthew et sa femme, la Normande Joséphine, faisant une orpheline. Puis ils emmenèrent le jeune Denis comme esclave.

Ce fut également ainsi que Jeanne se retrouva le visage baigné de larmes et de crachin dans un cimetière de campagne.

Elle songeait.

Sa mère lui avait dit, quelques semaines auparavant : « Tu es née il y a quinze avents comptés. »

C'était un an après que Matthew Parrish, natif de Poole et âgé de vingt-six ans, avait quitté la mer pour la terre.

Il l'avait raconté à sa fille, un soir d'hiver. Matelot sur l'un des bateaux de pêche qui appartenaient au frère du duc de

Somerset, il avait, en l'an de grâce 1435, échappé à une tempête effroyable dans la Manche pour se retrouver nu et plus mort que vif sur la grève de Fécamp. Tous ses compagnons étaient morts noyés. Recueilli par un charpentier de marine, qui l'avait ranimé, nourri et habillé, il avait servi d'aide à celui-ci, puis, une fois sa dette payée, il avait fait ses adieux à cette mégère qu'on appelle la mer. Il s'était enfoncé dans les terres et pris d'un amour violent pour les arbres. Un arbre, lui, ne chavire pas. Un métayer l'avait engagé à son service, puis était intervenu auprès du chevalier de Montcléry, vavasseur de Somerset, pour qu'on lui allouât un lopin. On lui avait donc concédé des terres à l'abandon, avec une maison et un puits, au lieu-dit du Bouc-de-Chêne, à un tiers de lieue du hameau de La Coudraye. Il l'afferma pour cinquante sols à partir de la deuxième année. Ce n'était apparemment pas cher, mais la terre ne donnerait rien la première année. Parrish vécut cette année-là de carottes et de choux du cottier, et le seul gras qu'il connut fut celui des outardes qu'il attrapait à mains nues.

Montcléry lui concéda également en location deux bœufs, pour l'exploitation des huit arpents de terres, à la condition expresse que les animaux demeureraient la propriété du seigneur et serviraient au labour des quatre arpents supplémentaires de taillis qu'il projetait de défricher à la fin de l'hiver. De la sorte, avait expliqué plus tard Matthieu à sa fille, un tiers des terres resterait toujours en exploitation, les deux autres étant laissés deux ans en jachère, selon la coutume.

Les deux bœufs valaient une fortune : deux fois le prix des terres elles-mêmes. Bien que grassement nourris, ils avaient toujours paru étiques.

Pour le soc, le nouveau cultivateur dut s'endetter auprès du forgeron Thibaut. Un soc valait le sixième du prix d'un bœuf. Parrish le paya en trois ans. À la base de son amitié avec le forgeron Thibaut, qui aiguisait la lame deux fois l'an, il y eut la régularité scrupuleuse avec laquelle il effectuait ses remboursements.

Matthew Parrish était un beau gaillard ; la fille aînée du métayer, Joséphine, s'en était éprise, et son père consentit au mariage. Elle partit le rejoindre dès qu'elle eut reçu l'aval de son père.

Elle, Jeanne, était donc née la première. Et trois ans plus tard, Denis était venu.

Un autre garçon avait aussi fait son apparition deux ans plus tard, mais il était presque aussitôt parti, le pauvret, étouffé par une affreuse inflammation de la gorge.

Jeanne leva les yeux vers la tombe du petit Matthieu, celui qui les avait tous précédés dans ce cimetière, dans ce qu'on appelait le coin des enfants...

— Il me semble que j'ai deux garçons, lui disait parfois sa mère. Tu as l'air d'un garçon.

Jeanne riait.

Elle cultivait, en effet, des habitudes garçonnières, grimpant aux arbres pour dénicher des œufs et prenant volontiers l'herminette des mains de son père pour recueillir du petit bois.

L'herminette...

Son cœur gros exhala un soupir. Il y avait tant de souvenirs !

L'herminette était une trouvaille : en labourant pour la première fois les terrains d'anciens taillis, Matthieu avait heurté quelque chose de dur dans le sol ; c'était un fer de hache sans doute enfoui là depuis des générations. Le forgeron, consulté, avait déclaré qu'il était trop rouillé pour qu'on pût reconstituer la hache, mais qu'en revanche, on pouvait en tirer la lame d'une herminette. Ce qui fut fait.

Car les outils de métal étaient une rareté.

Oui, elle avait l'air d'un garçon, bien que l'année précédente elle eût éprouvé le choc de ses premières règles. Elle avait cru qu'elle était en train de mourir. Et seul le petit rire de sa mère l'avait rassurée.

— C'est la purge des filles, avait-elle expliqué.

Ce qui n'expliquait pas vraiment grand-chose. Pourquoi les filles devaient-elles se purger et pas les garçons ?

Cela n'avait rien changé à son apparence : droite comme un if, et ses cheveux coupés au bol, à l'aide du grand couteau de la maison, bien aiguisé, qui accentuaient sa ressemblance avec son père, dont elle prenait la carrure après en avoir hérité le blond argenté des cheveux ; Jeanne ne devait à sa mère que les yeux gris bleuté et un teint que les travaux des champs ne faisaient que hâler légèrement. Elle s'obstinait par ailleurs à porter des chausses brun-gris de garçon et un surcot long boutonné haut, guère plus féminin. Et elle devait convenir que ses mains étaient fortes et nerveuses, avec des ongles qu'elle taillait au carré, à l'aide de la lime de charpentier de son père…

— Peut-être seras-tu comme Jeanne d'Arc, lui disait sa mère. Ceux qui l'ont connue disent qu'elle ressemblait aussi à un garçon.

Elle lui narra l'histoire de l'autre Jeanne, telle qu'elle l'avait entendu raconter, prenant soin que Matthieu n'en fût pas informé. Car il restait malgré tout anglais et fier de ses origines, bien que ses compatriotes eussent brûlé Jeanne d'Arc au terme d'un procès truqué, avec la complicité d'un méchant évêque.

Mais elle eut beau tendre l'oreille, Jeanne n'entendit pas de voix célestes : rien que les cris des geais l'hiver et les triolets des merles au printemps. Et le givre qui faisait craquer les branches l'hiver et le crépitement de la pluie au printemps sur le toit de chaume.

Un an plus tard, d'ailleurs, il n'y avait plus rien à libérer.

N'empêche, elle se battait avec Denis pour mimer l'épopée de Jeanne. L'un et l'autre armés de baguettes de coudrier, ils dévastaient les prêles et les coquelicots en poussant des cris de guerre et de joie.

Le père Godefroy, qui gisait maintenant dans son cercueil, s'était impatienté pour la seule fois de sa vie quand Jeanne lui avait demandé pourquoi l'évêque Cauchon avait été si méchant avec la Pucelle.

— Les filles n'ont que faire des histoires des hommes !

Les filles ! Comme si Jeanne d'Arc n'avait pas été une fille.

— Jeanne…

La voix et la main de Guillemette posée sur son épaule rappelèrent la jeune fille à la réalité. Elle frissonna.

— Jeanne, il faut se mettre à l'abri.

Guillemette l'emmena chez elle. Les brigands pouvaient revenir et, de toute façon, on ne pouvait laisser une toute jeune fille seule dans une maison désolée.

Mais chez Thibaut et Guillemette, elle ne dormit guère. On l'avait couchée dans la paillasse des enfants, deux gaillards de seize et quatorze ans dont l'aîné ronflait comme une forge. Comme tout le monde, ils dormaient nus, coiffés d'un bonnet, et les coups de pied nocturnes du cadet, sans compter le bras dont il scellait comme une poutre la poitrine de sa voisine, n'incitaient guère au repos. Elle se félicita d'avoir gardé ses braies et sa chemise, troublée par ces corps nus qui se déployaient dans la nuit de façon aventureuse. Pour comble, Francine, la cadette, âgée de douze ans, parlait dans son sommeil.

Avant l'aube, Jeanne se leva, enfila ses chausses et sortit mettre ses souliers. Donky, dans la salle voisine qui servait d'écurie, attendait patiemment auprès d'un cheval breton, à la crinière d'un blond de lin et à l'œil éternellement goguenard ; elle le détacha de l'anneau, puis reprit le chemin de la maison.

Tout le long du trajet, elle s'efforça de ne pas regarder alentour. Ce paysage familier et doux lui était soudain devenu odieux. Tout au plus hasarda-t-elle quelques coups d'œil vigilants vers la forêt de Thury qui longeait le chemin, pour le cas où les brigands y seraient encore tapis. Et elle songea qu'elle devrait désormais s'armer d'un couteau si elle voulait survivre. Car elle était décidée à vendre chèrement sa peau.

Il faisait encore noir quand elle parvint à ce qui avait été son foyer. Elle défaillait de faim, n'ayant depuis la veille mangé qu'un bol de gruau. Avant de franchir le seuil, elle fut saisie par une certitude : elle devait s'en aller. Mais où ? Dans une ville. Elle n'avait jamais vu de ville, mais elle se disait naïvement que là, on ne risquait pas de se faire égorger par des brigands de passage. Elle emporterait tout ce qui pourrait lui être utile. Et d'abord, un couteau.

Elle chercha le grand couteau de la maison et ne le trouva pas ; ils l'avaient donc emporté. Bientôt elle en vint à se féliciter de ne l'avoir pas retrouvé : c'était à coup sûr celui avec lequel ils avaient égorgé ses parents.

Elle se mit alors en quête du petit couteau à cran, celui avec lequel son père tranchait les liens des bottes de foin. Ses recherches lui donnèrent l'occasion de remettre un peu d'ordre dans le chaos que les brigands avaient laissé derrière eux. Elle remit la huche à sa place, raccrocha le chaudron à la crémaillère et la poêle au mur. Balaya la paille qui traînait partout. Remit la paille dans le cadre du lit où elle avait dormi pour la dernière fois avec Denis, dans une existence qui semblait maintenant perdue dans le passé. De temps en temps, elle s'interrompait pour penser à ses parents morts. À son frère. Il devait pleurer, le pauvre. Elle reposa l'échelle contre le plancher du grenier et monta voir : vide. Elle redescendit et tira l'anneau de la trappe qui ouvrait sur la cave, puis déplaça l'échelle pour descendre. Du premier coup d'œil, elle aperçut les sacs de méteil. Son père les avait provisoirement entreposés là, en attendant qu'il eût débarrassé le grenier des charançons et bouché les trous par lesquels les souris se faufilaient. Deux sacs de douze livres chacun et, par terre, à côté, le couteau à cran. Plus loin, un précieux petit sac de sel et une motte de beurre intacte. Que s'était-il passé ? Pourquoi son père l'avait-il donc laissé là ? Avait-il été interrompu dans sa besogne quand les brigands avaient surgi ? Elle devina que ceux-ci n'avaient pas vu la trappe en raison de la paille qui traînait dessus.

Elle remonta les sacs de méteil, le beurre et le sac de sel et referma la trappe, pressée de partir.

Des mugissements la contraignirent à tempérer sa hâte : les bœufs ! Elle ouvrit la porte de l'étable, alla puiser de l'eau et la versa dans l'auge, et quand les bêtes eurent bu, elle les mena dans le pré voisin. Elles pouvaient engraisser, maintenant qu'elles ne travaillaient plus. Par la même occasion, elle alla jeter du grain aux poules dans le poulailler du cottier.

Elle referma le couteau et le glissa dans la poche de son surcot.

Elle s'empara d'un sac vide, y fourra les champignons, qui commençaient à brunir, des noix, le sac de sel, la poêle. Elle tira de sous le lit la couverture qui avait glissé dans l'alcôve, enroula la motte de beurre dans un linge mouillé, puis dans la couverture. Enfin elle alla caler le sac et le beurre dans l'un des paniers de Donky.

Elle ne parvenait pas à croire ce qu'elle vivait.

Une idée sinistre la piqua. Elle courut au puits et tourna frénétiquement la manivelle du treuil pour remonter le seau. Non, rien dedans. Pas trace de Denis. Elle en devenait de plus en plus sûre, ils l'avaient emmené avec eux.

La vue de l'eau lui donna le besoin de se laver. Elle porta le seau à la maison, sur la grande dalle devant la porte du cottier. Elle se déshabilla. Elle se lava le visage de ses larmes et le corps, de ses sueurs d'angoisse et de la poussière de la veille. Elle frissonna. Sa silhouette mince et blanche ruissela de reflets nacrés. Ses seins durcirent, ce qui la troubla. Elle se rhabilla.

Soudain, elle se rappela une cachette, oubliée dans la détresse et l'horreur.

— À la tête du lit, la quatrième pierre de la huitième rangée en partant du sol, récita-t-elle, selon la formule que sa mère lui avait apprise.

Elle descella la pierre en s'aidant du couteau.

Dans la niche, une bourse et, dans la bourse, quatre écus vieils de France et quelques sols.

Le prix de deux vies.

3

L'adieu

Elle irait prévenir les gens du hameau.

Elle se rendit tout droit chez Guillemette. La femme du forgeron regarda l'âne chargé et, se tournant vers Jeanne, l'interrogea du regard.

— Je m'en vais, Guillemette.

— Où ?

— Dans une ville.

— Tu vas à Caen ?

— Peut-être, mais je ne peux plus rester au Bouc-de-Chêne.

Guillemette soupira. Elle savait combien les désirs de la jeunesse sont obstinés.

— Tu pourrais trouver un parti chez nous. Changer de pays, c'est dur, tu sais…

Elle l'eût volontiers assortie à son aîné, Quentin. Jeanne secoua la tête, et Guillemette trouva que le gris de ses yeux avait viré à l'acier.

— Tu vas aller toute seule sur les chemins ? Tu n'as pas peur ?

— Je me défendrai.

— Si Denis revenait ?

— S'il est vivant, il ne reviendra pas. Ce serait leur arrêt de mort. Guillemette, je laisse la maison. Elle est propre, maintenant. Je laisse tout ce qu'il y a dedans. Je laisse le soc. Je veux vendre les bœufs.

Tout le monde connaissait le problème de ces bœufs ; ils avaient appartenu à l'Anglais Montcléry, mais maintenant que les Anglais étaient partis, ils n'étaient plus à personne et le comte de Clermont ne les avait pas réclamés ; Jeanne était libre de les considérer comme butin d'une guerre que ni elle ni ses parents n'avaient faite. Quant à les vendre, toutefois, c'était une autre affaire.

Guillemette soupira encore.

— Écoute, je dois demander à Thibaut. Attache l'âne dans le cottier et viens avec moi.

Elles sortirent dans la rue ; il y avait un rassemblement devant la forge. Ils voulaient tous se rendre chez le vavasseur.

— Ce n'est pas raisonnable, objecta Thibaut. Autant offrir le village aux brigands. Le vavasseur ne nous recevra jamais tous ensemble. Et l'évêque non plus. Choisissons trois hommes.

Il aperçut Jeanne.

— Et Jeanne Parrish, ajouta-t-il.

— Jeanne s'en va, annonça Guillemette.

— Où vas-tu ? demanda Thibaut. Où que tu ailles, tu devras passer par Caen. Alors tu viens avec nous.

Le bon sens et l'autorité du forgeron eurent raison d'elle ; elle ne pipa mot. Devinant sa dernière réticence, le regard du forgeron s'appesantit sur elle :

— Et si tu partais comme ça, aux quatre vents, ce serait comme si tu voulais laisser tes parents impunis. Il faut que tu déposes plainte avec nous.

Ça, c'était l'argument majeur.

Après délibérations, Thibaut, maître Bourry et le métayer Humbert de Vire, l'homme le plus riche du hameau, furent désignés ; ils semblèrent devoir faire escorte à celle qui avait été le plus cruellement lésée dans l'affaire, Jeanne en l'occurrence.

Elle voulut emmener l'âne, pour ne pas revenir ; Guillemette lui expliqua qu'avec Donky, chargé comme il l'était, elle devrait payer l'octroi. Elle la persuada ainsi de le laisser à sa garde.

— Jeanne, je suis comme ta mère à présent. Tu reviendras avec eux, sous bonne garde et tu pourras alors aller où bon te semble. Ton âne est plus en sécurité ici qu'au Bouc-de-Chêne.

Elles s'embrassèrent. Et pleurèrent. Guillemette courut dans sa maison, noua un pain et un saucisson dans un tissu, ajouta un flacon de bière et les lui tendit. La délégation attendait à la porte.

Bientôt, la carriole longea l'Orne et Jeanne s'étonna qu'une rivière pût être aussi grande, elle qui ne connaissait que les ruisseaux de La Coudraye. Deux heures plus tard, elle regarda avec stupeur les faubourgs et les murailles de Caen. Tant de maisons. Et si grandes ! Et ces toits d'ardoise, ces cheminées, ces rues ! Et ces murailles ! Et les églises ! Elles montaient véritablement au ciel, et le cœur de Jeanne s'envola soudain. Thibaut nota son émerveillement.

— La grande église à gauche, c'est la cathédrale Saint-Pierre. À droite, c'est Saint-Étienne.

La route principale était de plus en plus encombrée, et ce fut au pas qu'ils avancèrent vers la porte de la ville, parfois même forcés de s'arrêter dans des embarras de carrioles, de chevaux, d'ânes et de mulets, de bœufs, de troupeaux de porcs. Enfin, ils se dirigèrent vers le palais du vavasseur. Jeanne n'avait jamais vu, ni même imaginé de maison aussi grande. Des archers patrouillaient paresseusement sur les chemins de ronde, à une trentaine de coudées au-dessus. Et les pierres ! Chacune d'elles devait bien peser trois cents livres ! Les hommes rangèrent la carriole et les quatre passagers descendirent. Thibaut s'avança vers le poste de garde, que déjà franchissaient en sens inverse trois prévôts en uniforme et cape courte ou huque, serrée à la ceinture. Il demanda à l'un des gardes à voir le vavasseur. L'autre le toisa et dévisagea ses compagnons ; des serfs ou pis, des vilains. Et sans redevances, pas le moindre chapon ni flacon en vue.

— C'est à quel sujet ? Le sire de Mortbise ne tient pas audience aujourd'hui.

— C'est au sujet de quatre meurtres, répondit Thibaut d'une voix qui semblait forgée au feu.

Le garde parut saisi. Quatre meurtres, morbleu ! Il écarquilla les yeux.

— Allez voir le chambellan, dit-il en leur indiquant une porte à droite, dans la cour du château.

Un clerc replet, à la mine finaude, les accueillit au sommet des marches. L'émerveillement de Jeanne se dissipait. Elle était trop fine pour ne pas enregistrer la morgue qui drapait les parages du pouvoir. À la découverte de la richesse des villes se joignit la brûlure insidieuse de l'humiliation. Elle prit conscience de n'être donc qu'une paysanne en compagnie de paysans, c'est-à-dire de gens sans pouvoir.

Le clerc prononça des mots dont le ton indiquait bien qu'il s'agissait d'une interrogation, mais qu'aucun des quatre visiteurs ne comprit.

— *Quod possumus per vos facere, hospiti rurae nostrae?*

Un instant décontenancé, Humbert de Vire prit la parole d'un ton ferme :

— Nous ne parlons pas latin, ami. Nous sommes ici pour une affaire de quatre meurtres. Parlez-vous français ?

La mine ébaudie et suffisante du clerc s'évapora d'un coup.

— Quatre meurtres ? répéta-t-il en français, déconcerté.

— Vous l'avez entendu. Nous sommes venus voir le vavasseur. On nous a dit qu'il ne tenait pas audience aujourd'hui et l'on nous a mandés au chambellan. Êtes-vous ce chambellan ?

Le clerc ravala sa salive.

— Non. Je vais l'avertir. Attendez-moi ici.

Jeanne parcourut du regard la vaste salle de pierre, qu'éclairaient des fenêtres dont elle n'avait jamais vu la pareille. Deux bancs devant une vaste table, deux tabourets et un fauteuil à haut dossier orné de dorures constituaient son seul ameublement. Un feu brûlait dans une cheminée à l'autre bout de la salle.

Quelques instants plus tard, un personnage en manteau brodé, coiffé d'une toque également brodée et chaussé de souliers à poulaine d'une longueur que Jeanne trouva absurde, entra dans la pièce, suivi du même clerc.

— Je suis le chambellan Jean de Clécy, que vous avez demandé à voir, dit-il. Vous avez parlé de meurtres ?

— Quatre meurtres, répondit Humbert de Vire.

Le chambellan leur fit signe de le suivre et de s'asseoir sur le premier banc, puis alla prendre place derrière la table, dans le fauteuil majestueux. Le clerc s'assit en bout de table, ouvrit un gros livre, posa un encrier devant lui et s'arma d'une plume.

Humbert de Vire fit le récit des événements. Peut-être avait-il l'expérience de ces gens, car il n'omit pas un seul nom de personne, ni de localité ni aucune précision. Le chambellan ne l'interrompit pas une seule fois. La plume du clerc grattait le papier. Quand le récit fut achevé, Jean de Clécy se pencha et demanda à Jeanne :

— Est-ce toi, Jeanne Parrish ?

— C'est moi.

— Je t'avais prise pour un garçon.

Puis il s'adressa au clerc :

— Envoyez un sergent… Non, allez vous-même demander au sire de Mortbise s'il veut bien prendre connaissance de cette affaire. Elle me paraît dépasser mes compétences. Et faites-nous monter du vin.

Peu après, un serviteur apporta un plateau chargé d'un carafon de vin et de verres. None[1] sonna simultanément aux clochers de Saint-Étienne et de Saint-Pierre. L'air sembla empli de miettes d'or voltigeantes. Le serviteur tendit son verre au chambellan, puis servit les visiteurs. Ils goûtèrent : ce n'était certes pas du verjus, comme le vin de messe de ce pauvre Godefroy. Jean de Clécy ne disait toujours mot. La tierce de none sonna. Ce fut alors que la porte s'ouvrit et qu'entra un jeune homme en jaque bleue à longues manches, la toque sur le côté.

— Levez-vous, ordonna Jean de Clécy aux visiteurs, quittant son fauteuil pour aller à la rencontre de son maître. Il s'entretint à mi-voix avec celui-ci, qui se tourna pour dévisager les plaignants.

---

1. Au XVe siècle, midi.

C'était le chevalier de Mortbise, vavasseur du comte de Clermont, gouverneur provisoire du duché de Normandie. Jeanne le dévisagea tandis qu'il s'entretenait avec son vavasseur. Sûr de lui, conquérant, peut-être rusé, mais surtout fort de son rang. La pâleur de sa peau était-elle naturelle ? Elle ignorait que des hommes eussent le teint aussi clair.

Mortbise s'installa dans le fauteuil qu'avait occupé Clécy, lequel alla s'asseoir à l'autre extrémité de la table, en face de son clerc. Ce dernier se leva pour placer le livre sous ses yeux. Mortbise retira le gant de sa main droite, et Jeanne se dit qu'il y avait décidément beaucoup de choses qu'elle n'avait pas vues dans le monde, en tout cas pas de gants aussi longs ni aussi clairs. Le vavasseur parcourut rapidement ce qui devait être le procès-verbal de la déposition d'Humbert de Vire.

— Cette affaire me paraît ressortir à la justice, déclara-t-il après sa lecture, d'une voix forte, claire et agréable. Mais je conçois que vous n'y ayez pas eu recours, puisque nous ignorons qui sont les meurtriers. Je prends donc trois mesures. La première est que je vais faire organiser une battue de la forêt où vous pensez que les brigands sont réfugiés. Je vais pour cela désigner sur-le-champ un corps de trois cents hommes, fantassins et archers. La deuxième est que je vais prévenir l'évêché, afin qu'il désigne un nouveau curé pour votre paroisse. La troisième… Mais qui, ici, est Jeanne Parrish ?

— C'est moi.

Mortbise se pencha sur un coude pour l'observer.

— J'eusse juré que vous étiez un garçon, dit-il en souriant. Bien, la troisième mesure est que, puisque vous êtes orpheline, je vous alloue, au nom du roi de France, notre bien-aimé Charles VII, et du gouverneur de Normandie, le comte de Clermont, un *pretium doloris* de cinq écus d'or, réservé aux sujets victimes d'ennemis étrangers.

Il fit un signe au chambellan, qui se leva et alla sans doute chercher une bourse, et regarda Jeanne.

— Je vous remercie, monseigneur, dit-elle.

Le clerc inscrivait au fur et à mesure les minutes de la séance.

— Jeanne Parrish, lève-toi, dit Clécy en revenant. Veuille avancer vers le sire de Mortbise.

Elle alla vers la table. Le vavasseur la regarda longuement, un peu trop longuement, jugea-t-elle. Puis il lui tendit une bourse.

— Monseigneur, dit-elle, quand vos hommes feront une battue, ils trouveront peut-être un jeune garçon en compagnie des brigands. C'est mon frère Denis. Ils l'ont enlevé.

Mortbise hocha la tête.

— Clerc, inscrivez cette précaution que je communiquerai à la prévôté.

Jeanne alla se rasseoir. La voix de Thibaut résonna alors :

— Monseigneur, nous payons la taille, le cens, la justice, le mortelage de l'église, les bans, les taxes de marché. Resterons-nous donc sans défense si d'autres brigands se présentent ou bien si ceux-ci revenaient ?

— Je ne peux pas mettre des archers derrière toutes les maisons de Normandie, répondit Mortbise. Je ne peux pas davantage placer une garnison dans tous les hameaux. Le coût des soldes finirait par rejaillir sur vous, et il serait tellement exorbitant que vous vous insurgeriez.

— Que devons-nous faire ?

— Si j'ai bien compris, l'église et la maison de Jeanne Parrish sont isolées du hameau de La Coudraye par une forêt.

— La forêt de Thury, précisa Humbert de Vire.

— Défrichez-la.

— Nous n'avons pas assez de bras.

Mortbise réfléchit un moment. Puis il fit un signe au clerc.

— Écrivez : nous recommandons à l'évêché de prévoir une corvée de défrichage à ses frais pour la sécurité de l'église de La Coudraye. Le bénéfice du bois lui reviendra.

Jeanne comprit que jusqu'à ce que le bois fût défriché, personne ne reprendrait le Bouc-du-Chêne. Le lieu était trop isolé. Elle faisait bien de partir. Elle se garda d'évoquer le fermage de ses parents, craignant de s'entendre déclarer qu'elle était débitrice.

La première heure de l'après-midi tinta.

— Voilà. Ma mission s'arrête ici, dit Mortbise. Je veux croire que vous êtes satisfaits. Dieu vous bénisse.

Il se leva, le chambellan et le clerc firent de même, les visiteurs les imitèrent. Mortbise renfila son long gant de peau claire et gagna la porte après un salut de la tête. Le chambellan s'empressa pour tenir le battant ouvert. Quand le vavasseur s'en fut allé, le chambellan tint la porte ouverte, invitant les visiteurs à repartir. Ils regagnèrent la carriole. Ils devraient revenir à La Coudraye bien avant l'angélus.

Pendant le chemin du retour, Jeanne resta songeuse un long moment. Mais elle jugea qu'elle avait pris la bonne décision. Elle entama une discussion avec maître Bourry sur le prix des bœufs et du volailler. Ils convinrent de cent vingt-cinq livres pour le tout. C'était une cote mal taillée, parce que d'une part les bœufs valaient bien plus, mais de l'autre, parce qu'ils n'avaient pas été déclarés comme pris à l'ennemi. Elle avait perdu un jour et gagné cinq écus et cent vingt-cinq livres.

À La Coudraye, elle récupéra Donky et retourna à la maison, pour faire rentrer les bœufs. Elle ne voulait pas dormir une autre nuit avec ces deux garçons nus.

Elle ramassa du petit bois et parvint, non sans peine, à l'embraser avec la pierre à feu et l'étoupe qu'elle avait trouvées derrière l'âtre. Puis elle se barricada, à l'aide d'un étai disposé en travers de la porte, soupa du reste de pain, de saucisson et de bière. Sa tête était pleine d'images qui la firent rêver. La grande ville. L'arrogance des puissants. Le regard de Mortbise. Ses gants. Elle en oublia presque l'argent.

En plus de son chagrin, elle était troublée sans savoir pourquoi. Elle était presque riche. Mais cela ne lui rendait personne.

4

Le premier reflet

Non, elle n'irait pas à Caen, assura-t-elle à Guillemette. Elle irait à Paris.

Guillemette se récria. Paris ! Mais c'était à plus de cinquante lieues !

— Je te ferai savoir où je serai quand je le saurai, dit Jeanne, se disant qu'elle trouverait bien quelqu'un pour écrire un billet pour elle, car elle ne savait pas écrire, et que Guillemette à son tour trouverait quelqu'un pour le lui lire, car elle ne savait pas lire.

Pourquoi Paris ? Un soir, sa mère, dont le vin nouveau avait délié la langue, avait rêvé tout haut qu'elle aurait tant voulu voir Paris, « où habite le roi ». Matthieu Parrish avait ricané.

— Et dans la Lune aussi, où habite Mélusine !

Ils avaient ri tous les deux, un peu avinés.

Elle se mit en route sitôt après qu'Humbert de Vire fut venu dans sa carriole lui régler le prix des bœufs et des poules.

— Essaie de rejoindre Argentan, lui avait dit Humbert de Vire. À partir de là, c'est presque tout droit jusqu'à Paris.

Il y avait été ; il ne parlait pas à la légère. Elle prit donc la direction de Thury-Harcourt, qui était le bourg le plus proche de La Coudraye ; elle y fut à none et résolut de poursuivre sa route, puisque les jours rallongeaient. Elle avait décidé de voyager de jour et de prendre refuge la nuit, mais elle craignit de ne pas trouver un autre bourg avant l'heure qu'on dit entre chien et loup, mais qui est plus proche du loup. Elle avait d'ailleurs emporté un gros bâton glissé dans l'anse des paniers de Donky, au cas où elle ferait pareille rencontre. Elle s'arrêta à Falaise, à l'heure où le couchant dorait la pierre. D'ailleurs, elle était recrue de fatigue et de poussière. Elle demanda à un aubergiste où elle pourrait trouver une grange pour la nuit. Il lui offrit la sienne pour un sol. Elle hésita.

— Il n'y a là que mes deux chevaux, mon garçon, dit-il, devinant son hésitation.

Elle avait mis les grosses pièces dans la bourse de Mortbise, dissimulée sous son surcot pour ne pas exciter les convoitises, et les petites dans l'autre. Elle dégagea celle-ci des plis de son manteau et en retira avarement un sol qu'elle tendit à l'aubergiste, puis un autre pour remplir d'hydromel le flacon de bière que lui avait donné Guillemette et qui était vide.

— Je sors mes chevaux au matin, prévint-il.

Elle n'avait plus de pain, et la faim la tenaillait ; elle obtint une miche pour un troisième sol. Elle trouva la grange immense et dans la pénombre distingua des jambons et de la venaison pendus à une poutre ; cela lui donna faim. Elle déchargea Donky, pour le soulager, tailla dans son pain avec le couteau à cran et entama le saucisson de Guillemette. Puis elle sortit pisser dans les champs et revint se coucher sur la paille.

Elle se réveilla sur un braiment. Donky était un âne de garde. Penché sur elle, elle reconnut la face rouge de l'aubergiste et s'affola.

— C'est le matin, mon garçon. Tu dors comme un sonneur.

La porte de la grange était ouverte et le grand jour brillait au-dehors.

Elle hocha la tête, esquissa un sourire et se releva, sous le regard curieux de l'aubergiste.

— À la grâce de Dieu, dit-elle courbatue, en rechargeant Donky.

— Que la Providence t'accompagne.

On lui indiqua la route d'Argentan.

Elle croisa des archers, des cavaliers, des marchands, des femmes avec des ballots sur la tête et des vagabonds en guenilles, aux visages presque invisibles sous de grands chapeaux, qui paraissaient cacher sous leurs manteaux informes des crimes tissés de misère et de folie. Elle rabattit son bonnet pour cacher, quant à elle, sa blondeur. Elle n'avait jamais vu un miroir de sa vie ; les regards des autres lui suffisaient.

Elle déboucha à Argentan en plein marché.

On y vendait tout : des chevaux, des mulets, des ânes, des bœufs, des moutons, des chèvres, des porcs, des chiens, des oies, des canards, de la volaille, du poisson, des serins, des choux, du saucisson... De gros chats pour chasser les souris. On vendait du drap, de la toile de différentes sortes, du lin, de la soie brodée, des rubans, des bonnets, des chaussures et cent colifichets dont elle n'avait jamais eu idée. Des braies, des surcots, des manteaux, des bonnets de vingt sortes. De l'amidon fin pour les visages des dames. Des bijoux. Et des hommes. Des manœuvres à dix sols la journée. Mais la saison était encore trop jeune pour le blé de printemps ; ils étaient nombreux et tiraient grise mine.

Elle se promena dans les allées, entre les cageots de jonc et les étals. À la lisière du marché, elle remarqua plusieurs marchands debout devant une table posée sur des tréteaux. Derrière la table siégeait un homme pansu et fort bien mis, avec une toque de velours noir, qui maniait une petite balance. Deux gardes privés veillaient derrière lui, la dague à la ceinture. Elle s'approcha. Elle fut saisie par la quantité de piles de pièces d'or, d'argent, de cuivre qui se dressaient devant l'homme.

Elle écouta et regarda. Le pansu changeait des pièces. Des écus, des alphonsins, des brelingues de Gueldre, des quatre-patards et des riddes de Flandre, des testons de Lorraine, des Noble Henry et des angelots d'Angleterre – c'étaient les plus nombreux – contre de vieils écus et des écus au soleil de France. Il y avait même quelques ducats sequins de Venise, des écus du Pape et des guldens de l'Empire. Sur chaque opération en monnaie d'or, il prélevait sa part : un vingtième. Sur les monnaies d'argent : un vingt-cinquième. Près de lui, un assistant, un jeune homme maigre au visage bis, pesait les monnaies, et le pansu inscrivait les résultats sur un registre.

Un marchand de l'Empire lui présenta une lettre ; le pansu ajusta des besicles et la lut attentivement. Lui et le marchand échangèrent des propos en latin. Jeanne regarda le marchand de l'Empire et s'émerveilla de sa vaste barbe blonde taillée en éventail, lustrée comme de la soie, de son bonnet de velours noir à crevés d'écarlate, de son ample manteau noir à galons d'argent…

Quelle puissance ! Quelle richesse ! Elle en eut presque le tournis. Elle inspira profondément. Elle éprouva que son frère lui manquait. Elle eût voulu montrer tout cela à Denis, le découvrir avec lui…

— Quel est cet homme ? demanda-t-elle à une marchande de serins, une maigriote noiraude aux yeux de pie.

— Le changeur ? C'est maître Borbolan, l'homme le plus riche de la région. Il est plus riche que l'évêque. Il va de foire en foire et chaque fois, il fait plus d'argent que je n'en gagne en six mois !

Ce n'était cependant pas une référence de revenus que de vendre des serins.

Là-bas, le pansu alignait une pile de pièces d'or.

— Pourquoi ? L'évêque est riche ? demanda Jeanne, songeant à la chiche existence que menait le pauvre père Godefroy, vivant de soupes d'orties ou de choux, de fèves et de lapins qu'il piégeait dans son cottier, à l'occasion de jeunes corbeaux que lui tirait à l'arc l'aîné des fils de Thibaut.

La marchande éclata de rire, ce qui fit voir ses derniers chicots.

— Je veux ! D'où viens-tu, mon garçon ? Pourquoi ? Y'a donc pas d'évêque dans ton pays ?

Et elle vrillait Jeanne de ses yeux ronds et noirs.

— L'évêque d'Argentan, mon fiau, il est propriétaire de toutes les meilleures terres du pays ! Du blé, du seigle, de l'orge ! Et les vignes. Et la grande tannerie ! Et les fermes ! Et les maisons ! Si tu voyais son palais ! Et les domestiques ! Et sa poupée !

Jeanne en demeura bouche bée.

— Son palais ? Sa poupée ?

— Mais d'où viens-tu, gamin ? Crois-tu que ça n'ait pas de bourses, ces gensses-là ? Ou que ça vive d'hosties ?

Elle se tapa sur la cuisse et les serins chantèrent, comme si c'était là un signal convenu. Toute scandalisée qu'elle fût,

Jeanne se retint de rire sous le feu de cette faconde. Elle passa son chemin, éberluée.

Plus loin, mais plus à l'écart et sous un auvent de fortune rabattu, comme si elle se cachait, une femme au visage hâlé et plissé comme une pomme oubliée au pressoir était assise face à une jeune paysanne. Que se disaient-elles ?

Elle approcha prudemment.

Les deux femmes étaient penchées sur une planche reposant sur leurs genoux. Et sur la planche, il y avait de petits rectangles portant des figurines de couleurs.

— ... Un bateleur renversé... L'Amoureux, renversé lui aussi... La Maison-Dieu ! Grand ciel, méfiez-vous de cet homme. Une grande duperie vous menace. Puis un désastre. Tirez un tarot. Ma fille, un ermite ! Un seul homme peut vous tirer de ce pas... Un homme sage, à l'écart de ce monde... Peut-être un moine. Il vous sera en tout cas de bon conseil.

Une diseuse de bonne aventure et sa cliente. Celle-ci porta ses mains à la tête, dans un geste de détresse.

— Ne vous alarmez pas tant. Les tarots préviennent. Ils n'affirment pas toujours. Vous voilà prévenue.

— Oh mon Dieu ! s'écria la cliente. Lui que je croyais tellement honnête ! Mais ma mère aussi m'avait mise en garde !

— Elle avait du nez.

Jeanne écouta, amusée. Elle vit trois sols changer de mains. La diseuse replia ses cartes et posa le plateau, la cliente se leva, le visage éploré, et se perdit dans la foule. La diseuse avisa Jeanne.

— Alors, mon garçon, tu t'inquiètes de ton avenir ?

Si elle s'en inquiétait ! Elle rit cependant et secoua la tête.

— Je n'ai pas la pièce.

— Assieds-toi quand même. Un garçon si frais, ça croit posséder l'avenir, n'est-ce pas? dit la femme d'un ton moqueur.

— Non. Je n'ai tout simplement pas la pièce.

— Écoute, j'ai fait de bonnes affaires aujourd'hui. Je t'offre une séance. À cause de ta bonne mine. Veux-tu?

Jeanne hésita.

— Gratis, alors?

— Gratis.

La diseuse avait l'haleine avinée. Elle battit les tarots.

— Écoute, ton destin est composé de signes, comprends-tu?

Jeanne comprenait déjà mal le patois de la femme, qui était si différent du normand. Mais la phrase était énigmatique. Elle la regarda, sans dire ni oui ni non.

— Tu tires cinq cartes, dit la femme, tendant le jeu renversé à Jeanne.

La première carte fut posée devant elle, la face cachée. Il en alla ainsi pour les quatre autres, qui furent disposées en croix, autour de la première.

— Retourne celle du haut. Merveille! Le Monde! Rien que ça! Le Monde à l'endroit. Un grand succès. Des gens qui t'aideront. Celle du bas. La Roue de Fortune à l'envers... Mmm... Beaucoup de revirements. Celle de gauche. Bon. La Force. À l'endroit. Celle de droite. Le Chariot! Mais dis-moi, tes cartes sont étonnamment d'accord entre elles! Beaucoup de mouvement. Tu voyageras. Là où tu iras, on t'aimera. Comprends-tu ce que je dis?

Étourdie par tant de mots et de révélations supposées dont elle devinait le sens plus qu'elle ne le comprenait, Jeanne hocha la tête, émue malgré tout.

— Bien, maintenant, retourne la carte du centre.

Jeanne découvrit une femme nue accroupie au bord de l'eau sous huit étoiles différentes. Étrangement, la femme versait de l'eau dans le lac.

— Les Étoiles. À l'endroit.

La femme regarda Jeanne.

— Tu es un bon gars. Un peu rêveur. C'est l'amour qui te guide. Veux-tu en savoir davantage ?

Jeanne eut un mouvement d'épaules qui signifiait : pourquoi pas ? Elle choisit une autre carte.

C'est alors qu'un coup de vent défit le jeu et que deux cartes s'envolèrent. La femme poussa un cri. Jeanne se retourna pour reprendre les deux cartes envolées, mais le vent les chassait toujours plus loin.

Elle les rapporta. La femme paraissait sous le coup d'une émotion. Elle lui prit les cartes des mains.

— Le Monde. Le Chariot, murmura-t-elle.

Et elle leva les yeux vers Jeanne.

— Sais-tu ce que cela veut dire, quand le vent brouille les cartes ? demanda-t-elle, tendant le cou vers Jeanne. Que les puissances du monde se battent autour de toi ! Regarde, ces deux cartes le disent. Tu n'auras jamais de repos.

Jeanne, interdite, ne disait toujours mot. Elle ne prêtait pas grand'foi aux propos de cette diseuse, mais l'émotion de celle-ci la troublait.

— Va, dit la femme. J'ai bien fait de ne pas te faire payer. Peut-être es-tu magicien !

Jeanne se retint de rire. Cette diseuse devait avoir trop bu. Elle remercia la femme et se leva. Elle continua d'errer dans les allées, s'arrêtant un peu plus longtemps devant les cuisiniers qui œuvraient en plein air. Les uns vendaient des bols de soupe, les autres des galettes, d'autres encore faisaient rôtir de la volaille sur des broches. Des fumets appétissants flottant çà et là...

Elle finit par acheter une galette qu'elle croqua parcimonieusement, suivie par Donky. Elle avisa une tente, d'aspect plus riche que les étals avoisinants et se dirigea vers elle, tenant toujours Donky par la longe. Une femme étrangement attifée venait de la quitter, semant sur son passage un sillage de vapeurs parfumées.

Au premier regard, elle fut envahie par une impression de luxe dévastatrice : des soieries plus somptueuses que celles qu'elle eût imaginées au Paradis étaient à demi déployées çà et là, sur des tréteaux, et les tréteaux eux-mêmes étaient posés sur un tapis chatoyant dont elle eut peine à détacher les yeux. Levant le regard, elle aperçut une pièce de brocart rouge qui lui parut d'une splendeur insupportable. Puis, assis au fond, un homme mince, en manteau noir brodé de rouge et bonnet de fourrure, chaussé de bottes souples en cuir fauve ; à travers les plis du manteau, on entrevoyait une chemise longue de soie jaune. Des mains blanches et fines pendaient délicatement sur le manteau. Outre la mise somptueuse, l'aspect de l'homme était aussi saisissant que sa marchandise. Son regard ténébreux, sous des sourcils d'un noir de jais, flambait dans un visage pâle coupé d'un nez aigu. Une fine moustache noire prolongée par un bouc bien taillé encadrait une bouche gourmande, aux lèvres fines et rouges. D'une pareille bouche, on n'eût attendu que des propos d'un feu glacé, qui vous eussent fouetté le cœur et marqué l'esprit au fer.

Il considérait Jeanne d'un air à la fois amusé et las.

Elle se figea, effrayée.

Il se passa la main sur le front, rejetant légèrement son bonnet en arrière.

Elle le trouva dangereusement attirant. Puis son regard tomba sur un miroir de main, rond, cerclé d'argent, et dont le manche s'ornait d'une pierre bleue. Le miroir était posé de telle sorte qu'elle n'en devinait pas le reflet, ni l'usage d'ailleurs, car elle n'avait jamais vu de miroir de sa vie.

— Qu'est-ce que c'est ? demanda-t-elle.

— Un miroir de Venise, répondit l'homme.

Elle ignorait ce que ces mots signifiaient et parut perplexe.

— Tu peux le prendre en main. Prends garde de ne pas le laisser tomber, car tu souffrirais sept ans de malheur.

Elle ne connaissait pas non plus d'intonations pareilles. La voix chaude paraissait plus accoutumée à chanter qu'à parler. Fascinée par l'homme autant que par l'objet, ne se décidant pas à rompre le charme, elle osa enfin tendre la main vers l'objet. Elle le tourna vers elle.

Elle éprouva la plus grande peur de sa vie.

Elle retint un cri. Son cœur battit à se rompre. Ses jambes faiblirent. Elle détourna les yeux et respira un grand coup.

Un visage venait de se révéler à elle, un visage vivant dans le cadre d'argent. Un visage qui la regardait avec vigilance.

Elle reposa le miroir, craignant de le laisser tomber et d'encourir les sept ans de malheur et pis.

L'homme la regardait toujours. Son sourire était plus prononcé.

Dans un immense effort de volonté, elle se hasarda à reprendre l'objet en main. La pierre bleue étincela dans sa paume. Elle leva les yeux, le cœur palpitant. Le même visage, aussi effrayé qu'elle.

Elle fixa les yeux de ce visage et, à la mèche blonde qui retombait sur le front, elle comprit dans un éclair pareil à celui des révélations mystiques que c'était elle.

Elle ! Moi ! Moi, Jeanne !

Cette fois-ci le cri lui échappa.

Un petit rire échappa aussi au marchand.

— Il est d'une eau très pure, n'est-ce pas ? dit-il.

Elle tourna le regard vers le marchand. Elle lut… mais elle ne sut ce qu'elle lut dans ces yeux qui semblaient mieux faits pour appréhender la nuit et les flammes des chandelles. Une expérience ancienne et riche. De la tendresse. De l'ironie. Peut-être du désir.

Elle reposa le miroir et reprit son souffle. Elle songea, consciente pourtant que ce serait folie, qu'elle ne pourrait jamais vivre sans cet objet.

— Et… il reflétera toujours ce… ce qu'il voit ?

Le marchand eut un autre rire.

— C'est une glace au tain d'argent. Il durera toute ta vie et bien au-delà. Seuls les Vénitiens savent en faire de pareils.

— Cela doit valoir cher, osa-t-elle dire.

— J'en ai vendu un pareil à maître Borbolan pour sa fille, ce matin, quinze livres tournois.

L'énoncé même de la somme valut à Jeanne un autre émoi. Sans doute cet homme le comprit-il, car il semblait pouvoir percer les secrets les plus intimes.

— Je n'ai jamais vu un garçon s'intéresser aux miroirs, observa-t-il. Ou peut-être es-tu un garçon différent ?

Elle ne répondit pas, ne sachant si, d'une manière ou de l'autre, elle n'affaiblirait pas sa position en révélant son sexe, à supposer d'ailleurs qu'il y eût une situation. Mais elle éprouva un désir de fuite imminent.

— Tu veux ce miroir ? demanda-t-il.

Pétrifiée de peur, elle parvint néanmoins à articuler :

— Je ne peux payer un tel prix.

— Mais tu veux ce miroir ? répéta-t-il.

Le désarroi de Jeanne fut aussi intense que le choc qu'elle avait ressenti en découvrant les cadavres de ses parents. Elle sentit qu'elle vibrait, non, tremblait d'émotion. Elle n'avait même plus la force de fuir. Mais était-ce le désir du miroir ou l'affrontement avec cet homme qui la jetait dans pareil émoi ? Elle n'avait pas le loisir de le savoir.

— Alors, viens à l'auberge des Compagnons de Saint-Jacques, ce soir. Demande Isaac le Pragois. Nous discuterons du prix que tu peux payer.

Un riche client arriva avec sa suite, interrompant le sortilège. Mais sans le briser.

La deuxième heure après none sonna à travers la ville.

Jeanne erra dans la foire. Puis elle s'assit à l'écart, au bord du pré voisin, coupa un morceau de pain et de saucisson et vida le reste du flacon d'hydromel qu'elle avait rempli à Falaise.

Elle essaya de penser à autre chose qu'au miroir et à Isaac le Pragois. Mais elle se résigna avec un soupir : non, elle n'y parvenait pas.

5

L'homme-miroir

Au fur et à mesure que le soleil déclinait, le tourment de Jeanne s'exacerba. Il lui nouait l'estomac et lui enténébrait le cerveau. Elle eût eu rendez-vous avec le Diable qu'elle n'en eût pas souffert davantage.

Et peut-être Isaac le Pragois était-il le Diable ? Et le miroir, un sortilège ?

Mais le désir du miroir tonnait en elle. Se revoir une fois de plus, ne fût-ce qu'une ! Sans parler de posséder cet objet extraordinaire.

Sur quoi la pluie commença à tomber. La place du marché était déserte. Le vent tourmenta des immondices, des feuilles de chou, des plumes qui allaient se ficher dans des crottes et des crottins. Le ciel déroula une longue panne de nuages d'ardoise et menaça d'une longue pluie. Elle devait prendre refuge.

L'angélus du soir sonna à plusieurs églises. Donky baissa la tête.

Elle courut vers un moine qui se hâtait et lui demanda où se trouvait l'auberge des Compagnons de Saint-Jacques.

— Au bout de la Grand'rue !

Donky fut content de trotter.

Était-ce bien une auberge ? se demanda-t-elle en y arrivant. Le grand mur d'enceinte évoquait plutôt une abbaye. Mais aussi, que savait-elle des auberges ! Elle s'empressa de franchir le portail et aperçut, à droite, les écuries couvertes, qui protégeaient de la pluie des chevaux, des mulets et des ânes. Elle mena Donky à l'abri et, là, s'inquiéta des paniers dont il était chargé. Mais un écuyer s'avança vers elle, ayant sans doute deviné son souci, et l'assura que les écuries étaient gardées et que les portes seraient fermées la nuit, mais qu'il lui en coûterait un sol de garde. Elle lui donna le sol et traversa la cour hâtivement.

La porte du bâtiment principal une fois franchie, elle se trouva dans une taverne pleine de chaleur, de rires, et de lumières. Un feu brûlait dans une cheminée assez grande pour recevoir un tronc de chêne entier. Une profusion de chandelles fichées dans des luminaires de fer accrochés aux murs et pendus aux solives répandaient une clarté qui dansait au gré des courants d'air.

Il n'y avait quasiment que des hommes et quelques commères, attablés devant de longues planches posées sur des tréteaux. Elle se trouva égarée. Elle n'osait même pas demander au serveur où se trouvait Isaac le Pragois, de peur qu'il se moquât d'elle.

Était-elle folle de s'être aventurée ici !

Ce fut alors qu'Isaac apparut entre les tables.

— Je suis heureux de te revoir. Je suis dans la stalle du fond, si tu veux bien me suivre, dit-il de cette même voix chantante qui avait captivé Jeanne.

Quelques regards les accompagnèrent jusque-là. C'était une alcôve éclairée par la lumière ambiante et deux chandelles piquées dans des supports de fer. Isaac invita Jeanne à s'asseoir en face de lui et lui proposa un verre du flacon dont il s'était déjà servi. Elle avait froid, elle accepta et goûta un vin qui lui parut fleurer les noisettes et les mûres.

Il la couvrit de ce regard à la fois amène et curieux qui l'avait tant intimidée.

— C'est la première fois que tu viens dans une auberge ?

Elle sourit involontairement et hocha la tête. Le vin la réchauffait, l'apaisait et même la charmait ; elle avait vidé son verre ; il le remplit.

— Nous allons souper, dit-il. Il est l'heure. N'as-tu pas faim ?

Il lui parlait avec douceur, non pas comme à une enfant, mais comme à une adulte, et avec une déférence à laquelle elle n'était pas accoutumée. Mais il la tutoyait quand même.

— J'ai faim, en effet, dit-elle, et elle rit de l'aveu.

— Comment t'appelles-tu ?

— Jeanne, dit-elle.

— C'est bien ce qu'il m'avait semblé.

— Qu'est-ce qu'il... t'avait semblé ?

— Les garçons ne sont pas si délicats ni effrayés et ne s'intéressent pas aux miroirs. Que veux-tu manger ?

Elle ne sut que répondre. Elle n'avait jamais soupé dans une auberge. Quatre jours plus tôt, elle avait trouvé son père et sa mère assassinés et son jeune frère disparu. Elle était partie sur les routes et, au hasard d'une foire, elle avait rencontré ce personnage mystérieux. Elle avait bu un verre et demi de vin et, passé le premier réconfort, elle était perdue. Elle lui répondit par un regard pathétique.

Perçut-il son désarroi ?

— J'ai commandé une soupe et un chapon. Veux-tu les partager avec moi ?

Elle hocha la tête.

On lui servit la soupe dans un bol individuel, avec sa cuiller en propre, alors qu'elle avait toujours mangé sa soupe dans un bol à deux becs avec son frère.

— D'où viens-tu ?

— Du Bouc-de-Chêne.

— Où est-ce ?

— Près de La Coudraye.

— Mais encore ?

Elle se retenait de laper sa soupe, tant elle la trouvait délicieuse. L'oignon fondu dans on ne savait quoi – elle crut reconnaître le goût du cerfeuil – la comblait d'aise.

— À six lieues de Caen.

— Où vas-tu ?

— À Paris.

Il haussa les sourcils.

— Y as-tu de la famille ?

— Non.

Il posa sa cuiller, comme si elle avait dit une énormité, sortit un mouchoir de lin de la poche de son manteau et s'essuya les lèvres. Le geste parut étrange à Jeanne.

— Tu as quitté la Normandie pour aller à Paris où tu ne connais personne ?

Les larmes jaillirent des yeux de Jeanne. Il lui tendit son mouchoir. Il était parfumé. Elle se tamponna les yeux.

Il lui sourit.

Elle lui rendit son sourire à travers les larmes qui perlaient encore.

— Que s'est-il passé ?

— Mes parents ont été égorgés.

Un geste brusque et le regard que lui lança Isaac le Pragois l'effrayèrent.

— Quand ?

— Il y a cinq jours.

Il se pencha vers elle, et la peur de Jeanne redoubla. Il lui prit la main. Et son geste suivant la troubla au-delà de toute expression. Il retourna la paume et y déposa un baiser. Elle le regarda, confondue, éperdue.

— Les Anglais... dit-elle. Mais pourquoi ? Mon père était anglais...

Il lui expliqua brièvement la signification de la bataille de Formigny et ce qu'étaient selon lui les brigands assassins. Elle s'étonna qu'il sût tant de choses. Il sourit.

L'aubergiste apporta le chapon, un couteau et une petite fourche.

Encore sous l'émotion que lui avait causée le geste d'Isaac, elle regarda le chapon, incrédule. Elle n'avait jamais vu une volaille si dodue, si bien dorée, ruisselante de gras parfumé aux herbes, romarin et sauge. Elle écarquilla les yeux.

Isaac planta la fourche dans la bête et tailla des quartiers dans le chapon. Il lui posa une cuisse dans le bol et se servit. L'aubergiste admira la dextérité d'Isaac. Celui-ci lui demanda un autre flacon de minervois.

Jeanne était émerveillée.

Isaac lui tendit le couteau pour détacher le pilon de la cuisse, lui resservit du vin et prêcha d'exemple. Il mordit dans la cuisse.

Elle fit de même.

— Je voudrais garder le pilon pour demain, dit-elle.

Il rit.

— Mange-le maintenant, avant qu'on te le prenne.

Elle entama son troisième verre de vin.

Tant de délices !

L'aubergiste apporta un ravier de poireaux au vinaigre et à l'huile, pour rafraîchir la langue.

— Pourquoi es-tu si bon avec moi ? demanda-t-elle à Isaac.

— Crois-tu qu'il y ait une cause à la bonté ?

Elle ne s'était jamais posé la question.

— Peut-être n'ai-je aucune bonté, reprit-il. Peut-être n'es-tu ici qu'à cause du plaisir que j'éprouve à te voir.

Elle fut stupéfaite et s'interrompit de manger.

— N'as-tu pas de plaisir à me voir ? demanda-t-il.

— Si. Tes yeux. Ta voix. Et ta bonté.

— Tu veux dire que tu éprouves du plaisir à mon plaisir, dit-il en riant.

Elle rit aussi, sans bien comprendre.

Quand elle eut rongé la dernière miette sur le pilon, elle considéra les deux os dans le bol.

— Qu'est-ce que ça veut dire, « le Pragois » ?

— De Prague.

— C'est une ville ?

— Loin d'ici. Très loin. En Bohême.

— C'est beau ?

— Très beau.

— Aussi beau que Paris ?

Il rit.

— Aussi beau.

— Il y a un roi ?

— Frédéric III.

— Et toi, tu n'as pas d'autre nom qu'Isaac ?

— Si, répondit-il. Stern.

— Stern, répéta-t-elle.

— Ça veut dire « étoile », en allemand.

— Tu es allemand ?

— Non, répondit-il en riant. Je suis de Bohême. Je suis juif.

Juif, c'était un mot qu'elle connaissait, pour l'avoir entendu de la bouche du père Godefroy. Les Juifs avaient crucifié Jésus, bien longtemps auparavant. Mais on n'avait jamais vu de Juif à La Coudraye. Pour le père Godefroy, les Juifs étaient les pires des humains, mais elle ne trouvait pas du tout qu'Isaac fût haïssable, bien loin de là. Elle soupira. C'était fatigant que de faire tout le temps des nuances. Il y avait décidément trop de choses à comprendre et apprendre. Elle rejeta la tête en arrière. Elle était grise, béate.

— Où dormiras-tu ?

— Je ne sais pas. Dans l'écurie.

— J'ai un pavillon. Il sera moins froid que l'écurie, qui est ouverte à tous les vents.

Elle retrouva l'inquiétude éprouvée l'après-midi. Mais un pavillon plutôt que l'écurie, en effet…

Il paya, elle regarda les pièces d'argent tomber sur le bois de la table, ils se levèrent et traversèrent la foule des convives, qui redoublaient de tapage. Ils se retrouvèrent dans la cour, toujours battue par la pluie et de surcroît venteuse. À quatre pas de la porte, Isaac atteignit ce qu'il appelait son pavillon. Une pièce spacieuse. Un feu crépitait hardiment dans la cheminée.

Sur un coffre, elle vit le miroir.

Elle n'osa même pas le regarder. Son cœur ne l'eût pas supporté. Elle chancelait de fatigue et de griserie. Elle le savait maintenant, le miroir n'avait plus d'importance ; il avait rempli son rôle ; il lui avait révélé son visage.

Elle regardait la paillasse, ne songeant qu'à s'allonger.

— Couche-toi, dit-il. Tu manques de sommeil.

Et c'était vrai. Depuis... bref depuis cinq jours, elle n'avait eu qu'une nuit de sommeil, dans la grange de Falaise. Elle enleva ses souliers et s'allongea. Comble de luxe, un oreiller était placé à la tête du lit, un coussin recouvert de toile fraîche. L'instant d'après, elle dormait.

Elle s'éveilla dans le noir, en proie à une sensation voluptueuse qui la parcourait de la tête aux talons.

On lui suçait le sein droit. Une main flattait le gauche.

— Oh, dit-elle, arquant le corps.

C'était la sensation la plus délicieuse qu'elle eût jamais connue. Son téton dardait. Elle l'offrit à la bouche goulue. Puis les lèvres mystérieuses léchèrent le téton gauche. Et le sucèrent aussi.

— Oh, redit-elle avec plus de conviction.

Un rêve ?

Isaac ! songea-t-elle avec stupeur. Elle tendit la main et trouva une tête et des cheveux soyeux. Sa main descendit sur la nuque. Plus bas. Trouva une peau lisse et chaude. Une épaule nue.

Elle s'assit, se défit du surcot dans lequel elle s'était couchée, puis de la chemise, et se rallongea pour s'abandonner à son plaisir.

C'est qu'il se répandait de plus en plus dans son corps.

— Isaac, murmura-t-elle.

La main lui caressait les hanches, le ventre, les bras ; elle descendit jusqu'aux chausses et se glissa sur la cuisse droite.

Elle tira ce corps vers elle. Le plaqua contre le sien, l'enserra dans ses bras, et il l'enserra aussi. Elle l'embrassa avec une fougue qu'elle ne se connaissait pas. Elle serra les mains sur la tête de l'homme qui l'embrassait, surpris par la violence de l'élan.

— Qu'est cela ? demanda-t-elle, surprise par une partie du corps d'Isaac qui lui pressait le ventre.

— Ce n'est que moi, murmura-t-il d'un ton rieur.

Elle avait déjà vu les parties d'un homme, ne fût-ce que celles de son frère Denis, quand il se lavait, quand il dormait nu près d'elle, mais elle ne les savait pas si volumineuses. Elle explora le sexe d'Isaac, le caressa. D'un geste soudain, il se pencha vers le ventre de Jeanne, lui laissant le loisir de caresser son sexe, ce à quoi elle semblait prendre plaisir. Ayant rabattu les chausses, il lui lécha le sexe.

— Oh, redit-elle, haletante. Oh !

Et elle arqua davantage le corps.

Il la caressait de la langue et du doigt, il la dégustait, elle happa l'air.

Et ce sexe qu'elle devinait dans le noir, si proche de ses lèvres.

Elle pressentait un dénouement à l'extase qui lui brûlait le corps. Mais elle ne savait lequel. Il fallait un dénouement, car elle ne supporterait pas longtemps la tension qui rendait chaque pouce carré de son corps quasiment douloureux.

Il lui avait complètement enlevé les chausses.

Elle offrit ses lèvres au corps qui lui valait ce plaisir insane. Elle comprit d'emblée qu'elle rendait ainsi le plaisir qu'il lui donnait, et s'y appliqua avec plus de passion. Mais elle ne put tenir aussi longtemps qu'elle eût voulu.

Le dénouement approchait et lui ôtait la raison. La langue qui fouillait son sexe l'affolait. Elle tendit les jambes. Les raidit.

Un accident comparable à la foudre survint. Elle jappa. Se raccrocha au membre de l'homme. Sa cervelle se liquéfia. Une succession de secousses intérieures la parcourut. Il ne relâcha pas ses insupportables caresses et lui saisit un pied dans sa main chaude.

Elle poussa un cri rauque et serra le sexe. Il se répandit. Elle lui posa une main sur la jambe, devinant que le même accident lui était advenu.

Les remous de la nuit s'espacèrent. L'obscurité ne fut plus qu'un lac noir. Un miroir qui ne pouvait refléter que les étoiles.

Elle eut le sentiment infini d'avoir été libérée, d'avoir éclos.

Il la rejoignit sur l'oreiller. Elle le serra dans ses bras et chercha ses lèvres. Elle se demanda comment elle pourrait jamais détacher sa bouche de la sienne.

— Isaac.

Il la couvrait de baisers.

— Isaac.

Elle avait changé de monde.

La quinte avant l'aube sonna à un clocher non loin de là. Jeanne était éveillée. Isaac se leva, tisonna les braises et alluma une chandelle.

— Jeanne, lève-toi, habille-toi et pars avant les autres.

Elle regarda le corps nu de son amant, d'une blancheur presque spectrale. Elle s'assit et demanda :

— Mais pourquoi ?

Il fit un pas vers elle et lui dit d'une voix triste :

— Il ne faut pas qu'on te voie sortir de la chambre d'un Juif. On t'insulterait. On te battrait. Ou pis.

— Mais pourquoi ?

— Ne sais-tu vraiment pas ce qu'est un Juif ? N'as-tu donc pas remarqué que, dans la taverne, j'étais dans une alcôve à part ? Que j'occupe une chambre à part ? On me tolère. Mais on n'accepterait pas qu'une chrétienne, à supposer qu'on ne te prenne pas une fois de plus pour un chrétien, ce qui serait bien pire, ait dormi dans la même chambre qu'un Juif.

Elle écouta, dévastée.

— Crois-moi. C'est pour ton bien que je te le dis. Cela me fendrait le cœur que tu sois maltraitée. Je ne pourrais rien faire pour toi. Et à moi aussi l'on ferait du mal.

Elle pleura.

— Mais Isaac… je ne peux plus vivre sans toi ! Comment te retrouverai-je ?

— Faut-il vraiment me retrouver ?

— Oui ! s'écria-t-elle avec énergie.

— Pour commencer, rhabille-toi.

Elle se leva du lit. Chercha ses chausses et les remit avec une lenteur désolée. Puis sa chemise, son surcot, ses chaussures. Elle était tombée en une nuit du Paradis en Enfer.

— Je n'aurais jamais dû… murmura-t-il.

— Jamais dû quoi faire ? demanda-t-elle en allant vers lui, et lui posant les mains sur la poitrine.

Il lui caressa les cheveux. Elle attira sa tête vers lui et l'embrassa.

— Isaac, tu m'as fait naître. Tu es mon père et ma mère de nouveau.

Il la considéra de son regard sombre, dont les profondeurs plongeaient si loin qu'elle ne savait les sonder. Les larmes jaillirent de ses yeux et lui coulèrent sur les joues.

— Toi ? s'écria-t-elle, surprise.

Il hocha la tête.

— Moi aussi. Tu ne peux savoir, dit-il en détournant la tête.

— Isaac…

— Va-t'en. Vite, dit-il.

L'aube bleuissait la chambre à travers les vitres à plombs.

Il lui tendit le miroir. Elle l'avait oublié. Et elle avait compris que c'était d'abord lui qui l'avait fascinée. Il était son miroir. Il la poussa vers la porte. Et là, il lui dit :

— Mon père habite Paris. Demande Isidore Stern, rue de la Juiverie. Il aura des nouvelles de moi, si tu en veux vraiment.

L'aube froide et mouillée bruissait de voix, cette fois-ci, mais ce n'étaient pas celles du ciel. C'était comme un chœur immense qui célébrait la douleur.

Elle détacha Donky. Le portail était ouvert. Le reste de sa vie attendait Jeanne dehors.

6

Une nuit à Saint-Germain-des-Prés

Elle parvint à Nonant-le-Pin sous une pluie battante et dut s'abriter sous l'auvent d'une autre auberge. Les chemins se changeaient en fondrières. Le ciel était noir ; pourquoi ? Parce qu'elle s'était donnée à Isaac ? Ou bien au contraire parce qu'elle souffrait tant de l'avoir quitté ?

None sonna ; elle mangea son pain et encore du saucisson tout en rêvant au chapon, puis but à une fontaine. Le temps d'une éclaircie, elle put parvenir jusqu'au Merlerault, mais là, elle dut s'arrêter pour la nuit. On lui consentit une grange pour rien. Deux vagabonds s'y trouvaient déjà ; ils lui lançaient des regards en coulis ; elle ne dormit guère. Le jour suivant mérita son nom et fut tout soleil. De Sainte-Gauburge, elle gagna L'Aigle sans peine. Le lendemain, ce fut Verneuil et Tillières. Partie à l'aube, elle atteignit Dreux à la troisième heure après midi ; une foire s'y tenait ; elle avait vu assez de porcs, de volaille, de choux et d'or, et il n'y aurait jamais qu'un seul Isaac au monde. Elle passa le pont sur l'Eure et trouva refuge dans une ferme. De Dreux à Saint-Germain, deux jours s'écoulèrent sans autre incident que trois éclopés qui la suivaient sur la route avec insistance. Elle se trouva d'humeur querelleuse et s'arrêta en les défiant du regard. Ces trois débris à peine humains la fixèrent de leurs regards de rat ; elle les attendit, les poings sur les hanches. Eux aussi s'arrêtèrent. Ils se firent face un moment. L'un d'eux avança d'un pas. Elle mit la main dans la poche et sortit son couteau à cran d'arrêt.

— Si la vie vous paraît trop longue, dit-elle, songeant aux brigands qui avaient égorgé ses parents et enlevé Denis, je serais ravie de vous satisfaire.

La lame brilla au soleil. Sans doute jugèrent-ils que ce fruit-là était vraiment épineux, et ils passèrent leur chemin. L'affrontement ravigota Jeanne, dont la poussière des chemins et trop de chagrins avaient rendu la bouche cendreuse.

Le dixième jour, elle devina à l'afflux de badauds sur la route qu'elle approchait du but. Elle longea des marécages piqués de quelques buttes presque désertes. Puis des forêts dont elle ignorait le nom : Boulogne, Chaville, Meudon... Elle se félicita de voir bientôt un détachement de quinze archers la dépasser d'un pas énergique. Elle dut se ranger sur le côté pour leur céder le passage.

— Où mène cette route ? cria-t-elle au dernier.

— À Paris !

Puis les roues d'un chariot bâché tiré par deux chevaux grondèrent sur le sol, et elle se rangea une fois de plus. Ce n'était pas dans ces parages qu'on l'attaquerait. Elle distingua les premières maisons d'un faubourg, puis des clochers. Et là-bas, dans les scintillements du matin, n'étaient-ce pas les tours de Notre-Dame ? Des grognements la contraignirent à se retourner : un troupeau de porcs. Que la Seine était donc large ! Jeanne s'interrogea : elle suivait certes le bon chemin, mais au fur et à mesure qu'elle approchait de la ville, elle s'avisait que celle-ci se dressait sur l'autre rive.

Des maraîchers devant elle conduisaient deux baudets chargés de légumes.

— Où traverse-t-on ? leur demanda-t-elle.

— Suis le fleuve. Tu rencontreras l'île de la Cité, l'île Saint-Louis et l'île Louviers. Tu trouveras des ponts dans la première.

Elle parvint de la sorte à l'octroi de la Tour du Bois, dans une file de chariots, de mulets et de baudets portant des paniers de volaille, de poissons et de légumes.

— C'est pour l'abbaye, déclara-t-elle avec assurance au sergent de guet, sachant que les denrées réservées au clergé ne payaient pas d'octroi. Chaque conducteur donnait sa pièce.

— Quelle abbaye ? demanda le sergent, toisant ce qu'il prenait pour un jeune campagnard.

— Saint-Germain, dit-elle avec aplomb, répétant un nom qu'elle avait entendu sur la route.

Il parut surpris, mais elle ignorait pourquoi, ignorante du chemin compliqué qu'elle devrait suivre. Mais enfin, il la laissa passer, et c'était l'essentiel. Elle n'avait même pas songé au nom des terres dont elle était censée apporter le tribut.

Quelques maisons se dressaient çà et là, séparées par des prés et des terrains de maraîchers ; l'autre rive était déserte ; la cité était bien plus à l'est et au sud. Elle poursuivit son chemin le long de la rive herbeuse et ombragée. Ce n'était apparemment pas une ville où l'on trouverait commodément des granges. Elle aperçut enfin un pont ; c'est-à-dire des arches de pierre qui enjambaient le fleuve et qui étaient couvertes de maisons ; c'était le pont au Change, mais elle n'en saurait le nom que plus tard. Elle s'y engagea.

La cohue entre les bâtisses, séparées par un défilé à peine plus large qu'une venelle, était si dense que Jeanne crut ne jamais arriver à l'autre bout. Les deux paniers de Donky suffisaient parfois à en barrer le passage et, comme on circulait dans les deux sens, il advint plus d'une fois que ceux qui allaient vers l'amont fussent immobilisés côte à côte avec ceux qui allaient en aval. Les passants pestaient et l'on maugréa plus d'une fois contre « ce vilain avec son baudet ». Jeanne écoutait avidement les conversations, s'efforçant d'en apprendre autant qu'elle pouvait sur ce monde nouveau où elle arrivait. Elle nota que l'accent était très différent de celui de son pays : les Parisiens parlaient vite et pointu. Elle ne comprenait pas tout ce qu'ils disaient. Enfin, elle se dégagea de l'engorgement et parvint sur ce qui lui parut être une île, puisqu'elle en apercevait l'autre rive ; sans doute était-ce l'île de la Cité, qu'on lui avait indiquée. Était-elle bien dans Paris ?

Si : elle aperçut au loin Notre-Dame. Paris, disait-on même à La Coudraye où l'on n'en savait rien, c'était Notre-Dame. Comme aimantée par le monument, elle en oublia de s'enquérir d'un gîte. Elle avançait toujours, comme si la Vierge même l'appelait. Soudain, alors que faute d'orientation elle se laissait guider par le trafic, elle se trouva sur le parvis de la cathédrale. Elle leva les yeux. Un rêve majestueux d'ordre et d'harmonie, gris et rose, se dressait devant elle. Elle fut saisie par la splendeur heureuse qui se dégageait de ces pierres. Méditatif et bienveillant, un peuple de pierre, perché sur la façade, entre ciel et terre, observait les mortels. Oui, se dit-elle, où donc le roi voudrait-il séjourner si ce n'était près de ce monument de puissance ?

Elle éprouva le sentiment indicible qu'elle était bien au centre du pouvoir.

Une fois de plus, elle songea à ses parents. Et à Denis. Comme elle aurait voulu qu'il vît tout cela avec elle ! Elle chercha une prière pour rendre hommage à la beauté. Mais il suffisait de regarder cette façade pour prier.

L'heure s'avançait et elle devait trouver un abri pour la nuit. Elle revint sur ses pas et traversa le pont qui prolongeait le premier ; c'était le pont Saint-Michel.

Elle songea tout à coup que, puisque le hasard lui avait indiqué le nom de l'abbaye de Saint-Germain, elle pouvait aussi bien s'y rendre. Le clergé étant si puissant, c'était à lui qu'il fallait demander asile.

Passant devant une fontaine, elle s'inquiéta de la motte de beurre, la sortit de la couverture et arrosa d'eau le linge qui l'enveloppait.

Une commère lui indiqua l'abbaye ; mais pour s'y rendre, il fallait sortir des murs, et Jeanne comprit alors l'étonnement du sergent de la tour de Bois. Elle avait suivi le chemin le plus compliqué possible. Elle apprit à cette occasion que le nom exact de l'abbaye était Saint-Germain-des-Prés. Elle ressortit par la porte Saint-Michel et s'engagea bravement sur la route qui menait à l'abbaye, avec la patience et l'obstination des âmes simples.

Tout à coup, elle cligna des paupières. Ses yeux l'abusaient-ils ?

À droite se dressait un échafaudage comme elle n'en avait jamais vu : haut de quinze toises. Un peuple de corbeaux et d'éperviers s'agitait autour, dans des claquements d'ailes et de becs.

Sept objets se balançaient au-dessous, oscillant doucement dans le vent. Des vestiges d'humains, dont le vent ébouriffait des touffes de cheveux.

Elle poussa un cri. Mais ne parvint pas à détacher son regard.

La plupart de ces pendus, car c'étaient des pendus – quoi d'autre ? – étaient incomplets. Il leur manquait qui une main, qui un pied ou une jambe entière. Les crânes avaient éclaté sous les coups de bec furieux des oiseaux, impatients de déguster la cervelle des damnés pendant qu'elle était fraîche. Et tous avaient perdu leurs yeux. L'explication de ces ravages était dans ces volettements atroces et claquants des rapaces.

Sous les gibets, elle discerna d'autres grouillements. Des renards. Peut-être des loups. Plusieurs cadavres, en effet, étaient tombés. En témoignaient les nœuds vides qui oscillaient et tournaient, reliés aux poutres.

Jeanne avait vu des morts. Mais jamais des morts tels que ceux-là. Des morts sans dignité. Des sous-morts en quelque sorte, rejetés de leurs semblables.

Elle pressa le pas, convulsée. Elle y était presque. Enfin, elle le crut. Elle longea en effet un haut rempart qui n'en finissait pas et par-dessus le faîte duquel elle apercevait parfois des frondaisons. Finalement, elle parvint au guichet, logé dans un vaste portail clos. Un moine portier y était assis, derrière le volet supérieur de la porte, absorbé dans la lecture d'un livre petit et épais ; il remuait les lèvres en lisant. Il leva les yeux.

— Que puis-je faire pour toi ?

Elle ne sut que répondre. Elle ne savait ce qu'elle voulait ni comment signifier qu'elle avait besoin d'aide, d'orientation, d'un abri. Elle s'adressait aux religieux parce qu'ils étaient puissants et qu'ils avaient de l'expérience. Qu'ils faisaient profession de charité. Elle ouvrit la bouche, mais aucun son n'en sortit.

Le bénédictin se pencha vers Jeanne ; ce fut de la sorte qu'il vit l'âne. Peut-être pensa-t-il que le visiteur était sourd, car il haussa la voix pour répéter sa question. Cette fois-ci, il ajouta : « Mon garçon. » Toujours cette confusion.

— J'ai besoin d'aide, dit-elle enfin.

Il la considéra un instant, intrigué par l'accent et cherchant à savoir à qui il avait affaire.

— Quel genre d'aide ?

Par la porte du guichet qui donnait sur l'arrière, et qui était ouverte en raison de la chaleur, elle aperçut les trois tours d'une église.

— J'ai quitté la Normandie parce que mes parents ont été égorgés, se décida-t-elle à expliquer. Mon jeune frère a été enlevé. Je ne connais personne. Je n'ai pas vu de grange où m'abriter cette nuit.

— Qui a tué tes parents ?

— On dit que ce sont des soldats anglais.

Il assimila la réponse.

— Connais-tu quelqu'un dans notre abbaye ?

Elle secoua la tête.

— Qui te l'a indiquée ?

— Personne.

Il battit des cils, perplexe.

— Tu es chrétien ?

Elle hocha la tête.

— Quand tes parents ont-ils été meurtris ?

Le mot « meurtris » la déconcerta, mais elle en devina le sens.

— Un jour avant que je quitte la Normandie. Depuis, je suis en chemin.

— Tu ne connais personne à Paris ?

Elle secoua la tête. Elle se souvint qu'elle connaissait le nom d'Isidore Stern, le père d'Isaac, rue de la Juiverie, mais après ce qu'Isaac lui-même lui avait dit de l'accueil qu'on faisait aux Juifs, elle pressentit qu'elle serait bien mal avisée d'en faire mention. Le bénédictin ne se soucia plus de dissimuler sa surprise.

— Tu es venu de Normandie jusqu'à Paris sans connaître personne ici ?

Elle comprit alors que c'était pure folie. Mais comment expliquer qu'elle voulait fuir un pays qui, dans sa mémoire, serait à jamais ensanglanté ?

— Attends-moi ici, dit le moine.

Elle le vit partir en direction d'un bâtiment à gauche.

Elle lanterna. Le premier quart de la deuxième heure après midi sonna. Et qu'adviendrait-il si on lui refusait l'abri ? Le deuxième quart sonna. Elle songea à s'en aller, résista à son impulsion. Enfin, le moine revint, accompagné d'un autre bénédictin, d'aspect plus imposant. Il ouvrit la porte et fit signe à Jeanne d'entrer. Elle hésita ; et Donky ?

— Tu peux faire entrer ton âne aussi, dit le portier. Dom Lucas veut bien t'accorder un entretien.

Elle dévisagea Dom Lucas : un visage glabre et massif, dont les yeux la scrutaient avec vigilance.

— Suis-moi. Laisse l'âne ici, il est sous bonne garde, dit Dom Lucas.

Il la précéda vers le bâtiment à gauche, une bâtisse austère à trois étages, flanquée d'une aile perpendiculaire en retrait du rempart. D'autres moines allaient et venaient. Il gravit deux étages et, parvenu dans un couloir, il ouvrit une porte, la fit entrer et referma la porte derrière elle. La pièce était crépie à la chaux, le sol était dallé. Pour tout mobilier, une table massive, trois sièges, une armoire, un lit étroit, des étagères remplies de livres et de manuscrits. Sur la table, un grand crucifix d'argent et un chandelier à trois branches.

Dom Lucas s'assit derrière la table et la fit asseoir sur l'un des sièges devant lui. Il lui fit raconter son histoire derechef. Elle omit de parler des cinq pièces d'or que lui avait données le vavasseur et, bien sûr, d'Isaac le Pragois.

— Tu es venu tout seul de Normandie ?

Elle hocha la tête.

— Tu n'as pas eu peur ?

Elle secoua la tête et sortit son couteau à cran. Il sourit et secoua imperceptiblement la tête. Un haussement d'épaules ébranla son torse massif.

— L'abbaye est un territoire pontifical, dit-il, et ne peut servir de refuge à des gens sans feu. Il existe à Paris des lieux pour cela, mais je ne saurais t'y envoyer, vu ton âge. Je veux bien cependant, et très exceptionnellement, t'accorder l'asile pour cette nuit et peut-être la suivante. Après, je tenterai de te trouver une maison chrétienne qui, en échange d'un travail, t'accorde le toit et la nourriture. Un garçon de ton âge doit être capable de travailler.

— Je ne suis pas un garçon, dit-elle.

Il parut interdit et son regard s'appesantit sur le torse de la visiteuse.

— Es-tu infirme ?

— Infirme ?

— Es-tu une fille depuis ta naissance ?

— Oui, répondit-elle étonnée. N'avais-je pas dit que je m'appelle Jeanne ?

— À cause de ton accent, j'avais entendu « John ». Pourquoi t'habilles-tu en garçon ?

— Je ne m'habille pas en garçon. Dans mon pays, nous n'avons pas d'argent pour des atours.

Il la considéra un moment, perplexe.

— Que sais-tu faire ? Je pourrais t'envoyer chez les Filles de la Croix ou les Cordelières.

Il eût proposé de la déporter dans la Lune qu'elle n'eût pas été plus déconcertée. Ce qu'elle entendait lui donnait l'impression d'être une pièce perdue sur un damier et dont on ne savait que faire. Elle devina confusément que c'était là le monde du pouvoir, qu'elle avait deviné à Caen : les individus ne s'appartenaient pas, et il n'était pas question de faire appel à la charité chrétienne pour s'assurer un toit. Ils devaient être placés là où cela convenait aux puissants. Instinctivement, elle se rebella.

— Ce sont des couvents, tu y seras plus à ta place, dit-il, comme pour confirmer ce qu'elle avait pressenti. Il n'est pas convenable qu'une fille de ton âge coure les rues.

Il se leva.

— Et il serait bon que tu prennes un peu plus l'apparence de ton vrai sexe. Le Seigneur n'aime pas qu'on se travestisse. Viens, je vais te montrer le lieu où tu pourras dormir cette nuit.

Mais que savait-il donc des préférences du Seigneur ? se demanda-t-elle. Le Seigneur était-il donc moins futé qu'Isaac, qui avait discerné en elle une fille ?

Il décrocha deux clefs d'un vaste tableau de bois fixé au mur, où pendait une profusion d'autres trousseaux sous des inscriptions latines, et ils redescendirent.

— Va chercher ton âne. Ce sont tes possessions dont tu l'as chargé ?

Elle hocha la tête et ne parla pas du méteil. Elle alla chercher Donky au guichet et revint. Ils contournèrent le bâtiment d'angle, sous l'enceinte, et longèrent un potager. Un moine y ratissait la terre entre des rangées de choux de printemps. Chemin faisant, l'âne lâcha deux crottes. Le bruit qu'elles firent en tombant attira l'attention de Dom Lucas. Il s'arrêta et alla prendre un râteau des mains du jardinier, puis ramena les crottes vers le terreau et les y dispersa.

— Voilà, cet âne se sera rendu utile, dit-il d'un ton entendu.

Cela fait, il reprit son chemin vers un bâtiment bas au-delà du potager. Il ouvrit un vaste vantail, et Jeanne aperçut trois chevaux d'une race qu'elle ne connaissait pas ; c'étaient des barbes, elle l'apprendrait plus tard. Deux d'entre eux étaient bai vif et le troisième brun. Ils tournèrent la tête pour observer les nouveaux venus et surtout l'âne. Donky releva l'encolure. Elle s'alarma d'une inimitié éventuelle entre les chevaux et l'âne, mais son souci fut de courte durée, car Dom Lucas traversa l'écurie et, à l'autre extrémité, déverrouilla bruyamment une porte qui donnait sur un local vide. Sans doute était-ce l'entrepôt de paille et de fourrage, dont quelques bottes défraîchies restaient posées contre un mur.

— Voilà, dit-il, ton toit et celui de ton âne pour ce soir.

Elle hocha la tête. Le lieu n'était éclairé que par un soupirail.

— Il n'est pas licite qu'une femme circule dans l'abbaye, dit Dom Lucas d'un ton solennel. Tu ne reviendras donc pas sur tes pas.

— Suis-je enfermée ?

— Non.

Il déverrouilla une autre porte et l'ouvrit ; elle donnait sur des champs.

— Tu es libre de sortir pour vaquer.

Vaquer ; elle ignorait le mot.

— As-tu de quoi manger ?

Elle secoua la tête, à regret.

— Je te ferai porter tout à l'heure un bol de soupe, du pain et de l'eau par l'un de nos frères. Demain, j'aviserai sur celui des couvents où je t'adresserai. Prie le Seigneur avant de t'endormir et remercie-le qu'il t'ait assuré un toit pour cette nuit.

Il regagna la porte mitoyenne de l'écurie, la referma et la reverrouilla aussi bruyamment qu'il l'avait ouverte.

C'était donc cela, Paris.

Elle sortit s'accroupir dans les champs déserts, puis revint secouer deux bottes de paille pour tenter de les rafraîchir et en faire une paillasse convenable.

Quatre coups sonnèrent au clocher.

Elle ressortit contempler le ciel et les champs. Jamais, à La Coudraye, on ne lui avait reproché sa mise, ni fait sentir aussi nettement qu'elle était une femme. Les travaux de la terre et de la ferme ne connaissaient pas ces distinctions, et si c'étaient les hommes qui labouraient, c'était en raison de leur robustesse.

Là, elle se trouvait dans un univers d'hommes. Elle regretta de s'être adressée à cette abbaye. Elle eût mieux fait de tenter sa chance au hasard des rues.

L'angélus la trouva perdue dans ses rêveries, entre la perplexité et un espoir sans fondement.

La serrure de la porte mitoyenne cliqueta. Un moine la poussa du pied, tenant d'une main un bol de soupe et un morceau de pain, de l'autre un cruchon d'eau. Il lança à Jeanne un regard furtif et posa le pain, le bol et le carafon par terre, puis referma la porte et la reverrouilla. On eût dit qu'il avait eu peur de la regarder.

Elle mangea tout, pain et soupe, et garda un peu d'eau pour arroser la motte de beurre, afin qu'il ne rancît pas. Donky fit un sort aux restes de foin qui traînaient.

Enfin, elle ferma la porte des champs avec la lourde clenche de bois prévue à cet effet, tira sa couverture du panier de Donky, s'en enveloppa et s'allongea. Elle avait tiré le miroir de la poche de son manteau et, dans les dernières clartés du jour, elle se regarda. Elle eut l'impression de se créer.

Elle rêva à Isaac. Elle était sûre qu'elle le reverrait. Cela faisait deux hommes à retrouver, lui et Denis.

Elle s'enfonça dans un sommeil sans rêves.

7

La fuite devant la vertu

Au matin, la serrure cliqueta de nouveau. Elle était déjà réveillée et soulagée. Et elle avait pris la précaution de fourrer le miroir dans la poche du manteau, afin que les bénédictins ne le vissent pas. Le même moine réapparut, portant un bol de lait chaud, mais suivi de Dom Lucas.

— As-tu dit tes prières ? demanda ce dernier à Jeanne.

Il la considéra d'un air sévère. Elle hocha timidement la tête. Elle mentait ; elle n'avait pas dit un mot de latin.

— Ma décision est prise, déclara-t-il. Tu iras chez nos sœurs les Cordelières franciscaines. C'est le lieu qu'il faut pour protéger ta vertu jusqu'à l'heure du mariage ou celle de rejoindre leur ordre, si elles le jugent opportun.

C'était tout de même inouï, cette façon de décider pour elle. Les moines étaient-ils des sergents ? L'autre moine lui tendit le bol de lait et elle le prit. Dom Lucas sortit un billet de sa poche et le tendit à Jeanne :

— Tu remettras ceci de ma part à mère Élisabeth de la Providence, la supérieure du couvent.

Elle posa le bol par terre et prit le billet. Elle ne savait pas lire et ne feignit donc pas de le déchiffrer. D'ailleurs, il devait être en latin, la langue de ces gens.

— Frère Baptistin que voici t'indiquera le chemin. Que la Providence du Seigneur t'accompagne, conclut Dom Lucas, et il sortit.

Frère Baptistin demeura, la considérant d'un regard vitreux.

— J'attends que tu aies bu ton lait, dit-il.

Elle s'exécuta, et il lui reprit le bol des mains, l'empila sur celui de la veille, posa dessus le cruchon vide et lui expliqua comment parvenir au couvent des Cordelières. Cela ne semblait pas loin, mais elle devrait sortir par les champs, car il n'était pas question qu'elle traversât de nouveau l'abbaye. Et il souhaitait qu'elle partît tout de suite, afin de verrouiller la porte extérieure. Bref, il la mettait dehors.

Elle replia sa couverture et la remit dans l'un des paniers, puis se retrouva dans les champs, de méchante humeur. Iraitelle chez les Cordelières ? Il y avait peu de chance, en effet, que l'accueil d'un couvent fût plus chaleureux que celui d'une abbaye. Mais elle réfléchit que des femmes seraient peut-être plus compatissantes à l'égard d'une orpheline.

Elle arriva juste après l'office. Une cohorte de robes brunes, toutes serrées à la taille par la corde symbolique aux trois nœuds, sortaient de l'église du couvent dans une volée de cloches. Jeanne ne pouvait qu'à peine distinguer les visages, les têtes étant recouvertes par les capuches, mais sous les robes elle devinait des corps recrus ; les pieds nus dans des sandales le confirmaient d'ailleurs. Elle demanda à l'une de ces religieuses laquelle d'entre elles était la mère supérieure ; celleci se trouvait à portée de voix. Elle dévisagea la visiteuse.

— Que fait un garçon dans ce couvent ? s'indigna-t-elle.

— Je ne suis pas un garçon, dit résolument Jeanne, je suis une fille, envoyée par Dom Lucas, de l'abbaye de Saint-Germain-des-Prés.

À ce moment-là, la capuche retomba en arrière et Jeanne se retint de rire : mère Élisabeth de la Providence était presque le sosie de Thibaut le forgeron, moustache comprise. Elle sortit de la poche de son surcot le billet qui lui avait été confié. La franciscaine s'en empara et le déplia sur-le-champ, l'air toujours courroucé.

— Est-ce ainsi que les filles s'accoutrent dans ton pays ?

— Les pauvres paysannes, oui.

— On dit : oui ma mère.

Cela s'annonçait mal. Mère Élisabeth de la Providence déchiffra le billet, toisa Jeanne d'un œil sourcilleux et remâcha un reliquat du dernier repas.

— Suis-moi.

— Et mon âne ?

— C'est le tien ?

Mère Élisabeth de la Providence donna à l'une de ses sœurs l'ordre de conduire l'âne à l'écurie. Jeanne suivit du coin de l'œil Donky qu'on menait vers un grand auvent devant un bâtiment proche du portail.

Elles parvinrent dans une pièce au rez-de-chaussée, guère plus riante que le bureau de Dom Lucas et même plus pauvre. Le lit était un bâti bas sans paillasse surmonté d'un crucifix au mur, en bois noir avec le corps du crucifié en buis. Mère Élisabeth demeura debout et Jeanne aussi, par conséquent.

— Lis-tu le latin ?

Jeanne secoua la tête.

— Dom Lucas a l'infinie bonté de te recommander à nous pour que nous te prenions comme pupille et t'accordions l'abri de notre toit. Mais aussi l'abri de notre foi, car rien ne tente plus le Diable et n'est l'instrument de ses malices qu'une jeune fille qui ne connaît pas le monde, précisa-t-elle d'un ton sans réplique. Nous autres, Cordelières, avons pris trois vœux, de chasteté, de pauvreté et d'obéissance, et nous entendons que ces trois règles soient strictement respectées dans notre enceinte. Nos pupilles, même si elles ne prononcent pas ces vœux, y sont strictement tenues par notre règle.

Sur cette monition, proférée d'un ton menaçant, mère Élisabeth de la Providence transperça la petite paysanne d'un regard fixe. Un vrai clou !

— As-tu des biens ?

Jeanne secoua la tête.

— Mais tu as ton âne ?

— Oui.

— C'est donc un bien. De quoi est-il chargé ?

— Des affaires que j'ai emportées de la maison.

— Lesquelles ?

— Une poêle... une motte de beurre... du sel... Une couverture aussi.

Mère Élisabeth de la Providence hocha la tête.

— Dès ton entrée dans notre maison, tu es tenue de renoncer à tes possessions, qui deviennent le bien de la communauté. En échange, nous te nourrirons, nous t'éduquerons et nous enrichirons ton âme. Tu travailleras dans un parfait esprit d'obéissance à toutes les tâches que nous te confierons.

Jeanne frémit : et le miroir aussi ? De quel usage serait donc un miroir pour ces créatures qui avaient abjuré leur condition de femme ? Elle regarda froidement la franciscaine. Elle voulait vivre, et on la mettait vivante au tombeau ! Le destin lui avait déjà enlevé ses affections les plus chères et on voulait lui ôter ses derniers liens avec le monde. Elle ne possédait presque rien, et l'on exigeait de surcroît qu'elle s'en fît dépouiller.

— Comprends-tu ce que je dis ?

Elle hocha la tête.

— Va donc chercher tes possessions, que nous les examinions et que nous voyions quels services elles peuvent rendre à la communauté.

Jeanne se leva et se dirigea vers la porte.

— Jeanne Parrish, dit la voix de la franciscaine. Ne crois pas me tromper par tes silences. Je connais les secrets des jeunes filles.

Jeanne se retourna et la regarda de manière inexpressive. Puis elle tourna la poignée de la porte.

Certaine d'être observée par la fenêtre, elle alla d'un pas lent vers l'écurie. Mais celle-ci était hors de portée de vue de la fenêtre de la supérieure. Jeanne détacha Donky de l'anneau, le mena au portail et sortit d'un pas égal. Une fois dehors, elle donna un coup de longe sur la croupe de l'animal, qui trotta vivement. Elle courut à ses côtés et tourna au premier angle venu.

Elle avait échappé à la vertu.

Elle faillit ne pas échapper à pire.

Un cri avait retenti au-dessus d'elle, mais elle n'y avait pas prêté attention. Tant de gens criaient alentour. Les Parisiens donnaient de la voix pour un oui ou pour un non.

— Garalo !

Le cri mystérieux fut répété avec plus de voix et de véhémence.

— Garalo !

Qu'est-ce que ça pouvait bien signifier ? Un appel corporatif ? Un mot de patois parisien ? Elle leva la tête au moment où une femme, visiblement exaspérée, poussait ce cri pour la troisième fois. Et Jeanne comprit instantanément. Elle fit un saut de carpe, tirant vivement Donky. La femme tenait à la main un pot de chambre et s'apprêtait à le vider dans le ruisseau du haut du deuxième étage.

Un jet d'urine et d'excréments s'abattit avec un bruit crapuleux dans le creux pavé de la rue. Elle avait bien visé ! Jeanne comprit le cri :

— Gare à l'eau !

Elle ignorait qu'un édit du roi Charles le Septième avait rendu l'avertissement obligatoire ; il fallait le répéter trois fois. Plus d'un bourgeois, échevin ou marchand, s'était vivement plaint, en effet, d'être arrivé chez lui coiffé d'un étron.

Deux rues plus loin, une masse qui avait sans doute été d'apparence humaine s'abattit devant elle, agitant un os nu, là où une main eût dû se trouver. Mais cette masse était encore habitée par la vie. Elle quémandait. Jeanne l'examina. Le visage était ensanglanté. Du fond d'une face hirsute et noire de crasse, deux yeux de bête la guettaient. Elle eut un sursaut de recul.

— Pitié ! Un denier !

Elle eût donné la pièce si un détail n'avait attiré son attention : la manche dont sortait l'os était étrangement articulée. Et l'os n'était pas dans l'axe de l'avant-bras. Pas de doute, le bras était replié dans la manche et tenait l'os au bout, pour susciter la frayeur et la pitié. La frayeur, surtout, car cet os pouvait servir d'arme.

De plus, le sang qui couvrait la joue de l'homme avait une couleur bizarre. Pas la couleur du sang, qu'elle connaissait bien et ne voulait pas se rappeler.

Le gueux s'était barbouillé de jus de fraises !

Elle rempocha sa conviction et contourna le lamentable comédien, qui semblait faire horreur à Donky lui-même.

Paris était vraiment moins hospitalier que le modeste village de La Coudraye. Jeanne s'arma de méfiance à l'égard de cette ville où siégeait le pouvoir. Elle ne distinguait pas entre le royal et le religieux, mais enfin, ils se valaient. Elle fit une moue.

Le quart sonna. Il lui restait quelques heures pour trouver un refuge. Elle marcha. Le hasard la mena rue de la Montagne-Sainte-Geneviève. None avait, peu auparavant, empli l'air de tintements. Une foule de jeunes gens bien mis franchirent un portail et se dispersèrent dans les parages, leurs capes noires tournoyant comme un vol de choucas. Un autre mendiant gisait près de la porte, les pieds nus et noirs de crasse, mais sans os apparents ni jus de fraises ; deux ou trois jeunes gens lui firent l'aumône, dont un morceau de pain. Quand ils se furent écartés, elle lui demanda ce qu'était cette maison.

— Le collège des Lombards, répondit-il. C'est pour les jeunes qui sont instruits et riches. Les riches ! marmonna-t-il.

Le soleil tapant fort, elle s'engagea dans une venelle ombreuse, sans plus savoir où elle allait, contournant le collège. Le ruisseau y était si profond et tellement encombré d'immondices qu'elle eut de la peine à garder son équilibre.

Une vingtaine de pas plus loin, elle aperçut un vantail de porte mal fermé. Elle glissa un œil et découvrit une sorte de remise déserte, aux murs si sombres qu'ils semblaient noirs. Une roue cassée gisait sur le sol de terre battue. Des tréteaux étaient posés contre un mur. Le lieu paraissait abandonné. Elle entra et appela, d'abord timidement, puis de manière sonore ; personne ne lui répondit. Elle fit entrer Donky, referma la porte et inspecta le local. Il mesurait bien quinze pas de long par autant de large. Les pierres particulièrement noircies d'un mur latéral révélaient qu'il y avait eu là une sorte d'âtre. En témoignait d'ailleurs un trou au plafond, entre deux poutres. Deux meurtrières percées de part et d'autre de la porte dispensaient un jour chiche. Sur les étagères d'une alcôve, au fond, elle trouva quelques clous et deux ou trois planchettes.

À en juger par ces vestiges, par les copeaux, les éclats et la sciure de bois qui traînaient par terre, ç'avait été un atelier de charpentier, mais il n'y restait pas un seul outil. Poursuivant son inventaire, elle remarqua un seau en fer, noir de suie, aux parois percées de trous ; des débris de charbon de bois demeuraient au fond ; un brasero ; c'était donc ainsi que l'artisan qui gîtait là faisait du feu. Dans un angle près de la porte, elle trouva aussi une lourde barre de bois ; les crochets fichés dans le mur en indiquaient l'usage : elle permettait de condamner la porte de l'intérieur. Comme il n'y avait pas d'autre issue, cela signifiait que l'occupant s'enfermait là. Pour quoi faire, sinon dormir ?

Mais le lit, s'il y en avait eu, avait disparu.

Et comment faisait-il pour fermer l'atelier de l'extérieur ? La lourde porte de bois comportait bien une serrure, mais de clef, point.

Un bruit d'eau l'intrigua et elle chercha d'où il pouvait venir. Enfin, elle localisa une porte noyée dans le mur en face de la porte et, prudemment, l'ouvrit. Elle découvrit une courette exiguë au bas de murs aveugles ; une petite fontaine moussue y clapotait.

Elle retourna dans l'atelier, car c'en avait donc été un. Pourquoi avait-il été déserté ? Et depuis combien de temps ?

Pouvait-elle s'y installer ? Le lieu était frais, ce qui serait plaisant par les chaleurs de l'été, mais l'hiver, il serait glacial.

Elle décida d'attendre le retour d'un éventuel occupant : rien. Il fallait se nourrir et trouver du foin pour Donky, mais Jeanne décida de patienter autant qu'elle pourrait. Sa trouvaille avait été providentielle. Restait à s'assurer que c'en était bien une.

Elle mangea quelques noix et alla tâter de l'eau à la fontaine : elle la trouva potable. Elle se lava le visage de la sueur et de la poussière de ses journées de route. Elle eût bien voulu se laver le reste du corps, mais tremblait d'être surprise nue.

La quinte sonna aux clochers des environs ; elle s'aventura dehors et longea la venelle jusqu'au bout : ce déduit s'achevait sur un chemin large, partiellement pavé. À gauche, derrière l'enceinte du collège des Lombards, il donnait sur des champs. Deux femmes accroupies s'y soulageaient. Elle suivit leur exemple. L'herbe y était rare, mais il y en avait assez pour que, le soir venu, Donky pût y trouver quelque pitance.

Elle retourna à l'atelier, tremblant d'y découvrir un homme qui la tancerait ou pis, qui serait en train de la dévaliser et avec lequel elle devrait en découdre. Elle serra la main dans sa poche, sur son couteau.

Elle poussa la porte, le cœur battant : personne.

Peut-être dormirait-elle là, ce soir. Sur quoi ? elle n'en avait cure. L'essentiel était qu'elle conservât cet espace. Elle eût voulu une miette de feu, mais elle avait oublié d'emporter la pierre à feu du Bouc-de-Chêne. Et d'ailleurs, que brûler ? Pas le moindre bout de chandelle, non plus.

Elle lutta contre les larmes. Renifla et se ressaisit.

L'angélus sonna.

Des éclats de voix lui parvinrent ; elle pointa le nez dehors. Là-bas, sans doute devant le collège, des voix joyeuses de jeunes gens qui sortaient pour regagner leurs maisons.

Elle se trompait, c'était dans la cour même du collège qu'ils saluaient la fin des cours, mais elle l'apprendrait plus tard.

Le jour déclina, la venelle se fit sombre et l'atelier, trop frais pour le confort.

Elle mena Donky par la longe pour grignoter ce qu'il trouverait dans le pré. Il eut la décence d'y faire ses crottes.

La septime sonna dans le ciel de juin, clair et doux. Jeanne regagna l'atelier et s'organisa pour la nuit.

Il restait tant à faire, si elle pouvait s'approprier le lieu : faire poser une serrure, trouver un lit, de quoi faire du feu…

Elle songea de nouveau aux Cordelières et poussa un violent soupir de révolte.

On avait voulu protéger sa vertu. Mais, se dit-elle obscurément, une vertu protégée de force, c'est une vertu violée.

Elle soulagea Donky de ses paniers, et cela fait, considéra son bagage. Elle pouvait vendre les sacs de méteil, mais il lui parut qu'il y avait mieux à en faire. Elle s'emmitoufla dans sa couverture et, après avoir condamné la porte à l'aide de la barre, s'installa par terre, dans le coin de l'atelier qui lui parut le moins froid.

Elle entendit la décime sonner dans l'air calme, rêva à Isaac et, peu après, s'engourdit et s'endormit.

8

Deliciae angelorum

Le matin la trouva gourde. Elle éprouva quelque peine à se lever. Mais les oiseaux chantaient avec obstination. Elle sortit de nouveau dans les champs, songeant au moyen de refermer la porte quand elle sortirait. Car il fallait quand même sortir de cette tanière.

Une grosse pierre mal équarrie mais à peu près cubique, trouvée dans les champs, lui en donna l'idée. Elle la rapporta péniblement à l'atelier. Il lui manquait maintenant une cordelette. Elle se creusa la tête ; paysanne autant qu'elle fût, elle savait qu'une cordelette ne se trouve pas facilement. Elle retourna dans les champs et coupa une brassée de hautes herbes, puis rentra à l'atelier. Là, elle épissa les tiges, de façon à en faire une sorte de petite corde qui faisait bien quatre coudées de long ; elle en vérifia la résistance, la noua autour de la pierre, glissa le brin libre par le jour du vantail et essaya son stratagème : en tirant le brin une fois qu'elle était à l'extérieur, elle calait la pierre contre la porte, ce qui donnait à peu près à celle-ci l'air d'être close. Satisfaite, elle sortit en quête des objets qui lui manquaient, laissant Donky à la garde de son antre.

Déambulant dans le quartier, elle trouva au bas de la montagne un épicier qui lui vendit une pierre à feu : trois sols, de l'étoupe : un sol, cinq chandelles : dix sols, du pain, et un saucisson. Un maréchal-ferrant et ferblantier lui vendit un broc : douze sols, et une herminette : vingt-cinq sols. Il lui céda pour rien une planche de pin large et longue comme un bras d'homme, qu'elle lorgnait du coin de l'œil. Cela faisait une petite fortune, mais à quoi servait donc l'argent si l'on ne pouvait le dépenser quand besoin était ?

Ayant rapporté tout cela dans l'établi, elle repartit. Armée de l'herminette, elle alla dans les bosquets qu'elle avait repérés derrière les bâtiments des dominicains ramasser le petit bois le plus sec qu'elle pût trouver et le tailla en fagots. Cinq fagots.

À la dixième heure, elle porta les tréteaux, la planche, le broc plein d'eau et le seau noir rempli de petit bois à l'angle de la venelle et de la rue de la Montagne-Sainte-Geneviève. Le mendiant ayant repris son poste, elle lui recommanda de garder l'œil sur tout cela et lui promit un denier. Quelques instants plus tard, elle revint, tirant l'un des sacs de méteil et portant la motte de beurre, le sel et le sac de noix. Et elle mit à exécution un projet qui lui trottait dans la tête depuis un moment. Avec l'eau, la farine de méteil, une pincée de sel et le beurre, elle pétrit sur la planche une pâte, la coupa en triangles et garnit chacun de ceux-ci avec des noix qu'elle ouvrait et décortiquait au fur et à mesure. Le plus dur restait à faire : enflammer le petit bois. L'étoupe avait bien pris, mais le bois, trop vert, flambait mal et fumait. Mais enfin, il brûlait. Tout cela prit une bonne heure, car elle n'avait pas fini quand la onzième heure sonna. Elle préleva une lichette de beurre dans la poêle et la disposa sur le réchaud ; le beurre fondit. Elle disposa dessus les triangles, qui commencèrent à cuire doucement et à dorer. L'odeur qui s'en dégageait parvint jusqu'aux narines du mendiant. Il se leva et vint observer la cuisine, clopin-clopant.

— Ça sent bien bon, dit-il.

— Veux-tu le denier ou un échaudé ?

Car c'était le nom de ces confections.

Il réfléchit.

— Si je veux garder l'âme accrochée au corps, j'ai plus vite fait de choisir l'échaudé.

Elle le souleva de la poêle sur une mince lame de bois qu'elle avait trouvée dans l'établi et le lui tendit. Elle observa son premier client déguster la friandise. Il ferma les yeux puis, de sa bouche édentée, marmonna quelque chose qu'elle eut peine à comprendre.

— C'est qu'cré Dieu, j'ai pas goûté d'un bon temps goguemafrée pareille !

Elle en resta pantoise, la lame de bois en l'air. Qu'était-ce donc qu'une goguemafrée ? Son premier client allait-il lui ruiner l'entreprise ?

— C'est pas bon ?

— C'est l'paradis quand j'y s'rai.

— C'est bon ?

— J'te l'dis ! Combien tu vends ça ?

— Trois deniers.

— Pas assez ! protesta-t-il avec des gestes pouilleux. Pas assez ! Quatre !

Elle fut saisie d'un fou rire. None sonna. Les jeunes gens sortirent, comme la veille. Le fumet des échaudés emplissait la rue. Deux ou trois adolescents vinrent vers la nouvelle chalande, tendant le cou.

— Qu'est-ce que c'est ?

— Des échaudés aux noix.

— Non, un croquignant pour les anges ! clama le mendiant.

Ils éclatèrent de rire.

— Combien ?

— Trois deniers.

— J'en veux un.

Elle sortit le deuxième échaudé de la poêle et le donna à son premier vrai client. C'était un dadais osseux au grand nez et aux yeux de belette. Il lui tendit les deniers et s'empressa de déguster son achat. Il poussa de petits cris.

— *Deliciae angelorum quasi quam stuprum !*

Elle n'y comprit rien, sinon que deux autres garçons s'empressèrent d'acheter aussi leurs échaudés. Ils faisaient des pas de danse en mangeant leurs parts brûlantes. Ne restaient dans la poêle que deux échaudés ; aussitôt vendus. Elle refit de la pâte. Un petit attroupement se forma autour de Jeanne, observant tous ses gestes, le pétrissage, le découpage, la salaison, le beurrage de la poêle, le décortiquage des noix.

— Mon garçon, dit le premier dadais, faudra songer à vendre aussi du vin.

Un autre garçon lui dit des mots latins qu'elle ne comprit pas, mais qui devaient être graveleux, car elle reconnut aux rires qui se propagèrent une sonorité canaille.

Un troisième lui conseilla de donner quelques pièces au mendiant pour qu'il débarrassât la chaussée de sa présence. Elle parut choquée par la suggestion.

— Ce ne serait pas chrétien, objecta-t-elle.

— Ce ne serait pas chrétien non plus de crever d'épidémie à cause de ce sac à poux ! insista-t-il. Je ne sais pas comment il a échappé aux archers, mais nous pourvoirons à ce qu'il ne traîne pas trop longtemps ici.

— Qu'est-ce que c'est qu'une pidémie ? demanda-t-elle.

— Une *é*pidémie, corrigea le premier, celui qui avait un grand nez et qui semblait le plus savant. C'est quand plusieurs personnes sont malades de la même maladie, qu'elles se sont sans doute refilée on ne sait comment. T'es pourtant pas né d'hier, non ? Il y a cinq ans, où étais-tu ? Nous avons eu à Paris une épidémie de variole. Si tu savais ! On est couvert de pustules partout et on finit par mourir parce qu'on ne peut plus respirer. On n'est pas encore mort qu'on est déjà en train de pourrir. Personne ne sortait de chez soi et personne non plus n'entrait chez vous.

Elle frémit.

— Nous avions déjà eu une autre épidémie à Paris, sept ans auparavant, reprit le dadais, renchérissant dans l'horreur. Cinquante mille morts ! clama-t-il. Des cadavres partout, il n'y avait pas assez de place dans les cimetières ! Il y en avait qu'on jetait à la Seine, on n'était pas sûrs qu'ils soient déjà morts ! Dans les lits de l'Hôtel-Dieu, on les mettait par cinq dans le même lit, et c'était miracle s'il y en avait qui était vivant. Et pas pour longtemps !

— Assez ! cria-t-elle.

Il riait de la terreur qu'il lui inspirait. Ses compagnons attroupés autour de lui riaient aussi de sa faconde et de l'effet qu'elle produisait sur Jeanne.

— D'où viens-tu ? demanda-t-il. T'es forain ?

Elle avait appris à se différencier des forains, qu'on tenait généralement pour des vagabonds et des bons à rien.

— Non, je viens de Normandie.

— Je vais te dire quelque chose, mon garçon. Si tu as du succès, ce n'est pas seulement parce que tes pâtisseries sont goûteuses, mais aussi à cause de ton teint de pêche. Débarrasse-toi de ce pouilleux.

Le pouilleux, lui, entendait tout et se tenait coi. Elle capta son regard et le trouva comparable à celui d'une bête traquée.

Son teint de pêche, elle le connaissait grâce au miroir, qu'elle consultait parfois, toujours terrifiée.

Elle travailla ainsi jusqu'à la deuxième heure au clocher. Tous ses fagots, la moitié de son beurre et de ses noix et un tiers d'un sac de méteil y avaient passé.

Elle n'avait même pas goûté un seul de ses échaudés, mais elle devinait que la farine brune de méteil lui donnait une saveur particulièrement riche.

Elle avait encaissé deux cent dix-huit deniers, c'est-à-dire qu'elle avait fait un bénéfice net de vingt-trois sols après avoir récupéré sa mise, estimée à quarante et un sols.

— Reviendrai-je ce soir ? demanda-t-elle au mendiant.

— Non, dit-il, fais-toi rare. Demain seulement, au casse-croûte de midi. Je t'attends. Après-demain, c'est dimanche. Faudra prévoir à être là à la sortie de la messe, à neuf heures. Les hosties, ça nourrit pas.

Elle regagna son antre, songeuse. Alluma une chandelle. Pour la première fois depuis de longs jours, se lava à la fontaine et, ne sachant comment se sécher, frissonna et se pelotonna près du brasero.

Il faudrait encore chercher des fagots. Le méteil, le beurre, le sel et les noix ne dureraient pas longtemps. Il faudrait en racheter. Peut-être varier les ingrédients.

Elle se rhabilla, de plus en plus songeuse, seule dans un atelier désert et désolé, à la lumière d'une chandelle.

Elle eut du mal à s'endormir.
Aussi, c'était la pleine lune.
Isaac.
Denis.

9

Le dragon

Le lendemain, elle gagna trente et un sols. Le mendiant eut droit à son échaudé. Incidemment, il s'appelait Matthieu. Testelet de son nom de famille, et il était né à Orléans une vingtaine d'années plus tôt.

Comme Jeanne devait retourner au moins une fois par matinée regarnir son broc d'eau, il se trouva commis d'office à la garde de ses tréteaux.

Dimanche, elle gagna quarante-six sols et dut entamer le deuxième sac de méteil.

Lundi, vingt-sept sols. Elle s'empressa d'aller acheter trois bottes de paille, pour dormir sur une couche plus moelleuse et moins froide que la terre battue.

En estimant, de façon évidemment approximative, le coût de la matière première de ses échaudés à une quarantaine de sols, elle en gagnait à peu près autant par jour. Donc, mille deux cents sols par mois, soit une soixantaine de livres tournois. Elle aurait largement de quoi payer un aide, car elle ne pouvait vaquer à la fois aux achats, à l'approvisionnement en petit bois, à la surveillance de son étal et maintes autres nécessités.

Mardi, elle donna cinq sols à Matthieu, et le pria d'aller avec cette somme aux bains publics et de s'y faire épouiller à la vapeur de cèdre et aux essences de camphre. Par la même occasion, elle lui donna des braies, des chausses et une chemise neuves qu'elle avait achetées la veille pour vingt-cinq sols chez un fripier.

— Je veux que tu fasses brûler tes vieux vêtements, lui dit-elle d'un ton amène mais ferme.

— Mais qu'j'aurai l'air d'un bourge ! J'pourra plus mendier ! protesta-t-il.

— Matthieu, désormais tu n'es plus mendiant et je ne te demande pas ton avis. Je vois ce que tu gagnes ; près d'un sol par jour, au mieux et en comptant l'aumône des dimanches, soit entre trente et trente-cinq sols par mois. Je te donnerai cinquante sols garantis pour travailler pour mon compte. Mais tes pieds sont une horreur : on n'en voit pas la couleur.

Il regarda ses pieds, oscillant de l'un sur l'autre, car il boitait, ce qui lui conférait une démarche chaloupée.

— Ça coûte d'être propre ! grommela-t-il en guise d'excuse.

— Ce n'est pas que ça coûte, c'est que tu es fainéant. Tu pourrais aller les laver à la fontaine, par exemple.

Il la considéra d'un air grimaçant.

— Cinquante sols ?

— J'ai dit.

— Et j'aurai mon échaudé quand même ?

— Bien sûr. Ce qui fera un total de cinquante-six sols.

Il paraissait encore indécis, sinon mécontent.

— Bon, cinquante-cinq sols et les échaudés ?

Elle lui lança un regard narquois.

— Va d'abord te laver, si on t'accepte aux bains.

Piqué, il rétorqua :

— Et pourquoi qu'on m'accepterait pas ?

— Parce que t'es gueux à faire peur. Et je ne veux plus voir cet affreux chapeau.

— C'est pas un gamin comme toi qui va me faire la leçon, petit !

— Je ne suis pas un gamin, Matthieu. Je suis une fille, compris ?

Il l'examina, éberlué, clignant des yeux.

— Putain de Vauvert ! T'es une fille, toi ?

— Une vraie, Matthieu. C'est pas un garçon qui t'offrirait des fringues. Va te laver, j'ai dit.

— Et qu'j'reviens pieds nus ?

— C'est la crasse qui te servait de chaussures ?

Il rit.

— Et la langue pendue, c'te lardonne !

Enfin, il partit, les vêtements sur le bras.

Il revint à l'angélus. Elle ne le reconnut qu'à la chemise. Il rayonnait. Il sembla à Jeanne qu'il boitait beaucoup moins ; peut-être était-ce la crasse qui le faisait claudiquer. Même son sourire édenté était estompé. Il sentait violemment le camphre ; cela signifiait qu'on l'avait énergiquement épouillé. On lui avait lavé les cheveux, encore plaqués sur son crâne.

— Ils ne voulaient pas de moi.

— Je le comprends.

Elle sortit deux sols de sa bourse et les lui donna.

— Maintenant, cours chez le barbier, tu as une barbe de brigand. Fais-toi aussi couper les cheveux, ils sont trop longs.

— J'va aller pieds nus chez le barbier ?

Il y avait du bon sens dans la remarque, mais Matthieu semblait obsédé par les chaussures.

— Demain je t'achète des chaussures. Tu m'auras coûté près de cinquante sols de la journée.

— Alors j'irai demain chez le barbier.

— Non, tu n'auras les chaussures que si tu vas chez le barbier. Je n'ai même pas de lit, Matthieu, alors tu peux attendre un jour pour avoir des chaussures.

— Tout de même, se faire faire la loi par une gamine ! Et toi, t'as vu comme tu es fripée ?

— Je suis propre, va te faire raser. Je reviens ici le vérifier à la septième heure.

En effet, il ne savait pas où elle gîtait. Il obtempéra. Elle alla vérifier qu'aucun intrus n'avait dans l'entretemps violé son domicile de fortune et sortit Donky, qui s'ennuyait tout seul et qui fut content de humer l'air libre et de brouter de l'herbe fraîche. Demain, elle lui achèterait du foin.

Puis elle retourna voir si Matthieu s'était bien rasé. Elle ne le reconnut quasiment pas : c'était un bel homme. Elle sourit ; il sourit aussi. Il regarda de nouveau ses pieds, et elle aussi : ils étaient longs et forts, et pas déplaisants à regarder maintenant qu'il était propre. Elle se demanda quelle était la blessure responsable de son infirmité.

— Mais c'est que tout ça me donne faim, dit-il.

Elle éclata de rire.

— Je t'invite à souper à la taverne de la Cour-des-Bœufs.

Sa mâchoire en tomba.

— Tu me fais la cour ? Tu irais à la Cour-des-Bœufs avec un va-nu-pieds ?

— Tu n'es plus un va-nu-pieds que jusqu'à demain.

Il la fixa de son regard qu'elle soutint. Il avait des yeux d'un bleu si pâle qu'il en faisait peur. Il se passait sans cesse la main sur les joues rasées, blanches avec des reflets bleus. Si blanches qu'il en paraissait poudré.

Ils allèrent donc souper. Matthieu avait encore moins d'expérience de la société qu'elle. Il avait vécu de détritus et, tout à coup, il se retrouvait attablé dans une des tavernes dont il fouillait hier les restes, jetés dans le ruisseau.

— Qu'est-ce qu'on mange ? demanda-t-il, quand il se fut, avec circonspection, installé sur le banc.

— Une soupe et des saucisses rôties avec une salade, dit-elle.

Il écarquilla les yeux.

— Tout ça ?

— Tout ça.

— Tu es riche ?

— Tu vois ce que je gagne.

Elle commanda aussi un flacon de vin ; il secouait la tête d'incrédulité.

— Ça ne sera pas comme ça tous les soirs, prévint-elle.

— Qu'est-ce qu'on fête, aujourd'hui ?

— Ta naissance ! dit-elle en riant. Tu es un autre homme.

Il rit aussi.

— C'est vrai que je ne suis plus le même. Dans la tête aussi. Je ne sais pas comment je suis.

Il ne savait que faire de sa cuiller ; elle le lui apprit.

— D'où tu viens ? demanda-t-il.

Elle lui résuma sa vie en quelques mots. Et la visite à l'abbaye et au couvent.

— Le cran ! Non, mais le cran ! s'écria-t-il en vidant son verre.

Le vin était un verjus de la région parisienne, mais il valait mieux que de la bière. Aussi la taverne de la Cour-des-Bœufs n'était-elle pas un établissement de marchands riches ; la clientèle en était surtout constituée de clercs qui venaient chanter et réciter des poèmes pour un écot, et à l'occasion faire du tapage.

Il raconta sa vie : vingt-deux ou vingt-trois ans. Il avait trois ans durant fait partie des écorcheurs qui sévissaient à Paris et dans la région, d'anciens mercenaires, des pillards, des rançonneurs ; des malfrats tels que ceux qu'elle avait rencontrés sur la route. Puis il avait séjourné un an dans les geôles froides de la prison des Archers, sur les bords de la Seine, au-delà de l'enceinte, pour vol et récidive.

— C'que j'ai vu, dit-il.

Au terme de sa peine, un sergent avait voulu l'enrôler dans les Compagnies royales d'ordonnance ; plusieurs de ses anciens complices l'y avaient précédé. Mais comme il exécrait l'autorité de façon irrésistible, il avait feint de boiter, échappant ainsi à ce qui était de fait l'armée régulière du roi. S'il devait faire la guerre, déclara-t-il, ce serait pour son compte, pas celui d'un seigneur. Depuis lors, il menait une existence de mendiant.

— Donc, tu ne boites pas vraiment ?

— Non, mais j'en ai pris l'habitude.

— Qu'est-ce que tu avais volé pour aller en prison ? demanda-t-elle en mangeant sa soupe.

— Une fois, deux chapons, une autre un crucifix dans une église.

Il la regarda d'un air grave.

— Je ne te volerai pas. Je ne te volerai jamais. Je ne volerai plus. Pourquoi tu as fait ça pour moi ?

— Quoi ?

— Ce que tu as fait ?

Instinctivement, elle devina qu'il ne fallait surtout pas lui tenir un discours pieux.

— Parce que toi et moi, nous sommes des pauvres, répondit-elle. Les pauvres se comprennent entre eux. Et parce que j'ai besoin de toi.

— Tu as vraiment besoin de moi ?

— Je ne peux pas continuer toute seule à faire ce que je fais. Ça marche. Il me faudra quelqu'un.

Le regard de Matthieu brilla. Il avait conscience d'être utile, peut-être pour la première fois de sa vie.

— Demain tu seras riche.

— Alors tu seras riche aussi.

Ils levèrent leurs verres en souriant.

Elle lui apprit à se servir du couteau commun pour couper les saucisses grillées, qui étaient juteuses.

Un joueur de vielle vint tourner sa manivelle pour la piècette. Jeanne ne connaissait de la musique que les chœurs rustiques que le père Godefroy tentait d'organiser pour l 'office du dimanche. Lui, il en avait entendu d'autres. Mais le vin les rendit sensibles à la ritournelle du vielleux. Or, celle-ci ne faisait que servir de prélude à la récitation d'un jeune homme. En cape et toque de clerc penchée sur l'oreille, ce dernier s'avança entre les bancs ; il déclama d'une voix de gorge, chaude et coruscante, et le rythme de ses vers s'accordait à la mélodie :

Quand vient le Mai joli
Chanter au lit
Point de pucelle n'est fourche
Autant farouche
Qui le puisse au déduit
Jeter au puits.
Sachez lors que votre épine
Si fort coquine
Ne piquer peut que mon ardeur
Ô tendre fleur
Et lors sous la feuillée
Tôt effeuillée
Tiendrez mon cœur meurtri
Pour votre prix.
Quand vient le Mai joli
Chanter au lit.

L'assistance lui fit un triomphe. La toque du vielleux tinta bientôt de maintes pièces, qu'il partagerait avec le poète. On invita les deux hommes à s'asseoir et on leur offrit à souper. Des lazzis fusèrent sur les sous-entendus que certains avaient décelés dans les vers et que Matthieu détecta çà et là. Jeanne ne vit que le visage du jeune poète : à peine plus de vingt ans. Des traits à la fois fins et rudes, taillés à la serpe et puis ciselés ; le front bombé était coiffé de boucles brunes foisonnantes et les joues étaient couvertes d'une barbe naissante dans laquelle fleurissaient des lèvres d'un rose ardent ; elles évoquèrent pour Jeanne la bouche d'Isaac. Leur regards se croisèrent de façon fugitive. Elle lui trouva des yeux de cerf, bruns et brillants, et il lui sembla qu'ils s'étaient un moment attachés à elle.

Elle éprouva un mélange de sentiments inconnu. Elle se sentait presque heureuse et surprise de l'être, mais en même temps gagnée par une sorte de mélancolie que le bref poème lui avait révélée à elle-même.

Que faisait donc Isaac à cette heure ?

À la porte de la taverne, elle eut soudain conscience d'une situation difficile, et même critique. Elle avait porté Matthieu au Paradis ; à l'évidence, il se savait changé en un autre homme ; allait-elle, en prenant là congé, le rejeter brutalement dans sa condition première ? C'était une situation un peu semblable à celle où elle s'était trouvée avec Isaac, à l'auberge d'Argentan.

Il la regarda, pieds nus sur la poussière de la rue, dans la lumière tardive des soirs de juin.

— Où dors-tu ? demanda-t-elle.

— On me consent la nuit dans le guichet du collège. Mais il faut que je déguerpisse après matines.

Matines, c'est-à-dire avant l'aube.

— Chez moi, c'est à peine mieux. Je n'ai même pas de lit. Je ne peux t'offrir qu'une botte de foin. Et la compagnie de mon âne.

— Une botte de foin ! s'exclama-t-il en riant. Mais c'est princier !

Elle fut emplie d'appréhension quand elle poussa la porte de l'atelier. Elle livrait son secret le plus cher à un homme qui, avant none encore, n'était qu'un gueux.

Elle tenta d'allumer une chandelle, à la pierre à feu. Elle s'y prenait mal ; il alluma, lui, la chandelle d'un coup. Puis il examina la pièce et alla flatter l'âne. Donky lui fit bon accueil, hochant de la tête avec enthousiasme. Elle alla disposer une botte de paille près de la porte ; elle, elle dormait près de l'alcôve dans le fond.

Elle se dit qu'elle commettait peut-être une imprudence, mais aussi qu'elle n'aurait su faire autrement.

Il enleva sa chemise et s'allongea sur la paille, le visage béat.

— Sais-tu que depuis mon enfance je n'ai dormi sur de la paille ? dit-il.

— Dors bien, dit-elle.

Et elle souffla la chandelle. Une heure se passa dans le calme. Le clocher du collège sonna la dixième heure.

Et le pire ennemi de Jeanne se réveilla : c'était elle-même. Comme les vrais ennemis, il l'empêcha de dormir.

— Jeanne ? dit une voix prudente.

Son cœur battit d'inquiétude.

— Tu ne dors donc pas ? répondit-elle d'une voix qu'elle tenta de rendre somnolente.

— Tu sais bien que non.

Cette impudence !

Elle laissa s'écouler un long silence.

— Jeanne ?

Il n'attendit pas la réponse, il savait qu'elle était éveillée.

— Jeanne, il y a des années que je n'ai touché un corps de femme.

Elle se rebiffa, contre elle-même plus que lui.

— Matthieu, je suis pucelle et je n'entends pas avoir d'enfants. Je ne suis pas éprise de toi.

— Jeanne, je demande l'aumône. Te toucher, seulement te toucher.

À cette escrime-là, le gueux était passé maître.

— Et après, c'est tout. Je pense que je pourrai mourir heureux.

Au timbre de la voix, elle comprit qu'il était assis sur sa paillasse.

— Matthieu, tu es ivre, et je ne veux pas me battre contre mon prochain commis.

— Tu ne te battras pas. Je ne suis pas une bête. Jeanne, tu as fait de moi un autre homme. Je ne suis plus le gueux.

— Parce que tu es propre ?

Ratiocinations ! se dit-elle. Comment, il n'était pas déjà à ses pieds ?

Il le fut bientôt.

— Les bains, c'était mon deuxième baptême, dit-il.

Elle entendait son souffle. Elle entendait également le sien. Elle sentait même la chaleur de cet homme sans le toucher.

Il posa la main sur sa jambe. Elle frémit jusqu'aux cheveux. Dans sa mémoire, elle revit son visage. Mais bien pis, elle ne protesta pas. La main demeura sur la jambe trois éternités mises bout à bout.

Elle remonta jusqu'au ventre. Au nombril.

Aux seins.

Elle songea à Isaac, et sa détresse fut soudain immense. Elle faillit pleurer.

Il releva la chemise et caressa les seins. Puis il les baisa.

— Suce-les, murmura-t-elle, quasi morte.

Il se jeta sur elle et la téta comme un enfant. Un sein, puis l'autre. Elle tendit le bras et trouva la peau du dos, tiède et nue.

Tout recommençait donc ainsi ! Et qu'importe ! Elle se précipita dans les délices de cette cour tronquée. Elle lui repoussa lentement la tête vers le ventre.

Elle était sa maîtresse. Elle avait cet esclave à ses ordres.

Il s'allongea sur la paillasse, masse brute et docile, et elle comprit qu'il était entièrement nu. Elle tendit la main vers le braquemart.

— Jeanne ! cria-t-il, comme si elle l'avait poignardé.

Elle comprit sa vulnérabilité quand il gémit. Elle ignorait que des sons pareils pussent sortir de la gorge d'un homme. Pour le faire taire, elle lui plaqua la tête contre son sexe. Il la dévora.

Elle aussi le dévora.

La secousse qu'elle connaissait désormais fut presque interrompue par un rugissement. La bête allongée près d'elle fut saisie d'un sursaut accompagné de hoquets, de spasmes, de sanglots d'une telle violence qu'elle prit peur. Cet homme avait perdu la raison. Il lui enserra les pieds, les baisa passionnément, puis se retourna soudain dans un saut animal et l'embrassa avec une force dévastatrice. Enfin, il s'allongea près d'elle et la serra dans ses bras.

Elle était stupéfaite. Elle lui caressa la tête pour l'apaiser. Les spasmes reprenaient Matthieu par intermittence, s'espaçant jusqu'à ce qu'il fût devenu enfin calme.

L'odeur de la semence étonna Jeanne par sa force.

Elle se redit les mêmes mots qu'avait prononcés Isaac : je n'aurais pas dû. Mais elle était consciente qu'elle n'eût pu agir autrement.

Isaac était une victime.

Matthieu était une victime.

Et elle aussi, s'avisa-t-elle.

Elle souhaita qu'il retournât sur sa paillasse, puis ne le souhaita plus. Il était allongé près d'elle, puissance délivrée des ténèbres et désormais asservie. C'étaient peut-être cela, les dragons. Il dormait. Elle s'endormit bien après, se disant qu'elle avait quand même réussi à préserver son vœu le plus ardent : elle ne céderait son pucelage qu'à Isaac.

Et pourtant, elle se sentait désormais liée à Matthieu.

10

Remous sur la montagne

Elle revint dans l'après-midi, des chaussures à la main. Des chaussures neuves en gros cuir nourri de tannin et de graisse. Il lui lança un regard appuyé et, à la surprise de Jeanne, les posa par terre et alla se laver les pieds à la fontaine avant de les chausser.

Elle en rit.

— Tu as appris à te laver.

Il la prit dans ses bras et la fit voltiger en l'air. Elle cria.

— Donne-moi trente sols, dit-il.

— Trente sols ! Pour quoi faire ?

— Pour acheter des planches pour te faire un lit.

— Comment ferais-tu un lit ?

— J'ai travaillé chez un charpentier dans ma jeunesse, à Orléans. Je sais assembler un lit.

— Matthieu, j'ai besoin de toi pour d'autres tâches. Je n'ai plus de fagots, pour commencer.

— Je travaillerai le soir.

— Il te faudra une scie.

— Je me la ferai prêter. Ou je la louerai.

— Des clous.

— Pas tant. D'abord, un vrai charpentier se sert peu de clous. Puis, j'ai compté qu'il y en a ici dix-neuf. C'est bien assez.

Elle lui donna les trente sols et partit pour le marché des Patriarches. L'idée d'un lit ne lui seyait qu'à demi : c'était une façon de s'établir, et elle n'était pas certaine de vouloir s'installer avec Matthieu. Un jour, il finirait par lui demander sa virginité. Et elle se réservait pour Isaac. Si jamais elle le revoyait…

Elle s'efforçait de ne pas trop songer à lui, car cela la rendait triste. Elle détourna son esprit vers son commerce.

Les gens, songea-t-elle, se lasseraient bientôt des échaudés aux noix. Elle continuerait à les confectionner, mais en variant les ingrédients. Chez la volaillère de la rue de la Montagne, elle fit hacher deux livres d'abats de poulet. Puis elle acheta un pot de miel et quatre livres de pêches. Elle avait son idée.

Équipée d'une autre poêle, pour ne pas mélanger les goûts, elle confectionna d'une part des échaudés salés aux noix ou aux abats, et de l'autre, des échaudés aux pêches garnis de miel, qu'elle vendait cinq deniers, vu le prix du miel. Elle doubla son chiffre d'affaires, les mêmes clients qui avaient dégusté les premiers, qui étaient salés, achetant les seconds comme dessert. Deux échaudés par client.

Et sa clientèle n'était plus restreinte aux élèves du collège des Lombards. Les professeurs vinrent aussi tâter des échaudés dont ils avaient ouï dire et qui les changeaient de l'ordinaire du réfectoire. Le cuisinier en eut vent et, contrarié, vint aussi goûter un échaudé. Puis d'autres gens du quartier.

Le soir, à la chandelle, quand il avait assuré les achats pour le lendemain, Matthieu sciait tenons et mortaises dans du beau chêne, ajustait, désassemblait, limait ceci ou cela avec la lime de charpentier que Jeanne avait emportée de La Coudraye.

Puis ils dormaient sur la même paillasse.

Leurs corps n'avaient plus de secrets l'un pour l'autre. Mais, heureusement, les plaisirs de Matthieu étaient moins cataclysmiques que celui du premier soir.

L'atelier n'avait pas d'âtre ; elle faisait de la soupe sur le brasero.

À la fin du mois de juin, Jeanne disposait d'un magot net de quatre-vingt-trois livres tournois.

Puis les choses se gâtèrent.

Le directeur spirituel du collège, un bernardin, s'intéressa à ce couple singulier ; il vint les examiner et entreprit Jeanne, sur un ton badin.

— Où as-tu appris la pâtisserie, mon garçon ?

Elle flaira l'ennemi et ne le reprit pas.

— Ma mère me l'a enseignée en Bretagne, mon père.

— Ta mère est bretonne ?

— Oui, mon père.

Elle soupçonna que mère Élisabeth de la Providence avait dû signaler la disparition d'une future pupille que lui avait envoyée Dom Lucas. À n'en pas douter, la franciscaine considérait que le billet de Dom Lucas et sa propre approbation avaient d'office mué Jeanne en pupille ; elle tenait donc que cette dernière était en fuite.

— Quel âge as-tu, mon fils ?

— Bientôt quatorze ans, mon père.

— Tu n'as pas beaucoup de poil au menton, dit-il mielleux et se penchant vers elle pour examiner son visage.

— Cela vient tard dans la famille, mon père.

Il tourna son regard vers Matthieu, qui le lorgnait sans aménité.

— C'est ton ami ?

— Oui, mon père. L'amitié du travail.

— À quelle église te confesses-tu ?

— À Saint-Jacques, mon père.

Elle savait qu'à Saint-Jacques, il y avait foule à confesse et qu'on ne retrouverait pas sa trace.

— Pourquoi si loin ? Ce n'est point ta paroisse ?

— Si fait, mon père, c'est là que j'habite et que je fais mes achats. Voulez-vous tâter de mes échaudés ?

— Non merci, mon fils, je me garde du péché de gourmandise.

Par bonheur, d'autres clients vinrent pousser le religieux de côté. Il s'en fut, marmonnant une bénédiction de convenance. Mais elle savait ce qu'il en était : si le fâcheux bernardin venait à deviner son sexe, il ferait interdire aux élèves de se fournir chez elle, sous prétexte que c'était une créature perverse travestie en garçon. Et s'il ne le devinait pas, mais découvrait qu'elle vivait et couchait désormais dans le même lieu qu'un homme, il la ferait accuser de bougrerie, ce qui était encore plus malencontreux. Elle y perdrait non seulement la clientèle du collège, mais également celle du quartier.

Elle avait projeté de se révéler bientôt en tant que femme ; elle devrait y surseoir pendant quelque temps au moins.

Le soir, elle confia ses appréhensions à Matthieu.

— Bon, si ça ne marche pas ici, on ira ailleurs, conclut-il. Tu es déjà connue dans le quartier. Nous ne sommes pas dépendants des Lombards.

Il se remit à la fabrication du lit, qui prenait tournure. Le seul inconvénient était qu'il préparait une mixture infâme à base d'écailles de poisson, qu'il faisait chauffer de temps en temps avec une pointe d'esprit-de-vin, pour la liquéfier. C'était de la colle.

Elle rêva d'une voiture à bras. Il n'était pas prudent d'être trop connu dans un quartier, ni trop visiblement prospère, car cela faisait des envieux.

Mais elle ne s'y prit pas assez vite : deux jours plus tard, un autre incident confirma ses appréhensions. Un personnage à la noble bedaine, en manteau long et grande toque penchée sur l'oreille, alla se poster de l'autre côté de la rue, juste en face des tréteaux de Jeanne ; il ne détacha plus ses yeux de la jeune fille. Il était accompagné d'un famulus, un garçon chafouin, qui portait un grand objet plat, d'usage inconnu. Matthieu aussi les remarqua. Par bonheur, le fâcheux arriva à la dixième heure et lanterna jusqu'à la onzième, c'est-à-dire au moment où les affaires étaient le plus calmes. Elle se demanda, de plus en plus inquiète, qui était ce badaud qui n'achetait rien. Enfin, il traversa la rue, suivi de son domestique, et se présenta : il s'appelait Honoré Boucheton et était le notaire de la confrérie de Saint-Macaire, lequel saint était le patron des pâtissiers. Il venait réclamer paiement de la patente de la profession, sans laquelle il n'était pas permis de vendre des confections, en boutique ou en plein air.

— Qui est le propriétaire de ce négoce ? demanda-t-il d'un ton hautain.

Jeanne s'alarma ; si elle se nommait, elle se révélait comme fille, ce qui, dans les commérages du quartier, pouvait déclencher des répercussions imprévisibles.

— Matthieu Testelet que voici, répondit-elle, se tournant vers son compagnon et lui adressant un clin d'œil imperceptible.

— Où donc avez-vous fait votre apprentissage ? demanda le notaire à Matthieu.

Madré, celui-ci devina d'emblée les pièges possibles.

— J'en ai point fait. J'ai engagé ce pâtissier, qui a fait son apprentissage en Bretagne.

Maître Boucheton jeta un coup d'œil chagrin sur les échaudés qui cuisaient dans la poêle. Il n'avait certes pas les moyens d'aller enquêter en Bretagne. Il réfléchit.

— Vu ce que j'ai constaté *de visu* – l'expression laissa Jeanne et Matthieu perplexes – en ma qualité de notaire assermenté, j'estime votre encaisse à huit sols de l'heure, ce qui, pour une journée, de labeur représente...

— J'travaille point le soir, coupa Matthieu, agacé.

— Ah bon ? fit maître Boucheton, désappointé.

— De la huitième heure après minuit à la première après midi, c'est tout.

— Et après, vous allez exercer ailleurs ?

— Et après, je me repose, déclara Matthieu. Et le garçon se repose aussi quand il a fini les achats. C'est not' droit, non ?

Maître Boucheton ne releva pas l'impertinence et dut refaire ses calculs mentaux.

— Cela fait cinq heures à raison de sept jours par semaine, car vous travaillez le dimanche, je le sais, et mille cent vingt sols par mois. Selon l'usage, je déduis le tiers pour les ingrédients, ce qui représente trois cent soixante-treize sols...

— Vous oubliez le salaire du pâtissier, coupa encore Matthieu.

— Ah, fit le notaire. Et de combien est-il ?

— Quinze sols par semaine.

— Quinze sols ! Bon, cela vous laisse un bénéfice de six cent quatre-vingt-sept sols par mois, soit trente-quatre livres tournois et sept sols. Soit encore quatre cent douze livres tournois et quatre sols par an, dont je retranche pour les ambulants sans auvent la moitié pour cause de mauvais temps, soit deux cent six livres tournois et deux sols par an. En foi de quoi, je vous demande de bien vouloir payer le un pour le cent…

Jeanne écoutait patiemment, à la fois exaspérée et intéressée. Le domestique lorgnait avidement les échaudés aux pêches, dont le fumet gras et sucré lui montait aux narines.

— Deux livres tournois et un seizième, que j'arrondirai à un sol et demi. Deux livres tournois et un sol et demi, répéta-t-il avec autorité à l'adresse de Matthieu.

— Et qu'est-ce que j'ai pour ça ?

— La patente jusqu'à… Voyons. Vous exercez depuis un mois, n'est-ce pas ?

Il était bien renseigné, ce notaire, et Jeanne flaira une dénonciation.

— Donc jusqu'au Mai de l'an prochain.

Jeanne tira sa grosse bourse de sous le surcot, et le tintement des pièces fit tourner la tête au notaire. Elle y préleva deux livres et renoua la bourse. Puis elle tira l'autre sacoche, en prit un sol et une piécette et tendit le tout au notaire. Celui-ci fit alors signe à son domestique, qui déplia l'objet étrange ; c'était une table pliante ; le chafouin sortit ensuite d'une sacoche plate en cuir dur qu'il portait à la ceinture un encrier, une plume et un carré de papier grand comme deux mains ; enfin il déboucha l'encrier. Le notaire trempa la plume dans l'encre et se pencha sur la table. Le domestique lui tendit la boîte à poudre, dont maître Boucheton saupoudra la patente neuve, souffla dessus et la remit à Matthieu.

Jeanne était pressée de voir le notaire partir avant la sortie des collégiens. Elle préleva un échaudé et le tendit au domestique, qui le prit avec empressement et commença à le gober tout chaud.

— Voilà, dit-elle en conclusion, que Dieu vous accompagne.

Maître Boucheton, auquel elle n'avait pas offert d'échaudé, leva un sourcil offensé et acheta un échaudé, puis il tourna les talons sans répondre à la bénédiction et descendit la rue.

Jeanne et Matthieu échangèrent un regard complice.

— Bon, maintenant, tout est dans l'ordre, déclara-t-il, tendant la patente à Jeanne, qui la plia et la fourra contre son sein.

— À peu près, corrigea-t-elle.

Pour sa part, elle trouvait la situation bancale. Elle et lui occupaient un local clandestin, et elle passait pour un autre.

None sonna. Et l'heure de la troisième contrariété. À deux heures, alors que Jeanne s'apprêtait à replier ses tréteaux, elle vit arriver le cuisinier du collège, qui était déjà venu goûter de ses friandises ; c'était un blafard au nez rouge et aux pieds en canard. Mais il ne venait pas compléter son repas, car sa démarche était plutôt celle d'un animal qui charge. Il les interpella, elle et Matthieu, en qui il était certes loin de reconnaître le mendiant de l'autre mois.

— Dites donc, vous deux ! Vous n'avez pas le droit de faire pâtissiers en plein air sans patente, le savez-vous ?

Si c'était lui qui les avait dénoncés, il n'était pas au fait de la visite de maître Boucheton.

— La patente, la voilà, cuistot ! répliqua Jeanne en lui agitant le document sous le nez.

Un instant interdit, l'autre reprit, posant les mains sur la planche et secouant les tréteaux :

— Et vous n'avez pas le droit de vous placer devant le collège ! Manquerait plus que vous ouvriez un estaminet ici !

— Hors l'enceinte, la voie publique appartient au roi et à ses sujets ! lui rétorqua Jeanne, soudain furieuse.

Mais Matthieu n'avait pas apprécié que le cuisinier secouât les tréteaux ; il le saisit par les épaules et le rejeta en arrière.

— Bas les pattes, manant ! cria le cuisinier se retournant. Ou j'appelle les archers pour vous mener au cachot, toi et ton ribaud !

C'en fut trop. Matthieu lui décocha un soufflet qui donna soudain des couleurs au blafard. La pogne de Matthieu offrait un échantillon de sa vigueur. Le cuisinier se frotta la joue, toisa Matthieu d'un regard haineux et s'en fut.

— Donne-moi deux livres, dit Matthieu.

— Pour quoi faire ?

— Donne-moi deux livres, je te dis.

Elle s'exécuta, se demandant à quoi diantre serait employé tant d'argent.

Matthieu disparut la plus grande partie de l'après-midi, alors qu'elle avait besoin de l'envoyer en quête d'un meunier ; il lui fallait, en effet, se réapprovisionner rapidement en farine de méteil, composée de seigle, d'orge et de froment en proportions égales, mais avec une légère préférence pour le froment, qui conférait sa douceur à la pâte.

Au retour, il paraissait satisfait, voire goguenard, et elle savait d'expérience qu'il valait mieux le laisser parler que de l'interroger. Elle attendit donc.

Elle devina l'affaire le lendemain, voyant un surcroît d'élèves et de professeurs affluer devant son étal et, pour la plupart, acheter à la fois un échaudé à la viande et un autre aux fruits et notamment à la fraise.

— Que se passe-t-il ? demanda-t-elle à un professeur, à la robe noire.

— Notre cuisinier a été malmené hier, dit-il. Il s'est alité.

— Il a été raclé ! précisa un élève.

— Pour péché de gargoterie, sans doute ! ajouta un autre.

— Allons, un peu de charité chrétienne, intervint le professeur.

— Mais c'est vrai que sa tambouille est infâme, convint un autre professeur. Son beurre était invariablement rance.

De la conversation qui s'ensuivit, Jeanne comprit que professeurs et élèves payaient leur écot au cuisinier et que, depuis plusieurs semaines, la pratique de ce dernier souffrait de la concurrence de Jeanne. C'était donc lui qui l'avait dénoncée à la confrérie de Saint-Macaire. Matthieu avait dû faire le même raisonnement et Jeanne ne douta pas qu'il fût responsable de la dérouillée du cuistot. Restait à savoir comment il s'y était pris, et elle espéra qu'il n'y avait pas participé lui-même. Elle ne voulait pas le savoir, avec ses antécédents, aux mains des Archers.

Or, c'étaient les Archers eux-mêmes qui avaient organisé la punition, elle l'apprit le soir même de la bouche de Matthieu : il comptait d'anciens complices dans leur corps. Il les avait prévenus de son projet et obtenu leur accord : une livre, c'était pour eux le tiers de la solde d'un mois ; et sachant que le cuisinier, qui se prénommait Anselme, allait aux provisions le mercredi après-midi, au marché de la place Maubert, il l'avait suivi en compagnie de ces deux Archers et le leur avait désigné. Ils avaient feint de reconnaître en lui un ancien malandrin et l'avaient rudement rossé.

Les bénéfices de la journée eussent dû la mettre d'excellente humeur ; mais les jalousies et les soupçons qui bourdonnaient autour d'eux, comme de mauvaises mouches, l'assombrissaient.

— Et s'il le faut, je ferai aussi rosser ton bernardin, ajouta-t-il.

Encore le recours à la violence, songea-t-elle. Cela lui répugnait. Mais contre la force injuste, quel autre recours ? Elle avait espéré que Paris fût plus policé que les forêts de Normandie ; elle découvrait que les conflits y étaient aussi violents qu'ailleurs, parce que les forces y étaient encore plus grandes.

— Rosser un moine, cela ne te vaudrait pas le ciel, dit-elle d'une petite voix.

— Le ciel n'a pas de sergents, Jeanne, répondit-il avec un sourire. Et ton bernardin, ce n'est pas un homme de bonté, mais un Archer du clergé.

Soudain, elle comprit que Matthieu l'avait prise sous sa protection. Il la défendrait, lui, contre toutes les puissances terrestres. C'était la différence avec Isaac.

Le lit était près d'être achevé. Elle le considéra longuement.

Il faudrait quand même trouver moyen de sortir de son personnage de garçon. Être une fille, et non plus un garçon en fuite.

Toutes ces péripéties ne l'avaient pas réapprovisionnée, et elle n'avait pas trouvé de méteil à la place Maubert. Un boulanger, consulté, l'envoya aux Halles. Elle demanda six fois son chemin, s'égarant sans cesse, car elle était absorbée par le spectacle des rues et des gens. Elle traversa le Petit Pont, puis le pont Notre-Dame, se demandant comment, si elle trouvait du méteil, elle le rapporterait à l'atelier.

Elle s'égara et, une fois de plus, son attention fut détournée par un attroupement qui lui parut gigantesque. Combien y avait-il là de gens ? Mille ? Non, deux mille. En se haussant sur la pointe des pieds, elle en vit encore plus. Trois mille. Bon, elle renonça à ces supputations stériles. Mais qu'était-ce donc qui attirait tant de monde et que regardaient-ils ? Car tous les regards convergeaient vers le centre de cette foule. Et où se trouvait-elle ? Elle se renseigna auprès d'un homme.

— Tu es place de Grève, mon garçon ! répondit l'autre.

Elle n'osa pas demander ce qu'on regardait. Elle distingua des flammes. Un grand brasier. Au-dessus du brasier, un énorme chaudron dont s'échappaient de grandes vapeurs. Que faisait-on bouillir dans cette marmite ? Un bœuf entier y eût tenu.

Elle leva les yeux : toutes les fenêtres étaient garnies de têtes. Était-ce une fête ?

Au-dessus de ce chaudron d'enfer se dressait un échafaud sur lequel des hommes allaient et venaient, sans impatience. Au bout d'un long moment, des sergents frayèrent un passage à un cortège. Jeanne se faufila vers les premiers rangs, qui étaient cependant les plus pressés.

La chaleur du brasier lui empourpra le visage.

Le cortège était mené par deux sergents et un notable en longue robe noire. Jeanne brûla de curiosité. Puis d'inquiétude : après ces trois hommes venaient trois autres, en braies et chemise, pieds nus et la hart au col. Ils n'avaient certes pas l'air d'être à la fête.

Ils gravirent l'échafaud. Jeanne se dit avec horreur qu'on allait les pendre. Et devant elle ! Elle frémit et s'apprêta à partir, puis se trouva prisonnière de la foule.

On allait les pendre, à coup sûr. Mais alors, à quoi servait le chaudron ?

L'homme en noir déroula un parchemin et lut une sentence. Les murmures de la foule empêchèrent Jeanne de l'entendre. Alors, deux des hommes qui attendaient sur l'échafaud précipitèrent le premier des condamnés dans le chaudron.

Un hurlement atroce jaillit avant d'être noyé par l'eau fumante.

Jeanne se sentit mal.

Une clameur monta. Le deuxième homme fut à son tour jeté dans le chaudron.

Un cri gargouillant s'échappa de sa gorge.

Si elle n'avait été serrée de si près par les badauds, Jeanne se serait évanouie.

Le troisième homme fut poussé au bord de l'échafaud. Il freina des pieds. Une forte bourrade le précipita à son destin dans une nouvelle clameur.

Jeanne perdit connaissance.

Une matrone la soutint par le bras.

— Mais c'est pas vrai ! C'te mauviette aura tourné de l'œil ! Hé, garçon ?

Une claque sur la joue sans méchanceté lui fit reprendre conscience. Elle sortit en titubant de la foule, sous quelques quolibets, à peine capable de tenir sur ses jambes. Elle alla s'adosser au premier mur à sa portée.

— Qu'est-ce qu'ils ont fait, ces gens ? demanda-t-elle à un cocher venu exprès pour l'occasion et qui tirait les rênes de son cheval.

— Des faux-monnayeurs ! cria l'homme, de bonne humeur.
Quand elle parvint chez le meunier, elle était blême.
À Paris, on faisait bouillir les hommes.
Les mangeait-on aussi ?...

11

Le meurtrier

Matthieu sortit dans l'après-midi pour rapporter les sacs de méteil commandés au meunier des Halles. Car elle n'y retournerait pas. Il avait prévu de rentrer avant l'angélus. Mais à la septième heure, il n'était toujours pas revenu. Inquiète, Jeanne s'avisa de la place que Matthieu avait prise dans sa vie.

Elle sortit à sa recherche. Folle entreprise, car il pouvait revenir d'un côté alors qu'elle allait de l'autre. Mais elle ne pouvait tenir en place. Elle se souvint de l'avoir entendu dire qu'il passerait ensuite à Maubert pour y rencontrer un autre meunier, moins cher. Peut-être avaient-ils pris un verre pour discuter. Elle entra dans une taverne, puis une autre, sans l'y trouver.

Elle poussa jusqu'à la rue des Anglais, et pénétrait dans un autre débit lorsqu'elle fut brusquement repoussée dans la rue par un débordement de clercs joyeux, et même éméchés. Ils envahirent la rue, chantant et braillant et esquissant des rondes qui s'achevaient dans des éclats de rire. L'un d'eux tenait une lanterne et faisait des grimaces qui excitaient la verve de ses compagnons. Il faisait alors quasiment nuit, et la rue n'était éclairée que par la lanterne de celui qui faisait le fol et par les vagues lueurs filtrant de la fenêtre à petits carreaux de la taverne. Elle se trouva prise dans le mouvement des fêtards et, soudain, l'un d'eux s'écria, la montrant du doigt et dirigeant vers elle les rayons de sa lanterne :

— Ne voilà-t-il pas un jeune homme bien girond ?

Et ils tentèrent de l'entraîner de nouveau dans leurs danses. Elle résista. Mais l'un d'eux la prit par la taille et la fit tournoyer sans qu'elle touchât même le sol. Il lui parut mince, mais d'une force inattendue. Il approcha son visage du sien.

C'était le poète de la Cour-des-Bœufs.

Sans doute la reconnut-il aussi.

— Ne t'ai-je pas déjà vu, mon garçon ? demanda-t-il.

Elle pensa le désarmer et l'apaiser par un sourire, le repoussant d'une main sur sa poitrine.

— Vois-tu donc des garçons dans tes rêves ? répliqua-t-elle.

— Oh le malin ! s'écria-t-il, et avant qu'elle eût pu réagir, elle se retrouva la bouche plaquée contre celle de l'inconnu. Il la serrait de façon irrésistible. Les lèvres fleurant le vin caressèrent les siennes. Elle se débattit. Il triompha.

Ses compagnons s'étaient éloignés. La rue était quasiment obscure. Il l'entraîna sous un porche encore plus ténébreux.

Elle s'avisa que, dans sa fièvre, elle avait oublié le couteau à la maison.

— Ô le goût exquis du jouvenceau vertueux ! clama-t-il. Acide comme l'aube de printemps !

Si elle eut l'envie de rire, elle était aussi alarmée.

Il la pressa derechef vers lui et l'embrassa. Elle ne trouva pas le goût de son baiser déplaisant. Comme il se collait contre elle, elle s'avisa alors qu'il était bien membru.

Il porta la main au bas de la chemise, dans l'entrejambe des chausses et fouilla. Sans doute fut-il incrédule.

— Tu caches bien ton trésor ! s'écria-t-il.

Il était temps de fuir ; elle se débattit de nouveau, mais il la retenait d'une poigne sans réplique. Elle ne pouvait qu'espérer qu'ayant découvert son véritable sexe, il la laisserait partir, puisqu'il goûtait les garçons. Dans cet ultime espoir, elle se laissa faire un instant. Mais il fouillait avec une ardeur de plus en plus fébrile. Il lui plaqua la main sur le sexe.

— Pas vrai ! De par l'Enfer ! Ce n'est pas vrai ! dit-il, lui introduisant un doigt dans le sexe.

Elle cria. Personne ne sembla l'entendre. Se débattit et frappa de ses deux poings là où elle pouvait atteindre ce pire des voleurs, le violeur. Le résultat en fut que, d'un tournemain, il lui immobilisa les deux poignets derrière le dos et qu'il reprit de plus belle ses indiscrétions.

Elle haleta.

— Monstre !

Elle lui cracha au visage.

— Je vais te le monstrer, dit-il, sardonique.

La main remonta du ventre vers le torse. Et caressa les seins, agaçant les tétons. Elle lui décocha un coup de pied. Il la plaqua contre la porte cochère. Et recommença ses agaceries.

— Je t'en prie… souffla-t-elle.

— Oui, tu m'en pries, je le sais, ma belle.

Lui maintenant toujours les bras derrière le dos, il l'embrassa. Elle résista, cracha encore, mordit. Mais sa rébellion semblait exciter l'homme. Il lui glissa à nouveau le doigt dans le sexe. Cela lui était maintenant plus facile, car il avait rabattu les chausses.

— Pucelle, murmura-t-il, la fleur du paradis.

Elle commençait à ressentir l'effet de ses flatteries manuelles. Peut-être le devina-t-il, car les sursauts de Jeanne s'espaçaient et se faisaient moins violents. Elle haleta encore. D'une seule main, il flattait alternativement les seins, puis le sexe.

Elle sanglota, consciente qu'il avait réveillé en elle sa sensualité.

— Laisse-moi aller ! protesta-t-elle.

Mais elle croyait à peine à ce qu'elle disait.

Il rapprocha une fois de plus sa bouche de la sienne tout en la violant de la main. Elle se laissa faire, cette fois-ci. Un gémissement ténu filtra de sa gorge. Il l'embrassait passionnément. Violeur, mais ardent. Elle accepta cette fois les lèvres, la chaleur de la bouche, la salive, le goût du vin.

Il se débraguetta. Elle fut à l'agonie. Elle sentit le dard tendu qui, contre sa jambe, cherchait sa proie. Il se logea entre les cuisses, et elle fut prise de terreur. De sa main libre, l'homme le dirigea. Il inclina Jeanne en arrière et les deux sexes se caressèrent un moment. Le loup et le lapin s'affrontaient.

— La rosée du matin est donc venue, murmura-t-il.

Et d'un coup, elle se trouva prise. La douleur de l'hymen déchiré se mêla à la volupté. Elle cria. Il s'enfonça en elle. Elle aspira l'air et s'abandonna.

— Voilà, ainsi ce sera plus doux, dit-il.

Lui courbant le torse en arrière, il commença de la besogner. Elle ondula, d'abord crispée, puis paralysée par le poison du sexe. Elle ignorait que cette sorte d'épreuve fût enivrante en même temps que cruelle. Elle n'était plus qu'une victime dans les mains de cet homme.

— Embrasse-moi alors, dit-elle.

Il l'embrassa avec une douceur qui la fit quasiment sangloter. Il l'embrassait désormais sans sauvagerie, en lui caressant les lèvres. Il l'embrassa sans fin. Cela dura ainsi un long moment.

Cependant, l'orgasme leur vint presque simultanément. Elle émit des cris étouffés.

Il lui avait relâché les mains. Il ne la tenait plus que par la taille. Il se détacha d'elle. Elle s'adossa au mur. Il se rapprocha d'elle et l'embrassa derechef.

— Meurtrier, lui dit-elle.

Mais elle manquait de conviction.

— Non, c'est toi qui m'as meurtri le cœur. Je dois te revoir, dit-il.

Elle secoua la tête.

— Je t'en supplie.

Elle secoua la tête derechef.

— Pourquoi ?

— J'appartiens à un autre homme.

— Un autre qui t'a laissée pucelle ? s'indigna-t-il. Mais quel amour est-ce là ?

— L'heure n'est pas à le dire.

Ils demeurèrent ainsi face à face, ne se devinant que par l'haleine.

S'il était rentré, Matthieu devait l'attendre, songea-t-elle, brisée.

L'homme l'accompagna jusqu'à la place Maubert, puis au bas de la rue de la Montagne-Sainte-Geneviève.

— Va-t'en maintenant, dit-elle. Comment t'appelles-tu ?

— François. François Villon.

12

Le gibet et la splendeur

Trois jours après le viol faussement consenti, le lit fut prêt.

Jeanne, avec un sentiment voisin de l'appréhension, observa Matthieu disposer gaiement la paillasse sur les planches du fond. Vint l'heure du coucher. Et celle de l'amour. L'appréhension de Jeanne se mua alors en inquiétude.

Elle n'avait, au retour de la rue des Anglais, rien révélé à son compagnon de l'orage dont elle avait été victime. Comme il s'était étonné de la voir rentrer si tard, elle lui avait expliqué que l'anxiété l'avait lancée à sa recherche dans les tavernes. Il lui avait répondu qu'ils s'étaient sans doute croisés, car il était, ainsi qu'elle l'avait soupçonné, allé célébrer son marché avec le meunier.

Il ignorait qu'elle n'était plus vierge. Elle craignait sa violence. Et la querelle qu'il aurait déclenchée contre le violeur, avec ou sans l'aide des Archers. Le sang eût certainement coulé.

Mais cette nuit-là dans le lit neuf, alors qu'il se livrait à ses galanteries, il s'interrompit soudain.

Le cœur de Jeanne faillit aussi interrompre ses battements.

— Jeanne ! s'écria-t-il. Tu n'es plus pucelle !

Un long silence suivit.

Il s'assit.

— Matthieu, dit-elle, s'asseyant aussi, je n'osais t'expliquer…

Il était déjà debout. Au bruit des tissus dans le noir, elle devina qu'il s'habillait.

— Matthieu, dit-elle, écoute-moi…

Elle entendit ses pas s'éloigner, la barre qui fermait la porte se soulever et son choc lourd sur le sol. La porte était ouverte.

Elle quitta le lit en hâte.

— Matthieu ! cria-t-elle à la porte.

La venelle était plus obscure que l'encre la plus noire. Elle cria encore :

— Matthieu !

Elle ne voulut pas refermer la porte avec la barre ; elle poussa seulement la pierre.

Elle se rallongea. Elle ne dormit pas.

À l'aube, il n'était pas revenu. Elle eut grand'peine à installer son tréteau. Elle fit appel à toute la maîtrise d'elle-même pour confectionner convenablement ses échaudés. Elle dut prier un étudiant de surveiller son étal pendant qu'elle allait quérir de l'eau.

Le soir, Matthieu n'était pas revenu. Irait-elle le chercher dans les tavernes ? Elle craignait d'y retrouver François, le poète. Elle craignait aussi qu'il lui advînt pire. Elle ne dormit pas non plus cette nuit-là, mais sombra par à-coups dans une torpeur animale.

Comment pouvait-il la faire ainsi souffrir ?

Le lendemain, l'installation fut encore plus pénible que la veille.

Elle faisait fondre le beurre, le remuant doucement avec une cuiller de bois, quand la volaillère du bas de la rue, à qui elle achetait parfois des abats, monta la voir.

— Cet homme qui travaille avec toi se nommerait-il par hasard Matthieu Testelet ?

— Oui, dit Jeanne, pressentant le désastre.

— Ben, mon gamin, on l'a retrouvé pendu hier matin, place Maubert.

Jeanne la regarda et perdit l'équilibre. La volaillère s'empressa de la soutenir. Jeanne s'adossa au mur d'enceinte du collège.

— Hé, mon gamin, tu ne vas pas tourner de l'œil ? Sois un homme.

Jeanne ravala péniblement sa salive.

Les clients s'empressaient. Le cuisinier battu n'avait pas encore repris sa pratique.

— T'es blanc comme le suaire, dit la volaillère. Tu veux que j'tenvoie mon fils pour t'aider ?

Jeanne hocha la tête, retenant ses larmes.

Elle mit fin à son commerce dès qu'elle le put.

Le gamin l'aida de son mieux à ranger et à transporter les accessoires.

— Paraît que l'Matthieu, il avait laissé ses chaussures au bas de l'arbre, dit-il à sa dernière course.

Elle lui donna vingt sols et s'enferma dans ce qui passait pour son foyer.

Elle apprit plus tard que Matthieu avait été enterré dans la fosse commune, sans office chrétien. Le Bon Dieu, paraît-il, ne voulait pas qu'on mette fin à ses jours. La vie de tous les humains lui appartenait, et c'était lui seul qui décidait de son achèvement.

— Ma vie est à moi, se dit Jeanne, ce jour-là.

C'était fou comme le monde s'empressait de mettre la main sur votre vie. Dieu, le roi, les religieux, les archers. Et les amants.

Et quand on a égorgé mes parents, se demanda-t-elle, c'était Dieu qui voulait qu'on mette fin à leurs vies ?

Elle passa deux jours dans la déréliction la plus noire. Seule au monde avec un âne pour confident. Elle n'absorba que de l'eau.

Elle avait tué Matthieu.

François l'avait tuée.

Les brigands avaient tué ses parents.

Tout le monde tuait tout le monde.

Ce ne fut que le deuxième jour qu'elle commença à pleurer.

Elle maudit le ciel. Paris. La France. Les Anglais. Et bien sûr, elle-même.

Les larmes la vidèrent partiellement de ses poisons. Le matin du troisième jour, elle s'avisa qu'elle courait ainsi à sa ruine. Elle retourna voir la volaillère pour lui redemander l'aide de son fils. Deux cents sols par mois.

— C'est à moi que tu les donnes, mon gamin, dit la volaillère. Deux cents sols ! Qu'est-ce que tu veux que Guillaumet fasse d'une somme pareille ?

Elle reprit ses activités.

— Où étiez-vous ? Nous sommes morts de faim ! s'écria le grand dadais des premiers jours.

— J'étais malade.

Elle avait consulté son miroir : elle était hâve, en effet.

Guillaumet faisait merveille. Il courait pieds nus de-ci de-là, pareil à un farfadet, allait remplir le broc, se coltinait le sac de méteil et surveillait le commerce d'un œil de belette. Elle se prit d'affection pour lui.

Mais quels que fussent les signes apparents selon lesquels la vie reprenait ses droits, l'évidence s'imposait : l'atelier de la venelle était insupportable quand elle y rentrait le soir. La présence de Matthieu flottait partout. Le besoin de le quitter s'imposait, comme bien des semaines auparavant – mais n'avaient-ce pas été des années ? – celui de quitter la Normandie. La mort y rôdait. Et elle devait mettre fin à la confusion qu'elle n'avait pas voulue, mais qu'il devenait de plus en plus périlleux de dissiper : elle devait impérieusement affirmer sa nature de femme. Il lui fallait tout recommencer ailleurs.

Or, comment ?

Un événement merveilleux vint tirer Jeanne du marasme où l'avait plongée le suicide de Matthieu.

Un matin, un lumineux matin de juin, juste à l'heure où les collégiens cédaient aux premiers élancements de la faim, une sorte de fracas troubla fort la routine de la rue de la Montagne-Sainte-Geneviève. Une compagnie de douze archers déboucha au sommet, à cent toises du collège des Lombards ; elle était suivie par six hérauts qui sonnèrent trois fois de la trompe. Les riverains se mirent aux fenêtres. Les boutiquiers sortirent sur le pas des portes. Un personnage magnifique, en court manteau cramoisi, un haincelin à longues manches, et chausses bleues sous une robe blanche serrée par une ceinture dorée, s'avança au pas sur un cheval brun. Le plus remarquable de sa mise était à coup sûr son chaperon libre, coiffé en bonnet, et dont la cornette détranchiée lui retombait sur les épaules.

Quand il arriva devant Jeanne, elle en fut proprement ébaubie.

Le personnage, un jeune homme de mine exquise, était souriant et, s'il s'était mis à distribuer ses bénédictions à la foule qui s'amassait, personne n'en eût été surpris.

Enfoncé, le sire de Mortbise !

Venait ensuite une dame aux formes opulentes, vêtue d'une houppelande bleue à manches en sac pertuisées et mantel à parer de la même couleur, retenu à la gorge par une cordelière. Montée en amazone, elle tenait fièrement dans les bras un poupon noyé dans un bouillon de dentelles blanches, comme une cerise anglaise dans un bol de crème.

Deux pages en uniforme azur et bonnet de soie écarlate suivaient la dame à l'enfant, tenant de part et d'autre des écussons que Jeanne ne sut déchiffrer.

La foule exhala un murmure d'admiration.

Les collégiens cessèrent de manger leurs échaudés.

Il sembla que le ciel, déjà clair, se fît plus limpide.

Le joyau de ce défilé était à venir : montée sur une haquenée de couleur neige, une créature d'albâtre et de roses, en surcot de pourpre à manches courtes sur un corset irisé à manches à coudières, le pied chaussé de soie blanche. Le front ceint d'un diadème posé sur une chevelure d'or bruni, et dont les gemmes scintillaient de toutes les couleurs de l'arc-en-ciel.

Était-ce la Vierge ? se demandèrent les spectateurs.

Elle entourait du bras une bambine assise près d'elle, sur la selle, en robe d'azur à la ceinture brodée d'argent, qui rayonnait de joie.

Peut-être la fin du monde avait-elle sonné, se dit Jeanne. Peut-être avait-elle été une mécréante. Et tous ces personnages célestes ne faisaient-ils qu'annoncer la venue imminente du Christ.

Alors, Dieu le Père décompterait les pécheurs en pesant leurs âmes sur les plateaux d'une grande balance d'or.

Et les morts resurgiraient des tombeaux, secouant leurs linceuls et les vers.

Deux incidents la détrompèrent.

Le premier fut que la haquenée lâcha trois crottes dorées.

Le second, que la fillette dans les bras de la dame céleste agita les bras en direction de Jeanne. Plusieurs membres du cortège tournèrent la tête en direction de l'objet qui avait retenu l'attention de l'enfant. Un appel musical retentit, lancé par la dame céleste. Le valet qui conduisait la haquenée tira sur les rênes pour l'arrêter. Il s'empressa de glisser sous les pieds de la cavalière un tabouret qu'il tenait en main et tendit le bras. La dame le saisit et posa le pied sur le tabouret ; peut-être l'étrier lui faisait-il mal au pied. Une fois descendue, elle saisit la fillette par le torse et la déposa à terre. La fillette courut vers Jeanne, pétrifiée. Plus exactement, elle courut vers le brasero au-dessus duquel chauffaient des échaudés aux abricots de Provence et tendit le bras.

— J'en veux !

Tout le cortège s'était arrêté, en aval et en amont. Le silence était si parfait qu'à part les oiseaux qui célébraient l'événement, tout le monde put entendre la dame blonde demander à Jeanne avec un sourire :

— Un échaudé, je te prie.

Une dame de la cour – car c'était bien une cour, quoi d'autre ? – accourut avec un carré de linge pour recueillir la friandise triangulaire. La bambine mordit avec délices et maladresse dans l'échaudé. Un quartier d'abricot roula par terre.

— Comment t'appelles-tu ? demanda à Jeanne la dame blonde.

Jeanne le comprit d'emblée : on ne ment pas à la beauté. L'occasion rêvée se présentait.

— Jeanne pour vous servir, dame du ciel. Et vous, que je sache votre nom dans mes prières ?

— Agnès Sorel, répondit la dame en riant, ce qui lui fit des fossettes dans les joues. Jeanne, donne-moi aussi un échaudé.

Jeanne la servit comme elle eût servi l'archange Gabriel.

Un murmure courut dans la foule. Agnès Sorel ! La compagne du roi ! L'identité de ces personnages en releva l'éclat, pour autant que ce fût possible.

— Exquis ! dit Agnès Sorel

La dame de cour qui avait porté le linge à la bambine demanda un échaudé. Sa compagne en fit autant.

Les pages en réclamèrent aussi.

Puis la dame en houppelande bleue, qu'on reconnut comme la nourrice du dernier enfant du roi, mit également pied à terre et, tenant toujours le poupon, demanda à son tour un échaudé. Les hérauts de même, puis le jeune homme magnifique, qui était le maître de cérémonies de la maîtresse du roi. Il s'inclina devant Agnès Sorel et voulut goûter à la friandise. Bref, tout le cortège voulut des échaudés, archers compris.

Jeanne dut refaire de la pâte. Guillaumet faillit en baver d'émotion.

Les conversations avec les archers et les valets apprirent à la foule qu'arrivant de son château de Beauté-sur-Marne, pour rendre visite au roi, Agnès Sorel avait décidé de visiter Paris.

Le temps étant serein, la halte se prolongea.

— Tu t'appelles donc Jeanne, et tu ressembles de surcroît à l'autre Jeanne, la grande, Jeanne d'Arc. Le roi serait curieux de te voir, dit Agnès Sorel.

L'idée de rencontrer le roi laissa Jeanne en transe.

Puis ces gens remontèrent en selle et le maître de cérémonies vint, avec le même sourire enchanteur, remettre à Jeanne une bourse qui semblait lourde. Elle eut la convenance de ne pas l'ouvrir en sa présence et fit une révérence. Il s'inclina gracieusement et retourna à son cheval comtois.

Dans les logis, les commerces, le collège et la rue, on ne parla que de ce passage féerique pendant le reste de la soirée.

De retour dans l'atelier, Jeanne ouvrit la bourse ; elle y trouva le double du produit de sa vente, ainsi qu'un bout de papier qui ne portait qu'une ligne. Guillaumet, qui savait lire, dit que c'était un nom : Barthélemy de Beauvois. À coup sûr, celui du jeune homme magnifique ; mais pourquoi l'avait-il joint à l'argent ? Elle n'allait quand même pas lui courir après. Elle se coucha pour la première fois d'humeur amusée.

Le lendemain, deux lieutenants du roi à cheval se présentèrent devant Jeanne, effrayée. Sa Majesté, ayant entendu parler des échaudés de Jeanne, souhaitait en goûter et lui commandait d'en faire livrer dans l'après-midi un plateau.

Un plateau ? Elle s'affola : où le trouverait-elle ? Et laisserait-elle son commerce en plan ? Guillaumet vit son trouble et trouva la solution pour les deux questions : il irait emprunter un plateau à sa mère et se chargerait de l'étal.

— Je m'occuperai de tout, dit-il fièrement. Je t'ai vue faire. Je te compterai l'argent et je ramènerai tout chez toi ce soir.

Elle n'avait pas le choix et, quand il revint avec le plateau, elle vit que la volaillère y avait adjoint un linge fin pour couvrir les confections pendant le transport. Mais à propos, combien fallait-il donc d'échaudés ?

— Remplissez-en le plateau, dit un lieutenant. S'il en reste, nous les mangerons, ajouta-t-il en riant.

Guillaumet prit une initiative hardie : il en offrit un à chacun des émissaires.

Bref, sur la troisième heure après none, elle monta derrière l'un des lieutenants, en amazone, comme elle avait vu faire la dame du roi et la nourrice. Une fois perchée là-haut, Guillaumet lui tendit le plateau et la salua d'un geste magnifique.

— N'oublie pas de faire paître Donky ! cria-t-elle.

Elle n'était guère à l'aise, devant se tenir en équilibre tout en maintenant droit le plateau ; elle replia une jambe pour caler celui-ci et se raccrocha d'un bras à la taille du lieutenant. C'était bien la première fois de sa vie qu'elle montait sur un cheval ; pour elle, qui était habituée à l'échine raide de Donky, sur lequel elle se mettait à califourchon, sans façons, la croupe était bien plus confortable. Mais diantre, que c'était haut ! Si l'on tombait de là, on risquait de se rompre l'échine.

Ils se mirent en route, sous les yeux émerveillés des collégiens, des commerçants et des bourgeois aux fenêtres.

— C'est le pâtissier qui est devenu pâtissière ! disaient certains.

— L'était bien trop mignon pour un jars, aussi !

— Où allons-nous ? demanda-t-elle.

— À l'hôtel des Tournelles.

Il eût aussi bien pu lui dire qu'ils partaient pour la Jérusalem céleste.

Ils y mirent une heure, veillant à l'équilibre du plateau. Ils traversèrent Maubert et atteignirent la Seine. Ils parvinrent à un vaste portail gardé par des archers, qui hochèrent le chef avant de les laisser passer. Les deux lieutenants franchirent une cour bordée d'arbres et parvinrent à un perron que défendaient des hallebardiers. Jeanne distingua un ensemble de corps de bâtiments aux toits d'ardoise, flanqués de tourelles en poivrière et séparés par des préaux. Des archers patrouillaient. Un mitron chargé d'un baquet de restes de cuisine, carcasses de volaille, trognons de choux et autres rebuts, le déversa dans un tombereau que son cocher irait à son tour déverser dans la Seine. Le premier lieutenant sauta prestement à terre et s'empara du plateau d'échaudés. Comme Jeanne paraissait avoir quelque peine avec les étriers, le second la saisit gaillardement par les cuisses pour l'aider à descendre. Elle reprit le plateau et gravit le perron.

Guidée par les lieutenants, elle se retrouva dans une vaste salle voûtée, où des gens à la mise opulente et à la mine affairée allaient et venaient d'un pas pressé. Les bras lui faisaient mal d'avoir tenu ce lourd plateau pendant tout ce temps. Le premier lieutenant alla quérir un officier de bouche, l'officier de bouche alla quérir une dame de la cour, la dame de la cour alla prévenir Agnès Sorel. Le premier lieutenant fit enfin ce que recommandait le bon sens : il prit le plateau et le posa sur une table.

— Madame Sorel va venir, annonça-t-il.

Comment donc s'adressait-on à cette dame ? Majesté ? Princesse ? Et la reine ? N'y avait-il donc pas de reine ? Elle se souvint d'avoir entendu un étudiant parler en termes pointus d'une certaine Marie d'Anjou, qui était la vraie reine de France… Où était-elle donc ?

La voilà bien, la paysanne de La Coudraye qui s'occupait d'étiquette royale ! se dit-elle.

Tandis qu'elle faisait le pied de grue en compagnie des deux militaires, un homme sortit par l'une des deux portes à droite de la salle où elle lanternait. De petite taille, malingre, le cheveu rare sous le bonnet de velours vert plissé. Il était comme somnolent et le long nez rouge flanqué d'yeux globuleux, tristes, chargés de reproches, ne relevait guère son apparence. La bouche charnue et dégoûtée semblait prompte à laisser filer un sarcasme visqueux. Mais c'était surtout le nez qui retenait l'attention : un éperon livide et saturnin, terminé par un bulbe vermeil d'animal flaireur ; il évoquait un proboscis de musaraigne désabusée.

Cet homme la regarda et s'avança vers elle à pas lents et dolents.

— C'est vous, Jeanne ? dit-il d'une voix nasale, traînante, aussi lamentable que son personnage.

Qui était donc ce mironton ? se demanda-t-elle.

— Oui, répondit-elle, stupéfaite par la présence de ce disgracié dans l'antre de la reine des fées, la vassale immédiate de la Vierge.

Il la considéra longuement.

— C'est vrai que vous ressemblez à Jeanne d'Arc, reprit-il. Et vous êtes presque vêtue comme elle.

L'intuition lui valut un choc effroyable. Elle s'empressa de faire une révérence et faillit piquer du nez.

Le roi ! Nom d'un petit cochon ! Le roi ! Charles Septième ! Charles de France ! Cet échappé de bidet !

— Sire, c'est Jeanne Parrish que vous avez fait mander, dit un des lieutenants.

— Parrish, dit Charles, c'est anglais, non ?

— Mon père était anglais, sire, répondit-elle, ravalant sa salive.

— Et vous venez d'où ?

— De Normandie, sire.

— Pourquoi ?

— Les déserteurs anglais ont égorgé mes parents, sire.

Il la fixa un moment de son regard vitreux, incolore, de poisson mort. Comprenait-il ce qu'elle disait ?

— Et maintenant, ça marche ? demanda-t-il.

Elle en resta interdite.

— Vos confections, ça marche ? répéta-t-il, pour être plus clair.

— C'est difficile sans boutique, sire. Je travaille dans la rue.

Il hocha, non de la tête, mais de sa paupière d'animal nocturne.

— Madame est prévenue ? demanda-t-il, tournant la tête vers l'un des lieutenants.

— Oui, sire.

La même porte se rouvrit, et Barthélemy de Beauvois apparut, tenant la porte ouverte. Agnès Sorel entra dans le vestibule, alla vers Jeanne et lui tendit la main après avoir jeté un regard en coulis vers le roi.

— On baise ! souffla un lieutenant.

Jeanne fit la révérence, saisit la main tendue et la baisa.

— Bon, dit Charles, on va tâter de ces échaudés.

Il souleva le linge qui recouvrait le plateau, considéra les pâtisseries, hocha à peine la tête et s'empara de l'une d'elles.

Levant le museau pour engloutir la pointe d'un triangle, il sembla reprendre quelque vie à déguster la friandise.

— Oui, dit-il d'une voix canaille qu'on ne lui eût pas soupçonnée, ça fond.

Agnès Sorel retint un petit rire.

— Je comprends la petite, ajouta-t-il. Notre pâtissier est futé, mais il est trop compliqué. Ça, c'est français, c'est simple et c'est vrai.

Il tourna les talons sans plus.

— Jeanne, c'était une heureuse rencontre, dit Agnès Sorel. Mes lieutenants vont vous raccompagner.

Et le plateau ? Et le linge ?

Elle refit une référence et Agnès Sorel s'en fut, suivie de Barthélemy de Beauvois, qui lança à Jeanne un long regard accompagné d'un sourire. Jeanne, elle, lança un regard implorant au lieutenant ; elle n'en pouvait mais, elle voulait s'en aller.

— Attends, dit-il.

L'instant suivant, un secrétaire de la cassette privée d'Agnès Sorel vint remettre à Jeanne une autre bourse.

Elle fut contente de remonter à cheval. Elle se mit crânement à califourchon, enlaçant les reins du cavalier, qui n'en semblait pas fâché.

Ce roi mollasse ! Tout ça lui avait mis la cervelle en pâté.

— Nous étions au palais ? demanda-t-elle au lieutenant quand ils furent à mi-chemin du retour.

— Non, le pavillon où nous étions est la résidence de la dame du roi. Le palais est à côté. La résidence de la reine, plus loin.

Le roi, la reine et la dame, se dit-elle, médusée. Au vu et au su l'une de l'autre. Elle n'avait jamais imaginé pareils arrangements.

Quand elle retrouva sa venelle, Guillaumet avait tout rangé. Donky était paisible. Un moment plus tard, le gamin toqua à la porte. Il lui apportait cent douze sols.

— J'en aurais vendu davantage, dit-il d'un ton désolé, mais y avait plus de fruits.

— C'est très bien, dit-elle en riant. Tu feras un vrai pâtissier.

Elle lui donna dix sols. Elle voulait être seule. Elle voulait penser à ce qu'elle avait vu.

13

Bleuet, rose et coquelicot

Mais elle n'avait pas tout vu. Le lendemain, Barthélemy de Beauvois apparut, dans une mise différente, mais avec le même sourire avantageux.

— Je suis mandé vers vous par le roi, annonça-t-il.

Il cultivait ses effets, car il se tint devant elle un long moment, la considérant toujours de son sourire conquérant, attachant obstinément son regard brun à celui de Jeanne. Elle ne dit mot. Il n'ignorait certes pas qu'il était joli garçon.

— Dans sa grande magnanimité, Sa Majesté vous accorde le bail d'une boutique dans une maison de ses propriétés parisiennes.

— Sa Majesté est infiniment bonne, dit-elle.

Elle nota qu'il utilisa respectueusement le « vous » ; elle était montée d'un grade dans la hiérarchie sociale.

Il hocha la tête et sortit de la poche de sa cape un document qu'il déroula et lui montra. Elle feignit d'en prendre rapidement connaissance ; elle ne savait pas lire. Il le devina, car il précisa :

— Le bail est de dix livres l'an, c'est une autre faveur comme vous voyez.

Elle hocha la tête. Dix livres, c'était un cadeau pour le droit à une existence publique. Elle le savait par la volaillère : le bail de boutique le moins cher était de vingt livres et montait jusqu'à trente.

— C'est rue Galande. Voulez-vous que je vous y conduise et que je vous en remette les clefs maintenant ?

— Volontiers, dit-elle.

Elle fit signe à Guillaumet et, une fois de plus, monta sur un cheval, mais cette fois en amazone, car le califourchon lui échauffait trop le sexe.

Ils parvinrent devant une maison de trois étages, relativement récente et d'aspect plus cossu que ses voisines. Le toit en tuiles d'ardoises était surmonté de deux cheminées. Trois boutiques s'alignaient au rez-de-chaussée, surélevées de trois marches ; une mercerie et une maison de couture ; la troisième était inoccupée. Barthélemy de Beauvois introduisit une des deux clefs d'un trousseau dans une serrure neuve, qui cliqueta bruyamment, mais sans gémissements de rouille. Il ouvrit la porte et laissa Jeanne le précéder. La boutique était spacieuse, neuve et propre, avec un sol dallé ; la salle en façade était éclairée par une double fenêtre et pouvait se chauffer par une cheminée ; voilà qui mettrait fin à l'usage du brasero ; une pièce de même volume la doublait et ouvrait à l'arrière sur une petite cour et un escalier. Jeanne se dit qu'elle dormirait dans celle-ci.

— Vous avez également la jouissance d'un appartement à l'étage, dit Barthélemy de Beauvois. Voulez-vous le visiter ?

Un appartement en plus ? Elle fut émerveillée.

Ils montèrent ; trois portes donnaient sur le palier ; il ouvrit la troisième, à droite également, et elle découvrit un appartement neuf, au plancher de bois, constitué de deux chambres, à peu près sur le modèle de la boutique, à cette différence près qu'un réduit séparait les deux pièces. La pièce du devant était éclairée par deux fenêtres contiguës aux carreaux à plomb et chauffée par une cheminée à l'emplacement de celle de la boutique ; celle de l'arrière ne comportait qu'une seule fenêtre sur la cour.

Le visage de Jeanne rayonna : c'était plus qu'elle n'en avait jamais espéré. Et le cadeau royal dissipait un souci lancinant depuis des semaines : que ferait-elle l'hiver ? Car elle se voyait mal campant ses tréteaux dans la bise, la pluie ou la neige. Là, elle pourrait travailler tout au long de l'année. Et elle n'aurait plus qu'un étage de distance entre son logis et son travail.

Elle se tourna vers Barthélemy de Beauvois, un grand sourire sur les lèvres.

— Monseigneur, c'est royal.

— N'est-ce pas ? dit-il. Un puits commun, ancien et généreux, fournit les trois maisons.

Il parut à Jeanne que le sourire du seigneur s'attardait ; elle devina la suite.

— Ne voudriez-vous pas m'en remercier ? Car c'est moi qui ai plaidé votre cause auprès de la dame du roi.

Il se rapprocha d'elle.

Ils commencèrent et finirent nus sur le plancher neuf, mais poussiéreux.

Elle trouva ses manières agréables, sa peau douce et ses cheveux parfumés. Même son haleine était parfumée, car il mâchait une pâte à la girofle. Et le garçon était diantrement vigoureux. Elle se demanda en fin de compte s'il y avait bien une différence entre les hommes, puisque l'émoi était toujours le même.

Mais s'il avait cueilli son tribut, ce garçon semblait pourtant sincère.

Tandis qu'il se rhabillait après un dernier baiser, elle se dit : Je n'ai que mes échaudés et mon cœur à vendre. Tant qu'on les achète !

— Ma mie, vous êtes pour moi un bouquet d'été. Le bleuet des yeux, le coquelicot des lèvres, la rose de l'huis.

Elle rit.

— Et, ajouta-t-il avant qu'ils redescendissent, vous ne perdez rien au change, car vous voici désormais voisine du collège des Cornouailles. Il est aussi fréquenté que celui des Lombards.

Il la ramena rue de la Montagne-Sainte-Geneviève et prit congé après lui avoir remis le bail. Là, elle trouva Guillaumet en train de regarnir, du mieux qu'il pouvait, le plateau de la veille pour le compte d'un lieutenant qui attendait. Elle acheva sa besogne et le lieutenant recouvrit le plateau du même linge que la veille, puis il le hissa sur un petit support de fortune attaché au pommeau de sa selle. Guillaumet tendit la bourse à Jeanne avec un grand sourire bien fier.

Ce soir-là, elle se coucha agitée et dormit mal.

Tant d'événements ! Sa nouvelle installation, qu'elle commencerait le lendemain. Et tous ces hommes. Isaac. Matthieu. François. Et maintenant Barthélemy…

Pourquoi Matthieu s'était-il pendu ? Parce qu'elle lui avait donné une dignité qu'il n'avait jamais connue et qu'il jugeait qu'elle la lui avait reprise en s'offrant à un autre. Car il avait certainement cru qu'elle s'était donnée de son plein gré. Elle n'avait rien pu lui expliquer. Il était parti dans la nuit, fou de chagrin et d'humiliation, blessé au plus vif de son orgueil d'homme.

Comment aurait-elle pu éviter cet acte qui lui faisait saigner le cœur ?

Elle eût dû, le soir du viol, jouer la comédie de la vertu outragée et pousser les hauts cris. Mais elle le savait, il se serait mis en chasse de François, et l'affaire se serait terminée dans le sang. Et elle était incapable de ces ruses.

Dans ce monde parisien, le pucelage d'une femme était comparable à une place forte que l'on défendait au prix du sang. Une femme n'était pas un être humain, mais un lopin de territoire. Un bien dont il convenait de s'emparer au plus vite, comme l'avait démontré la tentative d'appropriation de mère Élisabeth de la Providence.

Et François ? Pareil : l'instinct de conquête l'avait lancé à l'assaut d'un territoire vierge. Il l'avait d'abord prise pour un garçon et, l'ayant découverte fille, son ardeur en avait redoublé.

Mais qu'aimait-il, les filles ou les garçons ?

Il aime la conquête avant tout, se dit Jeanne. L'huis d'un garçon ou celui d'une fille sont pour lui un même objet de désir. Et qu'en faisait-il ensuite ? Elle se rappela ses supplications ; il voulait la revoir. Pour quoi faire ? S'assurer de son territoire ?

Quant à Barthélemy, en seigneur habitué aux conquêtes, il n'avait pas résisté à l'attrait d'une donzelle de plus.

Lequel lui plaisait davantage ? Elle ne put en décider. Isaac avait été le plus tendre, Matthieu le plus émouvant et le plus docile, Barthélemy le plus plaisant.

Ce qui la troublait en François, ç'avait été la violence de son désir. Brute à coup sûr, mais un poète.

Quand vient le Mai joli
Chanter au lit...

Elle souffla la chandelle.

Le seul qui n'avait pas planté son drapeau dans son ventre, se dit-elle, ç'avait été Isaac. Parce qu'il n'avait pas le droit de s'emparer d'un territoire chrétien.

Elle rêva de sa douceur mélancolique et s'endormit sur ce souvenir.

Bon, il fallut organiser le déménagement et l'installation. Elle descendit au bas de la rue, chez le maréchal-ferrant pour s'enquérir d'une charrette à louer ; il en possédait une et proposa un commis pour l'aider à porter des objets pesants s'il en était qu'elle dût transporter. Elle songea au lit et, pour vingt sols, une livre tournois, obtint la charrette, le cheval et l'homme.

Guillaumet, enchanté de ces déploiements d'action, grimpa d'emblée sur la charrette ; il se considérait comme faisant partie de la maison de Jeanne. Le plus dur fut de passer le lit par la cage d'escalier de la maison de la rue Galande. Ils n'y furent pas trop de trois, l'homme poussant d'en bas, Jeanne et Guillaumet tirant d'en haut. Le transport du reste, brasero, escabeau, tréteaux, sacs de méteil et de fruits, pots de beurre, de miel et d'épices, fut un jeu d'enfants. Jeanne était dans ses nouveaux murs avant la troisième heure après none.

Mais Donky ? La maison ne comportait pas d'écurie.

Donky, le seul compagnon qui lui demeurât depuis qu'elle avait quitté la Normandie. Patient, doux, économe et vigilant.

Jeanne descendit jusqu'à la rue des Plâtriers et alla d'atelier en atelier jusqu'à ce qu'elle eût trouvé un maître d'ouvrage qui se faisait fort de lui bâtir une petite écurie pour trois montures. Trois montures ? Tant qu'à bâtir, ce serait, assura-t-il, plus avantageux pour elle, car elle pourrait louer les deux autres stalles. Elle choisit un terrain vague juste derrière la maison, dont personne ne savait qui en était propriétaire, ni même s'il y en avait un, mais qui, selon toute vraisemblance, devait appartenir au roi. Il ferait beau voir que Charles VII allât s'occuper d'un abri pour un âne sur l'une de ses terres.

Le maître d'ouvrage demanda trente livres tournois pour les matériaux et le travail d'un maçon et d'un charpentier ; elle était désormais, à ses yeux du moins, riche au-delà de toute espérance. Les commandes royales avaient soudain accru ses bénéfices ; elle disposait, en effet, d'un magot de deux cent quarante-sept livres tournois. L'affaire fut conclue.

En une semaine, le maçon posa des fondations de briques, jointes par du bon mortier, et les éleva jusqu'à hauteur d'homme. Là-dessus, le charpentier étaya un bâti de bois haut d'une toise deux pouces, pour les ouvertures. Quatre grosses poutres, affermies au pied par des ceintures de briques, servirent de support à une charpente rudimentaire qu'il couvrit de claies serrées, destinées à recevoir un toit de chaume. Il cloua le toit. Puis il construisit une porte à deux battants, qui montait jusqu'au sommet du bâti, fixa les charnières et posa les portes. Pour la serrure et trois clefs, il demanda cinq livres tournois en sus, qu'elle lui donna. Il posa une grosse serrure en fer qui saurait dissuader les voleurs d'ânes et de chevaux.

Entre-temps, l'image paysanne et garçonnière de Jeanne Parrish avait été remisée.

Elle était allée chez la faiseuse, sa voisine, et le début de leur entretien ne manqua pas d'être piquant. La couturière se refusa d'abord à croire que Jeanne fût une fille, et ce ne fut qu'après lui avoir tâté la poitrine qu'elle accepta de la prendre comme cliente ; car c'était un péché, assura-t-elle, que de s'habiller comme une personne de l'autre sexe.

— Mais d'où venez-vous donc que vous portiez encore un surcot long ? s'étonna-t-elle. Cela est passé de mode depuis la jeunesse de ma mère ! Quand je vous ai vue arriver, je vous ai prise pour un manant !

— Chez les paysans c'est un habit commode porté par les deux sexes, expliqua Jeanne.

La faiseuse lui montra, pendu à un portemanteau, un modèle de mise féminine. Sous une chemise courte de toile fine, un blanchet long faisait office à la fois de sous-vêtement et de robe de chambre. Là-dessus, une robe à corset descendait jusqu'aux chevilles. Le corsage était largement fendu et lacé ; Jeanne répugna à trop montrer la naissance de sa gorge et opta pour un décolleté rond, à peine assez ouvert pour laisser voir la chemise à travers le laçage. De plus, la ceinture large ou bandier, placée sous les seins, lui parut exagérément ornée. Quant aux manches, celles du modèle étaient à l'italienne, c'est-à-dire en deux parties, mancheron et brassard, retenues aux coudes par un laçage qui laissait bouffer la manche de chemise et s'évasaient exagérément.

— Je travaille, expliqua Jeanne, et je veux quelque chose de simple, qui ne m'entrave pas. Des manches amples et serrées au poignet feraient parfaitement l'affaire.

— Avec un rebras ? demanda la faiseuse.

— Va pour le rebras.

Ils serviraient toujours à ravauder les manches quand elles viendraient à s'user.

— Voulez-vous des parements ?

— Où ça ?
— Au bandier et à l'ourlet du bas ?
— Modestes, alors.
— De quel tissu, la robe ? Et de quelle couleur ?

La faiseuse avait en tête des assortiments tels qu'un corsage de soie écarlate et une jupe de velours cuivre. Jeanne frémit à cette idée.

— Du drap, et d'une seule couleur. La plus commode.
— Mais qu'entendez-vous par là ?
— La couleur qu'on remarque le moins.

L'autre la considéra un moment.

— Pourquoi une jolie fille comme vous voudrait-elle donc passer inaperçue ?

— C'est l'oiseau qui chante le mieux et dont le plumage est le plus vif qu'on capture le premier. Je souhaiterais m'habiller comme un moineau, ajouta-t-elle en souriant.

— Ah, vous voilà bien différente de nos donzelles, qui ne veulent au contraire que capturer le regard des galants par leurs atours. Mademoiselle Parrish, voulez-vous que je vous dise ?

Jeanne attendit.

— Avec vos cheveux d'or, votre teint frais, votre mine fière, votre taille si bien prise et ce je ne sais quoi d'assuré dans la démarche, vous n'êtes point destinée à être moineau. Votre défi de la coquetterie vous rend encore plus voyante.

Quatre hommes en cinq semaines, il fallait convenir que cette faiseuse n'était pas sans bon sens. Elle proposa deux draps, l'un brun sombre, qui était donc le plus commode, pour répondre au vœu de Jeanne, et l'autre d'un bleu profond.

— Vous allez opter pour le brun, je vous conseille le bleu, dit-elle avec une autorité maternelle.

— Pourquoi ?

— Parce qu'il s'accorde à vos cheveux.

La pauvre Joséphine Parrish aurait bien ri de ces finasseries ! Et Denis ! Mais où était Denis ?

— Et pour votre chape ? demanda encore la faiseuse, jetant un coup d'œil critique sur le manteau à capuchon de laine noire de sa cliente, dont la couleur oscillait entre la vieille ardoise et la terre brûlée.

— Celle-ci ne va pas ?

— Pour parler vrai, mademoiselle, elle siérait tout juste à un gueux.

Jeanne éclata de rire.

— Que voudriez-vous me tailler ?

— Une beluque de laine fourrée.

— Fourrée !

— De lapin gris.

En fait c'était une houppelande boutonnée.

— Qu'importe, pourvu qu'elle comporte une capuche, dit Jeanne.

— Mais c'est qu'il vous faudra aussi une coiffure, Jeanne. Iriez-vous à la messe tête nue ?

À la messe ! Elle se rappela qu'elle n'y était pas allée depuis la mort du père Godefroy. Ce curé rustaud avait été son dernier lien avec le ciel. Et ce n'étaient ni Dom Lucas ni mère Élisabeth de la Providence qui avaient renoué le fil. Maintenant qu'elle était pâtissière du roi, il lui faudrait s'y montrer sous peine de passer pour hérétique, païenne ou juive et de finir au bûcher comme l'autre Jeanne.

La faiseuse suggéra maintes coiffures à truffeaux et huves, fichées d'épingles et sommées de touailles et de barbettes plissées, qu'une coiffeuse de ses amies réalisait à merveille.

Jeanne se rebiffa : elle ne voulait rien de tout cela. Elle garderait ses cheveux plats, mais peut-être plus longs.

— Je ne veux qu'un voile, répondit-elle résolument.

— Je vous l'orne d'un ruban bleu ?

— Si vous voulez.

Tout cela était assommant. Elle n'avait guère changé : hier garçonnière d'apparence, elle l'était toujours de caractère. Elle ressentit tout à coup une nostalgie violente de La Coudraye, où nul ne se souciait de sa mise et où l'existence n'était pas quotidiennement bouleversée par le regard d'autrui.

Il ne resterait plus à régler que la question d'une nouvelle paire de chausses et des souliers. La faiseuse prit ses mesures pour les coussinets dont elle devait garnir le ventre selon la mode, et les fesses, car celles de Jeanne étaient aussi d'un garçon.

Elle en fut pour quarante-cinq livres, dont elle paya quinze d'acompte, avec l'agrément d'être livrée dans la dizaine. Il était urgent de reprendre la vente des échaudés, sans quoi elle finirait bourgeoise sur la paille.

14

L'ombre du lys

Le premier lundi de juillet, Jeanne se trouva installée dans son logis et sa boutique, enfin femme et vêtue en bourgeoise, et Donky à l'abri dans son écurie neuve. La planche qu'elle posait naguère sur des tréteaux était désormais calée sur l'appui de l'une des deux fenêtres du rez-de-chaussée ; elle pouvait ainsi vendre ses échaudés sans quitter sa boutique. Guillaumet resta commis ; il témoignait d'une conscience professionnelle, d'une ardeur à la tâche et d'une fidélité peu communes chez les garçons de la ville, plus enclins à faire du tapage dès qu'ils avaient échappé à la férule des adultes.

Elle avait fait la connaissance de ses voisins : à l'étage, un appartement était occupé par un couple de drapiers âgés et celui d'à côté, par le fils aîné de ces derniers, qui prenait la succession de son père ; ils se montrèrent fort amènes ; elle apprit peu après la raison de leur civilité : ils l'appelaient entre eux « la pâtissière du roi ». Sans doute me prennent-ils pour la prochaine Agnès Sorel, se dit-elle en riant sous cape. Incidemment, ils lui apprirent à quoi servait le réduit entre les deux chambres.

— C'est pour le bois et le pot.

Le pot. Ah oui ! L'on se croisait le matin dans l'escalier avec un, deux ou trois pots superposés, qu'on allait vider dans le ruisseau. Mais quand le pot se remplissait de jour, il fallait bien le remiser quelque part...

Quant aux voisins des deux étages au-dessus, c'étaient aussi des commerçants : un aubergiste, un métayer, et un maraîcher, lequel occupait tout le troisième étage, car il avait de la fortune et une famille nombreuse. Sous les combles vivaient un parcheminier et un professeur des Cornouailles.

Ce premier lundi-là, alors qu'elle retirait la planche avant de fermer boutique, l'inattendu advint. Barthélemy de Beauvois arriva sur son cheval comtois.

— Je viens prendre congé de vous pour quelques semaines, lui annonça-t-il, son éternel sourire aux lèvres, car ma maîtresse rentre à son château afin d'éviter les chaleurs de Paris.

Ayant prestement mis pied à terre, il tira des fontes de sa selle trois grands flacons de vin et un petit flacon d'usage inconnu. Puis deux poules faisanes. Puis encore, il descendit un meuble attaché à sa selle et qu'elle n'avait pas encore remarqué. Une sorte de table.

— Qu'est tout cela ? demanda-t-elle.

Il la toisa.

— Ma mie, vous voilà encore plus belle que je vous ai connue. Vous n'avez plus l'air d'un garnement.

Elle rit de plaisir et d'amusement.

— Tout cela est pour vous. Afin que vous songiez à moi quand je serai absent.

Il s'empara tant bien que mal de ses présents, les deux poules et les flacons de vin d'une main, la table et le dernier flacon de l'autre. Elle lui prit la table de la main.

— Portons tout cela chez vous, voulez-vous ?

Dans l'appartement, elle examina la table. Elle était petite et commode à transporter, bien que façonnée dans un bois dur et lourd, et son ornementation l'émerveilla.

— C'est un travail italien. Le plateau en est en ivoire et en pierres dures, dit-il. Mais soulevez-le.

Ce qu'elle fit, découvrant ainsi un miroir fixé sur l'intérieur du plateau. Elle demeura un instant songeuse. C'était le deuxième miroir qu'on lui offrait.

— Vous plaît-il ?

— C'est un cadeau pour une princesse, monseigneur.

— Ne l'êtes-vous pas ? demanda-t-il en souriant. Mais débouchons un flacon pour célébrer notre rencontre.

Elle n'avait que son couteau à cran ; elle le lui tendit.

— Il ne nous manque que des verres, dit-il.

Elle secoua la tête.

— Je n'ai pas de verres, monseigneur. Je bois l'eau à même la cruche. Quant à vos faisanes, je ne saurais ni les accommoder, ni vous les servir, n'ayant ni feu, ni pot ni marmite pour les cuire, point de table pour le repas et point de plats ni de couverts pour les manger.

— Buvons au goulot, alors, dit-il, un peu surpris.

— Peut-être puis-je faire mieux pour ce soir.

Elle appela Guillaumet, qui achevait de nettoyer la boutique et le pria d'aller dans le voisinage emprunter deux verres. Elle et le maître de cérémonies attendirent debout, car elle n'avait pas non plus de sièges.

— Comme vous le voyez, monseigneur, reprit-elle, je ne suis qu'une pauvre pâtissière venue de Normandie, sans autre mobilier ni fortune que le désir de gagner ma vie.

Il lui saisit les épaules.

— Jeanne, cela défie le sens. Cent gentilshommes, à commencer par moi, seraient comblés si vous les autorisiez à vous installer de façon plus commode.

— Rien ne s'offre sans échange, monseigneur. Et moi, que donnerais-je ? Ma servitude ?

— Est-ce une servitude que d'avoir un serviteur amoureux ? Ne suis-je pas votre serviteur ? Croyez-vous donc que je serais votre tyran ?

Guillaumet les interrompit en apportant, haletant, deux verres qu'il avait couru emprunter à sa mère. Il dévisagea Barthélemy de Beauvois avec un aplomb proche de l'impertinence. Surpris et amusé, ce dernier lui dit :

— Veux-tu donc tâter de mon vin ?

Il remplit un demi-verre et le tendit au garçon. Celui-ci le goûta, le lapa.

— C'est un vin de mariage, dit-il.

Jeanne et Barthélemy de Beauvois furent saisis d'une crise de fou rire. Celui-ci lui donna une pièce et le garçon se préparait à partir quand Jeanne le retint.

— Le cheval, dit-elle. Ne voulez-vous pas le mettre à l'écurie ?

Ce fut encore Guillaumet qui s'en chargea. Il ramena la clef, et la posa sur la table, non sans avoir examiné celle-ci d'un œil inquisiteur. La volaillère ne tarderait pas, à coup sûr, à entendre une description mirifique du meuble.

Cela fait, le vin fut versé dans les verres. Ils burent dans les dernières clartés d'un crépuscule de juillet, en échangeant de longs regards.

— Je vous emmène donc souper dans une auberge, dit Barthélemy de Beauvois. Mais avant de descendre, je voudrais vous présenter le quatrième flacon.

Celui-ci, posé par terre avec le reste du vin et le gibier, était plus petit et d'un verre clair et contenait un liquide ambré. Barthélemy de Beauvois en décacheta le goulot avec son couteau et le tendit à Jeanne :

— Humez.

— Cela sent les épices et les fleurs, dit-elle. Est-ce pour assaisonner la volaille ?

Il éclata de rire.

— Non, Jeanne, c'est une eau de senteur. Elle vient de Bohême.

Au mot de « Bohême », elle manqua sursauter. C'était de là-bas que venait Isaac. Puis elle lui lança un regard ironique, sans mot dire. Il le perçut, mais ne le releva pas. Elle revêtit sa cape, et ils descendirent

— Où irons-nous ? demanda-t-il. Je suis étranger au quartier.

— Monseigneur, je ne connais dans les parages qu'une auberge digne de vous, c'est celle de la Longue-Allée.

— Nous aurions dû garder le cheval, dit-il.

— C'est à moins d'une quarte à pied.

Ils n'avaient pas fait cent pas que deux ombres noires jaillirent comme des démons du néant, leur barrèrent le chemin et se jetèrent sur eux, le couteau au poing. Les deux bandits n'eurent pas plutôt eu le temps de proférer leur sempiternelle formule, « La bourse ou la vie ! » que Jeanne, s'étant saisie de son couteau à cran, décocha dans les parties du malandrin à sa portée le plus violent coup de pied qu'elle eût jamais donné. Le coupe-jarret se pencha en avant, s'empoignant les organes ainsi violentés. Sur quoi elle lui taillada la main qui tenait le couteau, puis le visage avec une fureur de chat sauvage. Elle ne se maîtrisait plus. C'étaient des individus de cette espèce qui avaient égorgé ses parents. L'homme beugla. Son complice tourna la tête, effrayé par le cri atroce. Barthélemy de Beauvois en profita pour lui assener un coup de poing à l'estomac, puis un autre au visage. Le premier brigand était tombé au sol pendant que l'autre prenait ses jambes à son cou. Jeanne se pencha sur lui, se préparant à l'égorger lorsque son compagnon la retint par le poignet.

— Jeanne ! cria-t-il, stupéfait.

Elle donna alors des coups de pied au visage de l'homme et s'empara par la force de son couteau. Barthélemy de Beauvois voulut entraîner Jeanne loin de là. Elle s'obstina et piétina la poitrine et le ventre de l'homme avec une cruauté sans merci, donnant des coups de talon dont chacun arrachait au brigand un ahan de douleur.

Quand ils parvinrent à l'auberge, elle était livide.

— Faites-moi servir, je vous prie, un verre d'hydromel coupé d'eau, dit-elle d'une voix étrangement rauque.

Il la regardait en silence, lui-même était pâle.

— Jeanne, dit-il enfin, ressaisissez-vous.

Elle soupira.

— Ce sont des bêtes pareilles qui ont égorgé mes parents il y a trois mois. J'aurais tranché le cou du mien si vous ne m'aviez pas retenu.

Elle remarqua des taches de sang sur ses mains et les lava en versant de l'eau dessus.

— Quelle violence ! dit-il. Vous m'avez saisi ! N'empêche, vous nous avez sauvé la vie. Quelle promptitude !

— Nous avons bien fait de ne pas venir à cheval. Ils auraient saisi les rênes, et je n'aurais rien pu faire, dit-elle.

L'aubergiste vint s'enquérir de ce que souhaitaient ses hôtes. Il récita la liste de ce qu'il pouvait servir.

— Un petit bol de soupe et un pigeon me suffiront, dit-elle.

— Nous avons reçu des vins de Guyenne, dit l'aubergiste, qui n'avait pas manqué de remarquer la mise élégante de Barthélemy de Beauvois.

— Eh bien, nous en tâterons, dit ce dernier.

Et quand l'aubergiste se fut éloigné, il ajouta à l'adresse de Jeanne, sur le mode plaisant :

— Je vous eusse bien vue au siège d'Orléans. Le roi eût gagné.

Elle sourit.

— Barthélemy, dit-elle, vous êtes un amant plaisant, mais, par affection, il faut vous dire que je ne suis pas l'épouse qu'il vous faut.

— Qu'en savez-vous ?

— Je suis une paysanne rebelle... Non, laissez-moi continuer. Je ne me vois pas à la cour de Beauté-sur-Marne, ni à celle du roi.

— Vous y triompheriez. Le roi est loin d'être sot. Sa mère l'a tant brimé qu'elle a estropié sa jeunesse. Son épouse, Marie d'Anjou, est une femme rigide qui ne connaît qu'une jouissance, fût-elle creuse, celle d'être la reine de France et la mère du prochain roi. Agnès Sorel est une compagne qui lui apporte la douceur dont il a tant manqué dans son enfance, mais qui ne sait partager ses soucis, car elle n'en a cure.

— Quels soucis a-t-il donc ? Il a reconquis la Normandie.

— Les campagnes sont désertes et tombées en friche. Bien des villes jadis prospères sont désolées. Les ports sont vides. Les revenus qu'il en eût tirés manquent au trésor et à ses desseins.

Elle se rappela la question de Charles, qui l'avait déconcertée : « Et ça marche ? » Il se demandait si les affaires reprendraient dans ce royaume que sa mère lui avait refusé et dans cette France qu'il avait arrachée aux Anglais. Le bail n'était pas qu'un cadeau : il était destiné à encourager le commerce. La gaucherie morose du pauvre Charles, qui l'avait tant déçue, lui parut alors touchante. Voilà un héritier qui, de haute lutte, avait reconquis sa maison, et maintenant, il s'inquiétait de savoir si elle n'était pas ruinée. Elle comprit soudain le pouvoir que la jeune bergère nommée Jeanne d'Arc avait exercé sur ce monarque humilié : elle lui avait rendu confiance en lui.

Elle acheva sa soupe et posa la cuiller dans le bol.

— Que voulez-vous faire de moi, Barthélemy ? La conseillère du roi ? Son ministre ? Moi, la pâtissière ?

— L'autre Jeanne était aussi une paysanne, une bergère. Je veux que vous soyez présente à mes côtés, Jeanne. Aux côtés du roi.

Aux côtés du roi ! Elle faillit en rire. Et pourquoi pas en armure à tant faire ? Ces gens-là voyaient donc des Jeanne d'Arc partout !

— C'est un pays bien mal en point qu'il vous faille battre la campagne à la recherche de femmes pour le défendre ! s'écria-t-elle. Je viens d'arriver à Paris, Barthélemy. J'ignore tout de tout. Laissez-moi réfléchir. Je ne sais ni lire ni écrire, Barthélemy, avoua-t-elle à la fin.

— Je m'en étais avisé à la manière dont vous avez parcouru le bail.

Elle goûta du vin de Guyenne, qu'elle ne connaissait pas ; marchande de vin au verre, elle apprenait désormais à tâter ; or, ce vin-là était riche de rondeur et d'un velours qui manquaient aux autres ; elle devrait s'enquérir de son prix.

— Me consentirez-vous le privilège d'être à vos côtés, ce soir, quand vous réfléchirez ? demanda Barthélemy de Beauvois.

— Je vous remercie de le demander, répondit-elle, en le regardant dans les yeux. J'avais craint que vous le preniez d'office. Mais s'il en est ainsi, je vous y invite.

Elle ne se reconnaissait pas elle-même. Paris l'avait-il à ce point changée ?

L'aubergiste vint, du bout de sa fourche, déposer le pigeon grillé dans le bol. Barthélemy de Beauvois resservit du vin.

La nuit était avancée quand ils rentrèrent : la dixième heure sonna ici, là-bas, plus loin. Elle reconnaissait les cloches à leur sonorité. Celle de Saint-Julien-l'Hospitalier était claire et rustique, sans harmoniques, celle de Cluny tintait comme une clochette aux sons courts, mais les notes jaillies de celle de Notre-Dame évoquaient le cristal heurté, et chaque coup paraissait voyager sans fin dans l'air. Ils marchaient aux aguets, sous la seule clarté de la lune. Ils ne firent pas de rencontres. Sans doute les malandrins qu'ils avaient si durement repoussés avaient-ils répandu le bruit que le quartier était mal fréquenté et qu'un sicaire aux apparences de jeune femme y jouait redoutablement du couteau.

Ils montèrent à pas de loup, pour ne pas déranger les voisins, sans doute couchés. Ils se déshabillèrent sans frisson, car la nuit était douce.

Jeanne savait désormais faire la différence entre les talents amoureux des hommes. Barthélemy ne déméritait pas. Il était fort et doux, comme Isaac, et sans les alarmantes folies de l'extase qui saisissaient Matthieu.

Il commençait à lui plaire.

Mais comment se faisait-il donc qu'il ne mentionnât pas d'épouse ?

Elle n'eut pas le loisir de l'interroger, car il partit à l'aube, et elle était encore trop ensommeillée pour l'entreprendre sur ce point quand il lui rapporta la clef de l'écurie.

15

Entre le singe et le chien

La nouvelle boutique reconstitua en peu de jours une pratique non seulement égale à celle de la rue de la Montagne-Sainte-Geneviève, mais encore supérieure. Aux étudiants du collège des Cornouailles, en effet, se joignirent les commerçants du quartier, plus nombreux que là-bas.

De plus, Jeanne enrichit sa confection de nouveautés qu'elle produirait de façon régulière, et non plus au hasard des achalandages : des pâtés clos à la volaille, qui consolidèrent ses relations avec la volaillère, et du vin au verre. Pour cela, il fallut acheter un tonnelet de vin et l'installer sur des étais, ainsi que deux douzaines de verres. En plus de ses tâches ordinaires, Guillaumet se vit chargé de laver ceux-ci ; les bords en étaient régulièrement garnis de traces graisseuses, et la paysanne d'hier, qui buvait sans souci au même gobelet que son frère, était particulièrement vigilante sur la propreté. Son salaire monta à deux cent cinquante sols ; il gagnait autant qu'un homme. Il fallait dire aussi que les cheminées exigeaient du gros bois ; Guillaumet allait s'en approvisionner une fois par mois et Donky avait donc retrouvé son utilité. Le brasero ne servait plus qu'à faire cuire une partie des commandes ; bien avant que la boutique ouvrît ses volets, trois douzaines de pâtés et d'échaudés étaient déjà prêts, tenus au chaud sur une lèchefrite au-dessus de l'âtre. Jeanne, d'ailleurs, avait découvert que les échaudés aux fruits de la veille étaient au moins aussi savoureux le lendemain.

Il n'existait jusqu'alors pas de pâtisserie dans le quartier ; la plus proche se trouvait près de Saint-Michel. Quant au cuisinier des Cornouailles, elle n'entendit parler de lui que pour des commandes régulières de trente échaudés aux fruits le dimanche.

Elle reconstitua bientôt le pécule entamé par la construction de l'écurie et sa robe.

Elle eût dû être aux anges ; mais elle était soucieuse.

Elle était résolument en retard. Elle attendait ses saignements aux environs du 20 juin ; ils n'étaient pas venus.

Elle crut entendre sa mère réciter, l'œil malin : « Bon sang qui tarde, marmot qui darde. »

Elle était donc enceinte.

Deux jours ne furent pas assez pour qu'elle s'imprégnât aussi de cette évidence. Mais qui était le père ?

Lors des bavardages ordinaires entre les jeunes villageoises, qui suivaient la messe à La Coudraye, elle avait entendu bien des récits sur la façon dont la grossesse vient aux filles. Qu'il suffisait, par exemple, de boire dans le verre d'un garçon. Mais Joséphine Parrish, interrogée en aparté par Jeanne, avait répondu simplement :

— Ma fille, on ne fait pas de soupe avec un pot vide. Et l'on ne verse pas d'eau dans un pot couvert. Voilà tout ce qu'il te faut savoir. Et je ne crois pas que le Saint-Esprit coure après les filles.

Deux hommes seulement avaient versé de l'eau dans le pot, façon de parler : François et Barthélemy. François l'avait prise avant le 20 juin, et elle avait fait l'amour avec Barthélemy la nuit de la Saint-Jean, soit le 24. Le père était donc François.

La consternation l'accabla.

Celui-là ne ferait pas un bon père. Ni un mari.

Et comment s'arrangerait-elle d'un enfant ? Comment l'élèverait-elle tout en tenant boutique ?

Sur quoi un chariot bâché s'arrêta à brève distance. Jeanne entendit le charretier s'enquérir à la cantonade de l'adresse de la pâtissière Jeanne Parrish. Guillaumet leva le nez et, après s'être empressé de servir une cliente – car la boutique comptait désormais des femmes –, courut informer le charretier qu'il était rendu.

Jeanne n'avait rien commandé. Elle sortit, intriguée.

Le chariot se rangea devant la boutique, et le charretier tendit d'abord à la jeune fille une lettre cachetée en déclarant qu'il venait d'Épernay. Il se mit ensuite à décharger des meubles. Deux chaises. Un fauteuil. Un coffre. Une grande table, qu'il faillit laisser tomber. Deux chandeliers de cuivre à cinq bras. Une caisse, qu'il mania avec plus de soin. Un matelas de toile cousue. Un oreiller de même. Un tapis velu, roulé et ficelé. Trois pots, dont un chaudron de cuivre.

Il soufflait et pestait. Elle lui offrit un pâté de volaille, un verre de vin et lui donna dix sols.

Le fracas du chariot avait alerté le voisinage. Des têtes se penchèrent aux fenêtres. La pâtissière du roi faisait encore parler d'elle. On lui envoyait des cadeaux, des meubles ! Et pourquoi pas de la vaisselle d'or, pendant qu'on y était ! Jeanne s'impatienta : tout le chargement demeurerait dans la rue jusqu'à ce qu'elle eût fermé boutique et trouvé un homme pour l'aider. Les badauds venaient déjà les inspecter. Et elle ne pouvait pas lire la lettre cachetée qu'elle tenait en main...

À la fermeture, elle la décacheta et la tendit à Guillaumet, qui savait lire.

Il la déchiffra maladroitement, de sa voix de gamin qui muait :

> *Ma mie, il messiérait aux convenances*
> *qu'une personne telle que vous fût*
> *contrariée par le manque de*
> *confort. Je vous prie d'accepter ces*
> *quelques commodités pour y*
> *remédier. Le cœur me poingt au*
> *souvenir du bleuet, du coquelicot*
> *et de la rose.*
> *Barthélemy.*

Guillaumet leva les yeux vers sa maîtresse.

— C'est joli, dit-il. Un jour, moi aussi j'écrirai aussi bien.

Puis il se mit en quête des bras nécessaires pour monter les meubles à l'étage. L'installation ne s'acheva qu'à la huitième heure après midi. La table, constituée de deux ais de beau chêne verni avec des équerres en fer, fut installée dans la chambre du devant. Les deux chaises, tapissées de cuir – assiette et dossier – de part et d'autre. Sur la table, Jeanne posa un des chandeliers. Le fauteuil prit place devant la cheminée. Barthélemy avait-il pris de mémoire la mesure du lit ? Le matelas s'y ajustait exactement. Le coffre, de trois pieds de long, en hêtre et au couvercle ouvragé, fut disposé au pied du lit, dans la chambre de l'arrière.

La caisse contenait six assiettes d'étain, deux salières, six verres et six cuillers, plus un paquet de vingt-quatre bougies fines, le tout roulé dans une tapisserie. Jeanne déplia celle-ci : elle représentait un chevalier transperçant un dragon dans un jardin magnifique ; elle conviendrait parfaitement au mur contre lequel le lit était appuyé. Au sol, elle jeta le tapis velu.

— Barthélemy t'aime beaucoup, observa Guillaumet. Autant que le roi.

Elle lui caressa la joue et le renvoya chez sa mère, chargé des deux faisanes ; elle faisait don de l'une à la volaillère et la priait d'accommoder l'autre pour elle.

Puis elle reprit ses réflexions.

Le père idéal de l'enfant à venir serait Barthélemy. À quelques jours près, il eût pu l'être.

Il le serait donc.

Elle était responsable de cet enfant ; elle ne pouvait le confier à un poète.

Le quinze août, le destin, facétieux, amena des bateleurs au bas de la rue Galande. Ce jour-là était célébré comme celui de la Vierge Marie, les uns tenant qu'elle y était née, les autres, qu'elle y avait rendu l'âme. Les religieux pour leur part ne disaient ceci ni cela, mais que la mère du Christ était montée au ciel où sa place était, et donc qu'elle n'était ni née ni morte au sens vulgaire de ces mots : selon le mystère sacré de sa prédestination, en effet, sa naissance avait été sa mort au monde et sa mort physique, sa naissance céleste.

En fait, dès avant les Romains, les Parisii et les Gaulois en général célébraient à la mi-août leur déesse nourricière, mère des moissons. Mais, depuis les chrétiens, celle-ci,

Déméter, Cérès ou autre, avait été remplacée par une autre mère. Pour l'honorer aussi dignement que la précédente, on poursuivait donc la tradition qui consistait à festoyer et danser jusque tard dans la nuit. En fait, il s'agissait d'un carnaval sans Semaine sainte et, avec la nuit de la Saint-Jean, c'était le deuxième pôle des festivités estivales.

Les bateleurs commencèrent par rameuter la population du quartier en battant sur deux tambours. Puis ils installèrent des estrades de fortune, en fait trois escabeaux reliés par des planches. Les spectateurs s'assemblaient déjà autour. Guillaumet n'y tint plus et demanda la permission d'y aller. Jeanne la lui consentit.

Quand il arriva, un bonimenteur dévidait des promesses et des impertinences. Son vêtement à lui seul divertit Guillaumet : il était vêtu de chausses rouges, d'une casaque verte et d'un bonnet à cornes démesuré, aux bords garnis de grelots qui tintinnabulaient au gré de ses sarcasmes contre les maris cocus, les commerçants griveleux, les femmes infidèles, les moines concupiscents et les fonctionnaires corrompus.

Jeanne n'avait pas eu un seul client depuis l'arrivée des histrions. À l'évidence, elle n'en verrait pas beaucoup jusqu'à la fin de la représentation ; elle ferma la boutique et descendit rejoindre Guillaumet.

Elle se fraya un passage dans la foule : ce fut alors que le grotesque battit des mains. Un singe sauta sur la scène en même temps qu'un chien blanc et roux. Le singe portait une jupette et le chien, un bonnet.

— Bonnes gens, assistez donc à l'égal des amours de nos frères et sœurs humains ! Premier acte : la cour !

Un coup de battoir donna le signal de la représentation. Le chien s'efforça d'attraper le singe. Celui-ci faisait mille cabrioles et grimaces et, chaque fois que le chien allait l'attraper, il lui échappait d'un bond. Les deux animaux firent trois fois le tour de la scène.

— Deuxième acte : la séduction et la promesse !

Deux coups de battoir suivirent. Le chien se dressa sur ses pattes arrière et fit le beau. Jeanne éclata de rire. Avec son bonnet de notable, l'animal évoquait, en effet, un galant qui se pavane. Le singe également dressé sur ses pattes arrière, le regardait avec un intérêt qu'on eût fini par croire véritable. Les deux animaux se firent face. Le chien tendit une patte et le singe la saisit. Ils longèrent ainsi la scène, d'un pas lent et solennel.

Le public, qui avait alors grossi, éclata en applaudissements. Guillaumet ne se tenait plus de joie. Il sautillait sur place.

— Troisième acte : le mariage !

Un roulement de tambour suivit. Toujours dressés sur leurs pattes postérieures, le chien et le singe se lancèrent à deux dans une danse fantasque et enthousiaste, une sorte de saltarelle animalière.

Le public, hilare, prodigua de nouveau des applaudissements.

— Quatrième acte : la vie conjugale !

Trois coups de battoir, et le singe sauta sur le dos du chien, remis à quatre pattes, et lui battit l'arrière-train pendant un tour complet de piste.

Autre roulement de tambour, le chien et le singe vinrent saluer l'assistance. Nouveaux applaudissements, vivats, sifflets.

Le bateleur descendit de l'estrade et, sébile en main, fit la quête. Les pièces plurent. Guillaumet y alla d'un sol, Jeanne de deux.

Elle riait encore quand, dans l'assistance, elle distingua un regard braqué sur elle. Elle reconnut le visage. Elle devint grave tout à coup.

— Je remonte à la boutique, souffla-t-elle à Guillaumet, qui attendait le spectacle suivant.

Elle pressa le pas. Mais elle se savait traquée. Elle claqua la porte derrière elle et poussa le verrou. Elle avait peur.

Il attendit, de l'autre côté de la fenêtre. Ils se regardèrent à travers la fenêtre. Elle vit des larmes couler des yeux du père de son fils.

Elle ouvrit brusquement la fenêtre et lui dit, d'une voix rauque :

— Va-t'en, François. Je ne veux plus te revoir.

— Jeanne, pardon. Il y a près d'un mois que je te cherche.

Elle secoua la tête.

— Jeanne, je te demande pardon. Si tu me repousses, je suis comme mort.

Elle songea à Matthieu. Les hommes étaient des êtres déraisonnables. Il suffisait d'un pendu.

— Que veux-tu me dire ?

— J'avais bu. J'étais fou. Je pense à toi tous les jours.

Le ton était sincère après tant de jours. Il n'avait donc pas seulement recherché le plaisir d'un soir, sans quoi il ne se fût pas donné la peine de cette comédie.

— Et alors ?

— C'est tout. Demande-moi ce que tu veux, mais pas de renoncer à te voir. Je ne dors plus. Je ne sais même plus travailler.

Elle réfléchit un moment. Elle était à la fois émue et furieuse de le revoir : elle avait brûlé dans ses braises et, maintenant, il s'avérait que ces brûlures entraînaient de lourdes conséquences.

— Quel est ton travail ?

— Je suis bachelier. Je travaille à ma licence.

— Où ? demanda-t-elle, ignorante du monde savant.

— À l'Université.

— À quoi te mènera ta licence ?

— Une faculté supérieure. Je serai maître en arts libéraux.

— Qu'est-ce que ça veut dire ?

— Que je serai théologien, avocat ou médecin.

Elle le considéra d'un œil sceptique.

— Je te croyais poète.

— L'un n'exclut pas l'autre.

Cela changeait tout. Il était penché par-dessus l'appui de la fenêtre, tel un mendiant. Elle continuait à le regarder d'un œil critique. L'idée lui vint qu'elle ressemblait à mère Élisabeth de la Providence, celle qui prétendait connaître les secrets des jeunes filles et semblait porter un jugement revêche sur l'entièreté de la création. Elle se ressaisit. Une idée lui vint :

— Tu peux m'apprendre à lire et à écrire ?

— Jeanne ! s'écria-t-il. Je peux faire de toi un bachelier !

— Peux-tu être demain ici à la septième heure ?

— Si je ne le suis, c'est que je serai mort.

— Alors, à demain. Maintenant, va-t'en. J'ai des clients.

— Ma fille, je n'entends partout que louanges de vos talents de pâtissière. Je ne pouvais manquer de rendre visite à une paroissienne aussi estimée.

Jeanne examina le visage souriant et répondit par un sourire modeste. Elle ne pouvait prétexter la presse pour se dérober à un visiteur qu'elle savait inévitable. Le père Robert Martineau, moine blanc et supérieur de la paroisse de Saint-Séverin, comme il s'était présenté, n'était pas de ces gens qu'on esquive aisément.

Les clochers du voisinage, quelques-uns parmi les cent clochers de Paris, annoncèrent la dixième heure. La grande cloche de Saint-Séverin, qu'on appelait la Macée et qui sonnait le couvre-feu pour les collégiens de l'Université, suivit leur exemple. Le décalage, tout le monde le savait, était dû aux caprices de l'horloge qui présentait sa face compliquée au clocher. Quelques bigotes soupçonnaient qu'il y avait du Diable là-dessous. De toute façon, c'était l'heure creuse où les clients, tout à leurs besognes, en oubliaient leur estomac. Guillaumet était en courses. Jeanne pouvait consacrer quelques moments au moine blanc.

Elle connaissait ce genre de sourire qui étirait les lèvres de son visiteur : il était destiné à conjurer la méfiance éventuelle. Ce fut le visage qu'elle détailla. Long et creusé de rides profondes, barré horizontalement d'une bouche mince et subtile, et, verticalement, d'un nez austère. L'esprit et la spiritualité se croisaient donc, se contrariaient et peut-être se complétaient dans ce visage. Les yeux gris, derrière les besicles, scrutaient le monde et, du monde, présentement Jeanne Parrish.

Elle, pour sa part, avait flairé le représentant d'une puissance qu'elle avait commencé à entrevoir à Argentan, par le discours de la marchande de serins : non seulement celui de qui l'argent émanait, mais encore celui qui attirait l'argent à soi ; autrement dit le vrai pouvoir qui s'engraisse de lui-même.

La royauté en comparaison était transitoire et même vassale : l'évêque Cauchon avait bien pu prendre le parti des Anglais contre Charles le Septième, et son nom était certes désormais honni, mais l'Église, elle, avait à peine été ébranlée par le choc. Jeanne ignorait son avenir, mais elle avait clairement conscience qu'il ne se ferait pas sans l'Église.

— Il ne me souvient pas de vous avoir vue dans notre église, dit le père Martineau.

— C'est que j'allais à Saint-Jacques, mon père, avant de m'installer ici.

Le même mensonge qu'elle avait servi au bernardin. Mieux valait s'en tenir à une ligne déterminée.

— Était-ce votre paroisse ?

— Non, mais j'y allais souvent me recueillir avant ou après mes achats dans le voisinage.

— Où demeuriez-vous donc ?

— Dans une ancienne écurie, proche du collège des Lombards.

Il hocha la tête ; ces informations recoupaient sans doute celles qu'il avait déjà recueillies. Ces gens-là avaient leurs réseaux d'information. La question qui suivit confirma ses soupçons :

— N'est-ce pas vous qui teniez un étal en plein air à l'angle de ce collège ?

— C'est bien moi.

— Et l'on vous prenait pour un garçon.

— C'était involontaire, mon père. À la campagne, voyez-vous, les mises ne sont pas si différenciées qu'à la ville.

Il jeta un coup d'œil à son décolleté, puis au reste de son habit.

— Et maintenant, vous avez mis bon ordre à ce malentendu. Je rends hommage au bon goût de votre mise, ma fille.

Elle inclina la tête, avec un sourire modeste.

— Et vous n'êtes donc pas venue à Saint-Séverin ?

— Si fait, mon père. Mais comme j'y viens en capuche, peut-être ne m'y avez-vous pas reconnue.

Il évalua si l'explication était probable ; un personnage en capuche se tenant dans un des bas-côtés eût pu, en effet, échapper à son attention. L'église était le plus souvent plongée dans une pénombre que les cierges et les chandelles dissipaient mal. Ou peut-être encore était-elle venue à une heure où il n'y était pas.

— Demain dimanche, je serais heureux que vous leviez la tête quand je serai en chaire.

— Je le ferai, mon père.

— Êtes-vous satisfaite de votre commerce ?

— Depuis que je suis installée ici, j'y suis plus à l'aise.

Le regard du père Martineau explora les profondeurs de la boutique.

— C'est une bien belle échoppe. Et dans une maison du roi !

Elle le fixa un instant de son regard gris. La prenait-il pour une pécore chanceuse ? Que voulait-il, à la fin ? En vérité elle se lassait déjà de jouer au chat et à la souris.

— Sa Majesté notre roi m'en a consenti le bail, cela est connu.

— La faveur est grande.

— Je la dois à la maison de la dame Agnès Sorel qui, passant rue de la Montagne-Sainte-Geneviève, a bien voulu s'arrêter pour goûter de mes échaudés.

— Le roi n'était point là ?

— Non, mon père.

Sans doute devina-t-il une certaine crispation dans l'attitude de son interlocutrice, car elle se préparait à le prier de se mêler de ses affaires. Or, il était venu pour établir une relation de confiance.

— Je me félicite, dit-il, que le Seigneur ait bien voulu, par l'intercession de notre roi, vous mettre ainsi sur le chemin de la prospérité. Je suis persuadé que vous l'avez déjà remercié dans vos prières, en attendant de le faire par vos dons.

Elle releva l'allusion au roi, qui esquivait le rôle d'Agnès Sorel. Puis elle se dit : c'est donc ça ; il est venu demander de l'argent. Il croit que je dispose de la faveur royale et que j'ai des coffres pleins.

— Ce n'est que mon inexpérience qui m'a retardée, mon père.

Il hocha la tête.

— Les commerçants de la paroisse vous mettront au fait, dit-il du même ton égal.

Un professeur des Cornouailles se présenta. Le père Martineau jugea opportun de mettre fin à l'entretien.

— Je suis heureux d'être venu vous voir, ma fille. Que le Seigneur vous protège dans toutes vos entreprises. J'espère vous retrouver à l'office du dimanche.

N'était-il venu que pour réclamer sa dîme ? se demanda Jeanne tandis qu'elle servait à son client un verre de minervois et un pâté de viande. Il devait certainement avoir été informé des cadeaux qu'elle avait reçus et en avait déduit qu'ils étaient le fait du monarque. Qu'espérait-il donc ?

Le soir, François Villon apparut bien avant la septième heure, celle qui suivait l'angélus du soir. Il portait une sacoche qu'elle ne lui avait pas connue et un bonnet bleu qui n'était pas celui d'un clerc, puisqu'il n'était pas licencié. Jeanne l'aperçut alors qu'elle fermait les fenêtres et que Guillaumet achevait de laver les verres dans un baquet d'eau vinaigrée, comme elle le lui avait appris. Elle savait qu'il savait qu'elle l'avait vu. Elle le laissa lanterner un moment, puis ouvrit la porte et, se plantant sur le seuil, lui signifia qu'il pouvait venir.

Il traversa la rue, et elle lui adressa un « Bonsoir » d'un ton détaché. Il tenait une fleur à la main. Il la suivit à l'étage ; il jeta un coup d'œil alentour et ne dit rien ; sans doute était-il surpris ; ce n'était pas le logis qu'il eût imaginé à une manante. Mais, depuis la veille, il savait à l'évidence qu'elle était commerçante et non pas commise. En tout cas, le logis respirait une aisance discrète ; un feu brûlait dans la cheminée car, en dépit de la douceur de juillet, Jeanne entretenait un feu en permanence, pour lutter contre l'humidité qui sourdait des murs. Des brins de genévrier mêlés au petit bois avaient répandu une odeur balsamique.

Elle assit son hôte en face d'elle, de l'autre côté de la table, parce qu'elle voulait être à contre-jour. Il lui tendit la rose qu'il avait apportée ; elle l'accepta de bonne grâce, mais sans chaleur, et alla mettre la fleur dans un verre d'eau avant de revenir s'asseoir. Il l'interrogea du regard, elle lui renvoya le sien : un mur.

Il sortit de sa sacoche une feuille de parchemin couverte de signes, une plume d'oie et un encrier.

— Il y a vingt-cinq lettres d'alphabet, qui sont toutes destinées à célébrer Jeanne.

Elle demeura impassible. La feuille de parchemin s'avéra être un abécédaire pour écoliers. Il les lut et distingua les voyelles des consonnes, puis les fit répéter à Jeanne. Il sortit une feuille de parchemin vierge de sa sacoche et, trempant sa plume dans l'encre, la tendit à Jeanne qu'il pria de tracer telle ou telle voyelle.

C'était la première fois de sa vie, à quinze ans passés de huit mois, qu'elle tenait une plume et se disposait à gratter du papier ; elle fut troublée. Mais enfin, se référant aux modèles des lettres qu'elle avait vite repérées, elle s'en tira sans trop de mal, mais non sans maints tremblés et des maladresses flagrantes dans les tracés.

La tâche fut considérablement plus ardue pour les consonnes ; les trois jambages de l'*m*, la double boucle de l'*r* et du *w* lui valurent de nombreuses bévues. Il fallut plus d'une heure qu'elle ne commît pas trop d'erreurs. Elle se mordit la lèvre, mécontente d'être humiliée devant cet homme. Cet homme en particulier.

Guillaumet monta lui souhaiter bonne nuit ; elle la lui souhaita aussi avant d'ajouter : « À demain. » Le garçon lança un coup d'œil à l'abécédaire en évidence sur la table et à François Villon.

François expliqua ensuite que les prononciations des lettres changeaient à proximité d'autres lettres. Ainsi des voyelles devant l'*n* et l'*m*. Il lui en donna des exemples. Mais aussi des consonnes accolées à d'autres consonnes : le *c* et l'*s* devant l'*h* se prononçaient *ch* et *sh*, le *c*, le *d*, l'*f*, le *g*, le *k*, le *p*, le *t* et le *v* en présence de l'*l* devaient produire un son lingual. Il lui en fournit également quelques exemples. Le *t* ne se prononçait pas en fin de mot, sauf cas particuliers.

Elle commençait à se lasser ; il convint de reprendre la leçon le lendemain.

— Mais avant que je parte, écrivez donc votre prénom, dit-il.

En effet, la dernière fois qu'ils s'étaient vus, à la fenêtre de la boutique, ils s'étaient tutoyés ; mais comme elle lui avait dit tout à l'heure « Entrez » et qu'elle avait recouru au voussoiement, il s'y tenait.

Elle écrivit *Gane*. Il la corrigea et lui expliqua pourquoi. Elle récrivit son prénom correctement.

— Ne voulez-vous pas écrire votre nom aussi ? dit-il.

Elle darda sur lui son regard gris ; il voulait l'identifier. Mais elle tenait boutique, et quelques questions dans le voisinage lui auraient bientôt appris ce qu'il voulait savoir. Aussi s'exécuta-t-elle : *Parish*.

— Quelle est l'origine de ce nom ? demanda-t-il.

— Mon père était anglais.

— Alors, il est probable que l'*r* soit redoublé. Parrish, avec deux *r*. Comment le prononcez-vous ?

Elle prononça son nom, et sa prononciation sembla lui donner raison.

Elle recula sa chaise et, tirant un brandon enflammé de l'âtre, alluma les cinq bougies du chandelier.

— Voulez-vous un verre de vin et un pâté de poulet ? demanda-t-elle.

— Volontiers.

— Nous redescendrons donc.

C'était un stratagème pour écarter François de l'intimité du logis. Elle le servit et se versa elle-même un verre de vin.

— Ne me direz-vous donc rien ? demanda-t-il.

— Félicitez-vous-en.

— Je rencontre un soir d'ivresse une jeune fille qui aggrave ma folie. Et me voilà damné ! se lamenta-t-il.

— Vous avez rencontré une *proie*, dit-elle, en mettant l'accent sur ce dernier mot. Vous chassiez un garçon et ce fut moi.

— Je sais ma violence. Mais je ne vous ai pas été entièrement odieux. Vous m'avez même demandé de vous embrasser.

Elle frémit à ce souvenir. Puis devina qu'elle tenait là une occasion de se montrer cruelle.

— Cela est vrai. Vous m'aviez communiqué votre folie du… plaisir. Je l'ai regretté. Je vous eusse peut-être réservé un accueil plus enviable si vous m'en aviez laissé la chance. Mais vous vous êtes imposé à moi comme un brigand.

Son autre vengeance, qu'elle savourerait seule, consistait à ne pas lui révéler qu'elle était enceinte de ses œuvres. Elle avait découvert en Matthieu l'orgueil du mâle ; ce serait trop consentir à François que la fierté d'avoir d'un coup fécondé une vierge en plus de la vanité infâme qu'il avait pu tirer de sa conquête.

Il baissa la tête.

— Je vous renouvellerai mon repentir autant de fois que vous le désirerez et même davantage, articula-t-il d'une voix sourde. Mais dites-moi si je suis en Enfer ou au purgatoire.

— Je ne suis pas nonne, François. Et je ne détiens pas la justice céleste.

La seule présence de cet homme lui était une épreuve ; par instants, elle eût voulu baisser sa garde. À le regarder boire et manger, elle décelait en lui une ardeur qui plaisait à sa nature de paysanne. Ses gestes, sa manière même de mâcher, son langage, ses mains exhalaient une force sans apprêts. Mais elle s'interdit de laisser percer son trouble, car elle savait qu'aux premières faiblesses, la confiance finirait par s'instaurer entre eux ; que tout recommencerait ; et qu'elle devait décider de deux avenirs, désormais, le sien et celui de l'enfant qu'elle portait.

Sans doute devina-t-il qu'il ne devait pas abuser de l'avantage acquis ; il avait été autorisé à la revoir, c'était déjà beaucoup. Il reposa le verre sur le comptoir devant la fenêtre et tira sa cape sur ses épaules.

— Avant que je m'en aille, expliquez-moi ceci : rue des Anglais, vous étiez travestie en garçon paysan et je vous ai retrouvée en pâtissière établie. Quel était le sens de votre mise garçonnière ?

— Je suis venue de Normandie sans autres habits que ceux qu'on porte là-bas. J'ai fini par me plier aux usages de Paris.

Il entendit l'explication. Il devina qu'elle était incomplète, mais il ajusta sa cape et posa sa main sur la poignée de la porte.

— Dormez bien, dit-il. Que les anges veillent sur vous. À demain ?

— À demain. Prenez garde aux malandrins, cria-t-elle quand il se fut éloigné de quelques pas.

Il se retourna et lui adressa un sourire. Elle referma la porte, poussa le verrou et ferma les volets. Puis elle monta chez elle et regarda la rose qui rutilait à la lumière des bougies.

Il avait négligé de lui apporter le bleuet et le coquelicot.

Elle se regarda dans le miroir d'Isaac.

Avant de souffler la chandelle, elle considéra aussi la tapisserie de Barthélemy.

Elle s'endormit et rêva qu'elle était une guenon entourée de chiens en bonnet.

16

Un beau dimanche

Les nausées qui la prirent au réveil faillirent l'empêcher de se rendre à la messe, comme elle s'y était résolue, en compagnie de sa voisine la drapière. Celle-ci, en effet, appréciait les confections de Jeanne et, un jour sur deux, faisait monter par Guillaumet deux pâtés salés, pour elle et son mari, à peu près grabataire.

À La Coudraye, on disait que, si elles survenaient au deuxième mois, ces nausées annonçaient un garçon.

Dame Contrivel, l'ayant trouvée blême, lui proposa une décoction d'anis et de menthe pour rétablir l'estomac. Et sans attendre, la bonne femme courut chez elle la lui confectionner.

Elle devait avoir quelque cinquante ans. Son visage et son corps évoquaient chacun une poire, mais de dimensions différentes. Et ses yeux paraissaient deux pépins, de poire également. Elle les plissa en tendant à Jeanne le petit bol de remède de sa façon. Ils exprimèrent tout ensemble la compassion, la malice et la sollicitude maternelle. Jeanne, à qui rien n'échappait, feignit d'ignorer son regard.

En vérité les nausées du matin étaient un signe aussi clair qu'une enseigne de barbier…

Jeanne eût préféré rester au lit, mais elle ne pouvait plus se permettre de manquer toujours les offices, surtout le dimanche ; cela ferait jaser et ne laisserait pas d'être pernicieux pour ses affaires.

Guillaumet survint, qu'elle chargea de préparer le petit bois, les poêles, la pâte, le poulet en miettes, les fruits en quartier, le beurre, les verres…

À la sortie de la grand'messe, les gens avaient faim, et c'était pour elle un bon jour.

La drapière écouta ces recommandations en opinant du bonnet, puis elles se mirent en route de concert, dame Contrivel la tête couverte d'une huve plissée et Jeanne, du simple voile façonné par la faiseuse et bordé d'un ruban bleu.

— Que faut-il donner ? demanda Jeanne, en chemin.

— Au plateau de la quête, un sol, dit dame Contrivel. Si vous donniez davantage, vous passeriez pour faire étalage de richesse. Pour ce que notre curé appelle la dîme, cela se discute en tête à tête. Ne vous laissez pas faire !

Jeanne parut ébahie.

— Ma petite Jeanne, ne laissez pas l'innocence vous ruiner. Nous n'appartenons pas à la paroisse du père Martineau.

— Comment ? s'écria Jeanne stupéfaite.

— Ben voyons, personne ne sait à quelle paroisse ressortit la rue Galande ! À Saint-Julien-l'Hospitalier, à Saint-Séverin, ils ne le savent pas eux-mêmes ! Ils se chamaillent sur leurs territoires, tous ces bernardins, franciscains, bénédictins, carmes, augustins, célestins, moines blancs… Mon mari me l'a dit : il y a trente-cinq paroisses à Paris ! Sans compter les moutiers.

— Mais alors, pourquoi allons-nous à cette église-là… ?

— Bah, faut bien faire semblant d'appartenir à une paroisse, pour les baptêmes, les onctions, les mariages et tout ça. Quand mon mari passera, faudra bien que j'appelle un prêtre et qu'on lui trouve un lopin au cimetière. Bref, ne vous faites pas avoir par le boniment de Martineau. C'est un moine blanc, c'est vrai qu'ils ne font pas bombance, mais ils savent finasser... Il est venu m'interroger sur vous.

— Ah ? fit Jeanne, de plus en plus surprise.

— Il paraît que vous vendiez vos échaudés devant le collège des Lombards, déguisée en garçon. Et puis que la maîtresse du roi, Agnès quelque chose, est passée par là et que vous avez été voir le roi. Et puis que vous avez eu un bail du roi pour la boutique et le logis, que vous avez fait construire des écuries à côté, et tout le monde a vu les cadeaux princiers que vous avez reçus. Vous pensez bien que ça fait jaser et qu'il en a été informé. Et maintenant que vous avez un lardon dans le tiroir, ça va faire jaser encore plus, et on dira que c'est le fils du roi. Martineau, qui a l'oreille fine, s'imagine que vous allez intervenir auprès du roi pour étendre les frontières de sa paroisse.

Jeanne ne put s'empêcher de rire. Ciel, comment on racontait son histoire !

Donc, dame Contrivel savait que sa voisine était enceinte. Elle eût aussi bien pu le faire annoncer par les hérauts de la ville.

— Mais que lui offrirai-je ? reprit Jeanne, revenant à son souci. Vous et moi habitons des appartements pareils avec une boutique. Combien donnez-vous ?

— D'abord, rétorqua la drapière, nous sommes deux, et vous n'avez point d'homme qu'on connaisse. Ensuite vous venez d'arriver et vous êtes jeunotte, alors que mon mari a amassé du bien depuis des lustres. Nous donnons dix livres, je crois que cinq seraient pour vous bien assez. Et n'oubliez pas que vous devrez donner bientôt aux quêteurs de Saint-Victor. Et pas qu'un sol !

Elles arrivaient à l'église. Elles se joignirent à la foule, traversèrent la tour isolée puis la cour précédant le sanctuaire, où elles pénétrèrent. Elles trempèrent la main dans le bénitier et se signèrent.

Incidemment, la drapière vérifia comment Jeanne exécutait le signe de croix.

Des voix blanches chantèrent un chant en latin, empreint d'une infinie détresse.

Jeanne songea à ses parents. À la fraîcheur des bois et des champs de La Coudraye et au fumet de la soupe du soir. Quelle paix c'était alors ! Elle pensa à Denis. À Matthieu. À Isaac. Les hommes, rien que des promesses tronquées.

Les larmes lui vinrent.

Comme ses folies sexuelles étaient de peu de poids en regard de la tristesse qu'elle charriait !

Le père Martineau lut l'évangile du jour, où il était question d'une femme de mœurs légères qui avait répandu des parfums de la valeur de vingt deniers sur les pieds du Christ. Il expliqua que vingt deniers du temps, cela faisait l'équivalent de deux cents livres tournois. Jeanne se dit que c'était là un discours de changeur et songea aux pieds de Matthieu. Puis, tant qu'elle y était, à ceux d'Isaac et de Barthélemy ; elle n'avait pas vu ceux de François.

L'offertoire. Le sanctus.

Quelle vie allait-elle offrir à son enfant ?

L'élévation et son silence effrayant.

Elle repensa à Matthieu et fondit en larmes. Mais elle songea qu'elle risquait de donner l'image d'une pécheresse prise de repentir, et se ressaisit.

La drapière était à ses côtés, agenouillée, la tête penchée. Elle tourna la tête vers Jeanne, surprise par ses reniflements. Elle posa sa poigne ridée sur sa main délicate.

— Mes parents… balbutia Jeanne.

La drapière hocha la tête. Un autre moinillon que celui qui servait la messe vint passer la sébile. Jeanne, fidèle à la recommandation de dame Contrivel, laissa tomber un sol. La coupe était pleine à ras bord. Plus de cent pièces, bien plus. Trente ou quarante livres tournois peut-être, pensa Jeanne.

Elle leva les yeux vers une des deux statues de saints qui se dressaient à plusieurs coudées au-dessus des fidèles, devant les dernières colonnes avant le transept. Peut-être ces personnages surnaturels existaient-ils vraiment et veillaient-ils avec les autres saints du Paradis sur Matthieu et Joséphine Parrish. Car il n'y avait aucune raison que ces pauvres paysans ne fussent pas montés tout droit au Ciel. Elle ne voyait pas une seule faute qu'ils eussent commise.

La clochette d'appel à la communion retentit. Peu de fidèles demeurèrent dans les bancs ; Jeanne en fut. Elle n'avait pas communié depuis Pâques dernières, à La Coudraye, pour faire comme les siens et les autres villageois. Elle ne savait pas ce que ça voulait dire, que ce pain était le corps du Christ. Elle avait toujours trouvé cela indécent.

Quand ils revinrent dans les bancs, la mine confite, ils s'agenouillèrent. Elle songeait : François ou Barthélemy ?

Le père Martineau enferma les hosties à clef dans le tabernacle et se tourna vers l'assistance. Pendant que le servant rangeait le vin et les linges, il quitta l'autel, monta en chaire et commenta l'évangile qu'il avait lu. La voix sonore de l'orateur résonna bigrement sous les voûtes. Il reparla des vingt deniers de parfums et vanta avec emphase la générosité de la femme qui avait accompli spontanément ce sacrifice. Comme si le message n'était pas assez clair, il rappela que l'Église était le corps du Christ et que c'était en lui faisant des dons qu'on renouvelait la charité de la pécheresse. Il parcourut longuement l'auditoire du regard, et Jeanne se rappela qu'elle avait été priée de lever la tête, ce qu'elle fit. Il la vit.

La pécheresse portait-elle sur elle tant de parfums ? se demanda Jeanne. Ou bien était-elle allée les acheter ?

Elle fut moins sensible au cantique que chantèrent les voix blanches à la fin de la messe. Aussi, son attention fut-elle attirée par deux créatures qui déambulaient dans le bas-côté droit, tortillant du croupion et coiffées de cornes extravagantes que recouvrait un voile qu'on eût dit brodé d'or : deux navires dans la tempête. Les hommes de l'assemblée coulèrent des regards hypocrites en direction de ces étranges promeneuses.

— Des putes, grommela la drapière.

Une matrone se leva et alla les pousser vers la porte de l'abside, qui donnait sur le cimetière ; les galantes se rebiffèrent, mais en vain ; la matrone retourna se rasseoir, l'air furibard. Aussi les putes ne portaient-elles pas sur elles vingt deniers de parfums.

Le père Martineau n'avait pas remarqué la scène, puisqu'il descendait de chaire du côté opposé. Il retourna devant l'autel, prononça une action de grâces en latin et conclut par l'*Ite missa est.* Les fidèles se levèrent, ramassèrent qui son escarcelle, qui sa sacoche et se dirigèrent vers la porte. Le bedeau vint moucher les chandelles. Jeanne avait discrètement tiré cinq livres de sa bourse et les tenait en main. Le père Martineau se tenait à la porte, contrôlant les fidèles qui sortaient. Quand Jeanne passa devant lui, il la retint pour lui dire qu'il ne l'avait pas vue à la sainte table ; elle prétexta qu'elle avait été souffrante et n'avait pas pu aller à confesse à temps.

— La confession vous aurait soulagée, ma fille, je vous la donnerai moi-même demain matin. Soyez ici à la neuvième.

— Voici l'obole pour l'église, murmura-t-elle en mettant dans sa main, en une fois, les cinq livres.

Il les prit, les compta de l'œil et hocha la tête sans joie excessive. À l'évidence, il en attendait plus.

Dehors, elle chercha dame Contrivel du regard, mais ne la trouva pas. Jeanne regagna seule la boutique, rongée par deux soucis : la confession du lendemain et ses capacités à tenir la boutique quand sa grossesse serait avancée.

Son seul réconfort était que François viendrait ce soir.

Loin de s'équilibrer, le mélange d'émotions célestes et de soucis terrestres avait laissé Jeanne dans un état d'incertitude et d'instabilité. Elle ne savait que penser. Trop d'événements s'étaient succédé depuis son départ de La Coudraye pour un cœur aussi simple, trop de chagrins, d'enchantements et de surprises, et maintenant une vie à mettre au monde ; elle était lasse. Sans parler de la confession du lendemain dont la perspective la terrifiait.

François vint, comme la veille, une rose à la main ; il regarda la jeune fille et lui demanda :

— Pourquoi es-tu triste ?

Elle ne sut que dire ; elle ignorait la cause de son chagrin, comme elle ignorait qu'il se reflétait dans ses yeux. Elle mit la deuxième rose avec la première.

Il lui fit brièvement récapituler la leçon de la veille et en vint aux consonnes qui redoublaient comme dans « collet », « appartenir », « estoille[1] ». À ce dernier mot, qui lui fit se souvenir d'Isaac Stern, elle fondit en larmes.

— Jeanne ! s'écria-t-il, alarmé. Ne veux-tu pas me dire ce qu'il y a ?

Elle secoua la tête et essuya ses larmes avec sa manche. Il paraissait consterné. Elle courut se laver le visage et se moucher au-dessus de la cuvette du réduit.

— Que puis-je faire pour toi ? demanda-t-il quand elle se fut rassise.

— Sois là.

C'était la première fois qu'elle lui donnait le sentiment d'avoir quelque importance dans sa vie.

Ils reprirent la leçon. Il annonça que les prochaines séances porteraient sur la grammaire et l'art d'arranger les mots pour s'exprimer.

— Mais cela ne se fait-il donc pas naturellement ? demanda-t-elle.

— Si, et c'est la raison pour laquelle tant de gens parlent mal.

— Est-ce mon cas ?

— Tu t'exprimes admirablement pour la paysanne que tu dis être. Mais tu ne perdras rien à connaître les règles.

— Et pourquoi mettons-nous des règles au langage, alors qu'il n'y en a pas au comportement ?

Il fut saisi par la réflexion et éclata de rire.

— Ai-je dit une sottise ?

1. « Étoile » en français de l'époque.

— Non, bien au contraire. C'est à cause de l'idée que ce qu'on couche sur le papier doit être tout à fait correct, puisque cela est destiné à demeurer. Cela se dit en latin *scripta manent.*

— Devrais-je apprendre le latin ?

— Je t'en donnerai des rudiments pour lire les livres savants, si un jour tu en as besoin.

— N'y a-t-il pas de femmes parmi les clercs ?

— Non, répondit-il en souriant. L'Université estime qu'elles n'ont pas besoin de savoir, car elles sont vulnérables au Diable et qu'elles feraient mauvais usage du savoir.

Elle se radossa, contrariée.

— Est-ce vrai ?

Il riait de bon cœur.

— Je ne crois pas que les hommes résistent mieux au Diable que les femmes.

Il déboucha l'encrier et tendit la plume à Jeanne, avant de lui dicter un passage qu'il connaissait apparemment par cœur :

Tu me donnes mon bouclier de salut,
Ta droite me soutient, tu ne cesses de m'exaucer,
Tu allonges mes pas sous moi
Et mes chevilles n'ont point fléchi.

Il s'empara de la copie et la relut la plume à la main pour corriger les fautes, puis lui présenta ses corrections.

— C'est beau, dit-elle. De qui est-ce ?

— David.

Et comme elle ignorait qui était ce personnage, il lui expliqua :

— C'était un roi juif d'il y a longtemps.

— Comment connais-tu ce texte ?

— Il est dans la Bible.

— Il y a des textes de Juifs dans la Bible ? demanda-t-elle, surprise.

Une fois de plus, il fut saisi d'un fou rire.

— Il n'y a que cela !

— Pourquoi n'aimons-nous pas les Juifs, s'ils ont écrit toute la Bible ?

— Parce qu'ils sont plus futés que nous, répondit-il, goguenard.

Cela la plongea dans une nouvelle méditation sur Isaac.

— Viens prendre ton salaire, dit-elle en souriant.

Ils descendirent, et François lui demanda :

— Veux-tu que je reste avec toi ce soir ?

— Pas ce soir, répondit-elle.

Peut-être eût-elle accepté s'il n'y avait eu la perspective de la confession le lendemain.

— Jeanne, si tu as besoin de moi dans la journée, envoie-moi ton commis à l'hôtel de la Porte-Rouge, près de la rue de la Sorbonne. Qu'il demande François de Montcorbier.

— Qui est-ce ?

— C'est moi.

— Mais tu m'avais dit un autre nom ?...

— Oui, Villon. C'est le nom de mon père adoptif. Rappelle-toi cela.

Il répéta l'adresse et partit.

Il faudra qu'elle l'interroge sur ce double nom. Et peut-être aussi sur ce point qui l'intriguait tant : le goût des garçons.

17

La vérité et l'arrogance

Elle ne confessa que l'inévitable, convenablement troussé : jusqu'alors vierge, elle s'était fait violer quelque deux mois auparavant.

— Ce n'est pas un péché si vous n'y avez pas pris de plaisir, ma fille.

Et si on le lui avait imposé, ce fameux plaisir ? se demanda-t-elle.

— Y avez-vous pris du plaisir ?

— Je ne pouvais même pas me débattre, dit-elle.

— C'était votre premier commerce ?

— Oui, mon père, dit-elle bravement.

Si elle confessait ses premières expériences, elle passerait pour une barboteuse des rues, en plus d'une mère sans mari. Il n'insista pas et, après une réflexion un peu longuette, passa en revue les autres péchés capitaux. Non, elle n'était pas envieuse. Ni gloutonne. Ni coléreuse. Ni voleuse. Ni meurtrière, ni rien de tout cela. Il s'appesantit sur l'avarice.

— Mon bien est maigre, dit-elle. Je n'ai commencé à gagner ma vie qu'il y a quelques semaines.

— Souvenez-vous toujours, ma fille, vos bonnes œuvres vous suivront au Ciel.

— Oui, mon père.

Il lui fit réciter trois Pater ; au-delà de *Pater Noster qui in coaelo es*, elle ne retrouva plus rien.

— Voulez-vous avoir un entretien avec moi, Jeanne ? demanda-t-il.

Elle hocha la tête. Il la précéda et, par l'abside, ils parvinrent dans le cimetière.

— Connaissez-vous le père, Jeanne ?

Il la scruta du regard ; elle sut ne pas rougir.

— Un inconnu, dans l'obscurité, rue des Anglais.

— Que faisiez-vous là ?

— J'étais allée chercher mon commis, qui s'était attardé en prenant livraison du méteil.

— N'y retournez pas la nuit. Ce sont des parages dangereux que les alentours de la place Maubert.

Elle hocha la tête.

— Connaissez-vous un homme qui vous veuille assez de bien pour vous épouser avant que votre grossesse ne soit évidente, avant le scandale ?

Elle songea à Barthélemy. Mais elle ignorait s'il voulait l'épouser. Le père Martineau perçut son hésitation.

— Jeanne, il est très clair que vous bénéficiez de la faveur royale. Avez-vous rencontré le roi ?

— Oui, répondit-elle avec appréhension.

— Vous êtes certaine que ce n'est pas lui, le père ?

Elle sourit.

— Pardonnez-moi, mon père, mais je ne crois pas qu'il fréquente la rue des Anglais ! Ni qu'il soit tellement vigoureux…

— En plus d'Agnès Sorel et du roi, il est quelqu'un, probablement de la maison royale, qui vous porte assez d'intérêt pour vous avoir fait des présents somptueux dont tout le quartier est informé.

— Oui, dit-elle.

Le père Martineau soupira et releva la tête.

— Jeanne, je vous parle pour votre bien, le comprenez-vous ? Bien, vous êtes venue de votre campagne sans expérience ni bagage. Votre commerce de pâtissière et la fraîcheur de votre mine vous ont valu de la chance. Sachez la saisir au vol. Sans quoi votre vie ne sera qu'une succession de mésaventures peut-être pires qu'une grossesse sans père connu. Songez, songez, Jeanne, que la saison des plaisirs est bien plus brève que celle des souvenirs et des regrets.

Tout en marchant à ses côtés, elle lui adressa un regard inquiet, incertaine de ce qui suivrait.

— Si cet homme consent à vous épouser, vous assurez le reste de votre vie et celui de l'enfant que vous portez. Vous accédez au siège du pouvoir. Et là, Jeanne, vous pouvez faire beaucoup de bien.

Ils s'arrêtèrent près d'une tombe déjà ancienne, dont la stèle était cassée.

— Mais lui dirai-je la vérité ? s'écria-t-elle.

Et elle comprit qu'elle s'était trahie. Il lui adressa un sourire imperceptible et, sans relever le mensonge de sa confession, il répondit.

— Parfois, Jeanne, le besoin de dire la vérité n'est pas tant le respect de celle-ci que l'arrogance, la forfanterie ou l'esprit de rébellion. La vérité, le plus souvent, ne se confesse qu'à Dieu, car chacun sait qu'il la connaît déjà.

Elle était interloquée ; il lui conseillait donc le mensonge.

Il devina le désarroi.

— Même si vous avez une âme de martyre, Jeanne, sachez que vous ne décidez pas pour vous seule, mais pour votre enfant aussi bien, je vous l'ai déjà fait entendre.

Il s'interrompit, considérant le cimetière verdoyant et les pommiers qui le bordaient, offrant aux vivants les fruits nourris de la mort.

— Et vous pouvez décider pour de bien plus hautes causes, Jeanne, reprit-il. Pour le bien de l'Église, comprenez-vous ? Sans l'Église, la France n'est qu'un tas de briques sans mortier. Je vous le demande à nouveau : me comprenez-vous ? Il faut aider l'Église à se constituer, à maîtriser ce qui ne serait autrement que des hordes de gens sans foi ni loi, ne songeant qu'au butin d'aujourd'hui et se moquant du lendemain. L'Église seule, alliée à la royauté, peut assurer la cohésion et la force de ce mortier. Si vous le pouvez, prenez le levier qui vous est offert. Il n'en est pas beaucoup, croyez-moi, à qui cette chance soit offerte.

C'étaient des discours élevés pour elle qui n'en avait jamais entendu de pareils. La France ? L'Église ? Il lui faisait entrevoir plus d'aspects de la puissance qu'elle n'en avait imaginé. Cet homme ne lui prêtait-il pas plus de pouvoir qu'elle n'en avait ?

— Mais... que dois-je donc faire ? demanda-t-elle, déconcertée.

— S'il le veut, épousez donc cet homme.

Il lui donna sa bénédiction, la raccompagna au portail de l'église et traversa la cour avec elle pour la laisser à la porte de la tour.

Dix heures du matin. À quoi menaient donc les échaudés ! se dit-elle en rejoignant Guillaumet. Mais elle dut s'avouer qu'en dépit de la méfiance qu'elle lui avait portée, le père Martineau n'était peut-être pas de mauvais conseil.

L'heure suivante, un courrier en uniforme et à cheval s'arrêta devant la pâtisserie.

— Jeanne Parrish ? demanda-t-il à la cantonade.

Guillaumet s'élança dehors. Elle le suivit.

— Êtes-vous Jeanne Parrish ? Je suis Benoît Chastelier, lieutenant des courriers royaux.

Et comme elle hochait la tête, il lui tendit un sachet. Il la salua et repartit au trot.

Une fois de plus, les têtes étaient aux fenêtres. Sans doute personne dans le quartier n'avait-il jamais reçu de missive par un coursier royal.

Elle rentra dans la boutique et ouvrit fiévreusement le sachet. Elle y trouva une bague d'or, au chaton orné de trois pierres, l'une bleue, l'autre rouge et la troisième rose, et un message. Son cœur battit à se rompre. Elle déplia le message. Guillaumet s'offrit pour le lui lire. Elle lui répondit qu'elle y parviendrait seule. Le message était court :

Ma Mie, je me languis de vous.
Me languirai-je longtemps ?
Si vous voulez de moi, adressez
donc un simple mot à mon adresse
au lieutenant des Archers
Guillaume Hardy, mon ami,
à l'hôtel de la Dame du Roi
dans l'hôtel des Tournelles.
Il me le fera parvenir et j'accourrai.
Le mot sera : Trois fleurs sont vôtres
Barthélemy de Beauvois

Elle mit toutefois un moment à le déchiffrer, sous le regard sceptique de Guillaumet. Elle crut défaillir. On ne pouvait rêver davantage. C'était lui qui la priait. Mais il lui faudrait d'abord mentir, et cette idée gâcha son ravissement. C'est alors que les paroles du père Martineau lui revinrent à l'esprit.

Guillaumet l'observait ; il avait vu la bague ; il comprenait son émoi.

La volaillère aurait de quoi jaser ce soir-là, et le lendemain…

Elle envoya le garçon rue de la Parcheminerie acheter du parchemin, de la cire et un cachet courant.

Elle n'enverrait pas de message attendu ; elle ne pouvait pas se permettre d'aggraver un mensonge par une ruse. Elle joua le tout pour le tout. Quand Guillaumet fut revenu muni de ses emplettes, elle monta et rédigea de son mieux le message suivant, avec l'encre et la plume de François :

Mon Ami, Je sui ensinte de deux
mois.
Jeanne

Elle replia les coins du billet, à l'imitation de celui de Barthélemy, et recopia correctement au dos le nom du destinataire. Elle ignorait comment on appliquait un cachet, et soudain une idée lui vint : au lieu du cachet nu que lui avait rapporté Guillaumet, elle enfonça les trois pierres dans la cire chaude. Puis elle dévala l'escalier et pria son aide de courir porter le billet à l'hôtel des Tournelles.

François la trouva dans un état d'agitation qu'elle dissimulait mal. Elle ne parvenait pas à se concentrer et, quand il tenta de lui expliquer que toute phrase bien conçue comportait un sujet, un verbe et un complément direct, elle le regarda d'un œil égaré.

— Un complément direct ? répéta-t-elle. Comme un homme pour une femme ?

— Jeanne, que se passe-t-il ? demanda-t-il, déconcerté.

— Je croyais qu'un complément est ce qui complète un objet.

— En effet, le complément direct complète le sens de la phrase.

Elle se dit qu'elle était donc une phrase inachevée.

— Dans la phrase « Je mange une pomme », le mot « pomme » est le complément direct qui permet de comprendre ce que mange le sujet.

Et si Barthélemy ne me répond pas, se demandait-elle, François voudra-t-il de moi ?

Sur le départ, il lui prit les mains :

— Jeanne, tu es fort troublée, et si tu ne t'en ouvres pas à moi, c'est que l'objet de ton trouble me concerne de quelque façon. Je ne peux te forcer à me le révéler, mais sache que ce trouble se communique à moi.

Elle fut frappée par la justesse de son intuition. Il faudra, se dit-elle, que j'apprenne à mieux dissimuler mes sentiments.

Guillaumet revint tard, tout ému de sa visite à l'hôtel des Tournelles.

— Il paraît que c'est là que le roi habite, s'écria-t-il, excité.

Jeanne se morfondit. Passant et repassant sans cesse du doute à l'impatience, elle se dit tantôt que, pour un chevalier tel que Barthélemy de Beauvois, elle n'était guère plus qu'un divertissement passager, et tantôt qu'il avait tant multiplié les signes de son attachement et de sa ferveur qu'il ne pouvait se faire défaut à lui-même.

Le cinquième jour après qu'elle eut confié le billet à Guillaumet, Jeanne sombra dans l'abattement. Elle avait fondé tant d'espoirs sur Barthélemy qu'elle en avait occulté François, comme lorsque la Lune s'interpose entre la Terre et le Soleil. Elle en oublia qu'il était le père de l'enfant qu'elle portait en elle. Le rêve de son union avec Barthélemy avait effacé toutes les couleurs et toutes les nuances de la réalité.

François, d'ailleurs, commençait à s'alarmer du changement survenu en Jeanne ; il ne retrouvait plus chez elle la spontanéité qui avait subsisté jusqu'à leurs retrouvailles houleuses, après le spectacle des bateleurs. Il ne parvenait plus à lire ses sentiments. Il commençait à se dire que les leçons d'écriture et de lecture qu'il lui donnait ne représentaient que le paiement de la dette infinie qu'il avait contractée auprès d'elle. Il en souffrit.

Pendant ces cinq jours, ce furent deux anciens amants mélancoliques et contraints qui se faisaient face le soir, quand la boutique était fermée.

— Jeanne, tu ne sembles éprouver aucun plaisir à me voir. Voudrais-tu que je ne vienne plus ?

— Non ! répondit-elle d'un ton soudain sauvage. Ne fais pas ça !

Il en fut saisi.

Le cinquième soir, elle s'apprêtait à se coucher lorsque en bas des coups retentirent, à la porte de la boutique. Elle courut à la fenêtre et se pencha, mais ne vit rien dans la nuit noire que deux ombres, celles d'un cavalier et d'un cheval.

— Qui est-ce ? souffla-t-elle, d'une voix étranglée, prête à appeler sa voisine au secours.

— Jeanne !

La voix la frappa si fort qu'elle en ressentit comme un vertige. Elle dévala l'escalier pieds nus et alla ouvrir la porte cochère.

Barthélemy !

Elle mit le doigt sur la bouche pour l'inviter au silence. Ils gravirent l'escalier prudemment.

— Où puis-je attacher le cheval ? demanda-t-il.

Elle lui tendit la clef de l'écurie et redescendit l'attendre, pour verrouiller la porte derrière lui.

Il voulait remiser le cheval ! C'était donc qu'il comptait rester un long temps !

Quand il fut revenu, qu'elle eut refermé la porte cochère, quand ils eurent gravi l'escalier et qu'elle eut ensuite clos derrière eux la porte de l'appartement, il la prit dans ses bras. Elle se trouva enveloppée dans sa cape, dans ses bras, dans son élan.

— Jeanne !

Il la serrait avec une force ailée. Peut-être s'envoleraient-ils !

— Jeanne, dès que j'ai reçu ton billet, je suis accouru. J'ai voyagé tout le jour et tout le soir.

— Tu dois être épuisé. Veux-tu à boire ?

— Épuisé ? Non, tu me rends des forces. Jeanne, est-ce vrai ?

— C'est vrai, dit-elle, confondue, soudain coupable.

— Jeanne, que dis-tu ? Ne vois-tu pas la merveille ? Un enfant de nous deux ? Si vite ? Mais c'est un don du ciel !

Indignée contre elle-même, piteuse de se trouver tellement inférieure à cet homme beau, charmant et généreux, elle faillit lui révéler brutalement la vérité. Mais les paroles du père Martineau résonnèrent soudain dans sa tête : *Parfois, Jeanne, le besoin de dire la vérité n'est pas tant le respect de celle-ci que l'arrogance, la forfanterie ou l'esprit de rébellion.*

De plus, elle le blesserait, comme elle avait blessé Matthieu, et François lui-même. Qu'était-elle, à la fin, pour faire souffrir tant d'hommes ?

— J'avais craint que tu ne veuilles plus de moi, murmura-t-elle.

Il parut stupéfait par l'idée.

Elle sourit et se jeta dans ses bras.

Elle lui servit à boire ; il se défit de sa cape et de ses bottes à retourner et demanda aussi à manger. Mais d'abord de l'eau pour se laver le visage et se dépoussiérer.

Tandis qu'elle s'empressait pour le servir, jetant des bûches dans le feu et pendant un chaudron d'eau à chauffer à la crémaillère, elle se dit : c'est maintenant que je perds vraiment ma virginité. La plus grande joie de sa vie était entachée d'un chagrin aussi grand.

Elle descendit réunir ce qui restait des pâtés et des échaudés.

Il se lava les pieds, le visage et les mains dans le réduit, répandant joyeusement de l'eau par terre. Puis il s'assit à table. En chemise, en face de lui, elle le regardait manger à la lumière des chandelles rallumées.

— Ne veux-tu pas boire un verre de vin avec moi ? lui demanda-t-il.

Elle se servit.

— Nous nous marierons très vite. À Beauté-sur-Marne. Tu verras, le château est charmant. Agnès Sorel sait déjà tout. Elle est ravie comme si c'était elle qui se mariait. Peut-être le roi viendra-t-il.

Et le projet du père Martineau prendra corps, se dit-elle.

La nuit fut enflammée.

Tour à tour l'un ou l'autre allumait le feu et l'éteignait.

Le matin, elle lui versa l'eau de senteur sur les pieds.

— Qu'est cela ? s'écria-t-il, soudain réveillé.

Et percevant le parfum :

— Je sens des pieds ?

— Non, dit-elle, rêveuse, songeant à Marie Madeleine, ils sont si beaux que je n'ai pu résister.

Elle les baisa. Il éclata de rire.

Il sortit s'occuper du cheval et organiser le voyage, qu'il avait prévu en deux étapes.

— Nous partons demain ! s'écria-t-il en quittant le logis.

Quand Guillaumet fut venu reprendre ses tâches, elle remonta et, de son écriture maladroite, rédigea en hâte le billet suivant :

François, ne viens pas ce soir,
car je par. Je me mari loin de
Paris. Dieu te gard.
Jeanne.

Elle rédigea l'adresse : *François de Moncorbié, Hôtel de la Porte Rouge, près de la rue de la Sorbon.* Elle scella le pli avec le cachet vierge et chargea Guillaumet de le porter. Sans doute ne reverrait-elle jamais François, car, à son tour, il lui reprocherait toujours cette blessure.

Quand le garçon fut revenu, elle alla voir sa mère, l'informa qu'elle s'absentait pour un mois et lui demanda si sa fille aînée, Sidonie, ne voudrait pas prendre son relais à la pâtisserie, avec jouissance du logis. Pour le prix, elle percevrait la moitié des bénéfices. La volaillère écarquilla les yeux, accepta avec enthousiasme et s'enquit des raisons de ce départ soudain.

— Je me marie, répondit Jeanne.

La volaillère rayonnante l'embrassa dans un élan quasi maternel. À la boutique aussi, Guillaumet l'embrassa. Ils semblaient sincèrement heureux ; c'était en quelque sorte une fille et une sœur qu'ils mariaient.

— Je l'avais bien dit que c'était un vin de noces ! s'écria-t-il, l'œil malin, faisant allusion au verre que lui avait servi Barthélemy quelques semaines plus tôt.

Mais que savait-elle de la durée de son absence ? Elle avait dit que ce serait un mois, mais cela pouvait être un an. Soudain, elle s'avisa qu'au moment où elle avait cru s'être établie, elle était encore moins qu'auparavant maîtresse de sa vie.

Elle alla annoncer la bonne nouvelle au père Martineau. Le visage austère du religieux s'éclaira comme jamais.

— Je vous donne ma bénédiction, ma fille, vous avez pris la décision la plus sage de votre vie. Et qui est donc l'homme que vous épousez ?

Et quand elle le lui eut dit :

— Vous faites don à votre fils d'un bien dont vous ne mesurez sans doute pas le poids : un beau nom et des origines qui lui seront utiles. Songez aussi, plus tard, à ce que je vous ai dit quand les émotions se seront apaisées.

Elle s'était donc fait une fausse idée de cet homme. Aussi la sagesse n'était-elle pas toujours séduisante. Et les religieux ne lui avaient guère fait bon accueil jusque-là.

Le soir, elle guetta, inquiète de ce que François revînt quand même, obstiné et furieux. Son appréhension fut vaine.

18

Cartes brouillées

Barthélemy lui expliqua son projet de voyage. Une femme enceinte ne devait pas être exposée aux fatigues d'un long parcours à cheval ; elle remonteraient donc jusqu'à Châlons dans un chariot couvert qu'il suivrait à cheval. Là, ils embarqueraient sur un coche d'eau et remonteraient la Marne jusqu'à Chaumont. Le trajet à cheval de Chaumont à la Beauté-sur-Marne serait assez court pour qu'elle le supportât.

Elle eût voulu emmener Donky, mais il était désormais indispensable à l'approvisionnement de la boutique, et l'affection que Guillaumet portait à l'âne l'assura que l'animal serait plus heureux à Paris.

Ils partirent à l'aube de la porte Saint-Antoine, à l'est. Les abondantes bottes de paille qui garnissaient le chariot amortissaient suffisamment les cahots pour que Jeanne s'y trouvât confortable. Son coffre était son seul bagage. Barthélemy avait engagé à sa solde deux archers à cheval ; ils se révélèrent bien utiles quand, peu après avoir quitté une auberge à Sézanne, au petit matin, le convoi fut attaqué. Trois brigands surgirent comme la foudre de la forêt que traversait la route et se jetèrent sur le cheval et le chariot. Trois contre trois, avaient-ils sans doute supposé, le jeu en vaudrait la chandelle, le cocher ne pouvant représenter un grand péril. Un véhicule aussi bien protégé devait transporter un trésor.

Toutefois, la partie fut plus ardue qu'ils l'avaient, à l'évidence, espéré.

L'archer qui allait en tête réagit avec une promptitude prodigieuse ; il effectua une volte-face quasi instantanée et assomma le premier malandrin d'un coup du tranchant de son épée. L'homme s'effondra, le crâne fendu. Barthélemy, lui, se trouva aux prises avec le deuxième brigand, qui faisait des moulinets avec une longue dague et s'apprêtait à trucider sa monture. Dans l'impossibilité de mettre immédiatement pied à terre, il se trouvait dans cette situation de faiblesse que les voleurs de grand chemin connaissaient bien et dont ils espéraient tirer profit : un cavalier était toujours désavantagé dans un combat rapproché avec un fantassin. D'un coup bien ajusté, il trancha le cou de son agresseur, qui se trouva projeté à l'arrière. Pendant ce temps, Jeanne criait car le troisième brigand avait sauté dans le chariot. Mais elle avait déjà tiré son couteau de sa poche. Elle regarda le brigand s'approcher d'elle, courbé, le couteau en main, défiguré par un rictus abominable. Tout à coup, elle s'élança vers son agresseur stupéfait et lui enfonça son propre couteau dans l'œil. L'homme hurla. Au même instant, le second archer lui plantait sa dague dans le dos. L'homme tomba dans un râle. Barthélemy accourut, le tira en hâte du chariot et le jeta sur la route.

Toute l'affaire avait duré à peine plus que le temps d'un Pater.

Jeanne haletait, l'œil injecté de sang, le couteau sanglant toujours à la main. Elle venait de revivre son cauchemar. Barthélemy la prit dans ses bras et la calma. Le convoi ne put repartir qu'une heure plus tard, quand Jeanne se fut ressaisie et que les archers eurent jeté les trois cadavres dans la forêt, où les loups, les renards et les oiseaux de proie ne tarderaient pas à s'en repaître. Barthélemy n'avait souffert qu'une estafilade à la jambe, et la moitié de ses chausses était ruinée. Les archers étaient presque indemnes. Le cocher, quant à lui, était plus mort que vif ; l'un des archers lui tendit sa gourde de vin cuit pour l'aider à se remettre.

— J'en ai eu un ! gronda Jeanne. Enfin !

— Je déplore ce genre d'émotions pour une femme dans ton état, dit Barthélemy avant de remonter en selle. Mais il faudra songer à te faire donner des leçons d'escrime ! conclut-il en riant.

Il admirait en effet le courage de cette jeune femme, qui lui avait, une fois déjà, sauvé la vie. Mais il respira plus paisiblement quand ils embarquèrent, les archers, Jeanne et lui, sur le coche d'eau.

— J'ai regardé les campagnes que nous traversions, dit Jeanne à Barthélemy, j'ignorais qu'elles fussent tellement désertes. C'est pour cela que les brigands guettent les voyageurs sur les routes.

— Toutes ces guerres, en effet, ont dévasté le pays, répondit Barthélemy en hochant la tête. Tu pourras t'en entretenir avec le roi, car c'est l'un de ses plus grands soucis.

Près de cinq jours après avoir quitté Paris, ils parvinrent à la Beauté-sur-Marne. Barthélemy loua une charrette à mulet et son charretier pour transporter les coffres.

Les mines des gens aux abords du château les surprirent, puis les consternèrent ; elles n'exprimaient que tristesse. Les lieutenants du roi, qui lanternaient devant le château, témoignaient que le souverain était présent dans les murs, mais ils n'étaient guère plus riants.

Le cœur de Jeanne s'emplit d'appréhensions.

Barthélemy sauta de sa monture, aida Jeanne à descendre de la sienne et tendit les rênes à l'un des garçons d'écurie. Il alla interroger l'un des lieutenants :

— Que se passe-t-il ?

— La Dame de Beauté est morte.

Barthélemy et Jeanne demeurèrent sans voix un long moment.

— Mais comment ? demanda Barthélemy.

— La nuit qui a suivi votre départ, elle s'est sentie mal. Elle a fait appeler le roi, qui est accouru en grande hâte le lendemain, accompagné de son médecin personnel. Les soins de ce dernier n'ont servi à rien : elle a souffert des entrailles jusqu'à l'aube de ce jour. Voulez-vous voir le roi ? Il est dans la grande salle.

Barthélemy et Jeanne le trouvèrent assis ou plutôt affalé dans un faudesteuil devant le feu. Son premier conseiller, la nourrice des enfants et le confesseur d'Agnès Sorel étaient auprès de lui, sur des tabourets ; ils tournèrent la tête vers les visiteurs.

— Ah, Barthélemy, vous êtes de retour, dit le roi d'une voix faible. Approchez. Et vous aussi, Jeanne.

Barthélemy, les larmes aux yeux, mit genou en terre devant son monarque. Jeanne fit la révérence, émue et consternée.

La nourrice sortit, les deux hommes dévisagèrent Jeanne avec curiosité ; le confesseur était le père Joseph d'Estrades.

— Je le vois, vous partagez notre chagrin, dit le roi, d'une voix cassée. La grâce nous a donc désertés. Asseyez-vous près de moi, mes enfants. Agnès se faisait une joie de voir célébrer votre mariage ici. Mais je crains qu'il faille différer. Il me plairait qu'il ait lieu à Paris. Nous en parlerons. Si vous voulez vous recueillir devant la pauvre Agnès, elle est dans sa chambre. Puis, Barthélemy, vous ferez les honneurs de son appartement à votre future épouse. Ensuite, si notre souper ne vous paraît pas trop morne, je vous y convie.

Jeanne et Barthélemy se levèrent et montèrent à l'étage.

La chambre de la Dame de Beauté occupait le centre du corps principal du château. La porte ouverte laissait échapper des sanglots étouffés.

Les volets intérieurs de la pièce étaient fermés. Jeanne cligna des yeux ; la femme qu'elle avait admirée, si lumineuse, sur son cheval, rue de la Montagne-Sainte-Geneviève, et qu'elle se faisait une joie de revoir, gisait sur son dernier lit, entre quatre hauts cierges. La toilette funèbre avait déjà été faite ; Agnès Sorel entrerait au ciel dans une robe de soie bleue, le front ceint d'un bandeau de perles et tenant dans ses mains jointes un chapelet d'argent. Une cassolette répandait des vapeurs d'encens, et les prières des femmes agenouillées autour bourdonnaient dans l'air lourd. Une servante tendit à Jeanne un bol d'eau bénite et un goupillon, et Jeanne aspergea le corps. S'accoutumant à la pénombre, elle dévisagea la favorite : méconnaissable ! Vingt ans de plus. De surcroît, la mentonnière lui bouffissait le visage. Jeanne en fut saisie.

En cinq jours, la beauté, la puissance et la gloire s'étaient changées en une dépouille hâve et flétrie entre quatre flammes et des larmes. Jeanne songea à ses parents ; pour elle, les princes mouraient vieux.

C'était la seule femme après sa mère qui l'avait comblée de bienfaits.

Elle ne put retenir un sanglot.

Barthélemy la prit par le bras et la conduisit sur le palier, puis vers l'aile gauche du château. C'était là qu'il avait ses appartements, au-dessus de ceux de la nourrice et des quatre filles d'Agnès Sorel et du roi.

Les convenances, puisqu'il y avait un religieux dans les lieux, voulaient qu'on leur assignât des quartiers séparés. Jeanne découvrit le sien avec stupeur : son logis parisien y eût tenu tout entier. Un grand feu crépitait dans la cheminée. Le ciel et les tentures du lit la déconcertèrent. Barthélemy lui expliqua qu'on tirait les rideaux la nuit pour se prémunir des courants d'air. Des domestiques firent monter leurs coffres, et Barthélemy leur donna de l'argent à remettre au charretier. Demeurés seuls, ils se regardèrent sans mot dire.

— Nous nous marierons donc à Paris, dit-il enfin.

— Mais que s'est-il passé ? murmura Jeanne. Elle était jeune…

— Je parierais fort que certains soupçonnent un empoisonnement. Mais sans doute plus tard en aurons-nous le cœur net.

— Combien de temps resterons-nous ici ?

— Jusqu'à l'enterrement, à coup sûr.

Ils étaient venus se marier, et ils iraient au cimetière ! Elle n'osa demander quand aurait lieu l'enterrement ; il devina sa pensée.

— Dans deux ou trois jours au plus. En tout cas, je perds ma charge. Le château reviendra par héritage aux filles d'Agnès, mais une bonne part du personnel sera congédiée ou transférée à Paris.

Il paraissait soucieux. Elle ouvrit son coffre, en tira le miroir d'Isaac, un flacon d'eau de senteur et des vêtements qu'elle s'était fait confectionner pour la circonstance. Quant à la robe du mariage et aux parements, ils resteraient dans le coffre. Elle adressa à Barthélemy un regard résigné.

— Où se trouve le réduit ? demanda-t-elle.

— Il y en a deux à l'étage, à chaque extrémité du couloir. Le pot se vide dans le puits en dessous.

Cela fait, elle se rafraîchit le visage et la gorge avec l'eau d'un broc sur une table de commodité, se brossa les cheveux et se changea.

— Qu'est ce miroir ? demanda-t-il.

— Le cadeau d'un soupirant, répondit-elle, d'un ton dégagé.

— Un soupirant passionné, à l'évidence.

— Lui, sans doute. Moi pas.

— Lui as-tu cédé ?

Elle rit.

— L'occasion ne s'est pas présentée, car il a découvert que je n'étais pas un garçon !

— Il eût fallu rendre le miroir, observa-t-il en souriant.

— Je n'étais pas responsable du malentendu.

Il lui lança un regard teinté d'ironie et fit aussi sa toilette, dans des éclaboussements, comme à l'accoutumée.

Une fois de plus, elle avait menti ; elle en prenait l'habitude. Les explications lui apparaissaient, en effet, comme un autre mensonge : comment détaillerait-on des épisodes qu'on n'a même pas compris soi-même ? Comment expliquerait-elle qu'un marchand de foire lui avait fait, en quelques heures, découvrir son image et son corps ? Et qu'elle conservait en elle le souvenir de cet homme étrangement doux ?

Ils descendirent attendre leur hôte dans la grande salle, où les domestiques dressaient une table sur des tréteaux, puis la couvraient d'une vaste nappe damassée, de bols et de flambeaux. Ils furent six au souper : le roi, ses compagnons de tout à l'heure, l'intendant du château et les fiancés. Charles expliqua que la nourrice soupait dans son appartement avec les enfants.

— Jeanne, dit-il, puisque vous êtes la seule femme de cette assemblée, asseyez-vous donc à ma gauche, le père d'Estrades prendra ma droite. Vous autres, messieurs, vous occuperez les places qui vous conviennent. C'est comme un souper de famille.

Le religieux récita le bénédicité, puis l'on servit une soupe claire au cresson et au lard. Les deux échansons remplirent les verres et celui qui était le goûteur du roi en tâta le premier, avant de reposer le verre devant son maître.

— C'est du vin de Bourgogne, dit le roi en levant son verre, l'œil mi-clos. Buvons à nos prochaines vendanges dans ce duché.

Il eût été malséant de rire, mais les convives sourirent, songeant aux visées du roi sur la Bourgogne rebelle.

— Buvons aussi à l'âme d'Agnès, qui sans doute lève aussi son verre au Paradis.

Le père d'Estrades fit une grimace comique, mais leva quand même son verre.

— Et buvons à nos futurs époux, Barthélemy de Beauvois et Jeanne Parrish.

Jeanne admira qu'il eût retenu son nom.

— Barthélemy était l'homme de confiance d'Agnès, c'est dire s'il a la mienne. Quant à Jeanne, elle avait gagné le cœur de ma mie après s'être acquis son amitié. D'une certaine manière, Agnès présidera donc à leurs noces.

Il tourna vers Jeanne l'un de ces regards qu'elle avait d'abord crus somnolents, mais dont elle s'avisa qu'ils dissimulaient une vigilance sans défaut.

Les invités tardaient apparemment à plonger les cuillers dans leurs bols, fussent-ils d'argent.

— J'ai changé de cuisiniers, déclara le monarque. Quelques personnes soupçonnent, en effet, qu'Agnès aurait été empoisonnée. Je n'en sais rien. J'ai deux idées là-dessus. L'une est qu'elle aurait, comme elle en était coutumière, mangé des fruits du verger qui étaient souillés de terre. Sa suivante m'a confirmé qu'elle avait mangé des pêches tombées de l'arbre. J'ai vu l'un de mes lieutenants, Desclos, souffrir du même mal qu'elle à Formigny. L'autre idée est que certains malveillants ont pris ombrage de la faveur dont elle jouissait et ont recouru au poison.

Barthélemy et Jeanne échangèrent un regard furtif. Charles plongea sa cuiller dans le bol.

— Jeanne, nous n'avons guère entendu votre voix ce soir. Racontez-nous donc ce que vous avez vu en chemin.

— Sire, je suis venue en chariot, puis en coche d'eau. J'ai vu beaucoup de forêts et peu de gens sur les routes de votre beau royaume. Près de Sézanne, nous avons été attaqués par trois brigands, que messire Barthélemy et les archers ont occis. Le long de la Marne, j'ai également vu peu de villages et trop d'entre eux qui étaient abandonnés.

L'intendant lança à Jeanne un regard sévère.

Les domestiques déposèrent sur la table des poulardes farcies au sarrasin et aux herbes et rôties au feu de bois. Charles fit signe qu'on resservît du vin, en commençant par Jeanne.

— Jeanne est trop modeste, intervint Barthélemy. Je l'ai vue affronter l'un des malandrins avec l'intrépidité d'un brave et lui enfoncer le couteau dans l'œil avant qu'un archer l'achève.

Le roi lança un regard admiratif à Jeanne, appuyé de signes de tête. L'intendant, lui, prit un air pincé.

— Vous avez raison, Jeanne, dit le roi. Les Compagnies d'ordonnance, que j'avais chargées de veiller à la sécurité sur les routes, se sont endormies ces temps-ci, je le sais par ailleurs. Quant à nos campagnes, près d'un siècle de guerres les a dévastées. Vous êtes campagnarde, n'est-ce pas ?

— Oui, sire.

— Avez-vous une idée pour y remédier ?

Elle fut prise de court ; le monarque lui demandait-il conseil ? Le père d'Estrades se pencha pour mieux entendre la réponse de la paysanne. Mais elle hésitait.

— Parlez en confiance, Jeanne, dit Charles le Septième, avec un sourire. C'est le roi qui vous l'ordonne.

— Les seigneurs, sire, me semblent trop gourmands. Ils accablent les paysans d'impôts et ne les défendent pas quand ils sont attaqués. Si les paysans veulent cultiver la terre, il leur faut manger des herbes et des racines, car tout le produit va aux seigneurs. Cela n'est pas favorable aux seigneurs non plus : trop de terres sont abandonnées faute de bras, deux arpents valent moins qu'un bœuf et un bœuf moins qu'un soc. Les paysans s'en vont donc dans les villes. Ils y fondent comme moi des commerces. Ils n'ont pas tous la chance que m'a value le passage de Dame Agnès devant mon étal. Ils empruntent à des gens riches qui, de nouveau, les taxent à leur façon en leur demandant des intérêts excessifs. Certains de ces riches, des banquiers comme on les appelle, deviennent vite immensément riches, bien plus que les seigneurs. Il en est même dont j'ai entendu dire qu'ils avaient plus de bien que Votre Majesté. Cela fait dans les villes beaucoup de monde et d'argent, mais cela ne repeuple pas vos campagnes.

Le silence qui suivit l'effraya : qu'avait-elle donc osé dire ? Et au roi ! Que ses forces d'ordre inefficaces ? Et les taxes excessives ? Elle en fut épouvantée. Le père d'Estrades l'observait d'un œil fixe. J'ai tout ruiné, se dit-elle.

— De quels banquiers voulez-vous donc parler ? demanda le roi.

Elle ravala sa salive. Elle devait répondre, sous peine de passer pour une péronnelle et une écervelée. Elle rassembla son courage et chercha du réconfort dans les yeux de Barthélemy, qui semblait toutefois surpris.

— Maître Borbolan dans la région d'Argentan, articula-t-elle. Maîtres Toullier et Bourré, dans la région de Tours. Maître Jacques Cœur dans Paris, à Bourges et maintes autres villes.

Au nom de Jacques Cœur, les expressions de Barthélemy, du père d'Estrades et de l'intendant se figèrent. Un autre silence suivit. Jeanne se dit qu'elle avait là commis la pire bévue.

Mais, sourire en coin, le roi hocha la tête, de son air sempiternel d'oiseau triste :

— C'est vrai. Jacques Cœur est riche, bien plus riche que moi. Et je sais qu'Henry Borbolan est en passe de le devenir. Vous avez raison, Jeanne. Cela représente beaucoup d'argent dans les coffres, mais cela ne repeuple pas nos campagnes. Il faudra contraindre ces nouveaux seigneurs à investir aussi dans nos régions.

Il agita son pilon de poularde en direction de Barthélemy.

— Messire de Beauvois, Agnès vous a été de bon conseil en vous invitant à déclarer votre flamme à Jeanne Parrish.

Soudain rassuré, Barthélemy sourit avec fierté.

— Votre charge de maître d'hôtel[1] à Beauté-sur-Marne n'a plus lieu d'être, poursuivit le roi. Puisque vous voilà sans emploi et si bien conseillé, je vous nomme officier en second du connétable de Richemont.

Le connétable de Richemont était l'homme le plus important du royaume après le roi lui-même : il était chargé des affaires de la France.

Barthélemy resta sans voix.

— Votre Majesté me comble, parvint-il enfin à balbutier.

— Nenni. Je vous donne l'occasion de mettre en œuvre les conseils de votre future épouse.

L'intendant parut ébahi. Le père d'Estrades plissa les yeux. Rien ne les avait préparés à ces soudaines faveurs royales.

— Jeanne, reprit le roi, a résumé en peu de mots deux vérités premières concernant le royaume. La première est que nos seigneurs s'engraissent inutilement sans servir le pays. Elle n'a pas dit que, de surcroît, ils intriguent sans cesse contre moi, et parfois avec la complicité de l'étranger ; il est vrai qu'elle n'en sait heureusement rien. La seconde vérité est que les magots qui s'accumulent dans nos villes ne font que la richesse des banquiers. Jeanne, je bois à votre esprit.

---

1. Ces termes n'avaient pas à l'époque le sens qu'on leur prête aujourd'hui ; ils désignaient la charge de chef d'une maison royale ou princière.

— Sire, vous me confondez.

— Non, s'écria le roi avec une vivacité qui surprit les convives. Ce nom de Jeanne me porte décidément bonheur. Ne vous laissez jamais confondre par les éloges ni les insultes, la prospérité ni les épreuves.

— Quel âge avez-vous, mademoiselle ? demanda le père d'Estrades.

— Quinze ans et demi, mon père.

— Et vous savez déjà tout cela ?

— C'est l'âge où l'esprit vient aux filles, dit le roi. Et elle a été à la meilleure université, celle de la rue. Elle ne sait pas le latin, mais la langue du bon sens.

— Sire, dit le religieux, m'accorderez-vous le privilège de marier ces jeunes gens ?

— Aux Tournelles alors, répondit le roi. La semaine prochaine.

On servit des cerises fraîches et des abricots confits au miel. Charles tendit l'un des plats à Jeanne ; elle y choisit un abricot. Il se pencha vers elle et demanda à mi-voix :

— Et pour quand prévoyez-vous l'heureux événement ?

Elle devint cramoisie. S'étrangla et lui adressa un regard éploré :

— Sire…

— Votre visage a changé depuis la dernière fois. Je m'y connais, Jeanne. Dès les premières semaines, la maternité épanouit. Mais vous ne m'avez pas répondu. Ce sera notre secret.

— Février prochain, sire, murmura-t-elle, aussi bas qu'elle put et en se retenant de rire.

Il la couvrit d'un long regard rêveur, puis se tourna vers les autres convives :

— À toutes les grâces que nous lui devons, Agnès aura ajouté celle de nous offrir ce souper posthume. N'oubliez pas, mon père, de la citer dans votre action de grâces.

Le père d'Estrades hocha la tête. Il récita une prière en latin à laquelle Jeanne ne comprit évidemment rien. Elle songea de nouveau à ses parents. À la Dame morte, là-haut. À la fortune que lui valait son audace. Et au fait que la mort n'en finissait pas de souffler sur les tarots et de brouiller leur arrangement.

Le roi s'écarta, et la compagnie se retira.

— Que te disait donc le roi en aparté ? demanda Barthélemy quand ils furent remontés.

Elle le lui expliqua et se mit au lit. Il moucha les chandelles, sauf une, se dévêtit et la rejoignit.

— Comment sais-tu toutes ces choses que tu as dites au roi ?

— Mais... d'expérience. Et par ce que les marchands me racontent.

— Ce Borbolan, tu l'as vu ?

— Oui, au marché d'Argentan. On dit qu'il est plus riche que l'évêque.

— Mais quelle idée as-tu donc eu de mentionner Jacques Cœur ? Ne sais-tu pas qu'il est membre du Conseil du roi ? Et Visiteur général des gabelles pour le Languedoc ? Que son frère est évêque de Luçon et son fils archevêque de Bourges ? Heureusement que nous étions en petit nombre à table ! Quels ennemis nous serions-nous faits !

Elle fut effrayée ; elle se serait mis à dos l'un des personnages les plus puissants du royaume ! Elle se redressa dans le lit. Il devina son angoisse et la rassura.

— Ta chance a été que Charles ait été de ton avis. Il t'écoutait avec plus d'attention que je ne l'ai vu en accorder à certains conseillers.

Elle se rallongea, soulagée.

— Serais-tu jaloux ? demanda-t-elle en lui caressant la joue dans le noir. Je n'aime que toi.

Il la prit dans ses bras.

— Seras-tu donc baronne de Beauvois ou bien serai-je baron Parrish ? dit-il en riant. C'est donc à toi que je dois ma faveur auprès du roi.

Elle s'étira, laissant l'oreiller à son amant. Ces coussins faisaient qu'on se retrouvait presque assis et ne la détendaient pas. Elle trouvait déjà étrange de dormir pour la première fois de sa vie entre des courtines tirées.

— Tiens mieux ta langue à l'avenir en présence du roi, recommanda-t-il. Ne te laisse pas abuser par son apparence faible : c'est un homme redoutable. Même le sentiment paternel cède vite chez lui à la raison d'État. On l'a bien vu dans l'affaire de la Praguerie.

— La Praguerie ? demanda-t-elle, songeant soudain à Isaac.

— C'était une révolte qui a éclaté il y a dix ans. Un certain nombre de seigneurs se sont fâchés de ce que le roi leur enlève leurs prérogatives militaires. Leur chef était un bâtard, Alexandre de Bourbon. Il a rallié le duc d'Alençon, Jean Deux, Charles premier d'Anjou, Louis de Bourbon et même La Trémoïlle, le prédécesseur de mon nouveau maître, Richemont. Marie d'Anjou, la reine, était à mon avis du complot, parce que son fils aîné, Louis, s'est joint aux conjurés. Elle pensait que son mari était un homme faible et facile à renverser. Elle rêvait de voir son fils monter sur le trône, espérant exercer une régence occulte et être enfin la vraie reine de France. Bref, tous ces gens-là voulaient enlever Charles et mettre le dauphin sur le trône.

— Et alors ?

— Le complot a échoué, parce que Richemont en a averti le roi. L'affaire avait été mal dirigée. Charles a exilé son fils en Dauphiné. Quant à l'instigateur, le Bâtard de Bourbon, il l'a fait coudre dans un sac et jeter dans la Seine. Depuis lors, le roi et ses deux garçons sont ennemis jurés.

Elle frémit. Dans le noir, le récit de ces événements en était plus effrayant. Et Charles, plus redoutable qu'elle l'avait imaginé. Elle avait vraiment parlé imprudemment au souper.

— Pourquoi a-t-on appelé cette affaire la Praguerie ?

— En souvenir d'un soulèvement qui avait eu lieu à Prague.

Elle ignorait où se trouvait cette ville dont Isaac lui avait dit qu'il était originaire, mais elle mesura avec désarroi que le souvenir de cet homme était vivace dans son cœur. Elle repensa avec émoi à cette nuit-là, à l'Auberge des compagnons de Saint-Jacques…

La respiration pesante de Barthélemy lui indiqua qu'il s'était endormi.

Un hibou hulula. Sa mère disait que ces habitants de la nuit portaient les âmes des morts et que si l'on pouvait comprendre leur langage, on apprendrait bien des secrets. Quel nouvel ordre dans les tarots annonçait donc celui-là ? Tant d'événements s'étaient produits ces derniers jours qu'elle en avait la tête en girouette ; elle ne savait plus que penser. La mort d'Agnès Sorel ; la soudaine faveur du roi ; et maintenant, un retour inopiné à Paris.

Enfin, elle s'assoupit, surprise de ne ressentir aucun désir amoureux auprès d'un homme charmant. Elle se dit que c'était le fait de la grossesse.

L'enterrement brisa le cœur de Jeanne par sa simplicité et par le chagrin des fillettes, dont l'aînée n'avait que cinq ans ; leurs visages luisaient de larmes. Agnès Sorel avait vécu avec le roi de 1444 à 1450 et ces quatre filles étaient son legs. Dans l'ordre royal de succession et selon la loi salique, elles seraient inexistantes, puisque la reine avait de longtemps donné à Charles deux enfants mâles, Louis et Charles. Elles ne seraient jamais que quatre bâtardes.

La Dame de Beauté gisait devant l'autel, plus livide encore dans son cercueil tendu de soie blanche. Ses mains étaient jointes par un ruban et des roses blanches parsemaient le bas de sa robe.

Le père d'Estrades prononça son éloge.

Le Ciel, dit-il, avait daigné accepter qu'elle en répandît les bienfaits sur tous ceux qui l'avaient approchée, et il serait prompt à lui pardonner ses errements terrestres. Façon de se tirer d'une situation épineuse que de faire la louange de la concubine sans offenser le monarque ni la religion.

Le cercueil de bois fut placé dans un cercueil de plomb qu'on descendit sous la chapelle privée du château.

Sur quoi le roi se retira dans ses appartements, tandis que Barthélemy et Jeanne reprenaient le chemin de Paris.

19

Les étonnements du père Martineau

Déjà de retour ? s'étonnèrent de concert Guillaumet et sa sœur Sidonie quand Jeanne descendit du chariot couvert, rue Galande, époussetant les brins de paille accrochés à sa robe.

L'angélus tinta. Miséricordieusement, les voyageurs étaient arrivés avant la nuit et sans attaque de brigands. Les deux archers et le cocher déchargeaient les coffres.

Un deuil royal improvisé, expliqua-t-elle. Elle se marierait à Paris. Ils s'en réjouirent. Guillaumet et Sidonie regardaient Barthélemy, admiratifs et intimidés.

— Puisque te voilà rendue, dit Barthélemy à Jeanne, je vais aux Tournelles. Je pense que tu voudras te reposer. Nous souperons ensemble demain.

Elle hocha la tête ; elle savait que plusieurs personnes observaient la scène, dans la rue et du haut des étages ; n'étant pas encore mariés, ils ne pouvaient échanger de signes d'affection trop ardents. Et ils ne pouvaient pas davantage vivre ensemble sous le même toit. Cela passerait peut-être inaperçu s'agissant de gens du commun, mais non pour un grand commis de la maison royale et une jeune fille distinguée par la faveur royale. Il attendit que les archers et Guillaumet eussent monté le coffre de voyage de Jeanne à l'étage, puis s'inclina devant la jeune femme, paya le cocher et repartit.

— Sidonie, dit Jeanne, la seule conséquence de mon retour est que je reprends le logis pour quelque temps. Aussi, je descendrai parfois mettre la main à la pâte.

Elle n'ajouta pas : « Aussi longtemps que je le pourrai », car ils ignoraient sa grossesse.

Sidonie ne ressemblait guère à Guillaumet ; même s'il avait forci, le gamin ne portait pas sur lui une once de graisse ; mais elle, à seize ans, était replète comme une caille, et ses joues ponctuées de fossettes ; son visage s'épanouit.

— Ma maîtresse est bonne.

Guillaumet fit le compte rendu de l'affaire pendant l'absence de Jeanne. Il avait pris une initiative dans la confection des pâtés : il en avait créé une variété au fromage de Meaux, saupoudré de ciboulette hachée, dont la vente avait augmenté les bénéfices d'un quart.

— Et le fromage se conserve mieux que la viande, ajouta-t-il.

Elle en goûta un ; Guillaumet et Sidonie attendirent son verdict avec inquiétude ; cette sorte de pâté fondait dans la bouche en envahissant le palais, la langue et le gosier. Un plaisir comparable à l'amour. Elle eut soif et demanda un verre de vin.

— C'est un étouffe-chrétien, déclara-t-elle, parce que cela coupe l'appétit, mais c'est une bonne idée, car on est repu à bon prix. Et cela donne soif, donc cela fait vendre du vin.

Elle sourit et annonça à Guillaumet et Sidonie qu'elle élevait leur salaire de trente sols par mois.

Cela étant, la boutique avait reçu deux visites ; la première était celle d'un bourgeois bien mis, qui s'était enquis si la boutique était à vendre ; la seconde était celle de l'homme que Guillaumet appelait « le professeur ».

Montcorbier. Elle s'alarma. Reprendrait-elle ses leçons ? L'idée même l'indisposait. On verrait après le mariage, se dit-elle. En tout cas la boutique n'était pas à vendre.

Charles le Septième était, en dépit de ses apparences, expéditif : il décida que les noces auraient lieu le vendredi suivant ; c'était le dernier jour de juillet. Il en était temps : Jeanne avait dû retirer les coussinets que la faiseuse avait, selon la mode, posés sur le ventre de ses deux robes, car elle n'en avait plus besoin. Dans la chapelle de l'hôtel des Tournelles, annonça Barthélemy, rayonnant.

Qui voulait-elle inviter ? Le souvenir de Denis lui revint, poignant. Elle ne trouva à convier que Guillaumet, sa sœur, la drapière et son mari et, bien sûr, le père Martineau.

Le roi lui fit porter par un lieutenant un voile de tissu si fin qu'il semblait filé d'air, seules des broderies de fil d'or l'empêchant de s'envoler. Une paire de chaussures recouvertes de soie blanche, ornées de cabochons de nacre, accompagnaient mystérieusement ce présent ; la tête et les pieds ; y avait-il là un symbole ? se demanda Jeanne. Le lieutenant expliqua que ces objets avaient appartenu à la Dame de Beauté et que Sa Majesté en faisait don à la demoiselle Jeanne Parrish. Elle pria le messager de faire part à Sa Majesté de son émotion et de sa très profonde gratitude.

Barthélemy exigea qu'elle se rendît aux Tournelles en litière.

Après avoir avalé deux bols de la potion à l'anis et à la menthe de Dame Contrivel, Jeanne était saisie d'appréhension derrière les courtines de la litière. Et quand les porteurs annoncèrent qu'ils étaient rendus et écartèrent le rideau pour la laisser descendre, elle se dit qu'elle ne parviendrait jamais au terme de l'épreuve. Le roi lui-même se tenait à la porte de la chapelle, entre Barthélemy et le père d'Estrades. Le père Martineau, lui, était à l'arrière, l'air grave et heureux.

Le roi lui tendit la main ; elle fit pour lui la révérence et s'inclina devant le père d'Estrades. Barthélemy lui prit la main, et ils suivirent le roi dans l'allée centrale. Le monarque prit place dans un siège d'apparat à droite de l'autel, devant un prie-Dieu, ses deux écuyers debout derrière lui. Barthélemy et Jeanne s'assirent devant l'autel. La cérémonie se déroula comme dans un songe. Jeanne se souvint plus tard que le père d'Estrades avait évoqué le mariage de la rose et de l'épée. Que le roi Charles lui avait paru bien pensif. Que la communion avait mis longtemps à fondre dans sa bouche. Qu'après la bénédiction et le sacrement, trois jeunes garçons avaient chanté du haut du chœur un air nostalgique et charmant. Que Barthélemy lui avait passé au doigt un anneau orné d'un diamant. Qu'à un certain moment, elle avait cru voir sa mère souriante aux côtés du prêtre, alors que ce n'était que le servant de messe. Que l'assistance avait applaudi et que le roi s'était levé.

Elle était sortie de sa transe quand Barthélemy lui avait pris le bras pour l'emmener à la porte de la chapelle et que, là, les invités l'avaient embrassée. Un jeune homme aimable et qui ressemblait étonnamment à Barthélemy : Godefroy de Beauvois. Une dame blonde et hautaine, sa sœur Bathilde. Elle n'avait vraiment retrouvé sa lucidité que lorsque Guillaumet et Sidonie lui avaient sauté au cou et lui avaient tendu un chapelet de nacre et d'argent, leur cadeau de noces, puis que Dame Contrivel, la drapière, souriant à travers ses larmes, l'avait embrassée comme une mère. Elle comprit à peine ce que lui murmura le père Martineau.

Barthélemy l'avait ensuite conduite dans une salle voisine des Tournelles, où deux tables étaient dressées. Là, le roi avait offert à Jeanne une grosse perle en pendentif. Éperdue de reconnaissance, elle lui avait baisé la main, geste peu protocolaire, et il lui avait dit qu'elle était à la fois comme sa fille et comme la France qu'il rêvait.

Le roi avait pris Barthélemy et Jeanne à sa table et les avait placés à sa gauche, et le père d'Estrades, le chapelain ordinaire des Tournelles et le père Martineau à sa droite.

De sa place, Jeanne voyait Guillaumet et Sidonie, confondus de bonheur et de l'honneur de souper chez le roi, puis la drapière qui ne la quittait pas des yeux. Ils étaient en fin de compte ses nouveaux parents, et elle voyait dans leurs yeux l'affection qu'ils lui portaient. Cela acheva de la ramener à la réalité.

Le repas fut interminable et Jeanne n'en pouvait mais. Toutefois, il était impossible de se lever avant le roi. Grâces fussent rendues au ciel, il donna le signal du départ peu avant la cinquième heure. Elle pensait rentrer chez elle rue Galande avec son époux : il en alla autrement. Le logis, déclara Barthélemy, était désormais trop petit pour eux. Mais où iraient-ils donc ? demanda-t-elle, alarmée. À l'hôtel Barbette, rue des Francs-Bourgeois, que le roi avait hérité de sa mère et qu'il avait fait chauffer et aménager pour eux. Trop épuisée pour discuter, elle suivit son mari.

Elle ne vit rien du faste de l'ancienne résidence royale. À peine arrivée à l'étage et dans leur chambre, elle se dévêtit et se coucha, dans un autre lit à colonnes. À peine eut-elle fermé les yeux qu'elle s'endormit.

Quand elle se réveilla, pressée par un besoin, un homme nu respirait bruyamment près d'elle. Une chandelle brûlait dans un bougeoir et, s'en étant munie, elle partit pieds nus à la recherche du réduit. Celui-ci comportait une fenêtre, laquelle était ouverte sur le ciel doux de l'été ; par là, accroupie, elle perçut distinctement que les clochers du nord, du sud, de l'est et de l'ouest sonnaient quatre coups dans la nuit.

Quatre heures ! Grand ciel, elle avait donc dormi dix heures d'affilée ! Néanmoins, elle retourna au lit, dans l'intention de poursuivre son sommeil. Elle eut à peine le temps de penser qu'elle ne s'appelait plus Jeanne Parrish, mais Jeanne de Beauvois, qu'elle dériva dans la nuit de l'esprit.

Au petit matin, un baiser l'éveilla. Puis des caresses. Ils se prirent l'un l'autre, c'est-à-dire qu'ils se donnèrent.

— Tu es l'été, lui dit-elle.

— Et toi, le printemps.

Le soir, des fifres et des tambourins retentirent sous les fenêtres à l'heure où les époux se retiraient. Des voix martelaient un refrain dont Jeanne ne parvenait pas à saisir les paroles à cause des carreaux fermés.

— N'allez pas voir, ma mie, cela me paraît être un charivari. Il redoublera si vous vous montrez.

— Qu'est-ce que c'est ?

— Des farceurs auront eu vent de la noce et sacrifient à la tradition. Le peuple, en effet, veut donner son avis sur les unions et faire entendre son jugement sur tout.

Elle alla quand même à la salle qui se trouvait au bout de l'étage, ouvrit la fenêtre et se pencha pour voir. Ils étaient bien une vingtaine dans la rue, portant des flambeaux et semblant s'esbaudir énormément.

Gerfaut du roi,
Tu as la griffe dans la pâte,
Gerfaut adroit,
Tu es pris dans la botte !

Ils levaient la jambe en cadence, hilares et goguenards, agitant les bras et clamant en chœur :

Gerfaut du roi
A capté la moinelle,
Gerfaut adroit
Te voilà promu merle !

Le gerfaut qui avait mis la griffe dans la pâte, c'était donc Barthélemy. Elle finit par rire de leur gaîté et du tintamarre. C'était de lui qu'ils se moquaient. Il la rejoignit mi-figue, mi-raisin.

Le chahut dura jusqu'à minuit, puis les archers vinrent y mettre fin.

C'était la revanche du peuple sur les seigneurs. Il voulait faire entendre que peu de chose échappait à son œil, fût-ce un mariage célébré en privé aux Tournelles. Et il exprimait son avis par des chansons.

Août plana sur ses ailes d'or. Les vignes s'alourdirent, les glycines, les clématites et les passiflores délirèrent. Les blés, les orges, les froments, les seigles et les épeautres gonflèrent sur les épis. Les pommes rougirent dans les vergers.

L'enfant se développait dans le ventre de Jeanne.

Je ne suis plus moi, se disait-elle parfois. J'existe pour lui. Seulement pour lui. L'arbre n'existe que pour le fruit. L'idée d'une autre vie en elle la laissait rêveuse. Elle et son enfant étaient au-delà des hommes.

De temps à autre, elle retournait dans la boutique de la rue Galande. On l'entourait d'égards. Elle se trouva prise dans une toile d'araignée qui scintillait de mille feux. Elle entendait qu'on l'appelait à mi-voix la Grande Pâtissière, ou encore la Pâtissière du Roi et non plus simplement la pâtissière. Et c'était désormais pour se rappeler ses antans qu'elle mettait la main à la pâte.

Elle ne manquait jamais d'aller voir Donky, qui n'avait cure, lui, de ce qu'elle eût changé de nom.

« Tu te souviens du Bouc-de-Chêne, Donky ? » lui demandait-elle en lui caressant le chanfrein.

Elle partageait parfois son repas du soir avec Barthélemy, quand il n'était pas retenu à d'autres soupers par le connétable de Richemont, ou bien quand il n'était pas en mission. En Guyenne. En Aunis. En Normandie. Il organisait ici des corps de francs-archers, et là veillait à la fonte des canons, dont la France, assurait-il, produisait les meilleurs au monde.

Les canons. Instruite des effets des canons français à Formigny sur les Anglais, qui avaient en quelque sorte, par voie de conséquence, entraîné le meurtre de ses parents, Jeanne se prenait de temps à autre d'une haine folle pour ces armes dont elle n'avait pourtant jamais vu un seul exemplaire. Barthélemy les lui avait décrits.

— Tuer tant de monde à la fois ! Mais ce sont vraiment des armes du Diable ! avait-elle déclaré, à la grande surprise de son mari.

— Ma mie, ce sont les outils de notre grandeur.

C'était la grandeur de la France qui l'absorbait des jours durant. Sera-t-il même présent à la naissance de mon enfant ! se demanda-t-elle.

Elle invita une ou deux fois la drapière à souper avec elle, pour qu'elle lui tînt compagnie, mais se fit honte de ce luxe soudain dont l'entourait l'hôtel de Barbette, parquets cirés et plafonds lambrissés, tentures aux murs et vaisselle d'argent. Une fois la semaine, elle emmenait Sidonie aux bains publics, bien qu'ils fussent fréquentés par les ribaudes, et là, une fois frottées au savon d'Italie, elles se faisaient frictionner aux essences aromatiques les plus coûteuses, non que Jeanne fût frivole, mais parce que ces essences étaient odieuses à la vermine. Le camphre exterminait les poux, l'huile de cèdre dévastait les puces et les deux ensemble empoisonnaient les punaises. À l'hôtel Barbette, Jeanne organisait des fumigations des vêtements et de la literie dont la domesticité sortait en toussant. Les résultats de la première de ces séances avaient été probants : la chaufferette de bois balsamiques promenée sous le ciel de lit et les courtines avait fait choir des punaises agonisantes.

Enceinte, elle s'était prise, en effet, d'une folie de propreté dans cette ville où les gens puaient et où les ruisseaux charriaient des avortons.

— La vermine est pour le corps ce que les péchés capitaux sont pour l'âme des chrétiens ! clama-t-elle à l'intention des domestiques, saisis et larmoyants.

Elle demanda conseil au père d'Estrades sur les moyens de parfaire son instruction ; il recommanda un professeur de grammaire et de religion.

— C'est bien assez, madame, que les femmes sachent lire et écrire. Qu'auraient-elles encore besoin de science ?

Rappelez-vous l'histoire d'Ève au Paradis ! Elle a mené l'humanité à la perdition ! La science détournerait les femmes de Dieu et de leurs époux.

En elle-même elle le voua aux Gémonies. Elle reçut le professeur : un clerc chassieux, féru de formules compliquées et marmonnant du latin. Son seul mérite fut de perfectionner la calligraphie de Jeanne et de lui apprendre quelques règles de grammaire. Lasse d'explications qu'elle n'avait pas demandées sur la Sainte Trinité et la Transsubstantiation du corps de Jésus dans l'hostie, ainsi que du péché originel dont toutes les femmes portaient la tare, elle le pria de lui donner des rudiments de géographie. Elle eût aussi bien pu lui demander de lui donner des cours d'alchimie. Il roula des yeux et se limita à lui dire que le Soleil tournait autour de la Terre et que le Seigneur avait créé sept mers, un point c'est tout. À l'est se trouvaient des gens bilieux et des êtres à une jambe, à l'ouest, le Finistère, au nord, Thulé et les glaces éternelles et au sud des gens noirs comme le Diable.

Le lendemain, elle lui fit dire qu'elle était souffrante et ne le revit plus.

Elle songea à aller à La Coudraye et se ravisa aussitôt. Son retour serait une apparition quasiment surnaturelle et blesserait ces cœurs simples, car de paysanne, elle était passée dans le rang des seigneurs. De plus, elle était de moins en moins en état de supporter un voyage.

— Mon maître, dit-elle, un soir que Barthélemy était là, j'ai une faveur à te demander, maintenant que tu es devenu le second du connétable de Richemont. Je ne t'en ai jamais demandé. Je voudrais que tu fasses établir les frontières de la paroisse de Saint-Séverin le plus agréablement possible pour elle, mais sans pourtant léser celle de Saint-Julien-l'Hospitalier.

Il fut étonné de la requête et de sa précision.

— Mais c'est du ressort de l'archevêché, observa-t-il. Le grand échevin ne voudra pas offenser le clergé.

— Il peut le convaincre. Ou bien dois-je moi-même aller présenter la requête au roi ?

Il sourit d'un air entendu.

— Madame la baronne, dit-il sur un ton doucement ironique, je vais voir ce que je peux faire pour satisfaire tes désirs.

Quinze jours plus tard, le père Martineau vint lui rendre visite.

— Ma fille, je confirme votre piété et votre bienveillance en même temps que votre pouvoir. J'ai reçu ce matin l'ordonnance du grand échevin, établie en accord avec l'archevêché, sur les frontières de la paroisse de Saint-Séverin. La rue Galande y est incluse, ainsi que cinq autres rues. Cela est confortable. Acceptez donc ce présent, en souvenir de ces décisions que vous avez sans doute inspirées.

Et il tira de sa poche un rosaire auquel pendait une croix en argent et le déposa dans sa main. Puis il considéra la jeune femme.

— Puis-je, *foras officium*, vous avouer que vous m'étonnez ?

Elle l'observait, souriante, attendant la suite.

— Je connais votre histoire. Pour être franc, elle ne présageait rien de bon. Vous avez à peine seize ans et vous êtes donc à l'âge des sottises plus que des actions généreuses. Mais votre volonté et votre esprit, éclairés par quelques conseils bienveillants, vous ont permis de réussir en quelques jours ce que vingt ans de démarches officieuses n'avaient pu obtenir. Il m'en faut déduire que la volonté alliée à l'intelligence est proche d'une vertu cardinale.

Elle n'était pas sûre de savoir ce qu'était une vertu cardinale, mais le raccourci de sa vie l'avait amusée.

— Que le mariage vous soit un soutien moral, ma fille, conclut le père Martineau. Si vous avez besoin de moi, faites-le-moi savoir. Je tâcherai de répondre à vos attentes dans la mesure du possible.

Il se leva et prit congé.

Pourquoi, se demanda-t-elle, était-elle intervenue en faveur de Martineau ? Elle le devinait à peine, mais elle savait qu'elle s'était acquis un allié. La faveur royale était imprévisible, pas celle de l'Église. Avait-elle fait un calcul ? Non, elle avait enrichi sa paroisse ; car, finalement, celle-ci prenait la place de la petite patrie que La Coudraye avait été dans son adolescence.

Fin août, Charles partit chasser à Méhun-sur-Yèvre, près de Bourges, son premier royaume. La Beauté-sur-Marne lui rappelait trop de souvenirs. À sa demande, Barthélemy se joignit à lui. Jeanne resta donc seule, une fois encore.

Il n'était que tendresse et cadeaux. Quand il était présent. Mais désormais, elle ne supportait plus d'autres caresses que sur sa tête.

Avoir un être en soi, cela vous déloge de vous, songea-t-elle.

— Es-tu magicienne ? lui demanda-t-il un soir, revenant de chez Richemont.

— Où donc aurais-je appris cet art ? Pourquoi cette question ?

— Jacques Cœur est en disgrâce.

— Pourquoi ?

— Il aura trop prêté d'argent, et peut-être ses débiteurs espèrent-ils se libérer de leurs dettes en se débarrassant de lui. Ou peut-être a-t-il trop de biens. Trente maisons privées, alors que le roi n'en possède pas la moitié. Et le palais de Bourges ! Charles n'en a pas le pareil ! Et voilà qu'on l'accuse d'avoir fait empoisonner Agnès Sorel !

— Pourquoi l'aurait-il fait ? demanda-t-elle, stupéfaite.

— Elle trouvait comme toi que sa puissance était excessive et mal employée. Mais je crois pour ma part que ce sont ses relations avec le parti du dauphin Louis qui lui auront causé du tort

— À mon avis, dit Jeanne, des gens aussi puissants sont trop occupés de leurs affaires pour mener la guerre à une femme. Je pense plutôt que c'est l'argent qui l'aura perdu.

Toutefois, les fonderies de canons, qui appartenaient aussi à Jacques Cœur, n'étaient pas près, elles, de tomber en disgrâce. Il y en avait à Longwy et près de Lyon. Barthélemy en décrivait avec fougue les fabriques gigantesques où l'on coulait ces pièces de bronze, puis les essais de tir avec de la poudre noire et du salpêtre. Jeanne l'écoutait en silence, dissimulant son agacement.

L'automne avança. La nature se cuivra et le ciel se drapa de gris. L'on tâta des premières cuvées de vin et de cidre et des bières précoces. Le cuisinier, spécialement engagé pour Jeanne, accommoda plus souvent de la venaison. Était-ce pour ses délices personnelles ou celles de ses maîtres, nul ne le sut, mais enfin, les jeunes époux goûtèrent deux fois par semaine des filets de marcassin aux clous de girofle, cuits dans le verjus, et du canard rôti au poivre, avec des quartiers de panais.

Jeanne ne quittait presque plus la maison. Les pluies, en effet, avaient rendu les rues fangeuses, et son état ne lui permettait plus de monter à cheval. Les soirées s'allongèrent et, même, devinrent longues.

Serait-ce une fille ou un garçon ? Plus elle y pensait, moins elle parvenait à choisir, à supposer que cela eût le moindre effet. Que le vrai père eût disparu prêtait à l'enfant un caractère angélique : il serait né d'une graine du hasard, il appartiendrait donc à Jeanne seule. Elle l'en aimait davantage et, quand elle était seule, elle lui parlait.

— M'entends-tu ? Tu es un Parrish, sais-tu ?

Les froidures sévirent. Les premières neiges étendirent leur silence feutré. Les immondices gelèrent dans les caniveaux, et les corbeaux devaient casser la glace pour s'en repaître. Les domestiques rapportèrent qu'on avait vu des loups aux portes de Paris. La bise gifla les fenêtres et secoua les toitures. Celles de l'hôtel Barbette, qu'avaient occupé des barons du Bien-Aimé, le précédent monarque, quand sa déplorable épouse, Isabeau, en était partie, avaient souffert d'abandon. Elles appelaient des réparations ; on y pourvoirait au printemps. Jusqu'au coucher, Jeanne faisait sans cesse garnir les cheminées de bûches.

Ses seules distractions étaient les visites de Guillaumet et de Sidonie, qui venaient lui remettre les recettes. La grosse bourse, dont Jeanne ne se séparait jamais – elle l'avait même gardée sur elle à son mariage –, contenait près de mille livres ; son magot à elle. La cassette du ménage, à laquelle elle touchait avec parcimonie, en contenait près de mille cinq cents. Elle le savait, elle n'était pas riche, mais elle n'était plus pauvre.

La messe de Noël fut célébrée dans la chapelle de l'hôtel, rafraîchie pour l'occasion, au grand dam des souris et des araignées. L'officiant fut le père Martineau, qui vint la dire à la onzième heure, la seule à laquelle il fût libre. Outre la domesticité et trois commerçants du voisinage, les fidèles furent Guillaumet, Sidonie et leur mère, la volaillère. À la sortie, le baron de Beauvois distribua les étrennes.

Toute la semaine, les chants et les braillements des chrétiens qui fêtaient dans les pâtés et le vin la naissance d'un Sauveur montèrent jusqu'à Jeanne, à travers le papier huilé des fenêtres. C'était maintenant sa chambre qu'elle quittait rarement. La délivrance approchait, et elle craignait de ressentir les douleurs dans l'escalier. La sage-femme de la maison royale, Dame Pulchérie Grandchemin, avait été prévenue ; elle avait rendu visite à Jeanne et l'avait examinée, puis inspecté les lieux et donné des ordres aux domestiques : tenir prêts en permanence une grande bassine d'eau chaude, un broc, une cuvette et quantité de linges bouillis.

— Bouillis ! confirma Jeanne avec force.

Le 19 mars de l'an 1451, à la première heure après none, les premières douleurs lui arrachèrent un cri. On alla quérir Dame Pulchérie, puis Barthélemy à l'hôtel des Tournelles ; ils accoururent sous la grêle. Tout fut comme prévu, et la sage-femme, accompagnée d'une assistante, fit placer un domestique à la porte.

Jeanne cria. Elle n'avait jamais imaginé pareil déchirement, pareil supplice ! La naissance de l'un était la mort de l'autre.

— Courage ! La première grossesse est toujours la plus pénible, dit Dame Pulchérie.

L'affaire dura à peu près de la troisième heure après none à la deuxième quarte de la quatrième. Le cordon ombilical fut coupé et noué. Les vagissements de l'enfant succédèrent aux cris de Jeanne. On le lava. On lava Jeanne aussi, et on lui présenta le marmot. Elle fut stupéfaite : cet être vivant était sorti d'elle !

— C'est un garçon. Il doit faire six livres bien comptées ! Je m'y connais.

Elle parle des humains comme une épicière, se dit confusément Jeanne, prenant dans ses bras le nouveau-né, rouge et langé. Elle le regarda, inondée de joie et d'un sentiment indescriptible, un amour à la fois céleste et animal.

Barthélemy fut alors admis dans la chambre. Il baisa la jeune mère sur le front. Elle garda sa main près de son visage. Elle sentit, avant de s'endormir, qu'on lui prenait l'enfant des bras et que Barthélemy essuyait son front couvert de sueur.

Les domestiques emportèrent dans des seaux les linges souillés. Barthélemy porta à son tour l'enfantelet, pensa qu'il faisait à la fois des humains et des canons, et l'idée le laissa perplexe. Puis il confia le petit être à la nourrice.

20

L'adieu aux canons

L'appellerons-nous François ?
Jeanne demeura sans voix.

— C'est le nom de mon père, expliqua-t-il.

François de Beauvois fut baptisé, à l'âge de sept jours, par le père d'Estrades, dans la chapelle de l'hôtel Barbette, en présence des mêmes fidèles qu'à la messe de Noël. Plus le roi, qui remettait pour la première fois les pieds dans ce lieu exécré, où sa mère s'était livrée à une bonne partie de ses folies et méchancetés. Il offrit à Jeanne un gobelet d'argent gravé en lettres d'or au nom du bambin.

— Buvons-y à sa santé et à sa longue vie, dit-il en le faisant remplir de vin de messe.

Il y trempa ses lèvres et le tendit à Jeanne. Surprise de cet honneur inédit, elle y but et tendit le gobelet à Barthélemy. Puis quand on eut séché François, le roi plongea le doigt dans le reste de vin et le passa sur les lèvres du marmot.

— Frottez-lui aussi la bouche à l'ail, dit-il, cela chasse les miasmes.

Sa Majesté daigna même participer à la collation de circonstance. Elle salua tous les convives, y compris la volaillère, qui crut défaillir.

— Jeanne, il me plaît que vous invitiez les gens humbles qui vous ont connue jadis. C'est un comportement de princesse.

Tout le monde entendit le compliment.

Le berceau, une balancelle pendue à deux poternes de chêne sommées de têtes d'angelots, fut installé dans la chambre voisine de celle des époux, avec un lit neuf pour la nourrice. Car Jeanne ne produisait pas assez de lait et n'assurait qu'une tétée sur deux.

La tradition voulait que les relevailles durassent quarante jours. Mais dix-sept jours plus tard, n'y tenant plus, Jeanne emmena Sidonie aux bains.

En plus des soins ordinaires, qui n'étaient pas du tout ordinaires, soit dit en passant, elle se fit rincer à l'eau vinaigrée, puis à l'eau parfumée aux essences de lavande et de romarin, dont elle avait apporté un flacon avec elle.

Cette nuit, pour la première fois depuis bien des mois, elle retrouva Jeanne Parrish et, par la même occasion, Barthélemy.

— En fait, tu es ma nourrice, lui confia-t-elle.

Elle aima son rire dans la pénombre ; c'était celui de l'enfance.

Elle ne se lassait pas de lui. En fait, elle commettait l'adultère avec son mari, insoucieuse de la monition de saint Bonaventure, que lui avait sentencieusement servie le père d'Estrades et selon laquelle prendre trop de plaisir avec son conjoint équivalait, en effet, à l'adultère. Au diable saint Bonaventure ! Qu'était-ce donc que l'excès de plaisir ? Pourquoi le seul excès de chagrin serait-il toléré ? Jésus s'était-il donc incarné pour qu'on se désincarnât ?

Puis Barthélemy s'absenta à nouveau. Le père Martineau vint solliciter Jeanne pour qu'elle fît ses Pâques à Saint-Séverin.

— Vous êtes l'une des plus illustres enfants de cette paroisse, argua-t-il. Il serait pour vous de bonne politique que vous vous y montriez à l'office de la Résurrection. Voulez-vous que je vous confesse ici ? Vous n'avez eu le loisir ni de tuer, ni de voler, et je vous sais fidèle, mais guère envieuse ni gloutonne. Dites-moi vos autres péchés.

— J'ai désiré mon mari.

— La longue abstinence imposée par la maternité sera invoquée pour votre défense. Je vous absous. Récitez trois Pater. Je vous attends à Saint-Séverin ce dimanche. Vous donnerez plus qu'un sol, pour l'exemple.

Il l'informa par la même occasion que le roi avait commandé la révision du procès de Jeanne d'Arc. L'envoyé du pape avait eu mission d'obtenir l'assentiment de Rome et, en dépit du désaveu que cela représentait pour l'Église – nul n'ignorait la façon dont elle s'était comportée à Rouen, non plus que l'impunité scandaleuse dont avait joui l'affreux évêque Cauchon jusqu'à sa mort, et dans quel stupre il avait vécu –, le cardinal d'Estouteville avait appuyé la volonté royale.

Dimanche venu, elle devina que le quartier de Saint-Séverin attendait de voir l'enfant de la pâtissière. Elle se rendit donc à l'église avec la nourrice et l'enfant dans ses langes, consciente de suivre en cela l'exemple d'Agnès Sorel. L'attente des badauds était d'autant plus grande que la royale concubine était née dans la noblesse, alors qu'elle, Jeanne, était du peuple. Et celui-ci voulait s'emplir les yeux de sa revanche sur les seigneurs.

Elle était à peine arrivée qu'un attroupement se forma autour d'elle.

— C'est la Pâtissière du Roi.

À la fin de la messe, où elle avait communié, bien sûr, elle se rendit à sa propre boutique pour déguster un échaudé au fromage, suivi d'un verre de vin. Elle fut suivie par un cortège spontané qui se fit un devoir de suivre son exemple.

Des semaines et des mois durant, le plus clair de ses journées se passa dans la chambre de François. Elle ne détournait son regard de lui que pour graver son image dans sa mémoire. Passé le flou des premières semaines, les traits de l'enfant commencèrent à se dessiner. Elle les scruta avec minutie. Devinerait-on le père ? Si cela advenait, se dit-elle, ce serait sans importance, car on connaissait tant d'enfants qui ressemblaient à leurs grands-parents, ou bien à un oncle ou une tante.

Elle eût tant voulu s'être trompée dans ses calculs. Mais, par son dessin en carquois, la bouche était bien celle de Montcorbier.

Vint le mai joli, mais sans chansons. À ses retours, Barthélemy courait dans la chambre de François, le saisissait à bout de bras et le faisait tourner comme dans un manège, en riant aux éclats. La nourrice s'alarmait. L'enfant gazouillait. Les premiers merles chantèrent.

— Lui donnerons-nous un frère ? Ou bien une sœur ? murmurait Barthélemy dans la nuit des courtines.

Le matin, ils avaient peine à se délacer.

Les seins de Jeanne fleurirent, pareils aux premiers bourgeons. Elle se représenta le dard de Barthélemy comme une courge dans le cottier de la Coudraye. Et sa semence, comme de l'hydromel. Nous sommes la terre et les plantes, se disait-elle. Nous sommes le monde.

Nous sommes les étoiles.

Le dix-neuf mars de l'an 1452 arriva. Déjà un an ! se dit Jeanne. Elle alla s'entretenir avec le père Martineau. La mort et la vie l'étonnaient de plus en plus, depuis la naissance de François. Quel était le sens de tout cela ?

— Si vous vous croyez seule, répondit le religieux, cela n'en a pas. Mais si vous songez à ceux qui vous entourent, vos yeux se dessillent. Vos parents sont au ciel et vous regardent. S'ils n'étaient partis si tôt, vous n'auriez pas quitté la Normandie et n'auriez pas accompli ce que vous avez fait.

— Le mort nourrit donc le vif ?

— Nous sommes tous liés au-delà de la vie, Jeanne. L'humanité est un long cortège. Les sacrifices des saints n'en finissent pas de rejaillir sur nous, les fautes des méchants aussi. Faisons en sorte que les premiers triomphent.

L'an suivant, Jeanne donna une petite fête pour le deuxième anniversaire de François.

Alors qu'on servait le vin, un lieutenant des archers se présenta, haletant, défait. Il demanda à voir Jeanne, et rien qu'à sa mine, elle sentit le sang déserter son cœur. Le silence éclata dans la chambre du bambin.

— Madame…

Le courage lui faisait défaut à lui aussi.

— Le sire de Beauvois est mort hier… dans l'explosion d'un canon mal chargé.

Elle poussa un cri et chancela. Sidonie s'élança pour la soutenir, Guillaumet tira un siège. Revenue à elle, elle entendit le messager dire à mi-voix que la mort avait été instantanée.

La fête s'acheva en veillée funèbre. Sidonie ne voulut pas quitter sa maîtresse.

Le lendemain, le connétable de Richemont vint exprimer ses regrets. Le roi envoya un message. D'autres encore. Ils n'étaient que des ombres dans le grand cortège évoqué par le père Martineau.

On ramena à Paris, deux jours plus tard, la dépouille de Barthélemy. Jeanne pleura toutes les larmes de son corps.

— Le Seigneur ne vous est-il donc d'aucun secours ? demanda le père Martineau.

Elle secoua la tête.

— Je suis donc maudite, qu'il m'enlève tout ce qui m'est le plus cher ! Mes parents, mon frère et maintenant mon mari ! Avant que j'aie pu leur témoigner tout mon amour ! Quelle faute ai-je donc commise ?

— Et Jésus, qui fut mis sur la croix ? s'écria le moine. Croyez-vous donc qu'il fût maudit ? Et Jeanne, qui fut brûlée comme hérétique ?

Elle reprit ses sens, déconcertée par l'argument.

Mais plus tard, chaque mot de l'éloge du père d'Estrades, dans la chapelle de l'hôtel Barbette, lui fut un clou.

— ... la force et la grâce s'exprimaient en Barthélemy de Beauvois avec la lumière du Seigneur...

Elle ne retrouverait jamais plus un autre Barthélemy.

Quittant la chapelle, elle quitta aussi les lieux. Cet hôtel était décidément hanté par de mauvais esprits. Elle regagna le logis de la rue Galande avec la nourrice et l'enfant. Elle fit transporter le cercueil de Barthélemy dans le cimetière de Saint-Séverin, afin de s'y rendre aussi souvent qu'elle le voudrait.

Pour la première fois, elle remarqua l'inscription au-dessus de la porte :

Bonnes gens qui par cy passez,
Priez Dieu pour les trépassés.

Elle passa des semaines prostrée, se martyrisant pour faire bonne figure à son fils.

Les canons ! Même en temps de paix, ils détruisaient des vies.

À dix-huit ans et demi, certains soirs, elle avait l'impression d'être une vieille femme. Elle se raccrochait alors à deux visages, celui d'Isaac et celui de son fils. Et parfois, la souffrance les dématérialisait.

Et toujours cet espoir tenace de retrouver Denis.

SECONDE PARTIE

QUE LES POÈMES SONT VIOLENTS !

21

L'intrigue

Aux premiers jours du printemps, Jeanne se reprit à sortir. L'une des raisons en était qu'elle cherchait dans le voisinage une maison plus vaste que le logis de la rue Galande, car elle avait pris le goût de l'espace. Une autre était l'instinct de survie. Ne se nourrissant plus qu'à l'occasion, elle avait tant maigri que le père Martineau, la nourrice et Sidonie lui en firent la remontrance. À dresser l'inventaire des morts à longueur de journée, quand elle ne passait pas des heures devant le tombeau de Barthélemy, elle avait perdu l'appétit. Des nuits trop courtes ne compensaient pas son dépérissement.

— La mélancolie excessive est un péché oublié par les pères, lui dit le père Martineau. Elle témoigne de la perte de l'espérance et d'un attachement désordonné pour les biens terrestres, fussent-ils les plus justement aimés. Vous avez un fils. Ne vous est-il pas cher ? Et lui donnerez-vous l'image d'une mère précocement promise au tombeau ?

Elle se dit alors qu'un changement de logis pourrait changer son humeur. L'héritage de Barthélemy avait été modeste : une rente de trois mille livres par an, d'ailleurs consentie sur ordre du roi par le connétable de Richemont, et quelques terres près d'Orléans. Mais son revenu de commerçante était largement suffisant pour lui permettre de s'installer dans une maison plus grande. Elle eût voulu aussi une autre boutique au rez-de-chaussée, afin d'étendre ses activités pâtissières.

Elle se disposait à en référer au roi quand, un matin, un homme à la face glabre et large et à la mise opulente, mais discrète, vint à la boutique. Il demanda un entretien privé. Elle le pria dans son logis. Quand il se fut assis, elle lui demanda son nom et l'objet de sa visite, supposant d'abord qu'il s'agissait de l'un de ces notaires qui écumaient Paris, à la recherche de commerces prospères à vendre.

— Mon nom a peu d'importance, dit-il. L'objet de ma visite est votre avenir.

Un silence suivit.

— Comme je ne vous connais pas, répondit-elle, je veux penser que c'est de votre propre avenir que vous parlez. Car j'ignore pourquoi vous vous soucieriez du mien.

Il plissa les yeux et sourit finement.

— Les éloges qu'on m'a faits de votre esprit étaient donc fondés, observa-t-il.

Elle perdit le peu d'aménité qu'elle eût été disposée à consentir à ce visiteur ténébreux.

— Vous êtes jeune. Dix-huit ans, n'est-ce pas ? Et veuve. Le roi vous porte une grande affection. Celle-ci s'approfondirait aisément. Vous rempliriez le vide laissé par la disparition de sa précédente maîtresse.

Choquée par ce projet, elle perçut le danger par chaque pore de sa peau.

— À supposer que le roi eût pour moi l'appétence que vous lui prêtez, et que j'eusse moi-même celle qu'il faudrait, je ne vois guère l'intérêt que je trouverais à occuper une place aussi dangereuse que celle que vous dépeignez. On murmure qu'Agnès Sorel aurait été empoisonnée.

— Vous ne le seriez pas, dit l'homme avec assurance.

Elle se fit un masque inerte, aussi inexpressif que possible.

— Je serais donc, déclara-t-elle, sous la protection de personnes puissantes, auxquelles je suppose que je devrais rendre des services dont j'ignore la nature.

— Les renseigner sur les desseins du roi.

Elle regarda son visiteur d'un œil vitreux.

— Le roi n'est pas éternel, poursuivit l'homme d'un ton insidieux, avec un sourire pareil à un abcès qui se fend. Vous serez encore à la fleur de l'âge quand il trépassera.

Ces propos sinistres glacèrent le sang de Jeanne. Comment ce personnage pouvait-il connaître l'âge auquel Charles mourrait ? Ou bien ses maîtres se préparaient-ils à empoisonner aussi Charles le Septième ?

— Son successeur, reprit l'homme, ne pourrait vous porter que de la reconnaissance pour les services que vous lui aurez rendus.

— Êtes-vous l'émissaire du prince Louis ? demanda-t-elle.

Il revêtit l'expression de ces domestiques un instant frottés de pouvoir et qui se donnent la solennité des détenteurs de secrets suprêmes ; c'est-à-dire qu'il prit des mines. Elle changea entièrement de stratégie :

— Monsieur, puisque vous êtes si bien informé, vous devez savoir que je porte le deuil d'un mari bien-aimé et que je ne vois pas la fin de mon chagrin. Que j'ai un fils qui est le seul réconfort de ma vie et sans lequel je serais entrée dans un couvent. Que je me suis retirée de ce monde que je n'ai frôlé que par accident.

— À dix-huit ans ? s'étonna-t-il.

— Qu'importe l'âge ? Si vous m'aviez vue l'an passé, vous comprendriez que ce que je vous dis est vrai. Barthélemy était tout pour moi, et sans lui ma vie n'est plus rien.

Il la considéra, visiblement déçu et tentant de deviner si elle était sincère.

— Les théâtres du pouvoir, monsieur, m'indiffèrent quand ils ne me répugnent pas. Je ne vous ai jamais vu. Veuillez partir. Le monde était triste, vos propos l'ont assombri davantage.

L'homme se leva, parut hésiter, puis se dirigea vers la porte. Il ne dit mot jusqu'à la porte cochère.

— Adieu, madame, je vous eusse crue plus ambitieuse. En tout cas, je veux croire encore que la prudence vous tiendra la langue sur cet entretien.

La crainte et la colère se disputèrent en elle pendant un moment. Puis elle descendit et demanda à Sidonie de lui prêter son manteau. Ce vêtement était bien moins luxueux que celui de Jeanne, mais telle était justement son utilité. Et il comportait une capuche de pèlerin, commode pour se cacher la tête, en dépit de la saison, qui était chaude. Sidonie, étonnée, s'exécuta.

Jeanne sortit de la boutique capuche baissée, en contrefaisant sa démarche. Elle allait les jambes écartées, comme une femme bancale, trébuchant exprès et traînant la patte droite. Le stratagème qu'avait employé Matthieu pour échapper à l'armée. Le quartier était à coup sûr fourré d'espions. Elle ne renonça à sa comédie que sur le Petit-Pont, sans toutefois rabattre sa capuche.

Elle arriva à son but, l'hôtel des Tournelles. On l'arrêta à la porte. Elle rabattit sa capuche et se présenta, demandant à voir le roi pour affaire urgente. Un lieutenant en informa un autre, lequel alerta le secrétaire du roi. Quelques instants plus tard, elle était admise dans la salle royale. Elle fit une révérence.

Charles, assis à sa table, était en compagnie de trois hommes, dont le plus proche de la personne royale était le connétable de Richemont. Il la reconnut.

Mais elle mit le doigt sur ses lèvres, pour intimer le silence au monarque, puis jeta un regard aux trois hommes, surpris, signifiant qu'elle les jugeait importuns.

— Messieurs, nous reprendrons cet entretien tout à l'heure, dit le roi.

Deux hommes sortirent, Richemont demeura, de plus en plus intrigué. Jeanne le regarda.

— Jeanne ! s'écria le roi, alarmé. Vous pouvez parler devant le connétable. Approchez, mon enfant, qu'y a-t-il. Mais que vous avez maigri ! Êtes-vous souffrante ?

— Non, sire.

Elle lui raconta la visite qu'elle avait reçue, sans omettre un mot.

Il eut un geste de colère et donna un coup de poing sur la table, qui fit vibrer un grand candélabre de cuivre.

Toujours debout, Jeanne fut terrifiée.

Le connétable roulait des yeux ronds et scandalisés.

Le roi se leva brutalement et arpenta la salle. Un long silence suivit.

— Jeanne, vous me montrez plus de dévouement et de fidélité que si vous étiez ma vraie fille, dit-il enfin. Asseyez-vous. Voyez, Richemont, nos ennemis ne désarment pas.

— Et cette femme... dit Richemont. Non, pas vous, madame, ajouta-t-il en se tournant vers Jeanne.

Elle en déduisit qu'une autre femme s'était déjà mise en posture de conquérir le monarque. Celui-ci lança au connétable un regard qui coupa la phrase.

— Et l'on vous eût sans doute demandé de verser du poison dans mon verre, dit le roi.

— Sire, je l'eusse plutôt bu seule, s'écria-t-elle avec véhémence.

— Je n'en doute pas, Jeanne.

— Vous n'aviez jamais vu cet homme ? demanda le connétable.

— Non, monseigneur.

— Si vous le revoyez, tâchez de savoir son identité.

— Bien, Jeanne, dit le roi, je ne veux pas vous mettre davantage en péril. Comment vont vos affaires ?

— Sire, mon affaire va bien. S'il plaît à Votre Majesté de m'en trouver une de plus avec un logement plus grand, j'en serais bien aise.

— J'y pourvoirai.

Quittant l'hôtel des Tournelles, Jeanne s'était forgé sa conviction aussi sûrement que si elle avait trempé un fer rougi au feu dans un baquet d'eau froide, comme elle l'avait vu faire au forgeron Thibaut, à La Coudraye : l'on risquait autant à fréquenter les puissants et à figurer dans leurs courtisans qu'on avait de chances d'y gagner.

Ce serait la dernière fois, résolut-elle, qu'elle se rendrait à l'hôtel des Tournelles et elle se repentit même d'avoir demandé une faveur au roi. Elle passait déjà pour une favorite auprès de trop de gens. La visite du mystérieux visiteur ce matin en était la preuve. Elle eut le sentiment de s'être avancée au bord d'un précipice.

Dès qu'on émergeait du commun, l'attention et sans doute l'envie, puis la malveillance s'en mêlaient. Elle avait été naïve et s'était prélassée dans les générosités d'Agnès Sorel, puis dans celles du roi, comme si elles lui étaient dues. Elle avait trop vite oublié que la baronne de Beauvois était toujours une pâtissière.

Le charivari après sa nuit de noces l'avait démontré : rien n'échappait à l'attention des gens, même un mariage privé. Plus on avait de domestiques et de courtisans, et plus la rumeur publique enflait.

Peut-être Agnès Sorel avait-elle été empoisonnée, en effet, à cause de l'animosité que sa trop grande faveur avait suscitée. Elle devrait conquérir sa sécurité dans l'oubli et se défier de l'éclat.

La comptine du charivari et l'expression ambiguë de Barthélemy lui revinrent, mélancoliquement, en mémoire :

Gerfaut du roi,
Tu as la griffe dans la pâte !
Gerfaut adroit
Tu es pris dans la hotte !

Elle songea à tous ceux qui avaient tenté de la capturer : Dom Lucas, les franciscaines, Matthieu, et ce matin même les ennemis du roi.

Un seul l'avait au contraire laissée libre : Isaac.

Un jour, elle devrait prendre son courage à deux mains et aller rue de la Juiverie. Ce projet commençait toutefois à ressembler à un vœu pieux. Mais aussi, elle craignait Isaac sans s'en expliquer la raison.

22

Cinq quatrains et deux malandrins

Chemin faisant, elle se souvint d'un avertissement de Sidonie : la boutique risquait de se trouver bientôt à court de fruits ; elle décida alors d'aller voir quelques marchands du côté de la porte des Jacobins, qui rapportaient des vergers de l'Orléanais des récoltes en paniers. On l'y connaissait déjà comme commerçante, car elle avait fait fixer sur la façade une enseigne en tôle découpée où ces simples mots *À l'Échaudé* étaient inscrits en lettres rouges sur un fond jaune pâle.

Elle passa sans encombre la place Maubert, paisible de jour, et atteignit la rue Saint-Benoît. Mais en coupant par la Sorbonne pour atteindre sa destination, elle entendit des clameurs. Elle n'y prit d'abord garde et se trouva soudain environnée de bandes d'écoliers qui clamaient avec colère les mêmes mots ; elle les comprit d'abord mal, puis les distingua enfin :

Ladre clerc !
Ta soupe est claire !
Pleine est ta coupe,
Claire est ta soupe !

Elle devina l'objet du mécontentement : Guillaumet le lui avait expliqué quand elle s'était étonnée de n'avoir comme clients que des collégiens et jamais des écoliers, pourtant friands de pâtisseries. Les écoliers qui se choisissaient un maître choisissaient également le logeur qui leur fournissait contre paiement gîte et couvert, en même temps qu'il payait les répétitions ; c'était ce qu'on appelait une « pédagogie ». Il ne leur restait alors plus guère d'argent. Mais le gîte était le plus souvent piteux et le couvert misérable, alors que, dans les collèges, les boursiers, eux, étaient payés et pouvaient se nourrir décemment. Les écoliers, lui avait rapporté Guillaumet, dormaient à dix dans des chambres pour quatre, sur des paillasses défraîchies et souvent vermineuses, et ils devaient se suffire deux fois par jour d'un brouet ; si leur mère n'y avait pourvu, un an d'études ne leur aurait laissé que la peau sur les os. De surcroît, maîtres et logeurs étaient de connivence pour tondre les garçons au plus près, et plus le maître était réputé, plus le logeur était rapace.

Elle comprit donc leur colère. Mais l'agitation alla enflant, car le quartier pullulait d'écoles, petites écoles de la Nation de France, de la Nation de Picardie, de la Nation d'Angleterre, désormais dite Nation d'Allemagne. Deux ou trois mille adolescents formaient un fleuve bramant qui emplissait les rues de sa colère, comme un fleuve en crue déborde dans les bas quartiers.

Ladre clerc !
Ta soupe est claire !

Elle eut grand mal à s'en dépêtrer pour atteindre les Jacobins.

Ce fut alors qu'elle ressentit un choc avant d'en comprendre la cause : à la porte d'un estaminet, de l'autre côté de la rue de Seine, un homme regardait le flot des protestataires.

François de Montcorbier !

Elle avait vu ses yeux avant de le reconnaître, et l'émotion avait devancé la conscience.

Et lui, l'avait-il vue ? Elle pressa le pas, alarmée à l'idée qu'il la suivît. S'il voyait l'enfant !

Elle n'osa se retourner pendant un long moment. Quand elle osa enfin le faire, il n'était pas là et, à sa surprise, elle en éprouva du dépit autant que du soulagement.

Elle retint un panier d'abricots et un autre de fraises, priant qu'on les lui livrât le lendemain. Au retour, elle emprunta un autre chemin et regagna la rue Galande pensive et troublée.

Mais que voulait-elle donc ? se demanda-t-elle. Et que ne voulait-elle pas ? L'amour ou le plaisir ? L'amour et le plaisir ? La solitude ou la compagnie ?

Les soins du jeune François détournèrent heureusement son esprit de ses questions pendant le plus clair de la soirée.

Deux jours plus tard, peu après avoir décroché les volets de la boutique, Sidonie monta toquer à sa chambre. Elle avait trouvé un billet glissé sous la porte avec la seule suscription : *Jeanne.*

Emplie de pressentiments, Jeanne feignit de jeter négligemment le billet sur la table en disant que ce devait être le rappel d'une messe à la mémoire de son mari qu'elle devait au père Martineau et qu'elle avait oublié de payer. Mais même le père Martineau n'eût pas rédigé une suscription aussi familière à une veuve.

La nourrice, dans la pièce voisine, mettait François sur le pot.

Elle déplia le billet et trouva des vers.

Été venant j'allai aux champs,
Soleil d'or ses feux jetants.
Cueillis bleuets et anémones,
Coquelicots en rouge gonne.

La nuit venue songe me vint,
J'étais alors épris de vin,
Que le bleuet cueillait mon âme
Pour la jeter dedans les flammes.

Et le coquelicot encor
Tisonner mon pauvre corps,
Enfin l'anémone embrasée
Me dévorer dans un baiser.

Raison venue, je vois ma faute
Et déraison. Si des champs j'ôte
Leurs douces fleurs et les meurtris
J'ôte des âmes au Paradis.

Dame des fleurs, je crie merci,
Cueillir ainsi n'est que souci.
Dame des fleurs, miséricorde !
Ne m'envoyez pas à la corde !

Elle en resta stupide. Regarda sa bague aux trois pierres.

À une fleur près, François reprenait le compliment de Barthélemy. Quelle correspondance y avait-il donc entre les hommes ?

Et il avait vraiment compris sa faute. Elle ne put décider si elle lui accordait la miséricorde implorée. Elle ne savait juger les hommes. Elle les avait considérés comme des prédateurs, mais n'avait jamais imaginé qu'un épervier revînt demander pardon à la hase.

Un poème : un objet miraculeux que sa légèreté même destinait à survoler les vicissitudes du monde, assassinats, poisons, intrigues, infidélités, fuites, chagrins et pendus démembrés par des charognards. Une aile. À la fois douce et violente. Ce poème-là apparut à Jeanne comme l'équivalent presque exact de la bague qu'elle portait encore au doigt. N'en était-il d'ailleurs pas la transcription ?

Elle le relut et songea à la rue des Anglais. Aux enchaînements étranges du destin : si elle n'avait été violentée par François, elle n'eût peut-être pas épousé Barthélemy.

Elle soupira.

En tout cas, il l'avait bien vue rue de Seine. Il savait qu'elle avait regagné la rue Galande. Il reviendrait sans doute. Mais elle ne savait toujours que penser. Ni à qui demander conseil. Certes pas au père Martineau.

François jouait sur le plancher, à côté d'elle. Elle le prit dans ses bras.

— C'est Denis qui serait bien content de te voir, lui dit-elle.

L'enfant sourit béatement et répéta en babillant le nom de son oncle. Elle le serra contre son cœur. Il joua avec les cheveux de sa mère. Les siens se étaient teintés de bronze pâle.

La neuvième heure sonna. La nourrice les observait tous deux, pleine du contentement que lui inspirait cette simple scène.

— Ce sera bientôt l'heure de sa bouillie, dit-elle.

En bas, la poulie du puits grinça. Guillaumet cassait du bois et Sidonie lavait par terre. La boutique ouvrait plus tôt désormais, car la clientèle n'était plus limitée aux collégiens des Cornouailles. La paix domestique et bourgeoise semblait régner ; sauf dans le cœur de Jeanne.

Si même François de Montcorbier revenait, elle ne pourrait le rencontrer que chastement ; elle n'était plus seule dans son logis. La nourrice et l'enfant allaient d'une pièce à l'autre comme si ce n'en était qu'une.

L'idée même l'agaça, et la conscience de l'agacement le redoubla.

Était-elle prisonnière de son veuvage et de sa nature de mère ?

Sur quoi son désarroi s'accrut quand un émissaire de l'échevin de Paris vint lui apporter un nouveau bail pour une maison royale rue de la Bûcherie. Elle s'y rendit avec lui pour la visiter et trouva une maison presque neuve, dotée d'une seule boutique au rez-de-chaussée et surmontée de trois étages de deux pièces chacun, avec caves voûtées et combles. En bref, c'étaient trois logis superposés. Jeanne se dit qu'elle pourrait en céder un à Sidonie, si celle-ci voulait prendre la boutique. Cette dernière était plus grande que rue Galande. Et Sidonie était en âge de se marier ; elle avait déjà son galant, le propre fils du fournisseur de méteil, que Guillaumet avait surnommé « le galant de la Galande ». Le bail, quarante-cinq livres par an, était si avantageux que Jeanne prit sa décision sur-le-champ ; elle et l'émissaire retournèrent rue Galande et elle signa sans hésitation : Jeanne de Beauvois.

Le lendemain matin, Guillaumet monta un autre billet glissé sous la porte. Jeanne crut d'abord que c'était encore un poème, mais la suscription la détrompa : *À Jeanne Parrish, dite Beauvois.* Ce n'était guère courtois. Le cachet était aveugle. Elle le brisa et lut ces mots :

Misérable catin, tu n'as pas su tenir ta langue.
Tu en pâtiras.

Elle blêmit. Elle voyait bien l'origine du message. Or, une seule personne avait assisté à son entretien avec le roi : Richemont. C'était donc ce dernier qui avait averti les comploteurs de la visite de Jeanne. Cette fois-ci, elle n'irait certes pas aux Tournelles ; au diable sa loyauté envers le roi, elle entendait sauver sa vie. Mais comment diantre pâtirait-elle de son indiscrétion ? Elle eut peur. Elle avait annoncé une visite à la faiseuse, mais n'osa pas sortir de chez elle. Toutefois, sur les sept heures, la rue lui paraissant déserte, elle s'enhardit à se rendre chez sa voisine de commerce, pour faire remplacer le troussoir cassé d'une robe.

Quand elle sortit de la boutique, tout se passa très vite et de façon d'abord incompréhensible.

Une cape noire lui tomba sur la tête et elle fut serrée dedans à étouffer. Elle cria et se débattit, mais en vain. On la soulevait par la taille. On l'enlevait !

Puis un homme poussa un glapissement, et la cape glissa de sur la tête de Jeanne, qui découvrit un spectacle incompréhensible : la faiseuse assenait de violents coups de balai sur la tête d'un inconnu grimaçant et à l'haleine empestée, qui lâcha prise, assommé.

Derrière elle, Guillaumet donnait de violents coups de perche dans les jambes d'un autre homme, celui qui avait jeté la cape sur Jeanne et qui, essayant de les esquiver, se livrait à des cabrioles sans grand plaisir. Sans doute un des coups de perche lui avait-il cassé une jambe, car il tomba.

Dès lors, un attroupement s'était formé, et les deux malandrins furent ligotés sans ménagement. Guillaumet courut quérir les archers à la Prévôté, rue de la Mortellerie.

Il n'était pas revenu, et Jeanne encore haletante, quasi hagarde de frayeur, lorsque deux lieutenants du roi vinrent la prier de les suivre à l'hôtel des Tournelles.

— Pour quoi faire ? demanda-t-elle.

— Sa Majesté vous mande en hâte.

Je suis perdue, se dit-elle, les comploteurs auront réussi à me compromettre !

Elle monta chercher son manteau, et le premier lieutenant la prit en croupe. Elle parvint aux Tournelles dans un état proche du désespoir. Les lieutenants la conduisirent à la salle du roi. Une douzaine de personnes attendaient là avec la mine sombre. Le connétable de Richemont paraissait fulminant, mais il lui fit un signe de tête.

— Venez, Jeanne, dit le monarque, ce qui ne la rassura qu'à moitié.

— Est-ce là l'homme qui est venu, il y a trois jours, vous engager dans un complot contre le roi ? demanda le connétable de Richemont, désignant un individu debout, les mains liées dans le dos, entre deux archers.

Elle dévisagea le personnage ; son visage tuméfié témoignait de mauvais traitements, mais il demeurait tout à fait reconnaissable ; bien que déchirée, sa mise, d'ailleurs, était la même.

— C'est bien lui, dit-elle.

L'homme cracha sur Jeanne. Un archer lui décocha un coup de poing dans le dos.

— Veuillez signer votre témoignage, madame, dit le connétable. Qu'on emporte cet homme au cachot. Il sera jugé demain. Je veux espérer que la sentence sera le gibet.

Le roi lança à Jeanne un de ses regards éternellement désolés.

— Allez, mon enfant. Mes lieutenants vous ramèneront chez vous. Mais qu'avez-vous ? Vous semblez encore plus défaite que l'autre jour ?

— Sire, juste à l'heure où vos lieutenants sont venus, deux hommes ont essayé de m'enlever ! s'écria-t-elle. Mais mon commis et les gens du quartier les ont maîtrisés.

— Où sont-ils ? demanda le connétable, hors de lui.

— Là-bas, je suppose, répondit-elle, ne comprenant plus rien à cette affaire. Mon commis est allé chercher les archers rue de la Mortellerie.

— Non, déclara le connétable, ils sont liés à cette affaire ! Je vais les faire ramener ici !

Il sortit donner des ordres que Jeanne entendit par la porte ouverte : quatre archers suivraient les lieutenants qui raccompagnaient chez elle la dame de Beauvois, aux fins de ramener deux brigands qui l'avaient attaquée.

— Sire, dit-elle, proche d'une crise de nerfs, m'expliquera-t-on ce qui se passe ?

Le roi soupira.

— En peu de mots, Jeanne, une femme avait cru pouvoir prendre la place que vous avez refusée. Votre visite de l'autre jour a alarmé Richemont. Il a fait fouiller l'appartement de cette dame. On y a trouvé du poison.

Le connétable était revenu dans la salle.

— De l'*acqua toffana* ! s'écria-t-il. Savez-vous ce que c'est, madame ? Un poison italien : c'est de la bave de cochon enragé que l'on pend par les pieds pendant trois jours et dont on recueille la salive.

Jeanne poussa un cri rauque, horrifiée.

— La victime meurt dans les convulsions les plus atroces de la rage.

— Le connétable a interrogé personnellement cette dame, reprit le roi, de sa voix lente et calme. Elle comptait m'administrer ce poison le lendemain de votre visite. Elle a révélé quelques noms, dont celui de cet homme que vous avez vu tout à l'heure. C'est alors, sans doute, qu'ils ont compris que le complot était éventé et qu'ils ont envoyé ces sbires pour vous punir et attaquer.

Elle écoutait, de plus en plus consternée. On l'aurait donc enlevée. Battue. Torturée. On l'aurait peut-être mise à mort.

— Nous avons arrêté ces gens. J'ai fait dépêcher cette dame dans un couvent, où elle se trouvera sous bonne garde. Les cinq hommes qui l'avaient convaincue d'abréger ma vie finiront au gibet dans le meilleur des cas. Mais nous n'aurons appréhendé que des exécutants. Êtes-vous éclairée ? Avez-vous compris l'importance de votre visite l'autre jour ?

— Mais les inspirateurs, sire ? Les inspirateurs ?

Il lui répondit d'abord par un regard encore plus désolé que de coutume. Puis il y joignit un sourire.

— Barthélemy ne vous l'avait-il pas dit ? Ce sont mes fils. Si je ne le savais déjà, cet homme que vous avez vu me l'a confirmé.

Elle frémit si violemment que le roi remarqua son trouble, s'il n'avait déjà noté ses yeux ronds d'horreur.

Elle se couvrit le visage de ses mains et sanglota.

— C'est trop affreux !

Le connétable, qui avait jusqu'alors semblé dominé par la colère, alla vers elle et lui posa la main sur l'épaule. Le geste était inattendu de la part d'un homme ordinairement rude et froid.

— Madame, tempérez votre émotion. Songez que vous avez sauvé la vie de votre roi.

Elle leva la tête, les yeux rouges, n'osant dire : et après lui, qu'adviendra-t-il de moi ?

— Permettez-moi de prendre congé, répondit-elle simplement.

Charles le Septième lui fit alors un honneur compté : il se leva et l'accompagna à la porte. Les gardes levèrent les sourcils.

— Que Dieu vous garde, dit-il.

Elle lui baisa la main.

Le lendemain, un lieutenant de l'échevinat vint déposer une lettre patente informant la Dame de Beauvois que le bail de la maison de la rue de la Bûcherie était annulé, Sa Majesté Charles le Septième lui concédant par l'acte présent l'entière possession de cette maison, pour elle et ses héritiers.

L'attaque manquée ne laissa pas d'alimenter les conversations dans le quartier pendant plusieurs jours. Les affaires en bénéficièrent.

Comment Guillaumet était-il donc intervenu ? Il le raconta avec la verve d'un gamin couronné des lauriers de l'héroïsme. Il était sorti accrocher les volets aux fenêtres quand il avait vu deux hommes sortir en hâte d'une venelle perpendiculaire à la maison et emboîter le pas à Jeanne. Il les avait suivis du regard et avait deviné leurs mauvaises intentions. N'ayant à sa disposition aucune arme qui lui permît d'attaquer deux hommes à distance, il s'était emparé de la perche à crochet qui servait à pendre les aulx et les bottes d'oignons à la solive. Instrument fort efficace pour casser des tibias, comme il était apparu.

Quant à la faiseuse, elle était sortie de sa boutique, balai en main, parce qu'elle avait oublié d'informer sa cliente qu'elle recevrait le lendemain un assortiment de nouveaux tissus. Voyant Jeanne encapuchonnée par deux malandrins, elle avait piqué le plus proche dans les reins avec une épingle à fixer les huves dans les cheveux. L'arme était inattendue, mais non moins douloureuse, quand on l'enfonçait vigoureusement dans le râble. L'homme avait lâché prise pour se tenir les reins. La faiseuse avait alors parachevé son offensive par des coups redoublés de manche de balai sur le crâne du malfrat.

Pendant que Jeanne était aux Tournelles, les archers de la Prévôté étaient venus prendre les malandrins, puis les archers du roi étaient intervenus pour les leur enlever à leur tour. Ils finiraient avec leurs complices place de Grève, au pilori des Halles, à la croix du Trahoir ou bien à l'un des nombreux bois de justice qui se dressaient dans Paris : à Notre-Dame, à Port Saint-Landry, à Saint-Germain-des-Prés, à la porte Baudoyer ou à Montfaucon. La Prévôté ne badinait pas avec le crime d'enlèvement de personnes. Mais leurs maîtres, les deux princes, Louis et Charles, ne risquaient certes pas de connaître le même sort.

Le souvenir du gibet de Saint-Germain-des-Prés la fit frissonner. Quand le père Martineau vint à son tour rendre visite à Jeanne pour s'enquérir de l'affaire, elle était à bout de nerfs.

— Je rentre en Normandie ! s'écria-t-elle. Paris est une ville d'intrigants et d'assassins !

Il ne parut pas s'émouvoir de l'invective.

— Vos parents, Jeanne, ont été assassinés en Normandie. Vous sauteriez de la poêle dans le feu. Quand votre sang se refroidira, vous n'y penserez plus.

Elle fondit en larmes.

— Mais alors, c'est un monde d'assassins !

Il ignorait les motifs de l'enlèvement ; elle les lui exposa, de façon désordonnée.

— Tout ici-bas a son prix, Jeanne. La beauté se paie parce que les laids veulent l'acheter et, s'ils ne le peuvent pas, s'efforcent de la détruire. La richesse et le succès suscitent des envieux ou des courtisans, les premiers étant peut-être préférables aux seconds parce qu'ils sont plus repérables. Vous payez votre séduction et le fait de vous être trouvée dans les milieux du pouvoir. Fréquenter la cour, c'est danser sur le feu. L'avantage de la modestie et de la discrétion n'est pas seulement moral, mais également pratique : passer inaperçu vous vaut moins de tracas que d'émerveiller le monde par votre chance.

— Faut-il que j'entre dans un couvent ? rétorqua-t-elle avec humeur.

Il sourit.

— Je ne vous en crois pas la vocation, Jeanne. Et vous avez un fils à élever.

Il la désarmait lentement.

— Mais alors ? Comment voulez-vous que je vive dans cette ville où chaque pas recèle une chausse-trappe ?

— Jeanne, l'être humain est partagé entre l'ange et la bête. Ne faites pas l'ange. N'est-ce pas vous qui m'avez raconté que, lors de votre voyage à la Beauté-sur-Marne, vous avez enfoncé votre couteau dans l'œil d'un malandrin ?

L'argument la prit de court.

— Je me défendais... argua-t-elle.

— Avec une belle sauvagerie !

Elle fut désarçonnée.

— Apprenez à maîtriser la sauvagerie en vous et à prendre garde à celle des autres. Apprenez aussi à résister à la tentation de vous lamenter. Vous ne ferez pas de votre fils un homme si vous lui laissez croire que sa nature est angélique.

Il laissa passer un moment et conclut :

— Vous avez rendu au roi un service immense. Vous avez agi comme sur un champ de bataille. Ne faites donc pas comme un soldat qui se plaindrait que la guerre est cruelle.

Sur quoi il partit.

Le vent agita un feuillet sur la table.

C'étaient les quatrains de François.

Et l'amour, était-ce aussi une guerre ?

Elle alla se recueillir, avant que la nuit fût noire, devant la tombe de Barthélemy.

Elle entendit des cris étouffés jaillir d'un des bosquets de thuyas qui longeaient le cimetière. Elle vit tressauter deux pieds écartés, à bonne distance du sol. La fréquence des cris, qui devinrent gémissements rythmés, la renseigna sur leur nature. La fille devait être installée sur une branche basse. C'était un rappel importun pour une veuve de dix-huit ans.

Puis la fille poussa un long cri.

Jeanne abrégea ses dévotions et rentra chez elle, de méchante humeur.

23

Le roi et les ribaudes

Un événement de juillet 1453 défraya la chronique et les conversations parisiennes et troubla Jeanne plus qu'elle n'eût su dire. Le héros malheureux n'était pourtant pas de ses connaissances, et elle ne l'avait même jamais vu : c'était Jacques Cœur.

Sur rescrit royal, en effet, le plus riche banquier du monde fut arrêté et jeté au cachot. Ce fils d'un tanneur de Bourges était l'ami du pape Nicolas V, avait richement contribué à l'abdication de l'antipape Félix V. Toutes les grandes villes d'Europe achetaient et vendaient ses marchandises. Il était maître du commerce avec le Levant. Il avait obtenu par le commerce ce que les Croisades n'avaient pu conquérir par les armes : la protection des Lieux saints. Il était représenté par des agents dans tout le monde connu, et une lettre de change de Jacques Cœur valait son pesant d'or par temps de paix ou de guerre. C'était lui qui avait prêté à Charles le Septième l'argent nécessaire pour lever des troupes et reconquérir la Normandie. Et c'était encore le roi qui lui avait donné les mines d'argent du Lyonnais et du Beaujolais, grâce auxquelles il frappait monnaie pour son commerce d'outre-mer. Enfin, Jacques Cœur était archevêque de Bourges.

Or, non seulement le roi le mettait au cachot, mais encore il le condamnait à une amende mirifique et saisissait tous ses biens, aussi bien les quarante manoirs que le palais de Bourges.

Le père Martineau, qui avait appris cette nouvelle à Jeanne et lui avait dit l'importance de l'homme en cause, en était profondément consterné. C'est qu'en vérité, aucun supérieur d'ordre religieux qui eût sollicité le banquier, le prince de l'Église ou le diplomate n'était reparti de chez lui les mains vides.

Elle lui servit le verre de vin et la tranche de pâté qui composaient sa collation ordinaire lorsqu'il venait la voir.

— J'ai entendu dire, avança Jeanne prudemment, qu'il aurait participé à l'empoisonnement d'Agnès Sorel.

Le père Martineau s'indigna.

— Ne répétez donc pas les commérages des envieux ! La sottise de ce soupçon suffit à disqualifier ceux qui le colportent !

— Mais alors ?

— Il ne peut y avoir qu'une raison à la vindicte royale, s'il s'agit bien de cela, c'est que Jacques Cœur ait prêté de l'argent aux fils du roi.

Elle se garda bien de rapporter au moine les propos qu'elle avait tenus devant le roi et que Barthélemy lui-même lui avait reprochés. Dans sa ferveur naïve, elle avait eu des paroles légères au souper de la Beauté-sur-Marne ; elle avait attaqué Jacques Cœur sans savoir le ressentiment que le roi lui portait déjà.

— Mais je crois Cœur trop avisé pour cela, ajouta le père Martineau.

Elle se demanda soudain pourquoi le moine était donc venu lui parler de cela, sous couleur de s'informer de sa santé.

Il se tourna vers elle :

— Avez-vous rendu au roi quelque service important ?

Elle se troubla.

— Non, sauf de l'avoir prévenu du complot contre lui, ce pour quoi les comploteurs ont voulu me punir. Pourquoi me demandez-vous cela ?

Il la considéra, pensif, retournant visiblement une question dans sa bouche. Enfin, il la formula :

— Êtes-vous bien sûre que votre enfant ne soit pas du roi ?

— Vous m'avez déjà posé la question. Je vous redis : non.

— Mais lui-même, n'a-t-il pas des raisons de penser que ce pourrait être son fils ?

— Non, répondit-elle, de plus en plus troublée. Mais encore une fois, pourquoi me demandez-vous tout cela ?

— Vous avez reçu beaucoup de faveurs du roi, répondit-il. De grandes faveurs : d'abord le bail d'une boutique et d'un logis, et maintenant une maison de trois étages avec boutique tout entière. Cela doit être à l'heure présente de notoriété publique. Tenez-vous désormais à distance de la cour. Vous vouliez l'autre jour vous retirer en Normandie. Je crois qu'il suffira que vous évitiez l'hôtel des Tournelles.

— Expliquez-moi, demanda-t-elle, surprise.

— Le roi est agité de luxure, déclara le moine en regardant Jeanne. C'est miracle que vous en soyez réchappée indemne. Qu'eussiez-vous fait s'il s'était montré pressant ? Il était le protecteur de votre époux, il est maintenant votre bienfaiteur. Vous ne pouviez que céder. Maîtresse du monarque, vous deveniez alors la personne la plus vulnérable aux assauts de ses ennemis.

Un silence suivit. Elle songea que la bienveillance royale lui avait aussi paru bien affectueuse.

— Mon sentiment, reprit le père Martineau, certain de l'effet de son avertissement, est que le roi va désormais durcir son emprise sur le pays. Il est maintenant maître de toute la France, à l'exception de la Bourgogne et de Calais. Mais ses ennemis conservent encore des partisans dans Paris même, en dépit des lettres de rémission qu'il leur a accordées à son retour dans la capitale. Il sait que le duc de Bourgogne, Philippe le Bon, ne rêve que de reconstituer une ligue contre lui. Pour affermir ses assises, il voudra donc tout contrôler. Il sait l'alliance qui existe entre son propre fils et son pire ennemi, Philippe.

Elle se dit que ces religieux étaient décidément au courant de tout. Circulant partout, chez les puissants comme chez les pauvres, se communiquant les informations d'individu en individu et d'ordre en ordre, ils en savaient autant que les grands commis royaux. Elle se félicita d'avoir sa sympathie.

— Il vient d'asservir l'autorité financière, poursuivit le moine, car Jacques Cœur représentait à lui seul un pouvoir égal au sien. Il s'en prendra bientôt aux autres pouvoirs qui gênent sa puissance. L'Église. L'Université. Cela ne vous concerne pas, bien sûr. Mais cela attisera les inimitiés existantes et en créera de nouvelles. Je vous le répète : toute personne qui se trouvera dans le cercle de la puissance royale sera immanquablement exposée à ces haines. Je vous ai vue à l'épreuve : vous êtes trop sensible. Je vivrais dans la crainte si je vous savais de nouveau attirée par les lumières royales, comme les phalènes par la lueur des chandelles.

Ce constat ne pouvait que renforcer sa répugnance toute neuve pour le monde des puissants. J'ai été bien naïve ! se dit-elle.

— La révision du procès de Jeanne d'Arc est une autre façon d'asseoir sa conquête de la France, ajouta-t-il. Et de faire enrager ses ennemis par le soutien du pape.

Il la dévisagea un moment ; peut-être était-ce la tête blonde de Jeanne qui l'inspira, car il déclara :

— Il faudra, à la fin du deuil, songer à vous remarier, Jeanne. Le veuvage prolongé ne sied pas à la jeunesse. Et vous avez besoin d'un protecteur.

Sur quoi il prit congé et partit.

Quand elle fit les marchés parisiens, le lendemain, elle constata les effets du choc causé par l'arrestation de Jacques Cœur. La morosité et la fièvre se ressentaient partout. Plusieurs des grands changeurs étaient absents, ce qui enfla la clientèle des petits. Certains gros marchands aussi, sans doute décontenancés par la mise au cachot de leur créditeur. Et ceux qui étaient présents tiraient des mines longues d'une aune.

Puis un incident absurde acheva de la décontenancer. Des cris et piailleries à trois pas interrompirent son entretien avec un fournisseur de vin.

C'étaient deux ribaudes qui se disputaient avec un bourgeois. Elle avait manqué le début de la querelle, mais il semblait que l'homme les eût tancées parce qu'elles exerçaient leur métier en plein jour.

— Voyez-vous ça ! cria l'une des filles, une grande péronnelle en cheveux, à peine d'âge. Messire voudrait nous interdire de vendre notre marchandise !

— C'est qu'il n'aurait point la bourse ! ricana l'autre, une boulotte au visage qu'elle devait rarement déplâtrer.

— Votre marchandise est du hareng avarié ! rétorqua l'homme, rouge de colère.

— C'est que tu ne te penches pas souvent sur ton entrejambe, compère ! riposta la première. Tu en verrais, du hareng avarié !

Elles éclatèrent d'un rire gras. Un petit attroupement s'était formé et se divertissait aux frais des trois querelleurs.

— Je m'en vais de ce pas appeler les archers ! cria l'homme.

— Faute de flèches, il appelle les archers ! dit la première péronnelle en riant. Est-ce que tu appelles aussi les archers quand ton arc débande devant ta femme, compère ?

La foule se tordit de rire.

— Mais dis donc, reprit la boulotte de sa voix aiguë, c'est pas toi que j'ai vu l'autre soir, rue du Fouarre avec une demoiselle ? Ou bien c'était une nonne que tu avais emmenée tâter du vin nouveau ?

L'attroupement grossissait et continuait de s'esbaudir. Chacun savait que la rue du Fouarre était un des repaires favoris des ribaudes. Le visage de l'homme avait revêtu une couleur apoplectique.

— Hé, ma vieille, c'est que je vois pas bien clair, quand j'y pense, c'était un damoiseau ! C'est-y pas le quartier des écoliers ?

Et les rires repartirent de plus belle. Le bourgeois exaspéré s'en alla sous les quolibets, et Jeanne put reprendre son entretien.

Sur le chemin du retour, elle se dit qu'il y avait certains pouvoirs contre lesquels il valait mieux ne pas se frotter.

Le roi et les ribaudes, entre autres.

24

L'aventure du Pet-au-Diable

Le Pet-au-Diable a disparu, annonça un matin Guillaumet, hilare.

C'était peu de jours avant que Jeanne déménageât rue de la Bûcherie. Elle avait alors fait son deuil de François. Les vingt vers du poème floral, en effet, lui avaient labouré le cœur d'espoir. Mais François n'était pas reparu. Dieu savait quel garçon ou quelle fille occupaient son esprit. Le poème devint comme un bouquet desséché.

Sidonie observa que l'objet en question, le Pet-au-Diable, était bien lourd pour une poche et Guillaumet s'esclaffa de façon canaille.

Quand elle faisait ses achats sur les quais, Jeanne était plus d'une fois passée devant le fameux objet. Il se dressait rue du Martroi Saint-Jean, sur la rive droite, entre la place de Grève et Saint-Gervais, derrière l'Hôtel de Ville. Pour tout dire, c'était une borne qui ne bornait rien, mais qui annonçait plutôt de mauvaises manières ; il semblait attirer surtout des ribaudes, des coquillards et de jeunes tire-goussets, qui y lanternaient dans l'espoir d'une aubaine. Il ressemblait singulièrement à un braquemart. Ou à un étron. Au choix. L'imagination populaire avait préféré ce dernier, d'où le nom malsonnant.

Nul, incidemment, ne se soucia de savoir l'origine ni le symbole de ce menhir en réduction. Peut-être l'eût-on alors traité avec plus de révérence. Il eût, par exemple, pu marquer une frontière entre des mondes invisibles, qu'il eût mieux valu ne pas transgresser, comme l'avenir le prouva abondamment. Peut-être était-ce une de ces bornes qui, aux temps lointains où les Parisii occupaient les lieux, signalaient aux adolescents leur entrée dans le domaine de Déméter, l'une des figures de la déesse-mère, et leur passage à l'âge adulte. Que les jeunes gens et les hors-la-loi, ces éternels éclaireurs des sociétés, se regroupassent autour, cela eût au moins dû inspirer de la curiosité.

Mais le christianisme n'encourageait pas à s'intéresser à de vieilles pierres, dont la plupart étaient probablement des vestiges du paganisme d'antan ; elles étaient certainement habitées de mauvais esprits, surtout quand elles revêtaient des formes aussi suspectes. Trop heureux que les premiers moines qui avaient apporté l'Évangile à Lutèce n'eussent pas fracassé le Pet-au-Diable à coups de maillet. Le nom même dont ils l'avaient affublé disait assez leur aversion de la chose : les dieux d'hier deviennent communément les diables du jour.

Venu consommer un échaudé et un verre de vin, dont Jeanne le régalait à ses visites, le père Martineau déclara d'ailleurs que cette pierre païenne devrait être réduite en poussière, et cela sans hésitation ni regret.

Ainsi malmené, le Pet-au-Diable devait se venger. Ce fut ce qui advint.

Mais une question s'imposa au préalable : qui donc pouvait avoir volé ce bloc sans beauté ?

Les collégiens et les professeurs des Cornouailles qui venaient acheter leur échaudé et leur verre de vin ne parlaient que de cela. De son étage, Jeanne les entendit par les fenêtres, ouvertes en raison de la chaleur. Ils s'interrogeaient grivoisement sur l'usage que les voleurs avaient pu faire de la borne et s'esclaffaient. Elle riait malgré elle de leur imagination salace. Dans leur esprit, c'était une farce d'écoliers ou de clercs sinon des deux.

Cinq jours plus tard, il sembla que le Pet-au-Diable fût devenu l'objet le plus célèbre de la capitale, car les conversations tournèrent presque exclusivement autour de ce pivot inattendu. Même les bourgeois, d'ordinaire dédaigneux des sujets qui agitaient la populace, s'y mirent. Il sembla que tout le monde se refilât les mêmes plaisanteries, qui de salaces, finirent par devenir lassantes. Bon, le Pet-au-Diable avait disparu, au diable.

Puis le fournisseur de beurre annonça qu'on avait retrouvé la pierre dans la petite rue du Mont-Saint-Hilaire, proche de la rue Saint-Jacques et presque en face de Saint-Benoît-le-Bétourné, rue de la Sorbonne. Le choix du lieu était à la fois surprenant et révélateur, parce que le parcours de ce Pet-là le ramenait donc près de l'Université, centre du savoir français.

Les clercs s'en gaussèrent, et ce qui les amusait divertissait tout Paris. L'on raconta mille folies ; par exemple, que la borne était ensorcelée et qu'elle avait traversé la Seine toute seule, portée par des sorcières en rut. Le transfert du Pet-au-Diable annonçait un sabbat rue du Mont-Saint-Hilaire.

Quelques jours plus tard, l'affaire se corsa. La Dame Isabelle de Bruyères porta plainte. Fille d'une plaideuse effrénée, avocate de son métier, elle argua que son hôtel, devant lequel la borne se dressait de temps immémorial, avait beaucoup perdu de son caractère et de son prestige. De fait l'hôtel de Bruyères avait fini par être nommé l'hôtel du Pet-au-Diable.

Sans doute la Cour se divertissait-elle, elle aussi, de cette affaire, ou bien n'avait-elle rien de mieux à traiter, car elle reçut la plainte et ouvrit une enquête. Et pour commencer, le lieutenant-criminel Jean Bezon fit transporter le Pet-au-Diable dans la cour du Palais de Justice, quai de l'Horloge. Jeanne, comme tous les Parisiens, se tordit de rire. L'affaire prenait la tournure d'une de ces farces qu'on représentait sur des tréteaux au temps du Carême.

On en était là quand apparut devant l'hôtel de Bruyères une borne toute neuve. Désespérant de revoir son cher Pet-au-Diable, la veuve Bruyères en avait fait tailler et installer un autre. Fait piquant, la dame était célèbre à Paris pour son engagement auprès des ribaudes qu'elle tentait de convaincre de renoncer à leur activité peccamineuse et encourageait à chercher leur salut dans l'établissement de repentir qu'elle avait fondé.

Le lien entre les bornes et les filles de joie n'échappa qu'à elle. Même Guillaumet, peu porté d'ordinaire aux gauloiseries, goguenarda, et Sidonie s'en esclaffa avec les clients. La forme de la nouvelle borne était, disait-on, plus expressive que la précédente, mais Jeanne n'y alla pas voir. Toujours fut-il que le postiche fut bientôt affublé du sobriquet de « la Vesse », nom du pet silencieux.

Dès l'ouverture de l'*Échaudé*, les gens s'échangeaient des informations sur les nouveaux développements de l'affaire. Il ne manquerait pas d'y en avoir puisque la justice s'en mêlait. Et avec lourdeur. Indifférents au ridicule, les lieutenants du roi allèrent jusqu'à interroger des professeurs et des clercs de la Sorbonne.

Et c'est alors que la situation s'aggrava, et que les rires cessèrent. On vit bien que l'objet du litige s'était déplacé. Le recteur de l'université s'indigna de ce que les sergents du roi avaient osé bafouer, en pénétrant dans son enceinte, le privilège d'autonomie de l'institution ecclésiastique. Cela ne s'était jamais vu. Prétendait-on, sous un prétexte aussi ridicule, asservir l'Université au pouvoir royal ?

Les collégiens des Cornouailles et des autres établissements scolaires manifestèrent à l'instar du recteur leur mécontentement. Jeanne, qui parfois descendait à la boutique pour mettre la main à la pâte, écoutait ce qui se disait à ce propos : non seulement les professeurs et les clercs commençaient à perdre patience, mais également les collégiens et les écoliers. C'était beaucoup de monde. Elle s'inquiéta. L'affaire tournait au conflit ouvert entre le roi et l'Université. Jeanne se souvint alors des paroles du père Martineau : le roi durcissait son emprise sur le pays et l'Université, pour commencer. Mais elle était fermement résolue à ne pas s'en mêler. Elle avait assez vu ce qu'il en coûtait d'approcher la cour.

François de Montcorbier lui avait dit qu'il était clerc ; elle se demanda s'il n'était pas mêlé à toute cette histoire à la fois grotesque et politique.

Un matin, elle fut éveillée par des coups frappés aux volets de la boutique, encore fermée ; la nourrice s'alarma, et Jeanne descendit. C'étaient des clients apparemment éméchés qui demandaient à manger et à boire, et ils étaient nombreux. Ils virent une jolie fille et devinrent galants. Elle leur jeta un coup d'œil : tous des clercs. Mais François n'était pas du nombre.

— Laissez-moi le temps de faire de la pâte et d'allumer le feu, dit-elle, accommodante.

Elle s'ennuyait et, même s'ils la tiraient de sa paillasse, ces garçons suscitaient sa sympathie.

Le feu allumé, elle leur servit, en attendant, les échaudés de la veille, qu'elle fit réchauffer. Ils les trouvèrent excellents et résolurent d'attendre la pâte fraîche. Ils avaient manifestement faim, et il n'y avait pas d'autre boutique ouverte, les tavernes ayant mis leur monde à la porte depuis plusieurs heures. Sur ces entrefaites arrivèrent Guillaumet et Sidonie, qui prirent le relais.

— D'où venez-vous ? demanda-t-elle à ceux qu'elle prenait pour des fêtards attardés.

— De la rue du Mont-Saint-Hilaire, déclara un des clercs.

Ils riaient rien qu'à le dire, et elle s'en amusa. Sa curiosité était piquée.

— Qu'y faisiez-vous ?

— Ha !

Ils se tapèrent sur les cuisses.

— Nous avons marié la Vesse au Pet-au-Diable !

Elle éclata de rire. Ils redoublèrent d'hilarité. C'était comme si Jeanne appartenait à leur bande. Peste, elle avait leur âge, elle était contente de rire un peu. De veuvage en complot royal, elle n'avait pas eu la vie commode ces derniers mois !

Ils expliquèrent qu'avec la complicité des écoliers ils étaient allés dérober le Pet-au-Diable dans la cour du Palais de Justice !

Elle s'exclama, émerveillée.

Mis en confiance, ils narrèrent leur exploit par le détail. Ils s'étaient servis de chevrons de charpente en guise de leviers, avaient soulevé la herse du Palais et, menaçant le portier de mort s'il élevait la voix, avaient dérobé le Pet puis couru chercher la Vesse devant l'hôtel de Bruyère avant de réunir les deux bornes rue du Mont-Saint-Hilaire. Ils les avaient cerclées de fer et attachées à des chaînes scellées au mur. Et, pour finir, nos potaches avaient déclaré unis par les liens sacrés du mariage le Pet-au-Diable et la jeune Vesse.

Jeanne, Guillaumet et Sidonie étaient si secoués de rire qu'ils avaient de la peine à faire correctement leurs tâches.

Quand les bonnes gens s'éveillèrent pour vaquer à leurs occupations, le petit attroupement devant l'*Échaudé* n'était qu'éclats de rire. Des bourgeois et des commerçants s'y joignirent. Les clercs facétieux faisaient un pied de nez au pouvoir, et l'on n'était que trop content de faire savoir aux nouveaux seigneurs de la royauté qu'on n'était pas des serfs !

Ah, non, non ! se redit Jeanne. Elle n'irait certes pas alerter l'hôtel des Tournelles des périls que cette agitation bon enfant pouvait représenter.

Charmé par l'accueil de Jeanne, un jeune clerc sommé d'une tignasse roussâtre et au nez en trompette l'invita à se rendre le soir même rue du Mont-Saint-Hilaire, où l'on boirait aux noces des deux bornes et où l'on danserait.

Danser !

Elle accepta d'emblée. Quand ils arrivèrent, la foule était dense, qui célébrait cette union de farce. Les gens se congratulaient dans une fraternité nouvelle, et les inconnus se parlaient comme s'ils se connaissaient de toujours. Nul ne savait où l'on avait trouvé tant de verres, mais enfin, on en avait trouvé, et tous faisaient honneur aux barriques de vin amenées là pour la circonstance.

Le jeune clerc s'appelait Thierry Lepoulain : il conduisit Jeanne jusque devant les deux bornes couronnées de fleurs.

Il sembla à Jeanne qu'elle sortait d'une longue nuit.

Elle voulait oublier, elle voulait se griser, elle voulait recouvrer sa jeunesse.

Thierry se fit pressant. Il lui caressait les seins. Sa fraîcheur rieuse ne déplaisait pas à Jeanne. Mais elle ne pouvait l'emmener chez elle. Elle l'entraîna donc vers la venelle à l'angle du collège des Lombards. Si l'atelier, son ancien logis, était encore vide…

Il l'était. Il restait même de la paille qu'elle y avait laissée.

Son plaisir fut un peu voilé par le vin. Mais enfin, le deuil était levé. Au moins pour un soir. Loin de la sagesse, des responsabilités, du pouvoir, du roi et des prêtres.

— Ne m'aime pas, lui souffla-t-elle, aime mon corps.

— Je comprends, murmura-t-il dans un claquement de langue complice.

Il sembla qu'il eût, en effet, compris. Il restait des garçons intelligents après Matthieu, François et même Barthélemy.

Des baisers, des baisers ! Et quel plaisir de se faire pétrir à son tour !

Je suis une échaudée, se dit-elle.

Elle rentra à l'aube, grise et repue.

Mais la nourrice ne l'entendit pas : elle ronflait comme un sonneur.

L'affaire du Pet-au-Diable ne devait pas en rester là. Si les deux bornes, désormais conjuguées par les liens sacrés de l'impertinence parisienne, étaient presque devenues des lieux de pèlerinage, le pouvoir royal enrageait.

À toute heure, rue Galande comme dans tout le quartier, on voyait des gens coiffés de chapeaux de fleurs, signifiant qu'ils étaient contents hors jours fériés – licence qui ne manquait pas d'audace. Et de quoi pouvaient-ils donc se réjouir, diantre, si ce n'était de l'affaire du Pet-au-Diable ?

Jeanne retourna là-haut avec Thierry. Elle était aussi satisfaite de voir ces deux bornes phalliques en permanence coiffées de fleurs fraîches qu'elle l'était d'aller se vautrer dans la paille de la venelle avec ce garçon qui ne demandait pas de lendemain.

Elle l'emmena dans une taverne. Ils soupèrent de jambon et de vin.

— Mais tu es Jeanne de Beauvois, non, la Pâtissière du Roi ? demanda-t-il.

— Je suis Jeanne de Beauvois, oui, la Pâtissière du Roi, rétorqua-t-elle, mais tu as eu ce que le roi n'a jamais eu.

Il rit. Elle s'enchanta de ses dents blanches et de son insolence.

— Mais qu'est-ce que j'ai de plus que le roi ? demanda-t-il.

— Tu n'es pas le roi, c'est une incomparable supériorité !

— Tu es une voyelle, dit-il, ravi.

Elle se remémora ses leçons d'orthographe.

— Pourquoi ?

— Voyelle est le féminin de voyou. Tu n'aimes pas le pouvoir.

— Non.

— Pourquoi ?

— Le pouvoir, c'est le commerce.

— Tu es commerçante, pourtant.

— Thierry, je veux bien te vendre de la pâte, mais pas mon corps et encore moins mon âme.

Il éclata de rire. Ils s'embrassèrent par-dessus la table, pour la plus grande joie de leurs compagnons de table.

— Vivent les promis !

Elle était plus heureuse avec Thierry qu'elle l'avait jamais été.

On apprit le lendemain, rue Galande qu'un magistrat était venu voir les deux bornes rue du Mont-Saint-Hilaire. On le reconnut. On le séquestra. On lui fit jurer publiquement qu'il respecterait éternellement le couple sacro-saint du Pet-au-Diable et de la Vesse. Il eut, une fois relâché, le tort de s'en lamenter, mais la blague s'était déjà répandue dans tout Paris : Maître Gaubert de la Ferrandière avait juré obéissance et soumission au couple du Pet-au-Diable et de la Vesse.

Les Parisiens hurlèrent de rire. Même les rois de Judée sur la façade de Notre-Dame se gondolèrent. Il n'est pas jusqu'au balancement des pendus qui pourrissaient au bout de leurs cordes sur les bois affreux du Grand Châtelet, qui ne semblât narguer le ciel, l'archevêque et le roi. Le croassement des corbeaux ressemblait à des ricanements. Et Jeanne riait. De quoi au juste ? Elle l'ignorait, mais elle vivait ces débordements comme une revanche. Paris faisait un pied de nez, non pas tant à Charles le Septième qu'à l'autorité que le Ciel était censé lui avoir concédée. Pour tout dire, la royauté se faisait torcher.

Depuis quelques jours, les archers et les lieutenants étaient accueillis par des gracieusetés inattendues quand ils venaient quérir les commerçants indélicats pour les mettre au pilori. Jadis, on jetait des trognons à ces malhonnêtes, mais là, les propres victimes de leurs poids rognés allaient les nourrir de blanc de poulet et de salade. « Ça va, Thomassin ? Tu nous as grugés, mais on ne t'en veut pas. Tiens, mange. Pour pisser, ce n'est pas trop dur ? » Et merde, ils avaient enfreint le système des poids et mesures de Sa

Majesté. Et alors ? Thomassin le boulanger marron n'y comprenait plus rien. Tête et pieds dans le carcan, il tournait éberlué sur la plate-forme du pilori.

Cela ne pouvait durer. On était entré dans l'hiver et l'on allait gagner le printemps avec une ville qui faisait les cornes à l'auguste roi Charles. Pas question d'arriver à Noël dans cet état de narquoiserie. Les plus prompts à réagir à cette provocation qui embrasait Paris furent les plus menacés. Le prévôt Robert d'Estouteville s'impatienta. Que diable, on n'avait pas bouté les Anglais dehors pour en arriver à cette chienlit. Le 6 décembre 1453, il envoya la troupe investir la montagne Sainte-Geneviève.

La gazette des langues bourdonna : Jeanne put suivre chaque jour et d'heure en heure les rebondissements de l'affaire. Le soir, Thierry Lepoulain lui complétait ses informations.

Elle avait alors déménagé rue de la Bûcherie, prenant avec elle Guillaumet pour qu'il l'aidât à la nouvelle boutique, cependant que Sidonie, secondée par un commis, s'occupait de l'ancienne. Mais elle ne voulait pas faire entrer son amant chez elle, afin d'éviter les jaseries. Après tout, Barthélemy était mort depuis moins d'un an, et le deuil d'un mari se portait une année.

Estouteville avait lancé un grave défi au monde de l'enseignement : depuis l'Assemblée de Bourges, en effet, tenue seize ans plus tôt, et où le clergé français réuni avait imposé ses conditions au roi, il était convenu que le pouvoir de celui-ci s'arrêtait aux portes des établissements dépendants de l'Université, laquelle était liée à l'Église. Ainsi provoqués, les écoliers de la Montagne élirent une place forte, assez grande pour les accueillir et permettre le ravitaillement ; c'était la taverne *Au Saint Étienne*, qui appartenait à maître

Henri Bresquier. Estouteville installa son quartier général à un jet de pierre, chez l'avocat Vaudetar. Le lieutenant-criminel Jean Bezon fit desceller le Pet-au-Diable et la Vesse pour les transporter derechef au Palais de Justice.

La charrette partie, Estouteville donna l'assaut. La troupe enfonça les portes du *Saint Étienne*. Elle rossa les écoliers qu'elle arrêta pour les emmener au Grand Châtelet. Fini de rire. Cela faisait belle lurette que les forces d'ordre en avaient assez des privilèges et franchises universitaires. Estouteville fit fouiller le *Saint Étienne*. Outre des enseignes de commerce, que la fleur de la jeunesse de France avait pris l'habitude de décrocher quand elle était de belle humeur, on trouva des dagues, d'archaïques demi-lances à massue et pis que tout, une couleuvrine[1].

Une couleuvrine ! Mais ces garnements envisageaient donc de faire la guerre au roi !

En réalité, l'engin de guerre était hors d'usage et avait surtout servi dans les mystères qu'on jouait à Pâques et à Noël et dans lesquels on représentait la prise de Jérusalem par les Romains. Or, il était stipulé dans les accords passés entre pouvoirs universitaire et laïc que les écoliers avaient interdiction de porter ou de détenir des armes de toute nature, fût-ce un simple bâton.

Estouteville fit procéder à la fouille de tous les établissements où les écoliers les plus turbulents avaient leurs habitudes, notamment *L'Image de Saint Nicolas* et l'hôtel de Coquerel. Indifférents aux injures en latin qui fusaient, *ducianus culi* et autres *vitus vitiosus*, les lieutenants de la Prévôté saisirent d'autres dagues, des gourdins et des mèches. Ils

1. Petit canon effilé et long.

chapardèrent à l'occasion, dérobant les houppelandes fourrées des professeurs, de la vaisselle d'étain et même, ô prodige, des livres de grammaire, textes séditieux comme on sait.

Ils ne s'arrêtèrent pas aux rez-de-chaussée : ils descendirent dans les caves et vidèrent les tonnes de vin nouveau frais rentré.

Leur vigilance n'était certes pas de celles qu'on peut prendre en défaut : ils appréhendèrent une femme qu'ils disaient avoir surprise « en armes ». À l'heure où ils firent irruption dans sa cuisine, la malheureuse hachait des légumes, activité notoirement subversive…

Ces exactions durèrent tout l'hiver. Les rires s'étaient éteints dans la froidure, la peur et la colère. L'affaire avait commencé comme une farce, elle tournait maintenant à la guerre. Elle fortifia en Jeanne la résolution prise en quittant pour la dernière fois l'hôtel des Tournelles : ne plus rien avoir à faire avec les princes. La machinerie du pouvoir était une méchanterie hérissée de lames, de pointes empoisonnées et de crochets acérés.

C'était compter sans les desseins du destin.

L'approche de Pâques interrompit cet affrontement des privilèges.

Les prêtres en chaire, les mystères qu'on célébra sur tant de parvis, à commencer par celui de Notre-Dame, et les processions de pénitents rappelèrent aux uns et aux autres, ainsi qu'à ceux qui n'avaient cure des privilèges des toques noires et des ambitions royales, la Passion d'un Juif qui avait vécu quinze siècles auparavant et qui avait dû, lui aussi, en découdre avec le pouvoir. Mais ces monitions n'atténuèrent pas les rancœurs ; elles leur offrirent plutôt le temps de macérer, de recuire et de s'aigrir.

Le Carême commença.

Lundi, une procession de frères du Carmel, venus on ne savait d'où, descendit la rue Galande, pieds nus, se dirigeant vers Notre-Dame, qui était le centre absolu des dévotions. Le bourdonnement grave de leurs prières emplit la rue. Le froid était piquant, mais la neige leur épargna de mettre les orteils dans les immondices. Une cohorte de bourgeois et bourgeoises, pour la plupart chaussés, leur emboîtait le pas.

Certains d'entre eux devaient venir de loin, car ils s'arrêtèrent à la boutique et commandèrent en hâte à Sidonie un échaudé et un verre de vin chaud pour se restaurer avant de poursuivre leur chemin.

Une autre procession, de Bernardins cette fois, descendit de Sainte-Avoie pour se diriger vers la place de Grève, puis vers Saint-Eustache.

Une troisième, de Franciscains, arriva de la porte Montmartre.

Une quatrième, de frères Cordonniers, de la porte Saint-Antoine.

Les Augustins, les Jacobins, les Mathurins ne furent pas de reste.

Pareillement, les nonnes ne pouvaient manquer de manifester leur existence, filles de la communauté de Sainte-Aure, franciscaines, carmélites et autres, défilèrent également, suivies de femmes pieuses.

Ce fut donc un jour chômé pour les ribaudes : on défilait partout dans la ville.

Les coquillards s'y mirent aussi : c'était leur seule occasion de recouvrer quelque respectabilité. Quoiqu'ils se prétendissent pèlerins de Saint-Jacques de Compostelle, comme leur bâton le donnait à croire, c'étaient en vérité des vagabonds, faux-monnayeurs, mendiants, crocheteurs et autres fils de famille dévoyés. Ils portaient certes la tonsure, mais personne n'ignorait que c'était pour échapper à la justice laïque : quand ils se faisaient arrêter par les sergents à pied, dits sergents à verge, le pouvoir ecclésiastique s'empressait de les réclamer, non tant par chrétienne charité, mais pour faire respecter en toute indépendance son droit de justice. C'est qu'il y avait en effet deux justices, celle du roi et celle des évêques ; et cette dernière était sensiblement plus clémente que celle-là, même si, dans les cas de crimes graves, évêques et chanoines envoyaient de même les coupables au gibet. Le pays comptait donc des gibets ecclésiastiques aussi bien que des gibets laïcs.

Jeanne connaissait les coquillards de réputation. Et d'apparence : grand chapeau gris orné de la coquille de Saint-Jacques, vaste manteau, bâton de pèlerin et, le plus souvent, une mine peu recommandable. Quand elle les vit qui s'apprêtaient à passer devant la boutique du *Grand Échaudé*, ainsi nommée pour la distinguer de l'autre, elle bloqua en hâte la porte avec la barre de sécurité et fit fermer les fenêtres par Guillaumet.

Deux ou trois d'entre eux vinrent néanmoins toquer au carreau. Elle entrouvrit la fenêtre.

— Maîtresse, j'ai un trésor à vendre. Un trésor unique, qui apporte la bénédiction céleste !

Elle lui répondit par un sourire ironique.

— Maîtresse, insista-t-il en tirant de son manteau une poignée de paille : c'est de la paille de l'étable de Bethléem ! Celle sur laquelle l'enfant Jésus, notre Sauveur, a dormi !

Pendant ce temps, un compère essayait de pousser la porte.

— Pourquoi ? Ils ne changent donc pas la paille, à Bethléem ? rétorqua-t-elle en refermant la fenêtre.

Il toqua de nouveau au carreau et cria :

— Maîtresse, par charité chrétienne ! Un échaudé, alors !

Elle lui en glissa un à travers la fenêtre entrouverte, pour se débarrasser de l'importun, et poussa un soupir de soulagement quand la procession tourna le coin de la rue.

Le lendemain, les passions accumulées dans l'affaire du Pet-au-Diable explosèrent. En dépit de l'interdiction de la fête des Fols et de ses coutumes, prononcée seize ans auparavant par Charles le Septième dans sa Pragmatique Sanction, de jeunes hommes, on ne savait si c'étaient des clercs ou des écoliers, défièrent ouvertement le pouvoir.

Une charrette à âne descendit ainsi la grand'rue Saint-Jacques, portant quatre hommes nus et debout, qui bravaient non seulement le roi, mais aussi le froid. Chacun le devinait, la nudité n'était pas destinée à exciter la concupiscence, encore qu'elle entendait d'abord insulter la décence et dénoncer l'hypocrisie. Le plus pansu des quatre portait une toque rappelant singulièrement celle du prévôt-cardinal d'Estouteville, mais enrichie d'oreilles d'âne, en tissu pourpre.

— Admirez le royal baudet ! clamait son compagnon.

Celui-ci portait un casque de sergent et un sabre de bois.

— Admirez le baudet du baudet ! clamait le premier en lui administrant une claque sur les fesses.

Ils glapissaient et se tortillaient l'avant et l'arrière-train, tout en prodiguant des coups aux deux autres figurants, à genoux, dont les toques et bérets indiquaient clairement qu'ils représentaient un clerc et un écolier.

Les gens s'esclaffaient sur leur passage. Si la silhouette d'un sergent apparaissait, la charrette détalait à vive allure.

Rue de la Bûcherie, une autre charrette passa, suscitant la gaîté de Jeanne et de Guillaumet : deux hommes vêtus l'un de rouge et l'autre de noir se disputaient un objet ressemblant au Pet-au-Diable, mais en bien plus suggestif, et échangeaient des coups de bâton, cependant qu'un compère à pied suivait la charrette en ponctuant les horions de roulements de tambour. À un moment, l'homme en noir s'empara de l'objet litigieux, l'ajusta sur son bas-ventre et feignit de sodomiser l'homme en rouge. Les rires canailles et les commentaires grivois fusèrent. Quelques fenêtres claquèrent, furieusement fermées par des bourgeois offensés, et des trognons de chou volèrent, mais les sols plurent aussi bien sur la charrette.

Ces facéties se multiplièrent tout au long de la journée et, vers le soir, tournèrent à l'orgie. Thierry emmena Jeanne de taverne en taverne. Des histrions masqués débitaient des impertinences sur le cardinal-sergent.

— Y veut confisquer le dard du Diable, alors, savez-vous, bonnes gens, ce que le Diable lui fait avec son dard ? dit l'un d'eux, gigotant du bassin.

Les femmes gloussèrent.

— Y va à trousse-soutane, le Diable ! Et savez-vous ce qu'il y a au bout du dard du Diable ?

On attendit la réponse.

— Eh bien, bonnes gens, au bout du dard du Diable, il y a de la moutarde de Dijon !

Nouveaux gloussements, applaudissements, sifflets et autres chahuts. Tout le monde le savait, Dijon était la capitale de Philippe le Bon, duc de Bourgogne, grand-duc d'Occident et ennemi juré de Charles le Septième.

La lune brillait ce soir-là. Sur le chemin du retour, Jeanne et Thierry passèrent devant le cimetière de Saint-Séverin ; on faisait la queue à la porte. L'amour chez les morts donnait du piment au commerce charnel des vivants.

Cependant, les écoliers ne désarmaient pas. Le dimanche des Rameaux, raconta Thierry, ils tinrent conseil rue du Fouarre et projetèrent d'aller en force attaquer la prison du Grand Châtelet pour maîtriser les gardes et libérer leurs quarante condisciples qui croupissaient dans des cachots infects. Les maîtres eurent les plus grandes peines à les dissuader d'une entreprise aussi téméraire, car non seulement ils étaient bien inférieurs en nombre aux forces royales, mais surtout ils n'étaient pas armés. Une seule escouade d'arbalétriers ferait plus de victimes qu'il n'y avait de prisonniers.

Le dimanche de Pâques fut relativement paisible, n'étaient les cohortes de mendiants massés aux porches des églises. Ils n'étaient pas moins de cent à la porte de Saint-Séverin, agitant leurs moignons et montrant leurs plaies, leurs rognes et leurs pustules, ainsi que celles des enfants qu'ils avaient enlevés et estropiés pour les besoins du métier. Car les « belistres et belistresses », comme les définissait une ordonnance royale, comptaient aussi des « caïmans », c'est-à-dire des voleurs et estropieurs d'enfants. Ils demandaient la charité au nom du Christ.

Jeanne parcourut du regard leur groupe hideux, se demandant si d'aventure Denis n'y figurerait pas. Mais elle ne vit pas sa tignasse blonde. Escortant la nourrice, elle se fraya difficilement un passage parmi ces déshérités ; elle en retrouva à l'intérieur même de l'église, qu'ils empuantissaient de leurs odeurs.

Au risque d'attraper des poux, des dames pieuses vinrent distribuer des paniers de pain et des saucissons. D'autres donnèrent deux deniers à chaque mendiant.

Ces hordes misérables qui assiégeaient les églises pendant la Semaine sainte étaient insupportables. Jeanne en fit l'observation au père Martineau, quand il vint le soir au souper où elle le conviait.

— Paris compte quatre-vingt mille mendiants, lui apprit le moine. La plus grande partie d'entre eux sont des imposteurs qui font métier de la mendicité. Or, celle-ci est une infraction au commandement divin qui veut que nous gagnions notre vie à la sueur de notre front. En dépit de leur devoir de charité, les vicaires des paroisses finiront par se résoudre à les faire chasser par les sergents, car les mendiants répandent les miasmes des épidémies.

Les premières fleurs des amandiers, noisetiers et noyers pointaient tout juste lorsque, le 9 mai, les professeurs se rebiffèrent et engagèrent une contre-offensive contre Estouteville. Ils ouvrirent des enquêtes, rédigèrent des résumés des événements, établirent la liste des déprédations et tinrent une assemblée. Ils conclurent que le prévôt Estouteville avait enfreint la loi même en contrevenant aux privilèges de l'Université. Son chapeau de cardinal ne faisait qu'aggraver son cas, puisque l'Église était censée défendre l'Université. Une délégation se rendit chez lui, dans son hôtel de la rue de Jouy ; Estouteville ne pouvait faire autrement que la recevoir.

Parmi ses membres, Thierry Lepoulain qui, s'il n'était pas professeur régulier des écoliers, obéissait aux recommandations de l'Université, qui voulaient que les maîtres ès arts aillent enseigner aux écoliers les matières de leur spécialité. De surcroît, il avait été témoin de l'arrestation brutale de plusieurs écoliers. Il raconta à Jeanne sa visite à Estouteville.

Le porte-parole de la délégation était le théologien Jean Hue. Il harangua solennellement le prévôt, ce qui ne manquait pas de sel, et conclut que l'arrestation d'innocents était à la fois une infraction aux privilèges universitaires et un abus de pouvoir.

Estouteville préféra clore une affaire qui risquait d'empirer ; il ordonna l'élargissement immédiat des quarante écoliers.

Quelque deux cents de leurs condisciples et nombre de professeurs et de clercs avaient suivi la délégation ; informés du succès remporté, ils allèrent, grand'rue Saint-Antoine, attendre leurs camarades libérés. Ils chahutèrent. Des têtes apparurent aux fenêtres. Le rassemblement se grossit de badauds. Leurs condisciples libérés arrivèrent, sous la conduite des professeurs qui les avaient tirés de prison. On leur fit un triomphe. Les accolades se muèrent en rondes. Des toques volèrent, des vivats retentirent.

Une troupe de sergents regagnait au même moment l'hôtel du prévôt. On les conspua. Dans l'ignorance qu'ils étaient de l'élargissement des prisonniers, ils crurent à une nouvelle sédition et chargèrent sur le rassemblement.

Clercs, écoliers et badauds s'égaillèrent dans tous les sens. Certaines portes s'ouvrirent pour épargner aux fugitifs les brutalités des forces de l'ordre, d'autres au contraire pour les jeter sous ses gourdins. Les sergents poursuivirent jusque sur les quais tout ce qui ressemblait à un écolier ou un clerc, avant de donner des ordres à leurs collègues ; la chasse s'engagea sur l'autre rive et dura toute la journée. Il y eut un mort et de nombreux blessés. Archers et sergents à cheval ou à verge patrouillaient partout : il ne faisait pas bon porter l'uniforme du savoir. Clercs et écoliers cherchèrent refuge où ils le pouvaient, en attendant de rentrer chez eux.

Vers l'angélus, un clerc apercevant des sergents s'engagea ainsi dans la première boutique venue. C'était une pâtisserie, rue de la Bûcherie. Il était passablement dépenaillé, ayant dû en découdre avec un bourgeois excédé par ces semeurs de troubles de l'Université.

Jeanne songeait alors qu'il y aurait quatre ans, demain, que ses parents avaient été dépêchés au trépas. Elle avait prié le père Martineau de célébrer une messe pour le repos de leurs âmes.

Guillaumet achevait de laver les verres.

Jeanne regarda le visiteur, stupéfaite : c'était François de Montcorbier.

25

Les phénix

Il fut surpris lui aussi.

— Je fuyais les sergents, dit-il, encore haletant. Tu as quitté la rue Galande ?

Elle hocha la tête et expliqua qu'elle y avait cependant gardé la boutique et le logis.

— Je t'y avais laissé… quelques vers.

— Je les ai reçus.

Guillaumet prit congé de sa maîtresse, l'air de n'en penser pas moins. La nourrice appela dans l'escalier tandis que le jeune François criait. François interrogea Jeanne du regard.

— Je te laisse un instant. Je vais voir la nourrice, dit-elle.

Celle-ci avait besoin d'aide pour changer la literie souillée de l'enfant. Quand Jeanne redescendit, l'autre François était assis sur un escabeau, devant le comptoir de la fenêtre, contemplant le ciel qui s'assombrissait.

— Tu as un enfant ?

— François de Beauvois. Trois ans et deux mois.

Il battit des cils, une expression d'impatience parcourut son visage, et il se leva. Peut-être allait-il repartir.

— Je ne comprends rien, Jeanne. La dernière fois que je t'ai vue, c'était pour une leçon et tu étais absente de toi-même. Je me suis cru importun. Pourquoi ne m'avais-tu pas dit que tu te mariais ? Puis j'ai reçu ton billet.

— Veux-tu un verre de vin ? demanda-t-elle.

— Volontiers.

— Peut-être as-tu faim ? Il reste des échaudés.

— Jeanne, réponds-moi.

— J'étais enceinte de toi. Il fallait que je me marie, et tu n'aurais pas fait un bon époux.

— C'est mon fils ? s'écria-t-il.

Elle hocha la tête.

— Je veux le voir.

— Tu ne verrais qu'un enfant qui dort. Qui ne porte pas ton nom. Et je ne souhaite pas déranger la nourrice.

— Et il s'appelle François ?

— C'était le nom du père de mon mari.

Elle posa le verre de vin sur le comptoir, devant lui. Il le regarda sans y toucher.

— Ton mari est là-haut ?

— Si c'est ainsi que tu appelles le Ciel, sans doute.

Il s'adossa au comptoir, la tête basse, et demeura ainsi un long moment.

— Quand est-il mort ?

— Il y a un an et deux mois.

— Tu l'aimais ?

— Si j'osais, je dirais que c'était un homme parfait.

— Ce que tu ne dirais pas de moi. Pourquoi serais-je un mauvais mari ?

— C'est à toi-même qu'il faut poser la question, répondit-elle.

— Mais pour toi ?

— Sans emploi, buveur, coureur... Un feu follet. C'est insuffisant pour entretenir les flammes d'un foyer.

Elle n'eut aucun désir de l'interroger sur les garçons, comme elle avait projeté de le faire. Elle s'en moquait. Elle avait deviné à quelques observations fugaces de Barthélemy que certains hommes poursuivaient chez d'autres l'image de leur propre adolescence.

— Pourtant, reprit-il, tu n'as jamais quitté mon esprit depuis...

— Depuis la rue des Anglais, dit-elle, lasse de sa propre froideur. Quatre ans.

Elle s'efforçait de ne pas faire de reproches, car elle en devinait l'inutilité. On n'accuse pas les chênes de pousser dans le sens du vent, ni les guêpes de ne pas faire de miel. La réalité voulait qu'il fût attaché à elle et elle à lui, sans grand espoir de régularité ; c'était ainsi, et ni l'un ni l'autre n'y pouvaient rien. Elle le comprit bien mieux que jamais auparavant.

— J'étais comme un veuf, dit-il d'une voix basse. Le sort m'avait enlevé le trésor que j'avais volé et dont je m'avisais, une fois perdu, qu'il était irremplaçable.

— Et tu as sans doute volé d'autres trésors... dit-elle, avec un sourire qu'elle voulut léger.

— Aucune miche de pain ne peut remplacer la bouchée qui vous est tombée de la bouche, répondit-il en la fixant de son regard brun.

Cette conversation lui poignait le cœur. Ces quatre ans passés sans François lui étaient tout à coup une réalité insupportable. Tous, François, ses parents, Denis, Isaac, Matthieu, Barthélemy, maintenant qu'elle y pensait, lui manquaient atrocement. Elle sentit un sanglot se former dans sa gorge, mais elle se contint.

— L'inspiration d'un poète est passagère, n'est-ce pas ? dit-elle.

— La poésie n'est pas mon métier, répliqua-t-il.

— Bien plus : c'est ta nature.

Il sourit. Elle le regarda et se dit que c'était ce sourire qu'elle désirait, ce sourire dont elle avait besoin. Assorti au regard. Du miel brun et des cerises. Il tendit la main vers son verre et but une gorgée.

La nuit tombait. Dehors, l'enseigne du *Grand Échaudé* grinça doucement sur son support ; c'était l'une de celles que les écoliers avaient respectée, sachant qu'elle appartenait à un commerce ami. Un vent de coulis agita les flammes dans l'âtre. La soupe bouillonnait doucement dans le chaudron. Les morceaux de carottes et de panais tressautaient dans un jus enrichi de miettes de poulet, de lard, d'oignon et de cerfeuil. Elle fit du rangement et ferma les volets des fenêtres et de la porte de la boutique, puis les condamna avec des barres de fer. Comme elle habitait la maison seule avec la nourrice, elle prenait bien plus de précautions pour déjouer les « rossignols » des crocheteurs, qui pullulaient comme la vermine dans Paris et se fussent empressés d'attaquer une femme seule mal protégée. Enfin, elle alla faire de même avec la porte de la maison, renforcée par une serrure.

Tout en l'aidant, François dit plaisamment :

— Te voilà bien gardée de l'extérieur comme de l'intérieur.

Elle manqua lui répondre qu'en ce qui concernait l'intérieur, elle était instruite par l'expérience, mais elle se retint. Il voulait lui demander pardon une fois de plus, ignorant qu'elle le lui avait d'une certaine façon accordé de longue date.

— Je n'ai pas soupé, dit-elle, consciente que ces mots pourtant simples revêtaient des sens multiples, s'emboîtant les uns dans les autres.

S'il soupait chez elle, il resterait sans doute dormir. Elle retrouverait ce corps et l'un des morceaux de sa vie qui lui manquaient. Et il lui en manquait déjà tant !

Il avait sans doute compris, lui aussi, ce que ces mots signifiaient ; il l'interrogea du regard.

— Veux-tu partager mon ordinaire ? Une soupe, une omelette aux lardons et des échaudés au fromage.

— Volontiers.

Thierry Lepoulain était absorbé par l'affaire du Pet-au-Diable et ne viendrait pas. Elle alla prendre dans la cour les tréteaux et la planche qu'elle conservait comme reliques du temps où elle exerçait ses talents en plein air, devant le collège des Lombards, et dont elle n'avait jamais voulu se défaire, songeant qu'un jour, peut-être, elle se trouverait contrainte de repartir de zéro. Elle posa dessus deux bols et deux cuillers d'étain. Puis elle prit le bol de François, le remplit de soupe et se servit. Elle posa sur la table deux gobelets d'étain et un flacon de vin habillé d'un tressage de paille, pour l'isoler du froid. Enfin, elle posa sur le chaudron un plateau de terre cuite garni de quatre échaudés, pour tiédir le fromage et le rendre plus moelleux. Cela fait, elle battit six œufs dans un bol, y jeta des lardons et s'accroupit devant le gril à mi-hauteur de l'âtre pour faire fondre du beurre dans une poêle. Quand le beurre grésilla, elle y jeta les œufs et les lardons.

Ni les fastes de la Beauté-sur-Marne, ni les prouesses du cuisinier de l'hôtel Barbette n'avaient déteint sur ses habitudes alimentaires. Elle n'allait certes pas confectionner un canard aux clous de girofle pour elle et la nourrice. Des maquereaux grillés, du jambon ou une tourte au fromage formaient le plus clair de ses repas. Les jours de fête, qui se comptaient sur les doigts, c'était une poularde ou un quartier de bœuf rôtis partagés à l'étage avec le père Martineau, qui ne se faisait pas prier.

Elle tira un escabeau et s'assit ; il fit de même, et ils se regardèrent. Puis sourirent.

À la lumière des cinq chandelles du candélabre, elle ne perdait pas un seul des gestes de François. Il mangeait de façon à la fois délicate et furtive, comme un voleur. Les lèvres brillèrent du gras de la soupe et devinrent plus rouges. Le regard s'échauffa du vin. Celui de Jeanne s'attarda sur les mains, fines et pourtant fortes… Elle chassa des souvenirs brûlants et alla retirer l'omelette du feu. Il la complimenta sur le repas. Il paraissait apaisé. Elle craignit qu'il ne dît des mots qui s'envoleraient ; il ne le fit pas. Il l'interrogea sur Barthélemy ; elle lui résuma les dix-neuf mois qu'elle avait vécus avec lui.

— Il ne savait donc pas qui était le père de l'enfant ?

— Je m'en réjouis, dit-elle.

Mais elle n'allait pas lui expliquer les idées du père Martineau sur l'opportunité de certains mensonges.

Les échaudés au fromage avaient été consommés.

L'heure délicate était venue. Elle lava les bols, les couverts et les verres dans le bac.

— As-tu une paillasse où je puisse dormir ? demanda-t-il en regardant alentour. Les sergents doivent courir encore les rues avec des flambeaux, et ils seront certainement moins délicats encore la nuit.

Estouteville avait, en effet, organisé depuis quelques jours des patrouilles nocturnes pour réprimer des rassemblements séditieux et arrêter les suspects.

— François, crois-tu vraiment que tu dormirais ? demanda-t-elle en le regardant par en dessous.

— Mais la nourrice et l'enfant dorment en haut, objecta-t-il, étonné.

— Suis-moi.

Elle poussa le pare-feu devant l'âtre, prit une chandelle et souffla les autres. Ils montèrent au deuxième étage, où elle avait son propre logis, et lui montra la chambre à coucher. Le seul luxe qu'elle eût adopté était le lit couvert, dont le ciel et les rideaux protégeaient bien mieux le sommeil pendant la saison froide. Il hocha la tête. Elle lui indiqua le réduit de toilette, s'il voulait se rafraîchir, et alla jeter des bûches dans l'âtre, puis tisonna les braises qui rougeoyaient à peine sous leur peau grise.

Il revint, nu.

Elle souffla la chandelle.

Tout ensemble, la bouche, le torse, le ventre, les genoux de l'homme désiré. Et les bras qui l'enserraient. Et les mains qui prenaient possession d'elle. Elle était enveloppée par cette peau chaude et inconnue. Elle n'était plus que sensation et n'avait plus qu'un seul sens. Elle s'empara de ce corps et s'étonna qu'un homme entier pût, de la tête aux pieds, tenir dans sa main. La peau de François frémissait sous sa paume. Les deux souffles conjugués se fondaient en un. La proie dans la gueule, elle volait dans la nuit, chauve-souris, vers son but unique.

Elle battit des ailes et se posa sur l'arbre.

Elle mangea sa proie, qui n'était au fond qu'une autre forme d'elle. Un sentiment obscur lui disait qu'elle ne pouvait pas devenir elle-même à moins de cela.

La proie palpita avec délices et mangea à son tour la chauve-souris.

L'arbre s'enflamma. Le ciel devint rouge. Les chauves-souris s'enflammèrent aussi. Elles se consumèrent en quelques instants, et deux grands oiseaux de feu jaillirent des cendres brûlantes. Ils montèrent très haut dans le ciel rouge, battant lentement et majestueusement des ailes.

Le vol sauvage s'acheva.

Elle s'endormit d'un coup, la main sur le ventre de François et rêva qu'elle s'enfonçait avec délices dans la mer.

Une barque naviguait là-bas et elle était heureuse de la voir fendre les vagues.

— Jeanne, dit-il à l'aube, quand elle s'éveilla pour vaquer à sa toilette et aux premiers soins de la maison, comment sais-tu tout cela ?

Il paraissait profondément étonné.

— Je l'ai trouvé toute seule, dit-elle avec un sourire.

Elle tira les rideaux du lit, ouvrit les volets, tisonna les braises, jeta du bois et accrocha un pot de lait au-dessus du feu. Quand il fut chaud, elle en versa un bol à François et le lui porta.

Elle suspendit son pas un instant quand elle aperçut le miroir posé sur le coffre.

26

La récidive et le hasard

Comme Jeanne l'avait soupçonné, François avait participé à l'affaire du Pet-au-Diable. Il le lui révéla : il avait fait partie du petit nombre des clercs qui avaient inspiré le transport de la borne rue du Mont-Saint-Hilaire : à deux pas de l'Hôtel de la Porte Rouge, où il habitait. Et maintenant, il craignait une dénonciation. Elle proposa de le cacher chez elle ; il objecta qu'il les mettrait en danger, elle et son fils.

Elle observa qu'il semblait porter une aversion sans bornes à Charles le Septième, aux riches et à tous les pouvoirs.

— Jeanne, gueuse tu es et resteras, même si ta huche est remplie. Et, comme telle, tu seras toujours la victime des riches et des puissants, dont Charles le Débile n'est que le prince-truand.

— Pourtant Jeanne d'Arc a cru en lui, objecta-t-elle, faiblement.

— Jeanne a fabriqué un hochet destiné à chasser les Anglais, et le hochet était ce bâtard libidineux et cupide. Sais-tu quel est le véritable objet de l'affaire du Pet-au-Diable ?

Elle n'en avait pas la plus pâle idée ; il le lui expliqua. Depuis l'Assemblée du clergé français à Bourges, les universités disposaient des deux tiers des prébendes de France ;

c'est-à-dire qu'elles avaient le droit de distribuer les charges les plus hautes comme les plus basses, sièges de présidents, de conseillers, assesseurs et autres, à qui bon leur semblait, pourvu qu'il fût diplômé par elles. C'était là un extraordinaire moyen de s'assurer les allégeances et, éventuellement, les revenus qui en découlaient. Pareil pouvoir faisait ombrage à celui du roi ; il avait saisi l'occasion et chargé Estouteville de déclencher un scandale afin de pouvoir publiquement asservir l'Université en démontrant qu'elle était coupable de menées séditieuses.

Elle tomba de haut. Ce qui était blanc pour les uns paraissait donc noir aux autres. En foi de quoi, tout humain était une énigme sans fond. Mais elle se rappela les avertissements du père Martineau, s'abstint de prendre la défense du monarque et surtout de dire qu'elle lui devait la maison même où François venait dormir.

Il partit au matin en lui annonçant qu'il ne reviendrait que le lendemain.

— Tu as payé ma rançon, dit-il en la prenant dans ses bras, et seule toi pouvais le faire.

La phrase étonna Jeanne.

— Mon cœur était prisonnier.

Elle l'étreignit.

— Prends garde. Et que Dieu te garde.

Elle attendit impatiemment son retour. Elle prépara pour le repas une pièce de bœuf aux carottes et acheta deux flacons de vin d'Espagne.

Il revint comme promis, d'humeur agitée : lors de leurs exactions contre les écoliers, le jour où il était venu se réfugier chez elle, les sergents avaient tué un jeune homme ; c'était un juriste estimé de l'Université. Les témoins affirmèrent sous serment qu'il s'était trouvé entraîné dans une rixe entre les écoliers et les hommes de la prévôté et qu'un sergent lui avait assené un coup mortel sur la tête. Par ailleurs, le recteur lui-même avait été menacé par un individu sorti d'une maison rue Saint-Antoine et jurant qu'il l'emmènerait chez le prévôt.

La coupe était pleine. L'Université avait décidé de se mettre en grève le lendemain et de porter plainte pour meurtre. Il devrait y être et doutait de pouvoir passer la nuit du lendemain avec elle.

Mais cette nuit même, à nouveau les phénix prirent leur envol.

Comme à l'accoutumée, les clients de la matinée passèrent en revue les dernières nouvelles : sommé de s'expliquer sur les brutalités criminelles de ses troupes, le cardinal-prévôt d'Estouteville s'était fait porter pâle. Il se déclarait trop souffrant pour affronter les obligations et vicissitudes d'un procès. Mais le recteur était bien décidé à le traîner en justice. Quelques jours plus tard, il parvint à faire admettre qu'Estouteville, responsable de ses actes comme tout sujet du roi, aurait à comparaître.

François se rendit au Palais de Justice. Les témoins seuls eussent, rapporta-t-il, suffi à remplir la salle d'audience ; on les fit patienter à l'extérieur.

Comme on eût pu s'y attendre, moyennant quelques grains de cynisme, la cour répugna à marquer trop de rigueur au prévôt-cardinal ; l'échec de sa mission occulte n'était déjà que trop évident, et il était puni de sa témérité. On chargea les seconds couteaux. Le lieutenant-criminel Jean Bezon fut destitué, alors qu'il n'avait fait qu'obéir aux ordres. L'homme qui avait menacé le recteur fut retrouvé :

on lui trancha le poing qu'il avait agité sous le nez du dignitaire. Les sergents qui avaient fouillé les domiciles des professeurs et arrêté les écoliers furent contraints de leur demander pardon une année durant. La prévôté fut condamnée à payer des dommages fort élevés à la famille du juriste mort dans les empoignades.

L'Université sortait renforcée du conflit. Et le pouvoir royal humilié.

Tout au bonheur d'avoir retrouvé François, Jeanne se sentit des ailes.

Elle avait oublié le bref, mais affreux épisode de son enlèvement manqué. Elle en abandonna la prudence qu'elle s'était imposée pendant des semaines et qui lui inspirait de se retourner souvent dans la rue pour vérifier qu'on ne la suivait pas ou, si elle soupçonnait quelque passant d'intentions malveillantes, de prendre refuge dans un commerce ou une église. Elle gardait toujours son couteau sur elle, mais ne s'en servait plus que pour décacheter le vin ou couper les liens des bottes de paille.

Un matin qu'elle était aux Halles, en quête de nouveaux fromages pour varier ses échaudés, un marchand ou du moins un homme qu'elle tenait pour tel lui adressa la parole. Il avait remarqué l'intérêt qu'elle portait aux fromages et l'informa qu'il avait tout un chargement de gruyère frais dont les roues n'étaient pas encore déballées. Il proposa de le lui faire goûter et l'assura que ses prix étaient les plus avantageux du marché.

— Où sont ces roues ? demanda-t-elle.

— Elles sont encore dans le chariot, à deux pas d'ici.

Elle le suivit, sans s'étonner que les roues ne fussent pas encore descendues à cette heure tardive, puisque la dixième heure avait sonné à la fois aux clochers de Saint-Germain-l'Auxerrois et de Saint-Eustache. Mais peut-être aussi était-il arrivé en retard.

Il se dirigea dans une ruelle voisine, vers un chariot à deux chevaux qui stationnait là.

— Si vous voulez monter voir, dit-il en soulevant la bâche, j'attends mon commis qui doit m'aider à décharger.

Elle grimpa sur le marchepied à l'arrière du chariot et se pencha.

— Mais où sont ces roues ? demanda-t-elle.

Elle s'avisa trop tard que deux hommes étaient tapis dans la paille, à l'intérieur. Elle voulut précipitamment redescendre. Le faux marchand la poussa et rabattit la bâche. Lorsqu'elle voulut crier, on la bâillonna, avant de la ligoter. Cette fois-ci, le coup avait réussi.

Le chariot s'ébranla. Elle était perdue.

Elle cessa vite de se débattre, elle n'aurait fait qu'y perdre des forces dont elle aurait peut-être besoin plus tard.

Le chariot roula longtemps. Les roues cahotèrent d'abord sur des pavés, puis elle reconnut le bruit que font les ferrures de cerclage sur la terre des routes. On l'emmenait hors de la ville.

Le chemin devint plus cahoteux ; sans doute une route de campagne. Enfin, le chariot s'arrêta. Les deux hommes la saisirent sous les aisselles et la descendirent, car elle avait les pieds tellement entravés par ses liens qu'elle ne parvenait à faire que de très petits pas. Elle tourna la tête et reconnut le faux marchand assis près du cocher. Avait-elle été sotte !

On la poussa vers l'intérieur d'une maison au toit de chaume. Elle n'eut qu'à peine le temps d'apercevoir que le lieu était isolé et entouré de bois. Toujours portée par ces ravisseurs, elle entra dans une salle basse. Trois hommes y étaient assis. À leurs souliers et leurs pourpoints, elle comprit que ce n'étaient pas des gens de la campagne. Un garçon pieds nus entra et tisonna le feu. Jeanne ne vit que son dos et sa tignasse blonde.

— Apporte-nous à boire, lui ordonna un des hommes en lui tendant une cruche vide.

Un autre homme se leva et alla vers Jeanne ; il était jeune et bien fait de sa personne. Il dit avec satisfaction :

— Cette fois-ci nous te tenons, dame Beauvois. Et personne, crois-moi, ne viendra à ton secours.

Il lui ôta son bâillon.

— Tu as causé par ta langue la perte d'un des meilleurs d'entre nous. Il n'est que juste que tu paies sa vie de la tienne. Mais auparavant, nous voulons savoir si l'enfant que tu as mis au monde est celui du roi.

Ils avaient donc bien eu l'intention de la tuer. Ce n'avait été que partie remise. Elle rassembla ses forces pour ne pas défaillir.

Le garçon rapporta le cruchon de vin. Les hommes se servirent, celui qui s'adressait à Jeanne tenait son verre quasiment sous le nez de la prisonnière.

Jeanne venait de ressentir le plus grand choc de sa vie. Le garçon l'avait regardée.

L'homme la souffleta.

— Parle, catin !

— Je ne parle pas à des assassins.

Il la gifla de nouveau.

— C'est toi aussi qui as décidé la perte de Jacques Cœur, n'est-ce pas ? Ta langue est celle d'une vipère !

Elle réfléchit : elle n'avait parlé de Jacques Cœur qu'au souper de la Beauté-sur-Marne. Or, il n'y avait là que le roi, Barthélemy, le père d'Estrades et l'intendant du domaine. L'un d'eux, c'était sûr, avait rapporté ses propos. Mais qu'importait ! Il était sans doute trop tard.

L'homme la secoua par les épaules.

— L'enfant est-il du roi ?

Elle reprit son souffle et lui lança un regard meurtrier.

— Parle !

Elle serra les lèvres. Il fallait mourir, soit. Mais, à l'instar de ses parents, elle ne dirait rien qui pût servir ses assassins.

Il la regarda avec exaspération.

— Mettez-la à côté. Nous la pendrons ce soir. Inutile de la nourrir.

Les deux hommes la poussèrent violemment dans une pièce voisine, éclairée par une seule fenêtre basse. Un feu trop chaud brûlait dans l'âtre.

Un temps infini passa. Le cœur de Jeanne battait à se rompre. Avait-elle entendu sonner une heure après none à un clocher voisin ?

La porte s'ouvrit doucement. Le gamin blond entra. Il tenait à la main un couteau et un bâton enveloppé d'une étoffe qui semblait souillée. Elle faillit hurler.

— Je t'ai reconnue tout de suite, murmura-t-il.

Il trancha les liens et ouvrit la fenêtre.

— Saute par la fenêtre et monte tout de suite dans le chariot, à droite.

— Et toi ? souffla-t-elle, enjambant le rebord de la fenêtre.

— J'arrive.

Il enflamma dans l'âtre le bâton, dont le tissu souillé prit feu avec une violence inattendue et se changea en torche. Jeanne, horrifiée, comprit que ce qu'elle avait pris pour une souillure était de la poix. Elle vit Denis enjamber à son tour la fenêtre, la torche à la main. Puis il lança celle-ci sur la toiture et ils coururent vers le chariot. Il bondit à la place du cocher et fouetta les chevaux. Ils n'avaient pas encore pris tout leur élan que le cocher courut après eux, s'accrocha à l'avant du chariot, grimpa et parvint presque à son siège, rouge de colère. Jeanne regardait la scène à travers la bâche. Elle était près de perdre la raison. Elle vit Denis plonger avec une violence insoupçonnable chez un garçon de son âge le couteau dans le ventre du cocher avant de pousser ce dernier hors du chariot. L'homme tomba, les entrailles débordant par la chemise, la bouche ouverte, le visage exprimant une stupeur sans fond. La poigne du garçon était forte, car il avait retenu le manche et retiré l'arme ; il posa le couteau ensanglanté près de lui.

Derrière eux, la maison flambait et les fumées rougeoyantes s'élevaient vers le ciel. Denis fouetta les chevaux. Jeanne éclata en sanglots.

— Pourquoi tu pleures ? cria-t-il dans le vent.

Quand ils approchèrent de Paris, elle se leva et demanda à Denis de ralentir son allure, afin de lui parler.

— Tu connaissais ces gens ?

— Deux. Celui qui t'a parlé et un autre. Et le cocher. Celui qui t'a interrogée est le comte Gautier d'Argency, l'autre est Nicolas de Montfleury. Le cocher était mon ami. Il s'appelait Michaud Coutré.

Jeanne frémit : Denis avait éventré son ami ! Elle était également impressionnée par l'assurance de son frère, qui était celle d'un homme fait.

— Tu connais le nom du lieu ?

— C'est la Ronce-aux-Fées, sur la route de Palaiseau. Où veux-tu aller ? Tu peux me guider ? Je ne connais pas Paris.

Elle réfléchit, à l'agonie. Elle ne pouvait faire autrement que retourner à l'Hôtel des Tournelles. Ces hommes avaient essayé de la tuer ; elle se refusait de façon quasi animale à les laisser courir. Tout son corps criait vengeance. Elle lui indiqua donc le chemin.

Ils entrèrent par la porte Saint-Jacques, une heure avant l'angélus du soir. Moins d'une heure plus tard, ce chariot de campagne conduit par un garçon aux pieds nus s'arrêta devant le porche du bâtiment qu'elle ne connaissait que trop.

Le lieutenant des archers la reconnut ; il fut saisi par son air de détresse. Elle fit descendre Denis de son siège.

— Madame, ce gamin… commença le lieutenant.

— Il m'a sauvée des ennemis du roi ! s'écria-t-elle. Ces gens voulaient me pendre ! Je dois ma vie à ce gamin !

Le lieutenant, stupéfait, alla alerter le secrétaire du roi. Jeanne pénétra dans la salle en compagnie d'un garçon hirsute aux pieds nus, d'allure paysanne. Les clercs tournèrent la tête devant ce spectacle inusité.

À leur entrée dans la salle d'audience, le roi demeura sans voix un bref moment. Le secrétaire aussi parut surpris. Richemont n'était pas là.

— Jeanne ! Ils ont recommencé ?

— Sire, cette fois-ci, ils voulaient me tuer ! Ils allaient me pendre ce soir ! Ce garçon m'a délivrée, et il a mis le feu à la maison…

Elle commençait son récit, haletante, lorsque le roi l'interrompit :

— Attendez. Mandez sur-le-champ le capitaine des sergents à la prévôté, ordonna-t-il à son secrétaire. Jeanne, asseyez-vous et ressaisissez-vous.

Il donna également des ordres pour qu'on leur servît à boire.

Le capitaine des sergents arriva. Il écouta le récit, stupéfait quand elle en vint au rôle qu'avait joué Denis et dévisageant le garçon qui se tenait pieds nus devant le roi, visiblement désemparé.

Elle ne dit mot des questions indiscrètes du comte d'Argency. Ni du fait que Denis était son frère. Cela eût mené trop loin, et elle était affreusement lasse. Mais elle lui rapporta que d'Argency avait mentionné les propos qu'elle avait tenus sur Jacques Cœur.

Le roi la fixa d'un long regard sinistre ; il fit noter par le secrétaire les noms d'Argency et Montfleury, puis lui murmura à l'oreille. Le secrétaire hocha la tête. Le capitaine demanda à Denis si ces hommes avaient d'autres chevaux que ceux du chariot.

— Deux, répondit Denis.

— Alors, ils seront déjà loin. Sire, dit le capitaine, s'il nous faut aller vite, il faudrait que ce garçon m'indique le chemin. Nous arriverons juste à la nuit.

— Emmenez-le tout de suite, ordonna le roi, et prenez assez d'hommes avec vous. N'oubliez pas les torches pour vous éclairer.

Denis se tourna vers Jeanne et lui lança un regard de détresse. Allait-il la perdre si peu de temps après l'avoir retrouvée ?

— Je t'attendrai, dit-elle. Et s'adressant au capitaine : Voudriez-vous, je vous en prie, me le ramener au *Grand Échaudé*, rue de la Bûcherie ?

— Nous serons alors proches de l'aube, dit le capitaine.

— J'attendrai, répéta-t-elle avec résolution.

Ils partirent et elle se retrouva seule avec le roi.

— Il semble décidément que vous ayez partie liée avec moi, dit-il.

Elle hocha la tête et soupira.

Il ne suffisait pas de vouloir s'écarter du pouvoir ; encore fallait-il en avoir les moyens. Les paroles de François lui revinrent en mémoire : *Tu seras toujours la victime des riches et des puissants.* Mais qu'y pouvait-elle ? La ville était décidément pire que la campagne.

— Il semble aussi que vous serviez d'appât à mes ennemis, dit-il.

Elle frémit.

— Nous en reparlerons. Vous semblez épuisée. Je vais vous faire raccompagner par deux sergents à cheval.

Il sortit lui-même et donna des ordres en ce sens. Elle ne cessait de penser au hasard fou qui avait voulu que Denis fût présent dans la maison de ses ravisseurs. Elle ne songeait qu'à le revoir.

— Dieu vous garde, Jeanne, dit le roi en la quittant dans la grande salle.

Elle se tourna vers lui, le regard presque égaré. Ses yeux fouillèrent ce visage lamentable et triste sous son grand chapeau de feutre bleu. Il était dans la même situation. Roi de France, il ne pouvait renoncer à sa couronne sous peine de voir toute son œuvre réduite en poussière et les Bourguignons persécuter les siens. Haï de sa mère, de sa femme et maintenant de ses fils. Traqué par des gens prêts à le trahir pour l'ambition ou l'argent, et, depuis la mort d'Agnès Sorel, sans une seule personne en qui il pût avoir confiance. Contraint d'acheter toutes les allégeances depuis que Jeanne d'Arc avait été mise à mort par les Anglais et l'Église. De faire goûter tout ce qu'il mangeait avant d'y mettre la main. Rongé de luxure, avait dit le père Martineau. Mais que savait donc le moine de la luxure ? N'aurait-il pas dit la même chose d'elle ? Qu'appelait-on luxure ?

Elle vit tout cela en un éclair. La condition de roi était pire encore que la sienne. Et elle était condamnée à la partager jusqu'à sa mort.

Les larmes lui jaillirent des yeux.

— Vous avez ma dévotion, sire, lui dit-elle d'une voix rauque et cassée.

Elle tomba à genoux et lui baisa les mains.

L'écuyer, le secrétaire, les lieutenants s'arrêtèrent devant cette scène étrange. Jeanne d'Arc était-elle resurgie des cendres ?

Charles le Septième regarda longuement cette jeune femme à genoux devant lui, et qui baignait ses mains de larmes. Vit-elle vraiment ou bien crut-elle voir les yeux du monarque s'embuer ?

Il lui caressa la tête, comme à une enfant.

— Allez, Jeanne, dit-il avec douceur. Au nom du Christ, courage.

Il resta à la porte tandis qu'un sergent l'aidait à monter en selle derrière l'un de ses collègues.

27

Les deux récits

Les archers à cheval la déposèrent rue de la Bûcherie peu avant l'angélus. Elle trouva Guillaumet et la nourrice dans une anxiété extrême. Et ce ne fut pas l'état dans lequel ils la revirent, défaite, livide, qui les rassura. Elle raconta par bribes l'horrible journée. Ils se lamentèrent.

La nourrice lui prépara une infusion d'anis, pour qu'elle se remît, et Guillaumet fit chauffer de la soupe. Elle pria ce dernier d'embraser la torche qu'ils réservaient pour Pâques et Noël, de la coiffer du manchon à claire-voie et de l'accrocher dans l'embrasse de fer sous l'enseigne, afin qu'elle fût visible du capitaine des sergents quand il ramènerait Denis.

— Denis ? demanda la nourrice, de plus en plus égarée par les récits et les événements de la journée et de la soirée.

— C'est mon jeune frère.

La nourrice crut que sa maîtresse délirait. Ils se préparèrent tous trois à la veille. Miséricordieusement, se dit-elle, François ne viendrait pas ce soir.

Il vint pourtant, libéré plus tôt qu'il l'avait escompté des délibérations de l'Université. Il était étonné de la torche qui brûlait sous l'enseigne, mais bien plus de l'accablement qui régnait dans la boutique. Il comprit à peine les explications de Jeanne et encore moins ce qu'elle attendait. Guillaumet lui prépara un en-cas de fortune, des œufs sur le plat et des échaudés.

Jeanne envoya la nourrice se coucher.

Dix heures sonnèrent à Notre-Dame, puis onze, puis minuit.

Jeanne se rongeait. Une échauffourée avait pu se produire entre les sergents et ses ravisseurs, et Denis avoir été victime de la vengeance de ceux qu'il avait trahis.

— Ces gens sont des fauves ! s'écria-t-elle soudain.

François lui lança un regard inquiet.

— Quelles gens ?

— Les sires d'Argency et de Montfleury !

Il reconstituait lentement, avec l'aide de Guillaumet, les épreuves de Jeanne ; il lui prit la main. Elle eût voulu pleurer, mais ses larmes s'étaient taries.

— Mais que faisait là-bas ton frère ?

— Les tarots l'avaient dit… murmura-t-elle.

Avait-elle perdu la raison ?

Elle n'entendit pas le clocher sonner une heure ; elle sommeillait, adossée au mur. Guillaumet dormait, la tête dans les bras, sur le comptoir.

François sentait aussi la somnolence le gagner. Il avait travaillé avec son maître toute la journée et les yeux lui piquaient. À la troisième quarte d'une heure, il s'assoupit.

Soudain, des coups à la porte les réveillèrent tous trois en sursaut. Jeanne poussa un cri et Guillaumet courut à la porte pour l'ouvrir. Un garçon d'à peu près son âge se tenait devant lui, et derrière, on distinguait à la lumière dansante de la torche le capitaine des sergents et toute une escouade. Le garçon titubait. Jeanne s'élança vers lui et le prit dans ses bras.

— On les a eus, marmonna-t-il, on les a tous eus.

Le capitaine hocha la tête et se retourna. Jeanne reconnut, ligotés, tuméfiés, le comte d'Argency et les deux autres hommes de qualité qui s'étaient trouvés dans la maison. Elle s'élança à l'extérieur et invectiva le premier d'une voix suraiguë, au paroxysme de la rage :

— Demain, c'est le diable qui te pendra, chien putride ! Demain, les rats te mangeront vivant ! Crève, étron vomi par les serpents ! J'irai voir ta carcasse pendre au Châtelet ! Crève !

Elle se jeta sur lui et lui mordit la cuisse. Un sergent l'écarta et la ramena à la boutique, pantelante et bavant, sous les yeux écarquillés de François et de Guillaumet. Elle hoquetait. Guillaumet lui donna de l'eau et, une fois les sergents partis, descendit la torche, la coiffa d'un éteignoir, referma la porte et les volets.

Enfin, elle se calma. Denis s'était écroulé sur un escabeau, recru de fatigue.

— Avec votre permission, je dormirai ici ce soir, maîtresse, dit Guillaumet.

Elle hocha la tête. Elle avait perdu sa voix, réduite à un son rauque et effrayant.

— Emmène Denis avec toi au troisième étage. Il y a un lit.

François souffla les chandelles, qui avaient brûlé jusqu'aux bobèches, puis elle monta avec lui.

Ce soir, les phénix ne s'envoleraient certes pas.

Quoique dolent, Guillaumet parvint à ouvrir la pâtisserie le lendemain et à engager les tâches ordinaires : ranimer le feu, ouvrir les volets, disposer le beurre, le sel et le miel. Mais quand il en vint à la pâte, il s'avisa de ce que lui avaient coûté ses efforts et ses émotions de la veille. Ce fut la nourrice, descendue chercher du lait et le trouvant exténué, qui se chargea de la pétrir.

Jeanne dormait encore, comme si elle avait consommé une de ces boulettes de pâte brune que l'apothicaire du chemin de Saint-Rustique dispensait aux insomnieux. La drapière de la rue Galande en avait, quelques mois auparavant, fait avaler deux à son mari et, le lendemain, elle l'avait cru mort, ce qui n'avait pas manqué de causer une belle émotion dans la maison. François était déjà parti, après avoir avalé un verre d'hypocras[1] et mangé un échaudé de la veille.

Quant à Denis…

Guillaumet avait laissé là-haut une loque d'adolescent effondré sur le lit. Le lit fabriqué par Matthieu.

Réveillée vers none, comme relevant d'une maladie, Jeanne était presque aussitôt descendue voir son fils et la nourrice. Frais et vif, le garçonnet souriait au soleil comme une pivoine au printemps. Elle le prit dans ses bras, l'embrassa et le cajola ; il était un déni à l'horreur de la veille.

Il est mon seul bien, se dit-elle.

Elle et la nourrice échangèrent un regard de résignation ; elles avaient les traits aussi tirés l'une que l'autre.

— Le garçon là-haut… commença la nourrice.

— Denis. C'est mon frère. Les brigands qui ont égorgé mes parents l'avaient emmené. Je l'ai retrouvé chez d'autres brigands.

— Sainte Vierge ! C'est donc bien votre frère ! Il faut demander au père Martineau de célébrer une messe !

1. Boisson courante au xve siècle, composée de vin blanc, d'eau, de farine, de miel, de cannelle, de cardamome et de gingembre.

Jeanne hocha la tête. Quand elle aurait véritablement récupéré le garçon. Un sursaut d'effroi la parcourut quand elle se rappela le geste de Denis, la violence déterminée avec laquelle il avait plongé le couteau dans le ventre du cocher ! Quels ravages ces quatre années passées dans la compagnie de criminels n'avaient-elles pas faits à son âme ! Puis elle se dit, presque scandalisée, qu'elle en avait fait autant sur le chemin de la Beauté-sur-Marne.

Elle crut le trouver en bas, avec Guillaumet ; elle dut remonter les trois étages.

Il dormait encore. Elle se pencha sur son visage et n'y lut que le souvenir du frère qu'elle avait connu. Le visage était sali mais pur. Elle lui caressa les cheveux. Il ouvrit les yeux et la regarda si longtemps et si fixement qu'elle en fut effrayée.

— Jeanne ! s'écria-t-il soudain, comme s'il la voyait pour la première fois.

Il la serra dans ses bras et pleura. Dieu soit loué, se dit-elle, il est encore humain. Elle pleura aussi.

Il secoua sa tête. Elle craignit qu'il n'eût des poux. Elle fouilla ses cheveux et ne trouva rien, mais ne fut pas rassurée pour autant.

— Denis, dit-elle, avant toute chose, il faut te laver et t'habiller. Je vais t'emmener aux bains et après, nous irons t'acheter des vêtements.

La perspective le fit sourire de plaisir. Elle lui indiqua le réduit de toilette, lui demanda de la rejoindre en bas, puis tous sortirent. Au guichet des bains du Patriarche, les mêmes que ceux où elle avait jadis – c'était déjà jadis ! – envoyé Matthieu, elle paya l'entrée de Denis et demanda à parler au garçon de salle ; quand celui-ci arriva, elle lui donna la pièce et le pria de veiller à ce que Denis fût récuré comme un sou neuf. C'était, en effet, la première fois de sa vie qu'il allait aux bains, car en Normandie, il se lavait au ruisseau de La Coudraye. Et depuis… Elle insista sur les cheveux.

— Au savon et au camphre !

Elle reviendrait, dit-elle, le chercher dans une heure. Avant qu'il partît, elle jeta un coup d'œil à ses pieds, pour en évaluer la taille.

Elle s'en fut chez le fripier, à trois rues de là et lui décrivit la taille de son frère. Elle acheta alors des braies, des chausses, une chemise de toile fine, un pourpoint de drap rouge ajusté et matelassé qu'on appelait une jaque, un paletot bleu et des bottes du modèle qu'on disait « à remonter la nuit ». Après quoi elle retourna aux bains.

Le garçon de salle lui présenta Denis ; ils rayonnaient tous deux.

— J'vous en ai confectionné un autre homme ! dit le garçon de bains.

Et c'était vrai. Une fois la crasse partie, elle retrouva le teint clair et la peau presque translucide qu'elle avait connus. Et il sentait le propre.

— Il m'a étrillé ! s'écria Denis.

Elle lui tendit le paquet et lui enjoignit d'aller revêtir les braies, les chausses par-dessus, la chemise et les bottes, puis de revenir. Cela fait, elle lui fit alors revêtir la jaque, puis le paletot.

Il était beau comme un ange. Elle l'emmena chez le barbier, pour lui faire couper les cheveux. De retour à la boutique, Guillaumet écarquilla les yeux et fit des grimaces.

— Mais voilà donc un seigneur ! déclara-t-il.

Mais le plus dur était à faire : l'amener à raconter. Et raconter.

— Ils étaient cinq. Cinq Anglais. Des soldats. Ils n'avaient plus d'armes. Une dague cassée, c'est tout. Je sais que c'étaient des archers, parce qu'ils portaient des carquois, mais à eux cinq ils n'avaient plus que deux arcs. Ils sont arrivés tout à coup, en courant. Ils se sont jetés sur le grand couteau avec lequel maman venait de couper le bout de lard. Elle attendait tes champignons. Ils lui ont demandé où elle cachait son magot. Elle a répondu qu'ils étaient de pauvres gens et qu'ils n'avaient pas de magot. Ils ne l'ont pas crue. Papa est rentré des champs à ce moment-là. Ils l'ont saisi et immobilisé. Ils lui ont demandé où était le magot. Il leur a dit d'aller au diable. Ils lui ont tout de suite coupé le cou.

Jeanne ravala sa salive. Guillaumet écoutait, le cou tendu. La boutique était fermée. Le souper était préparé et la table mise, à l'étage de Jeanne.

— Maman a crié. Elle a pleuré. Je criais et je pleurais. Ils ont menacé de me couper le cou aussi. Maman était à genoux et elle priait. Un des hommes l'a saisie par les cheveux. Il tenait en main le couteau avec lequel il venait d'égorger papa. Il lui a dit que c'était sa dernière chance. Puis l'homme l'a jetée par terre, la tête dans l'âtre. J'ai crié, j'ai essayé d'arracher le couteau des mains de l'homme, de m'enfuir. Ils m'ont rattrapé. J'ai fermé les yeux. Maman criait. Un cri terrible. Quand j'ai rouvert les yeux, il l'avait égorgée. Elle avait les cheveux qui brûlaient.

Ç'avait été difficile de le faire parler. Pendant deux jours, il n'avait voulu rien dire. Elle comprenait ; elle n'avait brisé son silence qu'en lui déclarant :

— J'ai le droit de savoir, moi aussi.

Ce n'avait été que le troisième jour, quand il l'avait accompagnée sur la tombe de Barthélemy, qu'il avait marmonné :

— Bon, quand on sera rentrés, je te raconterai.

La présence de Guillaumet, à peine moins âgé que lui, semblait lui donner confiance. Il poursuivit son récit.

— Ils avaient très faim. Ils ont trouvé l'échelle et ils sont montés au grenier. Ils n'y ont rien trouvé. Ils ne soupçonnaient pas l'existence de la cave. Je ne leur ai rien dit. Ils ont vidé la soupe. Ils la buvaient à même le chaudron. Ils ont mangé tout le pain qu'il y avait dans la huche et ont jeté celle-ci en travers de l'allée. Ils se sont disputé le pain. L'un d'eux, l'un des deux plus vieux, celui qui tenait le couteau, faisait la loi. Ils m'ont emmené dans la forêt. Je ne voulais pas les suivre. L'homme au couteau m'a menacé. Ils disaient qu'ils trouveraient bien quelqu'un pour m'acheter. On est partis dans la forêt de Thury. On n'avait rien à manger. Je tombais. J'avais peur des loups. J'ai pensé que j'allais mourir. Ils dormaient à tour de rôle, il y en avait toujours deux qui faisaient le guet. La nuit du troisième jour, ils ont volé des poules et des œufs dans une ferme. Ils ont égorgé les poules et ils m'ont dit de les plumer, mais ils ne voulaient pas que je les vide, parce qu'il faut un couteau et qu'ils ne voulaient pas me le confier. L'homme au couteau les a vidées lui-même et il a allumé un feu. J'ai fait cuire les poules. J'ai aussi fait cuire les œufs sous la cendre. Je regardais le soleil, comme me disait papa. Nous allions toujours vers l'ouest.

Il s'interrompit et but une gorgée d'hypocras.

Jeanne était impressionnée par le ton monocorde de son frère ; il parlait comme dans un rêve.

— Ils te maltraitaient ? demanda Jeanne.

— Non. Ils cherchaient à me vendre. Ils essayaient donc de me garder en aussi bon état que possible. Ils disaient que je valais au moins cent deniers parce que j'étais mignon. Je comptais les jours. Dix jours plus tard, ils se sont disputés dans une forêt, je ne sais pas à cause de quoi, ils parlaient anglais et je ne comprenais pas bien, parce que nous ne parlions plus anglais à la maison. Un jeune, un grand fort qui s'appelait Eliot, a renversé l'homme au couteau. Ils ont roulé par terre, et le jeune s'est emparé du couteau et il a poignardé le vieux. Puis il l'a égorgé. Comme papa. Comme maman. Ils l'ont laissé comme ça, dans la forêt, et nous sommes repartis. Ils n'étaient plus que quatre, et je me disais que, s'ils continuaient comme ça à se tuer, il n'en resterait plus qu'un et que je pourrais en venir à bout pendant qu'il dormait. Puis un soir, on est arrivé à la mer. Ils voulaient rentrer en Angleterre. Ils disaient qu'un homme, leur chef, je crois, Somerset, était un chapon et Kyriel, je ne sais pas qui c'était, un autre chapon et les Français, tous des traîtres et des bâtards. Nous étions dans un port. Ils avaient jeté leurs arcs et leurs carquois pour passer inaperçus. Ils avaient aussi volé des vêtements qui avaient été mis à sécher. Ils ont rencontré des moines très laids avec de grands chapeaux et une coquille dessus et des bâtons. Les moines m'ont beaucoup regardé, et j'avais peur. Les Anglais m'ont vendu à l'un de ces moines, un vieux qui sentait mauvais. Ils n'ont pas obtenu les cent derniers. Quatre-vingts seulement. Mais ça leur permettait de prendre le bateau pour rentrer.

Guillaumet lui resservit de l'hypocras.

— Je ne voulais pas aller avec le moine. Il me faisait très peur. Mais les Anglais ont dit que, si je ne le suivais pas, il me prendrait de force et que je mourrais de faim. Le moine disait tout le temps que j'étais mignon et qu'avec moi il gagnerait beaucoup d'argent. La première nuit, nous avons dormi dans une grange abandonnée. Je n'étais pas tranquille. Je faisais semblant de dormir. Je voulais m'enfuir et j'attendais que le moine s'endorme. Au petit matin, je l'ai vu entre mes paupières qui n'étaient pas vraiment fermées venir vers moi à pas de loup. Il me voulait du mal. Il tenait la main sur un couteau à la ceinture. Il m'a saisi le pied et il a tiré son couteau. Je lui ai jeté une grosse poignée de terre au visage. Il a crié. Il m'a lâché, il ne voyait plus, il se frottait les yeux, il crachait. J'ai vu son gros bâton par terre, je l'ai pris et j'ai tapé sur son crâne jusqu'à ce qu'il ne bouge plus. J'avais peur qu'il soit encore vivant et qu'il me rattrape. Alors j'ai pris son couteau et j'ai fait comme les Anglais. Je l'ai égorgé.

Il avait dit cela de la même voix égale. Jeanne étouffa un cri. Il la regarda, étonné :

— C'était lui ou moi, non ? J'ai pris le couteau aussi. Je mourais de faim, parce que le moine ne m'avait rien donné à manger. Je suis arrivé dans une ferme. Une vieille femme m'a regardé et m'a demandé d'où je venais. Il y avait du monde dans la ferme. Des garçons et des filles d'à peu près mon âge. La femme m'a donné un bol de soupe et du poisson. Elle disait : « Mais qu'est-ce qu'on va faire de lui ? » Elle m'a demandé si je savais travailler, parce que je pourrais gagner mes repas. Elle m'a dit d'aller me laver, parce que j'étais sale. Je suis allé dans cette rivière, la Vire. Je suis resté dans cette ferme jusqu'aux moissons. Je dormais avec les chevaux. Un jour au marché, quelqu'un a dit à la femme, qui allait vendre sa volaille et ses œufs, qu'il ne lui connaissait pas ce fils-là. Elle lui a dit qu'elle m'avait recueilli et qu'elle se demandait ce qu'elle allait faire de moi. L'homme était un métayer près de Chartres. Ils ont discuté, et puis il m'a acheté. Vingt livres tournois. Après le marché, nous sommes montés dans sa carriole. Il n'avait pas l'air de vouloir me couper le pied, lui. Il était plutôt gentil. Il m'a fait tout de suite travailler aux vendanges. Puis à la cueillette des pommes. Après, il me faisait traire ses vaches, et puis aider à ceci ou cela, parce qu'il avait une grande ferme.

— Il te payait ? demanda Guillaumet.

— Non, il me nourrissait. Un jour, je me suis blessé la jambe en tombant d'un arbre. Il m'a emmené chez le barbier, qui m'a soigné. Puis son fils m'a vu. Son fils, c'est celui à qui appartenait la maison où ils t'ont emmenée, dit-il à Jeanne. Mais c'était seulement la maison du cocher. Le fils était très riche. Il connaissait beaucoup de gens des villes, des messieurs comme ceux que tu as vus. Ils venaient parfois à la ferme, et le fils du métayer donnait de grands soupers. Ils y buvaient beaucoup. Moi, j'aidais le cocher à transporter les produits de la ferme dans les marchés, surtout à Chartres. Lui aussi était très gentil avec moi. Il y a cinq jours, il m'a dit de le suivre chez lui, parce qu'il aurait sans doute besoin de moi, parce qu'ils allaient voir une ribaude qui avait couché avec le roi et lui avait donné un fils. C'est là que je t'ai vue. J'ai compris tout de suite qu'il y avait quelque chose de mal qui se préparait.

— Tu m'as reconnue tout de suite ?

— Quand je t'ai vue descendre du chariot. Tu étais ligotée. Pourquoi ils voulaient te pendre ?

Elle était épuisée. Elle ne savait par où commencer, ni ce qu'elle pouvait dire ou ne pas dire. Elle commença par préciser que les coquillards n'étaient pas des moines, car elle ne voulait pas que Denis prît le père Martineau pour l'un d'eux.

Cela lui donna le temps de réfléchir à ce qu'elle allait dire. Elle fit un résumé aussi concis que possible de sa vie depuis qu'elle avait quitté le Bouc-de-Chêne, en omettant toutefois de parler d'Isaac, de Matthieu et de François.

— Et l'homme qui était ici quand je suis revenu de la Ronce-aux-Fées ?

— François ? C'est celui qui m'a appris à lire et à écrire.

Un regard furtif de Guillaumet signala qu'il en pensait autrement.

— Il faudra, ajouta-t-elle, qu'il t'apprenne aussi à lire et à écrire.

— Et comment se fait-il que ton fils porte son nom ?

— C'était le nom du père de Barthélemy, répondit-elle.

Il parut songeur, puis demanda :

— Et maintenant, tu es riche ?

Elle le regarda, stupéfaite. Pas un mot sur les souffrances qu'elle avait endurées, les efforts qu'elle avait déployés pour parvenir à une relative aisance, le chagrin causé par la mort de son mari, l'horreur des deux enlèvements.

Tu es riche ?

Sans doute était-il troublé par les souvenirs qu'il venait de remuer.

Sur quoi il déclara qu'il avait faim. Guillaumet servit le dîner. Jeanne regardait ce frère qu'elle avait tant espéré revoir. Elle s'interrogeait. Quelles cicatrices se cachaient donc derrière ce visage lisse ? À seize ans, il avait tué deux hommes de sang-froid. Elle repensa qu'elle aussi avait attaqué sauvagement un brigand dans le chariot qui la menait à la Beauté-sur-Marne. Mais elle avait survécu à ses épreuves par l'amour. Fût-il profondément charnel, celui des hommes qu'elle avait connus demeurait vivace en elle et lui donnait des forces. Or, rien en Denis ne révélait ces résonances qui vibrent encore, même quand l'amour est passé. Avait-il jamais éprouvé pareil sentiment ?

Elle se remémora sa réaction quand la veille, il avait vu pour la première fois son neveu, endormi dans sa balancelle. Il n'avait prononcé que ces mots :

— Comme c'est joli !

Denis était-il mort à l'intérieur ? Il avait pourtant pleuré dans ses bras... La question qu'il lui posa finit de la déconcerter :

— Et c'est le fils du roi ?

Elle en resta sans voix.

— Mais bien sûr que non, Denis ! C'est le fils de Barthélemy !

Il hocha la tête, avec une froideur confondante.

— Il est ravissant, dit-il en se détournant.

Et ce fut le seul commentaire qu'il fit sur le petit François. Tout aussi bien, elle fut déçue par l'attitude de son frère à l'égard de Donky ; il avait jadis entretenu des relations affectueuses avec lui ; elle lui demanda s'il voulait le voir et s'attendit à de l'enthousiasme.

— L'âne est toujours en vie ? demanda-t-il. Oui, je veux bien le voir.

L'âne ! Les mouvements d'oreilles de l'animal témoignèrent qu'il reconnaissait son ancien maître. Denis lui flatta distraitement le col et s'en fut sans autre émotion.

Mais que signifiait cette froideur ?

Elle songea à consulter le père Martineau, puis se rappela que le seul véritable amour que le moine reconnaissait était celui du Seigneur.

Avec François, alors ?

L'heure du coucher arriva sans lui apporter de réponse. Une fois de plus, il était trop tard pour que Guillaumet rentrât chez lui. Jeanne l'envoya dormir en haut avec Denis. Elle se disait qu'il humaniserait peut-être son frère et lui rendrait confiance dans la vie.

Jeanne s'éveilla le lendemain abattue. Dès le réveil, elle pensa à la soirée avec Denis. Elle en avait retiré un sentiment d'oppression. Les servitudes de la maisonnée et du commerce, qu'elle supportait jusqu'à présent de plus ou moins bonne grâce, lui furent alors d'un grand secours, parce qu'elles détournaient ses pensées. Sa seule perspective de gaîté était que François viendrait souper ce soir.

François fit un compliment au garçon sur sa mise.

Denis regarda son pourpoint, ses chausses et ses chaussures, comme si le compliment lui paraissait incongru.

— C'est Jeanne qui a choisi ces habits pour moi. Je ne me suis jamais habillé comme ça. Ce sont des habits de bourgeois.

Jeanne dissimula sa stupéfaction. Des habits de bourgeois ? Mais elle ne lui avait jamais connu qu'une tenue de paysan. Comment connaissait-il donc la différence entre des habits de bourgeois et ceux de seigneur ?

François lui demanda s'il avait visité la ville.

— Je me suis promené un peu. C'est une grande ville. Il y a plein de mendiants. Et les cloches sonnent tout le temps.

Le raccourci fit rire François. Jeanne suggéra que François fût le professeur de Denis.

— Professeur de quoi ?

— Qu'il t'apprenne à lire et écrire.

— Pour quoi faire ? Je ne veux pas être professeur.

Jeanne était à l'agonie. Les choses s'annonçaient décidément bien mal. Quel butor que ce Denis !

— Que veux-tu être ? demanda François.

— Un seigneur, répondit-il.

Un silence étonné suivit cette déclaration. Comment pareille ambition pouvait-elle avoir germé dans l'esprit de ce jeune paysan illettré ? se demanda Jeanne. François ressentit sans doute aussi la naïveté arrogante du propos.

— Pour être un seigneur, il faut avoir conquis ce titre à la guerre, ou bien grâce à la faveur du roi, expliqua-t-il. Et le roi ne consent un titre de noblesse qu'à ceux qui se sont battus pour lui.

— Alors, je rejoindrai l'armée. Ou peut-être pas. Mais je serai seigneur.

L'armée serait peut-être, en effet, une solution, se dit Jeanne. Elle pourrait intervenir auprès du roi pour qu'on trouvât à son frère un emploi d'archer ou de sergent, bien qu'il fût très jeune. Quant à devenir un seigneur… Mais elle était déconcertée par l'ambition délirante de ce garçon.

— De toute façon, conclut Denis avec assurance, il y a dans le monde des serfs et des seigneurs, et il en sera toujours ainsi. Et je ne veux pas faire partie des serfs.

François paraissait sombre. Jeanne desservit et descendit les plats ; une fois en bas, elle n'eut plus envie de remonter, mais s'y força. Elle devait sa vie à ce garçon et désespérait d'avoir jamais un entretien avec lui, comme ils en avaient eu jadis. Quand elle faisait danser les champignons.

Elle se déclara lasse et désireuse de se retirer. Denis, en revanche, paraissait fort éveillé. François lui proposa d'aller finir la soirée dans une taverne. Jeanne y agréa. Denis avait sa clef, et pourrait par conséquent rentrer sans avoir à agiter la clochette. Et puis elle espérait qu'en tête à tête et dans la chaleur de l'alcool, il se confierait à François et révélerait son mystère. Les deux hommes partirent. Elle souffla les chandelles et monta se coucher.

Avait-elle donc, se demanda-t-elle en se déshabillant, enduré tant de tribulations pour se retrouver dans cette situation bancale ? Avec un frère dont l'âme avait été défigurée par les souffrances et un amant épisodique ? Au cœur de ténébreuses querelles dont elle ne pouvait être que victime ? Elle songea aussi que tout ce qu'elle possédait et qui lui permettait de n'être à la merci de personne était le fruit de son travail, de ses mérites et de sa chance : ses commerces et sa maison.

Elle s'endormit sur ces pensées moroses.

En pleine nuit, elle fut réveillée par le bruit d'une porte brutalement refermée, puis de pas lourds dans l'escalier. Les pas se prolongèrent là-haut et s'achevèrent sur un dernier choc, sourd et pesant. Denis était rentré et s'était couché. Elle espéra qu'il n'avait pas réveillé l'enfant et la nourrice. François était donc retourné chez lui, seul ou accompagné, elle n'en avait cure ce soir-là. Et Denis n'avait pas verrouillé la porte derrière lui ; elle descendit le faire.

Le clocher de Saint-Séverin sonna trois coups. Elle se recoucha et finit par se rendormir.

Au réveil, elle fut de nouveau assaillie par des réflexions sans gaîté. Denis ne se lèverait sans doute pas de sitôt. Pendant qu'elle travaillerait, irait à l'approvisionnement, pétrirait la pâte et servirait des clients plus ou moins gracieux, il cuverait son vin. Il n'avait pas manifesté la moindre intention d'aider sa sœur dans ses affaires ; la pâtisserie ne lui paraissait sans doute pas un métier digne de lui. Elle mesura sa naïveté, quand elle l'avait emmené aux bains et habillé, dans l'assurance qu'elle ressusciterait de la sorte un morceau de la famille et du bonheur perdus. Elle avait simplement fait l'acquisition d'une bouche inutile.

Bref, il faisait le seigneur avant l'heure et se prélassait tandis qu'elle faisait la serve.

Cela faisait deux jours de suite qu'elle se levait de mauvaise humeur à cause de lui ; force était d'en convenir, bien que cela lui blessât le cœur : Denis était son frère, il lui avait sauvé la vie, mais il l'importunait. Les liens du sang et de la reconnaissance ne suffisaient pas à lui rendre sa présence agréable.

Elle brûla d'interroger François en tête à tête sur le sentiment qu'il avait retiré de sa beuverie avec Denis. Elle se rendit à l'Hôtel de la Porte Rouge, dans l'espoir qu'il serait encore chez lui.

Un portier lui ouvrit. Elle demanda à voir M. Villon. Il la fit pénétrer dans une petite salle et alla quérir son maître. Elle regarda autour d'elle ; le lieu respirait une aisance ancienne. Un homme frisant la cinquantaine avec une grâce de chanoine apparut peu après en longue robe de laine noire ; ils se dévisagèrent.

— Que puis-je faire pour vous ? demanda-t-il d'une voix amène.

Interdite, elle chercha ses mots, s'avisant qu'elle eût dû demander François de Montcorbier et non Villon. Comment avait-elle pu commettre pareille bévue ? Elle se trouvait donc en présence du père adoptif dont lui avait parlé François.

— Pardonnez-moi. J'avais demandé à voir M. Villon. J'aurais dû préciser son prénom.

— Je suis Guillaume de Villon, dit le chanoine en souriant. François adopte souvent mon nom, à juste titre. Je vais le faire appeler. Il devrait être réveillé à cette heure-ci.

Il dévisagea Jeanne de la tête aux pieds.

— Je suis Jeanne de Beauvois, dit-elle.

Il hocha la tête. Était-il au fait de son existence ?

François descendit, visiblement réveillé de peu, dans une longue robe de drap sous laquelle on voyait qu'il était nu. Il parut content et surpris de la voir et la fit passer dans une étude qui donnait sur un jardin ensauvagé. Les murs en étaient garnis d'étagères couvertes de manuscrits et de livres ; elle n'en avait jamais vu autant depuis le bureau de Dom Lucas.

— Je devais te voir seul, dit-elle. Je serai brève. Quel est ton sentiment sur Denis depuis hier soir ?

Il leva les sourcils.

— Il est résistant au vin. Il a bu autant que moi et n'a pas donné un instant un signe d'ivresse, en dépit de son jeune âge. À mon avis, il est entraîné à l'alcool. Nos propos n'ont pas été longs, car il est parti avec une fille de joie au bout d'une heure.

Jeanne ne put retenir un cri de surprise. Une fille de joie ? À son âge ? Seize ans ?

— L'aisance avec laquelle il l'a entreprise me donne à penser qu'il est également entraîné au commerce des ribaudes. Et peut-être à celui des hommes.

— Des hommes ! s'écria Jeanne. Mais il n'a rien d'un mignard !

François retint un petit rire.

— Il m'a demandé s'il me plaisait.

Jeanne, suffoquée, roula des yeux.

— François, c'est mon petit frère ! Tu t'es mépris.

— Non. Tu es venue me demander le sentiment que j'ai retiré de cette beuverie. C'est donc que tes soupçons devancent ton esprit. Or, ce sentiment n'est pas de nature à te plaire.

Elle ravala sa salive.

— C'est un garçon endurci, probablement cynique et prêt à tout pour parvenir à ses fins. Je ne sais ce qu'il t'a raconté, mais je suis persuadé qu'il ne t'aura pas tout dit. Les quatre années qu'il a passées à défendre sa vie ont été plus aventureuses que tu ne le penses. Il faut prendre au sérieux son projet de devenir un seigneur. Je ne sais comment il y parviendrait, mais tu aurais tort d'en rire.

— Folie de jeunesse ! objecta Jeanne, obscurément contrariée, parce qu'elle devinait la justesse des explications de François.

— Jeanne, reprit ce dernier, essaie de comprendre au lieu de te révolter. Voilà un garçon jeune et inexpérimenté. Il assiste au spectacle le plus atroce qui soit : ses parents sont égorgés devant lui. Il est impuissant. La force brutale s'impose de la façon la plus abominable. C'est sa première grande expérience de la vie. Il est enlevé et ne survit que parce qu'il a un joli minois. On veut le vendre. Puis le mutiler pour en faire un mendiant. Il se représente le monde comme partagé entre les forts et les faibles, et c'est tout. Il est du côté des faibles, des pauvres. Il recourt à la ruse et au crime pour survivre et, s'il n'avait tué cet affreux coquillard, il aurait aujourd'hui un pied en moins. Comprends-tu cela ? Aucun raisonnement au monde ne pourra changer sa détermination à passer dans le camp des forts, ceux qu'il appelle les seigneurs.

Elle ne répondit pas, consternée. Elle songea qu'elle-même aurait égorgé un malandrin si Barthélemy ne l'avait pas retenue, le soir où ils avaient été attaqués.

— Reste qu'il a sauvé ma vie, objecta-t-elle sans conviction.

— Je ne doute pas qu'il l'ait fait par sentiment fraternel. Mais à la réflexion, je voudrais être certain que son acte n'était pas un tant soit peu calculé.

— Comment cela ? s'écria Jeanne, alarmée.

— Je l'ignore, Jeanne. Il y a toutefois une ressemblance entre vous que je n'ai pu m'empêcher de remarquer.

— Laquelle ?

— La détermination. Tu étais enceinte de moi. Tu me l'as caché sous prétexte que je ne ferais pas un bon mari… Laisse-moi parler. Tu as choisi un mari qui conviendrait à tes projets. Tu ne m'as révélé ma paternité que lorsqu'il est mort. Et encore, parce que le hasard m'avait fait chercher refuge dans ta boutique. Tu avais mon adresse. Tu n'as pas une seule fois cherché à me retrouver et à me dire la vérité. Cela prouve beaucoup de détermination chez toi aussi.

Elle fut dévastée.

— J'ai cherché à me protéger…

— Lui aussi se protège. Il est bien ton frère, même si son comportement présent te déplaît.

Tout cela était affreusement vrai.

— Me juges-tu comme je le juge ? demanda-t-elle au bout d'un temps.

— Non, répondit-il avec douceur. Le sentiment prime. Je te pardonne.

Pardonne ! Et dire que c'était lui qui, depuis des mois, demandait le pardon !

Elle hocha la tête et se leva.

— Puis-je venir souper ce soir ? demanda-t-il.

Elle plongea son regard dans ces yeux bruns. Puis elle s'élança vers lui. Il la serra dans ses bras. Elle retint ses larmes. Articula enfin :

— Je ne saurais supporter ton absence.

28

Le bardot

Juillet alluma ses fourneaux dans le ciel. Les Parisiens dormirent nus, non par impudeur, mais par instinct de conservation. Il amollit, mais de jour seulement, les ardeurs des écoliers et des clercs. Le Pet-au-Diable avait discrètement regagné sa place antique, et la Vesse lui fit pendant, puisqu'elle existait ; elle servit de point d'appui supplémentaire aux mendiants.

Les mouches et les cancrelats tinrent à leur tour leurs fêtes et leurs parlements.

Les immondices répandirent des odeurs encore plus insupportables ; celles-ci montèrent dans les logis, puisque les habitants laissaient les fenêtres ouvertes pour faire entrer la lumière. C'étaient des immondices d'une grande richesse : on y trouvait à l'occasion des cadavres de mort-nés, mêlés à des dépouilles pestilentielles de rats et de chiens. Les claquements d'ailes de corbeau, le jour, ne le cédaient que la nuit à ceux des rapaces.

Certes, les tombereaux de la municipalité récoltaient une bonne partie de ces ordures, charriées jusqu'à Montereau ; mais la décomposition n'a pas d'heure, comme on sait ; le vif produit du mort.

Jeanne payait à titre privé deux ou trois des mendiants les plus valides pour ramasser les immondices amassées devant sa boutique. Ils en remplissaient de pleins sacs qu'ils allaient jeter dans la Seine. Car on jetait n'importe quoi dans le fleuve dont on s'empressait de boire l'eau. Elle était claire en surface et cela suffisait, non ? Les ordures n'allaient-elles pas à la mer ? Encore fallait-il que les mendiants fussent d'humeur à travailler. On sait ce qu'il en est du travail : on commence par y tâter en gourmet et l'habitude est vite prise.

L'eau de Seine vint à manquer, non parce que le fleuve baissait, mais parce que les seigneurs consommaient en quantité, dans les salles de bains de leurs hôtels, l'eau acheminée par les deux aqueducs de Belleville et du Pré-Saint-Gervais. Tel qui l'hiver allait des semaines durant couvert de son suint naturel, se baignait tous les jours dans la piscine de ses caves pour se rafraîchir le sang. En raison de l'affluence, les étuves et bains publics renouvelaient très souvent l'eau des piscines, qui finissait par n'être plus de l'eau…

Les porteurs d'eau firent des affaires et se virent interdire de puiser aux fontaines, plus entourées que les reliquaires aux fêtes des saints.

Jeanne se félicita que, comme la maison de la rue Galande, celle de la rue de la Bûcherie disposât d'un puits indépendant.

Denis, une fois de plus, la surprit. Dès les premières chaleurs, en effet, il alla dans la tenue où elle l'avait retrouvé : en chemise, dépoitraillé, en braies et pieds nus, pour être plus à l'aise, déclara-t-il. À première vue, cela n'avait rien de bouleversant. Elle aurait seulement souhaité qu'ils se montrât dans une tenue plus adaptée à celle d'un frère de la baronne de Beauvois, fût-elle pâtissière. Après tout, il aspirait aussi à devenir un seigneur. Mais ses propos sur les habits de bourgeois que lui avait achetés sa sœur la laissaient perplexe.

Poussant plus loin la réflexion, elle se demanda si, dans la maison de la Ronce-aux-Fées, où elle avait failli être pendue, c'était bien à cause de sa condition de domestique, comme elle avait cru le comprendre, qu'il allait dans la tenue d'un garçon de ferme.

Il n'était jamais revenu sur le récit de ses malheurs, qu'il avait fait en présence de Guillaumet. Et, en y repensant, elle se dit que la dernière partie de ce récit avait été bien brève. Les mots de François résonnèrent soudain dans sa tête : *Je voudrais être certain que son acte n'était pas un tant soit peu calculé.*

Mais encore une fois, quel calcul, grand ciel ?

Elle s'interrogea pareillement sur l'expérience qu'il aurait eue de l'alcool et des ribaudes, s'il fallait en croire François ; mais où donc l'aurait-il acquise ? Dans son métier de garçon de ferme ? Les ribaudes ne couraient pas les campagnes, qu'elle sût.

Un matin, un messager de la prévôté lui remit un message sur ordre du roi, l'informant qu'à l'issue du procès qui leur avait été dressé pour enlèvement de personne avec intention meurtrière, sur la personne de Jeanne de Beauvois, les sujets du roi Gautier d'Argency, Nicolas de Montcléry, Eudes de Bouffémont et leur complice Odilon Cassement, condamnés à mort, avaient été décapités place de Grève. La sentence avait été exécutée le matin même à l'aube.

Elle était vengée ; cela la rendit mélancolique. Elle avait oublié l'accès de rage presque bestial qui l'avait emportée quand d'Argency était passé devant la maison. La vie était déjà si fragile ! Pourquoi donc fallait-il que des querelles odieuses y missent un terme brutal !

La trouvant assombrie, Denis lui en demanda la cause et elle la lui dit. La nouvelle eut sur lui un effet diamétralement opposé : son visage s'épanouit et son regard se colora d'éclats malicieux.

— La miséricorde veut qu'on ne se réjouisse jamais de la mort d'un autre, fût-ce un ennemi.

Il ne releva pas l'observation et n'en perdit pas son sourire.

Ce sourire finissait par devenir déplaisant.

Une autre surprise attendait Jeanne le lendemain. Alors qu'elle, Guillaumet et le marchand qui l'avait livrée venaient d'installer et débonder une barrique de vin de Clamart bien débourbée et de vérifier le fonctionnement du robinet de soutirage, Denis, tout à la fois, lui annonça qu'il s'en allait et lui demanda cent livres à titre de prêt. Il était, en effet, correctement vêtu, comme pour un voyage.

— Tu t'en vas ? demanda-t-elle.

L'incrédulité le disputa en elle au soulagement.

— Mais où donc ? continua-t-elle.

— Dans mes terres.

Guillaumet entendit la réponse et en demeura pantois. Son frère lui eût-il donné un coup de poing à l'estomac que Jeanne n'en aurait pas été plus choquée. Denis était-il devenu fou ?

— Tes terres ? Mais quelles terres ? parvint-elle à articuler enfin, le regard fixé sur Denis.

Guillaumet en restait comme estoqué.

— Je viens d'hériter deux cents arpents de bonnes terres et un manoir près de Rambouillet, répondit-il avec assurance.

— Hériter ? Mais de qui ?

Elle fut soudain alarmée ; elle avait déjà trouvé les manières de son frère étranges et frisant presque l'incivilité, depuis son retour. Les mauvais traitements qu'il avait subis lui avaient à coup sûr fait perdre la raison. Mais là, c'en était trop.

— D'Argency.

Jeanne dut s'asseoir. La tête lui tourna.

— Tu hérites de l'homme qui voulait me pendre ?

Il hocha la tête, avec un fin sourire.

— N'est-ce pas un beau coup ? demanda-t-il.

Un beau coup ? Elle secoua la tête et demanda à Guillaumet un gobelet d'hypocras qu'elle but en silence.

— Denis, dit-elle enfin, quelle est cette histoire ?

— L'an dernier, Gautier d'Argency m'a légué devant notaire, maître Ythier La Rocande, deux cents arpents de terres, les fermes attachées et le manoir dont je te parle, qui me reviendraient à sa mort.

Le pire pour Jeanne fut que les dires de Denis commençaient à se vêtir des apparences de la vérité. S'il avait fabriqué cette fable, il l'avait aussi habillée des éléments du possible.

— Mais tu étais, m'as-tu raconté, garçon de ferme, objecta-t-elle en tentant de garder son calme. Pourquoi diantre d'Argency t'aurait-il fait un legs aussi merveilleux ?

Une expression de fatuité se peignit sur les traits de Denis.

— Je n'ai jamais dit que j'étais garçon de ferme. D'Argency me portait de l'affection.

— Une bien grande affection ! s'exclama-t-elle, et elle se leva.

Même si les propos de Denis n'étaient qu'inventions, celles-ci étaient étrangement précises. Un soupçon monstrueux vint à l'esprit de Jeanne.

— Étais-tu le bardot d'Argency ?

Un sourire ironique et avantageux précéda la réponse. Denis se tourna vers Guillaumet, toujours muet, et lui dit :

— Je vois que ma sœur connaît le monde !

Elle avait en tout cas vu ces garçons vêtus d'habits mi-partie jaunes et mi-partie verts, les chausses moulantes devant comme derrière, dont certains faisaient partie de la confrérie des fols et suscitaient les rires et le trouble par leurs cabrioles. Elle eût toutefois été à cent lieues d'assimiler Denis à l'un d'eux. Il se tourna vers elle :

— C'était plutôt lui mon bardot. Il était bien obéissant quand j'agitais le bâton à un bout, dit-il d'un ton plaisant.

Le bâton à un bout ! Jeanne poussa un cri d'indignation et arpenta la boutique. Elle eût volontiers giflé son frère, mais quelle autorité avait-elle donc sur lui, sinon trois ans d'aînesse ? Guillaumet se trouva accaparé par un client qui voulait un échaudé point trop chaud. Jeanne tentait d'imaginer les conséquences de la situation qui se dessinait à la lumière de ces révélations.

— Tu m'avais donc caché tout cela ?

— Les femmes ne comprennent pas ces choses. Et d'ailleurs, toi-même, Jeanne, es-tu certaine de m'avoir tout dit ?

Elle demeura interdite ; en effet, elle lui avait caché bien des moments de sa vie et, en particulier, ceux où figuraient Isaac et Matthieu. Elle releva la tête.

— Mais ce d'Argency et les autres, insista-t-elle, ils doivent avoir de la famille, des héritiers, des amis, que sais-je. Ils contesteront ton héritage. Ils t'accuseront de les avoir trahis.

— Qu'en savent-ils ? Tout le monde est mort. Et l'accord chez le notaire est signé.

— Comment justifieras-tu que tu reviens réclamer ton héritage ? Que ces hommes aient été arrêtés et que tu sois, toi, toujours en vie ?

— Je dirai que je me suis enfui quand les sergents du roi sont arrivés.

Elle découvrit qu'il avait donc tout prévu et machiné, avec une froideur calculatrice digne des pires intrigants de cour.

— Tu étais donc l'amant d'un des ennemis du roi ? reprit-elle.

— Que m'importe le roi ! Ce qui compte est l'héritage.

— Et tu as donc envoyé d'Argency à la mort et tué ton ami le cocher pour accaparer l'héritage ?

— Jeanne, s'écria-t-il d'un ton impatient et même hautain, sinon menaçant, je t'ai sauvé la vie !

— L'occasion était trop belle ! cria-t-elle. Tu me sauvais la vie et tu devenais riche !

Le client pencha le cou à l'intérieur, surpris par l'éclat de voix.

Mais elle voulait en savoir davantage et, tant qu'à faire, vider cette coupe de poison.

— Tu étais donc au courant du complot ? demanda-t-elle.

— Bien sûr. Mais je ne te connaissais que sous le nom de Beauvois. Ils te présentaient comme la catin du roi. Ils ignoraient entièrement que tu fusses ma sœur.

— Tu aurais donc laissé pendre une autre femme sous prétexte qu'elle avait eu un enfant du roi ?

— Que m'importe ! rétorqua-t-il en haussant les épaules.

— Tu es donc du camp du prince Louis ?

— Je le deviens, et c'est tant mieux pour toi. De la sorte, je pourrai garantir qu'ils ne t'attaqueront plus, lança-t-il d'un ton détaché.

Bouillant de colère, d'indignation et de honte, Jeanne monta à l'étage, alla à la cachette où elle mettait son magot à l'abri et compta cent livres tournois. À quoi ne devait-elle donc pas la vie ! Et ces cent livres étaient donc le prix que son propre frère lui en demandait. Elle redescendit.

— Denis, voici l'argent que tu demandes. Et maintenant quitte la maison sur-le-champ.

Elle ne voulut pas en dire davantage. Elle se rappela le portrait que François avait tracé d'elle. Il prit l'argent et demanda une bourse ; elle n'en avait pas ; Guillaumet vida la sienne et la lui donna.

— Si tu es de passage à Rambouillet, tu seras la bienvenue, dit Denis d'un ton amène, en attachant la bourse à sa ceinture.

Elle lui décocha un regard fulgurant.

— Au revoir donc, dit-il, prenant la porte.

— Adieu, dit-elle.

Et quand elle eût refermé la porte, elle ajouta entre ses dents :

— Boulgre !

Guillaumet éclata de rire. Jeanne lui fit jurer sur la croix qu'il ne répéterait pas un mot de ce qu'il avait entendu.

— Maîtresse, vous le savez bien : j'y perdrais mon emploi. Si l'on apprenait cette histoire, votre boutique y perdrait son renom.

L'heure vint de fermer les volets.

J'ai perdu un frère si peu de temps après l'avoir retrouvé, se dit-elle. Denis est pis que mort.

François arriva sur ces entrefaites. À sa vue, elle fondit en larmes.

Elle n'avait pas le cœur de préparer à souper. Il l'emmena dans une taverne proche et l'écouta.

Les phénix ne s'envolèrent pas non plus ce soir-là. Les oiseaux de légende sont, eux aussi, imprévisibles.

29

L'autre miroir

Le temps est la plus douce des pierres tombales. Il recouvrit le souvenir de Denis Parrish et les chagrins qu'il avait causés à sa sœur. Son nom ne fut plus jamais prononcé rue de la Bûcherie.

Mais le hasard est parfois moins clément. Se rendant un matin à *L'Échaudé* de la rue Galande, pour attendre et payer les fournisseurs de méteil et de beurre, Jeanne trouva une foule de spectateurs qui occupaient la petite place au bas de la rue de la Montagne-Sainte-Geneviève ; ils étaient là plus d'un millier, devant l'échafaud d'une sotie ; ils riaient beaucoup. Les Sots en costumes éclatants, rouges, jaunes, verts, sur un fond de rideau noir, se démenaient beaucoup. Jeanne ne pouvait s'attarder, mais elle s'arrêta pour rire aussi un instant et plissa les yeux afin de déchiffrer le nom de la sotie, affiché sur un écriteau au bas de l'échafaud : *Les Trois Pèlerins et Malice*. Elle arriva au moment où un Sot gigotant débitait sa tirade :

… Plusieurs se sont accoutrés
En état de féminin genre.

Les éclats de rire lui firent manquer trois vers.

Car ils ne bataillent qu'aux culs.
Désordre les tient ci en rênes
Comme un trupelu, un mimin
Qui veut devenir féminin.

Le destin, songea-t-elle, lui jouait-il une farce lui aussi ? On l'avait jadis prise pour un garçon et c'était le garçon qui faisait la fille.

Un beau matin, Jeanne reçut par messager spécial trois faisans et trois faisanes accompagnés d'une bourse pesante et d'une lettre cachetée. Elle brisa le cachet, qu'elle ne connaissait pas, sursauta en voyant la signature et déchiffra ces mots, rédigés d'une plume bien trop élégante pour être celle de Denis ; sans doute celle d'un clerc à son service :

Ma chère sœur, je t'adresse à toi
et à ton fils mes vœux les plus
fraternels et te prie d'accepter,
avec la somme qui les accompagne
et représente le remboursement de
ton prêt, ces petits présents
pour ta table.
Denis d'Argency

Elle signa un reçu qu'on lui présentait et donna la pièce au messager.

Denis d'Argency ! Les deux enfants de paysans de Normandie étaient devenus l'un comte d'Argency et l'autre baronne de Beauvois ! Un garçon de ferme illettré et vénal et une pâtissière chanceuse. À se tordre ! La missive ne devait rien au sentiment fraternel et tout à la vanité. C'était pour

Denis une façon de déclarer à celle qui l'avait chassé que son plan odieux avait réussi et que, de surcroît, il s'était approprié le titre de l'amant qu'il avait dépêché à la potence. Le garnement avait donc eu satisfaction, puisqu'il lui remboursait cent livres d'un coup.

Elle haussa les épaules et donna les trois faisans à Sidonie et les trois faisanes à Guillaumet. Le dernier souci que lui valait cet épisode était qu'à la cour du roi, quelqu'un eût eu vent de la vérité de l'affaire de la Ronce-aux-Fées. Il n'en fut rien, Dieu merci.

Elle souhaita parfois à Denis de crever de malemort, afin de retrouver dans son souvenir l'amour qu'elle lui avait porté autrefois.

Elle dut toutefois admettre que depuis le départ de son frère, elle n'en était plus importunée.

Elle reçut également, impromptu et de la part de Charles le Septième, douze bouteilles de vin de Guyenne et une prodigieuse pièce de bœuf ; quatre soupers n'en eurent pas raison. Elle se demanda pourquoi ; elle se rappela que c'était l'anniversaire de son mariage. Charles avait décidément la mémoire fidèle ! Elle chargea Guillaumet de livrer en retour à l'Hôtel des Tournelles vingt-quatre échaudés divers avec une lettre de gratitude et soumission, qu'elle se fit dicter par le père Martineau.

Toute sa vie était désormais absorbée par le jeune François. Elle passait des heures avec la nourrice à lui apprendre à bien parler. Le bain de l'enfant était devenu la cérémonie principale de la journée. Elle tremblait que les partisans du prince Louis ne reprissent leurs persécutions. La nourrice déplorait souvent que l'enfant fût pâlot, et c'était vrai : ayant grandi à la maigre lumière que laissait filtrer le parchemin huilé des fenêtres, son teint revêtait, surtout l'hiver, une blancheur translucide. Jeanne admit donc qu'elle l'emmenât prendre le soleil à l'extérieur ; elle escortait alors la nourrice comme un garde militaire et, pour l'occasion, se munissait d'un gros bâton. Elles n'allaient d'ailleurs jamais plus loin que le cimetière de Saint-Séverin, fort animé de jour, mais par une autre clientèle que la nuit.

Après avoir connu tant d'hommes à son âge, Jeanne voyait sa famille se réduire à un seul être, son enfant ; la nourrice était comme une sœur, et Sidonie et Guillaumet, des parents d'appoint.

François…

Elle ne parvenait pas à se faire une idée de l'homme auquel elle devait tant de nuits de plénitude physique. Elle l'appelait l'Oiseau Arc-en-Ciel. Il était imprévisible. Tantôt il venait, tantôt non. Où courait-il ? Où se passaient ses nuits d'absence ? À vrai dire, elle n'en avait cure. Ribaude, donzelle ou mignard, ces créatures auxquelles François consacrait peut-être une partie de son temps n'étaient pour elle que les domestiques de ce qu'elle appelait la ventraille. Mais quel homme était prévisible ?

Le fait était : elle ne voulait pas du père de son fils comme mari et prenait soin de ne pas concevoir de lui une fois de plus.

— Me répandrai-je en vain ? demanda-t-il un matin.

— Le plaisir est ton fort, mais la paternité ne l'est pas.

La fierté de François en était blessée, mais il dut convenir lui-même qu'on ne fait pas d'un renard un chien de garde.

De surcroît, peut-être informé par des ragots qu'un homme allait souvent chez elle et même y dormait, le père Martineau alourdissait ses recommandations :

— Jeanne, je vous l'ai dit, il faudra songer à vous remarier. Votre veuvage est achevé. Il n'est pas bon pour François que vous n'avez qu'un enfant, et encore moins qu'il n'ait pas de père. Vous êtes riche, les bons partis ne manquent pas.

À l'évidence, cette brebis solitaire le contrariait, et d'autant plus qu'il lui avait prodigué sa sollicitude.

— Le démon guette les gens qui dorment seuls ! avait-il ajouté, sentencieusement.

Elle n'osa rétorquer que, si c'était vrai, il devait beaucoup guetter les moines.

Elle n'avait connu qu'un vrai mari, Barthélemy. Thierry Lepoulain avait disparu. Elle ne se sentait pas de courir la prétentaine. Quant au corps, qu'il fallait bien satisfaire, avant que la faim le poussât à des sottises, les régals que lui offrait François devraient suffire.

Elle reconnaissait toutefois que, depuis quelque temps, François se montrait fort occupé par ses études d'arts. Sans doute le chapelain de la chapellenie de Saint-Jean, dans la collégiale de Saint-Benoît-le-Bétourné, Guillaume de Villon, cet homme aux allures de chanoine qu'elle avait rencontré à l'Hôtel de la Porte Rouge, l'y avait-il poussé. François avait passé des mois sans en ficher une rame. Et désormais, il travaillait assidûment, parfois chez elle, parfois chez lui ; non sans résultats : le 4 mai, ils avaient célébré l'obtention de sa licence. Elle tempéra sa rigueur.

Le diplôme de licencié, cependant, ne nourrissait guère son homme, elle le savait. Si elle finissait par épouser François, ce serait elle qui remplirait le chaudron.

Elle se consacra davantage aux affaires. Elle songea à ouvrir une troisième pâtisserie, dans un quartier où il n'y en aurait pas. Dans cette intention, elle inspecta les Halles. Le quartier était agité et, la nuit, couru de malandrins et de coquillards, mais de jour, les bouchers lui assureraient une pratique au moins égale à celle des collégiens. En effet, ces gens et leurs commis arrivaient à l'aube pour entreprendre leurs pénibles besognes : transporter les carcasses des chariots aux boutiques, les pendre aux crochets, puis les détailler à la hache. Ils n'étaient pas comme les riches chevillards qui allaient dans les tavernes ; leur seule nourriture jusqu'au soir était la cuisse de poulet ou la saucisse qu'ils achetaient aux rôtisseurs en plein air. Un échaudé, une crêpe fourrée, un petit pâté ou une galette les changeraient de leur ordinaire. Elle trouva donc à deux pas de Saint-Eustache une boutique, étroite, il était vrai, mais, comme la plupart, dotée d'un logis au-dessus, avec lequel elle communiquait par un escalier en colimaçon. Elle ne voulait d'ailleurs pas d'une boutique opulente, qui susciterait la jalousie.

Encore faudrait-il un homme de confiance et de métier pour tenir cette nouvelle boutique, loin de sa surveillance tacite. Sidonie lui en indiqua un qu'elle connaissait, ancien mitron chez un seigneur ruiné par la disgrâce du roi.

Jeanne le convoqua. Elle vit arriver un garçon de vingt-quatre ans, sec comme un sarment, avec des yeux de furet. Il s'appelait Jacques Ciboulet et savait lire et écrire. Il était avare de paroles, et il écouta attentivement Jeanne lui expliquer les tâches et annoncer la paie qu'elle se proposait de lui donner ; elle attendit sa réplique, puisque les ouvriers fixaient eux-mêmes leur salaire selon la coutume du taquehan. Mais il déclara que la somme lui convenait et qu'il savait faire des pâtes ; elle l'engagea donc à partir du samedi suivant, quand elle aurait conclu l'accord avec le propriétaire de la boutique, et lui donna un acompte avant de monter à l'étage.

Peu après, Guillaumet lui rapporta que Ciboulet s'était attardé un moment pour bavarder avec lui et qu'il avait demandé :

— Elle a point d'homme ?

— Elle en vaut deux, avait rétorqué Guillaumet.

Elle a point d'homme ? Jeanne s'esclaffa, mais proférée par un autre qu'un moine, la question la laissa songeuse. Il fallait donc dans la vie d'une femme ce qu'ils appelaient un homme. Un bipède mâle, même s'il n'était parfois pas plus actif qu'une enseigne grinçant dans le vent. À La Coudraye, on se moquait bien qu'une femme eût un homme ou l'inverse, ce qui comptait était son utilité et les relations de bon voisinage.

On touchait à l'août. Le temps d'aménager la boutique, d'en chasser les rats, les souris, scolopendres et cancrelats qui y avaient élu résidence, de boucher les trous, de renforcer les pierres du fournil qui se descellaient, de crépir les murs, de remplacer le parchemin huilé aux fenêtres, de ramoner la cheminée, d'acheter les poêles, les pots, claies et lèchefrites, ainsi que les verres pour le débit de boisson, une quinzaine fila. Une enseigne fut enfin commandée et pendue : *À la crêpe de Saint-Macaire.*

Le 26, François remporta sa maîtrise. Jeanne ignorait ce que ce cela signifiait ; il le lui dit : il était désormais autorisé à discourir de logique, de mathématique, d'astronomie, de morale et de métaphysique. Elle fut éblouie, bien qu'elle n'eût pas la peau d'une idée de ce qu'étaient la logique et la métaphysique : son amant était donc un puits de science.

Guillaume de Villon donna pour l'occasion un souper et y convia la baronne de Beauvois et le maître de François, Jean de Conflans. La conversation fut riche, la chère fut maigre ; le pauvre Villon ne faisait pas son gras à table. Trois jours plus tard, elle donna elle-même un souper, y convia le chapelain et Conflans et les régala.

Elle ne douta pas qu'ils la recommandassent comme parti pour François.

En effet, avec son magistère, l'avenir de François prenait tournure. Et les dispositions de Jeanne changèrent.

Elle l'entretint un soir de l'avenir. Il devina son propos.

— Jeanne, la maîtrise se monnaie, certes. Dans l'Église, l'enseignement ou le service royal. Curé, je ne veux. Magister, je souffrirais de faire souffrir des jouvenceaux pour les mener où je suis. Courtisan, je ne peux.

Sur ce dernier point, il fut disert : il tenait le roi pour un flageolet mal né et son fils Louis pour un vaurien aspirant à la couronne comme le rat au fromage. Il rêvait de Dijon, qui surpassait infiniment Paris en splendeur.

— Mais alors ? demanda-t-elle, stupéfaite que le savoir et le prestige d'un maître ès arts valussent moins que ses talents de pâtissière.

— Je peux m'installer copiste. Une bonne copie d'un texte prisé vaut entre cinq et vingt livres, selon le volume de l'ouvrage. C'est honnête. L'inconvénient est que dans vingt ans je serais aveugle.

La conversation évoqua pour elle ces soties où, après mille cabrioles, insolences et facéties, un fol disparaissait dans la nuit d'un drap noir. Le drap, en l'occurrence, était l'avenir de François.

La vie compte des montagnes et des plaines, des vallées et des déserts. Jeanne eut le sentiment qu'elle était entrée en plaine. Les mois passèrent en douceur. Ils laissèrent à l'esprit le loisir de méditer sur l'association des saveurs de l'époisses et des noix, des mûres et de la coriandre, du brochet en sauce et du fenouil. Découvertes qu'un esprit rapide eût qualifiées de gastronomiques, mais qui sont pourtant comparables à la grammaire et à la philosophie, car elles enseignent à saisir les subtilités de l'existence, puisque le monde est naturellement composé du Ceci et du Cela. Ainsi l'absence d'un être cher donne plus de goût à sa présence, et sa gaîté permet de mieux mesurer sa mélancolie.

Jeanne apprenait donc la philosophie sans le savoir.

Le vingtième avent advint, comme son nom l'indiquait. Vingt ans, donc. Les couleurs acidulées et les charmes râpeux de la jeunesse cédaient le pas aux finesses d'une fleur qui s'épanouit. Un soupçon de rondeur dans la joue, un creusement de fossette qui s'accentue, des arpèges plus riches dans le regard esquissèrent le passage du corps à l'âge adulte, celui de l'esprit étant déjà bien avancé.

François lui avait offert à Noël un cadeau de reine : des vers de Christine de Pisan, calligraphiés sur parchemin par une main agile. Elle découvrit avec ravissement une ballade qui disait, mais bien mieux qu'elle l'eût jamais su faire, les sentiments qu'elle avait déjà éprouvés :

Seulette suis et seulette veux être,
Seulette m'a mon doux ami laissée.
Seulette suis, sans compagnon ni maître,
Seulette suis, dolente et courroucée,
Seulette suis, en langueur malaisée,

Seulette suis, plus que nulle égarée,
Seulette suis, sans ami demeurée...

L'extase !

C'était le deuxième miroir qu'on lui offrait. Le premier lui avait révélé son visage, le second reflétait son âme. Elle y trouva une force que le verre argenté de Venise ne lui avait jamais procurée, parce qu'elle exaltait bien plus que les frissons épidermiques de la vanité.

Dans le miroir, en effet, elle ne voyait que sa peau, et dans la poésie elle découvrait sa personne.

Le plaisir de lire l'absorba désormais. Tous les loisirs que lui laissaient les commerces et les soins du jeune François y furent consacrés. Elle apprit par cœur tous les vers du mince livre relié de gros vélin.

Elle découvrait la beauté dans le rythme et la description du sentiment. Ce que les offices de Saint-Séverin n'avaient su faire, les vers d'une lettrée du siècle précédent le réussirent : croire en l'immortalité et la palpitation du verbe.

Et François, se demanda-t-elle, n'écrivait-il donc plus ?

Elle se rappela sa première expression poétique : *Ô le goût exquis du jouvenceau vertueux !* et elle en rit. Tel était pris qui croyait prendre.

Les liqueurs et les parfums de la beauté l'enchaînèrent si bien dans leurs griseries qu'elle en oublia le monde. Elle ne prêta ainsi qu'une molle attention à une nouvelle pourtant digne d'intérêt : Jacques Cœur s'était enfui. Soudoyant généreusement ses geôliers, son neveu Jean de Villages l'avait emmené au triple galop loin des griffes de Charles VII. Elle avait jadis condamné le pouvoir excessif du financier ; les folies du sentiment, mêlées aux vapeurs du rêve, réduisirent la fuite à une péripétie négligeable. On rapporta qu'on avait vu Jacques Cœur à Beaucaire. Puis à Marseille. Puis à Rome, chez le pape Nicolas V. Elle s'en souciait comme d'une guigne. Elle dépensait ses loisirs entre la poésie et le miroir.

Tel est le vice de la facilité. Elle endort la vigilance. Les Anciens craignaient l'adversité plus que le bonheur. Erreur ! Œdipe heureux serait inconnu du monde. Quoi, un Grec content de son sort, qui serait mort d'indigestion après un trop riche repas d'agneau rôti, d'oignons et de vin, le bel exemple !

Jeanne se rappellerait bientôt, mais avec une humeur acide, ces jours d'indolence voluptueuse et ces nuits où son corps s'épanouissait tel un jardin fleuri : trois roses autour du cadran lunaire de son nombril.

Elle n'avait rien compris à la déroute du financier. Elle n'imaginait pas que la fuite de Jacques Cœur allait à terme frapper ses intérêts immédiats, de même que ceux de bien d'autres, à commencer par Charles le Septième.

Mais d'autres péripéties survinrent auparavant.

30

Un meurtre mystérieux

Le temps alla donc. Un temps.

Il sembla pour Jeanne qu'il dût suivre son chemin jusqu'au jour encore lointain où elle tiendrait son petit-enfant sur les fonts baptismaux et rentrerait chez elle fermer les yeux pour la dernière fois.

Nenni. Des lettres s'inscrivaient sur les murs du royaume et de sa salle à manger, mais comme elle ne lisait pas l'hébreu, elle ne put déchiffrer le *Mané Thécel Pharès* tracé par le doigt du destin.

Elle le comprendrait bien plus tard : on croit que la Providence nourrit des desseins impénétrables, parce qu'on s'avise, mais le plus souvent trop tard, que cette sorte de ministère divin a de la suite dans les idées. En réalité, elle ne fait que suivre le cours des passions terrestres. C'est-à-dire les mener à leur perte.

Ainsi des Anglais. En juillet 1453, ils n'avaient toujours pas compris qu'en Guyenne, ils étaient bien trop loin de Londres pour s'enraciner en terre étrangère ; incidemment, ils mettraient d'ailleurs cinq autres siècles pour comprendre qu'il est téméraire de battre son beurre trop loin de sa ferme.

Déjà, en octobre 1452, ils s'étaient laissé duper par l'illusion qu'ils étaient les maîtres prédestinés de la France, par le truchement des droits héréditaires. En effet, leur roi Henry V avait épousé Catherine de Valois et son fils, Henry VI, Marguerite d'Anjou. De plus, symbole insigne, c'était à Paris même, le 16 décembre 1431, que Henry VI avait été couronné roi d'Angleterre et de France. Ayant perdu la Normandie, les Anglais s'obstinaient à récupérer la Guyenne et le Bordelais, où les Français avaient impudemment installé des garnisons. Ils dépêchèrent par voie de mer un héros qu'ils croyaient invincible, comme on brandit les reliques de saint Roch dans les villes frappées par la peste : Talbot, comte de Shrewsbury, dernier général d'Henry VI d'Angleterre.

Quand cette anthologie de cicatrices de guerre débarqua à Bordeaux, à la tête de trois mille hommes, les Bordelais et les villageois des environs coururent au secours de ce qu'ils pensaient être la victoire : ils se rebellèrent contre les Français et boutèrent dehors les garnisons de Charles VII. Paradoxe des paradoxes, ils se croyaient anglais ! De plus, l'information, comme toujours, voyageait mal et s'avariait dans le transport : ils tenaient encore que Charles le Septième était un bâtard et un débile, et Jeanne d'Arc une sorcière et une folle. Ne l'avait-on d'ailleurs pas brûlée comme telle à Rouen, avec l'approbation de l'Église même ?

Dans sa fausse somnolence, Charles envoya une armée dresser le siège de Castillon, une des places fortes qui commandaient le ravitaillement de la Guyenne. L'été de 1453, les Français campèrent tranquillement leur machinerie militaire autour de la ville : ils creusèrent des tranchées, érigèrent des palissades et installèrent leur artillerie. Talbot essaya de briser l'encerclement grâce à ses fameux archers aux grands arcs ; les flèches tombèrent dans les fossés français comme des asperges trop cuites. Il décida alors une percée en masse : sa troupe se fit tailler en pièces par le feu nourri des canons français. Il fut lui-même projeté dans un fossé. Les Anglais n'avaient donc plus de chef. Les Français se ruèrent. Le 17 juillet 1453, c'en était fait de l'occupation anglaise du duché de Guyenne.

Les Bordelais trépignèrent de fureur. Ils tinrent bon, attendant des secours d'Angleterre. Tous les matins, ils lorgnaient les flots ; pas de secours. Henry d'Angleterre n'avait aucune envie de sacrifier de nouvelles troupes, et d'ailleurs, il n'y songeait même pas : il venait d'être saisi de son premier accès de folie héréditaire, maladie que lui avait apparemment transmise, ô paradoxe, son grand-père français, Charles VI, celui-là même qui avait enflammé les danseurs du Bal des Ardents. Ses ministres aussi avaient abandonné la cause perdue de la Guyenne : ils affrontaient les débuts de la guerre des Deux Roses. Le 19 octobre, les Bordelais découragés mirent lance en terre.

Charles le Septième avait sans doute perdu la guerre du Pet-au-Diable, mais il avait terminé à son avantage la guerre de Cent Ans.

Cela faisait belle lurette que le vin de Guyenne ne venait plus à Paris, mais les nouvelles, elles, circulaient. Des voyageurs entrant dans Paris et s'arrêtant à l'un des deux *Échaudés* pour une collation annoncèrent que le Bordelais était désormais français. Charles le Septième fit d'ailleurs célébrer la victoire par des banquets publics ; des fontaines à vin furent installées dans trois grandes places de Paris et l'on y dressa aussi de grandes broches pour rôtir des quartiers de bœuf ; les échevins firent distribuer du pain, et les cloches de Notre-Dame sonnèrent à toute volée le Te Deum de la victoire. Nul n'en pouvait plus ignorer, et puisqu'on mangeait et buvait, on se réjouissait.

Jeanne fit fermer les deux boutiques, car elle aurait peu de clients ce jour-là, et se rendit à la fête avec Guillaumet, après avoir claquemuré la nourrice et le jeune François. Place de Grève, elle observa, avec une horreur songeuse, que les broches tournaient sur le lieu même où elle avait, quelque trois ans auparavant, vu des faux-monnayeurs précipités dans un chaudron. Néanmoins, elle se laissa gagner par la gaîté alentour.

François de Montcorbier, dit Villon, fut consterné par la victoire et par les réjouissances. Il l'avait dit à Jeanne, il exécrait le roi. En réalité, se dit-elle, il exécrait tous les rois et tous les pouvoirs. Les poètes ne tolèrent que les couronnes qu'ils portent, et la sienne était celle du désordre. Pour lui, la France était peuplée d'hypocrites. Il l'écrirait plus tard :

Je connais pourpoint au collet.
Je connais le moine à la gonne.
Je connais le maître au valet.
Je connais au voile la nonne.
Je connais quand pipeur jargonne.
Je connais fous nourris de crèmes.
Je connais le vin à la tonne.
Je connais tout, fors que moi-même.

Il est pareil aux fols, se dit Jeanne, il dénonce tout. Et comment, en effet, lorsqu'on porte un cœur sensible, ne pas être affligé et enragé par la différence qui sépare le Beau et l'Idéal de la réalité quotidienne ?

Elle était paysanne et rêvait d'ordre, il était citadin et l'ordre lui pesait. Elle s'était établie par ses talents de pâtissière, il haïssait les marchands. Elle économisait, il dépensait.

Il voulait jouïr des cinq sens, elle faisait fructifier. Elle respectait le commerce, il volait.

Car il volait. Il lui confessa ainsi que le recueil de Catherine de Pisan qu'il lui avait offert avait été dérobé à la bibliothèque de la Sorbonne. Il rêvait ainsi de posséder un épervier auquel il enseignerait comment voler les poulardes.

Vol, viol, une lettre ténue comme un fétu de paille séparait les deux mots.

Planté en bonne terre, l'amour contrarié qu'elle portait à François continua de pousser et se changea en arbre. Cependant, ses frondaisons ne lui offraient pas d'abri.

Leur liaison fut coupée de fugues mystérieuses de François. Elle le savait, car c'était à demi avoué ; parfois sans même s'enamourer, il s'entichait : d'une demoiselle ou d'un damoiseau auxquels un abus de vin de Meudon prêtait les couleurs de la beauté idéale. La plus longue de ces escapades, avec un joueur rencontré au jeu de paume de la rue du Grenier-Saint-Ladre, avait duré trois jours. Elle dissimula sa contrariété.

Un chat de gouttière revenant à la maison quand il était las de courir sur les toits, voilà ce qu'était François.

Alors la foudre frappa l'arbre. Survint un incident mystérieux.

Ce 5 juin 1455, les processions de l'ostension de l'Eucharistie s'étaient dispersées, les religieux avaient regagné leurs cloîtres. Les derniers échos du *Pange lingua* s'étaient évaporés dans l'air chaud de l'après-midi. Ne restaient comme souvenir de la célébration que les pétales de roses effeuillées sur le passage du cortège, neige rouge et rose sur le sol noir.

Jeanne fit remonter du puits la bouteille de vin qu'elle y avait plongé afin de la rafraîchir. Elle attendit François à souper. Il ne vint pas. Il ne l'avait pas prévenue, et n'était coutumier de cette sorte de discourtoisie. Elle soupa donc seule, inquiète. Il ne donna pas signe de vie. Elle se coucha, résignée. Il se manifesterait le lendemain.

Mais ce ne fut pas le cas.

De surcroît, certains propos des collégiens des Cornouailles l'alarmèrent : ils se rapportaient à un incident sanglant survenu la veille près de Saint-Benoît-le-Bétourné. Jeanne tendit l'oreille : c'était à deux pas de l'Hôtel de la Porte Rouge. Le prêtre Chermoye – du moins fut-ce le nom que Jeanne comprit – avait été grièvement blessé par un clerc nommé François de Montcorbier, en présence d'un maître, Jean Le Mardi. Montcorbier avait été emmené chez le barbier Fouquet pour panser une blessure[1].

Le cœur de Jeanne fit un bond.

Elle fut tentée de courir à l'Hôtel de la Porte Rouge. Mais elle craignit d'y rencontrer les sergents à verge. Dans une affaire criminelle, mieux valait ne pas se manifester si l'on n'y était pas mêlé, surtout quand on était une femme. C'était risqué, car la justice flairait partout des affaires de jupons et de rivalités. Jeanne se résolut prudemment à attendre le retour de François.

Les collégiens qui, l'après-midi, vinrent goûter une boisson fraîche et les nouveaux feuilletés aux fraises qu'avait inventés Guillaumet apportèrent des nouvelles récentes : Chermoye, transporté à l'Hôtel-Dieu, y était mort.

---

1. Les barbiers, à l'époque, étaient chargés d'effectuer les saignées et les interventions d'urgence sur les blessés.

François vint le soir. Il portait un emplâtre sur la lèvre supérieure. Elle manifesta son inquiétude. Que s'était-il passé ?

Il prenait, raconta-t-il, le frais en fin d'après-midi, en compagnie d'un prêtre de ses amis, prénommé Gilles, et d'une jeune fille, prénommée Isabeau. Deux hommes qu'il connaissait, le prêtre Philippe Charmoye et Jean Le Mardi, passaient par là. L'apercevant, Charmoye s'était jeté sur lui en l'invectivant. François, étonné, lui avait demandé la cause de sa colère et s'était levé. Il n'avait pas obtenu d'explications. Charmoye avait alors sorti sa dague et lui en avait donné un coup au visage, le blessant à la lèvre. Le sang avait giclé. Se voyant menacé de mort, François avait à son tour sorti sa dague et en avait donné un coup, droit devant, à son agresseur, puis il avait couru se réfugier dans le cloître de Saint-Benoît-le-Bétourné. Mais, bien que blessé, Charmoye l'avait poursuivi, et Le Mardi avait couru vers François. Craignant d'être rattrapé et de devoir affronter deux ennemis au lieu d'un, François avait ramassé une pierre et l'avait lancée sur Charmoye. Il l'avait atteint à la tête, et le prêtre s'était effondré.

Jeanne retenait son haleine. François reprit son récit : il avait couru chez le barbier le plus proche pour arrêter le sang qui coulait toujours. Selon les exigences du Châtelet, le barbier avait demandé le nom de son client. François, craignant des suites à cette affaire, avait donné celui d'un homme qu'il savait en prison, Michel Mouton[1].

— Mais Charmoye est mort ! s'écria-t-elle.

1. L'épisode est ici relaté selon les versions – différentes – qu'en donna plus tard François Villon lui-même. Les vraies raisons de la querelle et les circonstances dans lesquelles le poète donna le coup mortel n'ont jamais été élucidées.

— Comment le sais-tu ?

— Je l'ai appris de la bouche des collégiens des Cornouailles.

La nouvelle parut jeter François dans des abîmes de perplexité.

— Il faut alors que je me réfugie ailleurs, hors de Paris, dit-il.

— Mais chez qui ?

— J'aviserai.

— Ta fuite serait un aveu de culpabilité. Ou de mensonge. Pourquoi donc Charmoye t'en voulait-il ?

— Il estimait que je lui avais nui.

Rien qu'au ton vague de ces termes, elle pressentit que l'affaire était ténébreuse et que François ne dirait pas la vérité sur la querelle avec Charmoye.

— Pourquoi t'enfuir puisque ces deux témoins ont vu que Charmoye t'avait attaqué le premier ? Il n'est qu'à les citer.

— Ils n'étaient plus là.

— Et cet homme, Le Mardi ?

— Il prendra évidemment le parti de Charmoye.

Elle ne comprenait pas pourquoi Le Mardi prendrait le parti de Charmoye, s'il était vrai que ce dernier avait délibérément attaqué François. Ni pourquoi les deux témoins étaient partis au lieu de retenir Charmoye.

— Non, crois-moi, Jeanne, reprit-il, je serai plus en sécurité ailleurs. Peux-tu m'avancer de quoi vivre quelque temps ?

— Combien te faut-il ?

— Je ne sais pas... cinquante livres.

Profondément troublée, Jeanne tira sa grosse bourse, qui contenait l'argent nécessaire au paiement des fournisseurs ; elle en vida le contenu sur la table : quarante-trois livres.

— Cela suffira, dit-il en ramassant l'argent.

Elle le remit dans la bourse dont il s'empara, avant de quitter Jeanne sur un baiser.

Elle demeura seule, incapable d'apaiser les remous qui l'agitaient. François n'avait dit la vérité ni sur le motif de vindicte de Charmoye, ni sur les circonstances de la mortelle querelle avec ce prêtre. Il mentait. Mais que dissimulait-il ? Peut-être avait-il toujours menti. Pourquoi ? Peut-être ne le savait-il pas lui-même. Parce qu'il craignait la société qui l'entourait et les reproches qu'il encourait. En raison de quelle faute secrète ?

Son départ, se dit-elle, ne marquerait pas seulement le début d'une nouvelle absence. Cette fois-ci, François de Montcorbier prenait congé de sa vie.

L'un des deux phénix s'était consumé.

L'esprit s'obstine à creuser certains mystères qui commandent ses sentiments. Jeanne alla rue Galande pour s'enquérir des propos des collégiens des Cornouailles sur le meurtre de Charmoye. Les hypothèses épuisaient tous les registres de la crapulerie :

Le meurtrier avait séduit la nièce de Charmoye.

Il avait dérobé de l'argent à Charmoye.

Il avait séduit l'un des pensionnaires favoris de Charmoye.

Il ne s'était pas acquitté d'une dette de jeu contractée auprès de Charmoye.

Un seul point commun à ces fantaisies : tout le monde savait que le meurtrier était François Villon.

Il risquait la peine de mort.

Comme les hommes sont fragiles ! songea-t-elle. Aucun de ceux qu'elle avait connus n'avait duré : Isaac, une nuit. Matthieu, trois mois. Barthélemy, à peine plus de deux ans. Quant à François, il avait fui depuis le début. Elle monta chercher refuge auprès de son fils. Il avait alors quatre ans. J'en ferai un homme différent de tous ceux-là, se dit-elle, en l'asseyant sur ses genoux sous le regard attendri de Margot, qui de nourrice était devenue gouvernante.

Le 7 juillet 1456, les cloches de Paris sonnèrent none à toute volée, sur ordre de l'archevêché. À la même heure, à Rouen, les commissaires de la révision du procès de Jeanne d'Arc, assemblés dans la salle du palais archiépiscopal, déclarèrent que les douze articles sur lesquels s'appuyait la sentence prononcée contre Jeanne étaient faux, altérés et calomnieux. Ils ordonnèrent qu'ils fussent arrachés du procès et lacérés judiciairement. Enfin, concluant que le procès et les deux sentences étaient entachés de dol et de calomnie, ils les cassèrent. Leur verdict serait immédiatement exécutoire et lu publiquement sur la place Saint-Ouen, après une procession solennelle, et le lendemain au Vieux Marché, où la Pucelle d'Orléans avait été brûlée.

Jeanne d'Arc était réhabilitée.

Assistaient à ce déni de l'Église par elle-même Jean et Pierre d'Arc, la mère de Jeanne, Pierre Maugier, avocat de la famille, les amis d'enfance et les compagnons de combat de Jeanne d'Arc.

Le déni, toutefois, ne fut pas entier : les témoins présents au procès de réhabilitation s'abstinrent, sur conseil de l'archevêque, d'accabler l'évêque Pierre Cauchon, qui avait conduit le procès et endossé la forfaiture. La casuistique et la diplomatie s'associèrent en latin pour permettre à l'Église de sauver la face. Les minutes de la révision de ce procès mentionnèrent le moins possible le nom de Cauchon, d'ailleurs mort depuis longtemps, au terme d'une vie fastueuse et jamais inquiétée. Cauchon, comme le raconta un témoin, était déjà « moult haï du peuple » ; pas besoin d'en rajouter. Sans doute aussi Louis d'Harcourt, évêque de Narbonne et conseiller du roi, de même que le cardinal d'Estouteville, avaient-ils convaincu le roi de se montrer réservé à l'endroit de leur collègue. Mieux valait ne pas réveiller les échos du Grand Schisme[1].

Presque tout Rouen attendait à l'extérieur du palais. Il n'avait jamais nourri grande estime pour les évêques, archevêques, cardinaux et consorts, tous prébendiers notoires et guère acquis à la cause des seigneurs ordinaires. Car le clergé possédait aussi des terres, et ses Ave, pénitences et indulgences, ainsi que ses professions de désintéressement des biens terrestres ne l'empêchaient pas de réclamer ses dîmes aux fermiers. Ni d'avoir maîtresses et concubins, de favoriser ses parentèles et d'avoir une nombreuse descendance. Ces lieutenants du Saint-Esprit forniquaient donc. Pour les Rouennais, qu'on mentionnât ou non Cauchon, la

1. Le Grand Schisme, qui dura de 1378 à 1417, avait divisé la chrétienté en deux camps, chacun représenté par un pape avec son Sacré Collège de cardinaux. Il aboutit même à la création d'un troisième pape. Le Grand Schisme ne s'acheva que sur l'intervention de l'empereur Sigismond ; celui-ci ordonna à l'un de ces papes, Jean XXIII, de convoquer le concile de Constance, lequel, en 1415, déposa ce même Jean XXIII. L'unité de la catholicité ne fut reconstituée qu'en 1417 par l'élection de Martin V. Entre-temps, l'autorité de l'Église avait été gravement compromise.

réhabilitation de Jeanne d'Arc était une claque administrée au clergé dans sa totalité. C'était une revanche du peuple et d'une communauté obscurément perçue et qu'on n'appelait pas encore « nation ».

Tout Paris, dans le même état d'esprit, entendit les cloches et suspendit son pas et son souffle. Une foule sans nombre s'immobilisa aux alentours de Notre-Dame. Les oiseaux affolés battirent des ailes autour des clochers, décrivant de grands cercles cérémoniels. Le ciel devint plus vaste, et les petits soucis de chaque jour s'oublièrent pour un moment.

La célébration revêtit un caractère surnaturel et vraiment sacré. Il existait donc quelque chose de vraiment beau et de noble dans ce monde.

Les jeunes n'avaient qu'une idée confuse de la cause de cette célébration et les vieux l'avaient déjà oubliée. Jeanne d'Arc. Ah oui. Une Lorraine. Une bergère qui entendit des voix du ciel. Elle avait galvanisé un roi laid, humilié et débile, fils cadet sous-développé d'un roi fou et d'une ribaude couronnée ; elle l'avait fait sacrer à Reims vrai roi de France. Elle s'était battue contre les Anglais pour les chasser de France. Les Anglais l'avaient capturée grâce à la trahison d'un duc, un Luxembourg, et brûlée à Rouen avec la complicité de l'Église. Histoire vague et à la fin brouillée par les ornements, quelque peu graveleux, que chacun ajoutait à sa guise. N'avait-elle pas été l'amie d'un personnage sinistre, Gilles de Rais, tortionnaire de jeunes garçons ? Ne s'habillait-elle pas en homme ?

Mais c'étaient les cloches qui frappèrent tout le monde. Leurs tintements polyphoniques, mille lingots d'or aérien répandus au-dessus de la ville, constituaient la preuve la plus sûre qu'il y avait quelque chose dans le ciel, quelque chose de merveilleux au-dessus d'eux. Une âme qui battait le bronze pour se manifester. Un fantôme glorieux et joyeux.

Jeanne pétrissait la pâte à ce moment-là ; elle s'interrompit. Guillaumet leva les yeux. Les trois clients qui attendaient à la fenêtre tendirent le cou, comme s'ils espéraient voir aussi les archanges sonnant de la trompette.

Jeanne ne savait ce qu'était cette fête inconnue ; elle le devina d'emblée. Elle pensa au roi.

L'annulation du procès et la réhabilitation de Jeanne avaient failli échouer, elle l'apprit le lendemain de la bouche du père Martineau, venu commenter les événements. Elle releva à cette occasion que le moine usait pour ses explications d'un langage différent de l'ordinaire. Il était embarrassé, comme l'avait jadis été le père Godefroy à La Coudraye quand elle lui parlait de l'autre Jeanne. Et il y avait de quoi. Vingt-cinq ans plus tard, un cardinal défaisait ce qu'un autre, Winchester, avait fait, et un pape, Calixte III, en démentait un autre, Eugène IV ; comment expliquer cela à une femme ? Et, par-dessus le marché, une femme qui, comme Jeanne, dardait sur lui un regard inquisiteur ?

Bref, on avait d'abord tenté d'organiser la réhabilitation entre le roi d'Angleterre et le roi de France. Le pape avait dépêché un émissaire pour concilier les deux monarques. En vain ; les Anglais ne voulaient pas se dédire car c'eût été admettre que leur procès avait été une infamie. Philippe le Bon, le duc de Bourgogne, n'était pas pressé de donner raison à Charles VII. Et ç'avait été finalement à la requête de la famille d'Arc que Calixte III avait ordonné la révision du procès.

— Donc, vous vous êtes trompés, lui dit Jeanne.

— Ma fille, je ne suis pas le pape ! s'écria le père Martineau, mécontent de la réflexion.

— Mais si vous lui obéissez, vous pouvez vous tromper.

— Le Saint-Esprit ne souffle pas toujours ici-bas. Dans sa suprême sagesse, il nous laisse errer afin de nous rappeler notre faillibilité.

Elle hocha la tête et s'en tint là.

L'autorité n'était pas plus infaillible que la rébellion.

31

Que nous en faisons De telles manières...

Pendant un temps, Jeanne s'absorba dans la poésie. Elle connaissait quasiment par cœur tous les écrits de Christine de Pisan ; comme elle cherchait d'autres poèmes, elle trouva chez un libraire proche de la Sorbonne un exemplaire de ceux de Charles d'Orléans, aux lettrines finement enluminées ; il lui en coûta sept livres. Elle l'emporta avec autant d'émotion que Jason, sans doute, la Toison d'or.

De retour chez elle, son premier soin fut de monter pour en commencer la lecture :

En la forêt d'Ennuyeuse Tristesse,
M'advint qu'à part moi cheminais,
Si rencontrai l'amoureuse déesse
Qui m'appela, demandant où j'allais.
Je répondis que par fortune étais
Mis en exil en ce bois, longtemps a,
Et qu'à bon droit appeler me pouvais
L'homme égaré qui ne sait où il va...

Elle interrompit sa lecture et soupira profondément : cet alcool-là était plus fort que tous les vins.

Dans les jours suivants, sa consommation de chandelles augmenta. Mais qu'eût-elle fait d'autre que lire, puisqu'elle ne soupait plus avec François ? Elle prenait le repas du soir en compagnie de François et de Margot. L'enfant demanda un soir ce qu'était cet objet qu'elle prenait en main quand la table était desservie.

— Un livre.

Il ne savait ce que c'était. Elle lui expliqua que l'on y trouvait des récits et des sentiments, tels que la joie ou la tristesse, résumés dans des signes. Il feuilleta le livre et ne comprit pas davantage. Elle lui dit qu'il fallait savoir lire.

— Alors je veux lire ! s'écria-t-il.

Jeanne éclata de rire. Margot la regarda d'un œil affligé.

— Je ne peux le lui enseigner, maîtresse, je ne sais moi-même pas lire.

Elle songea à demander un instituteur au père Martineau, mais se remémora le sombre fâcheux que lui avait envoyé d'Estrades, le chapelain ordinaire des Tournelles. Puis elle pensa aux étudiants qui se pressaient rue Galande. Le lendemain, elle en trouva trois qui s'offraient comme répétiteurs pour un garçonnet ; elle choisit celui qui lui paraissait le plus vif. C'était un garçon de seize ans, au visage maigre et aux yeux bleus brillant sous sa tignasse. Pour trois sols, il convint avec empressement de consacrer une heure, entre vêpres et l'angélus, du lundi au vendredi à l'apprentissage du jeune François. À la condition qu'il eût la patience nécessaire avec l'enfant, il aurait quinze sols par semaine, il gagnerait donc trois livres le mois. Une fortune ! Margot, qui assisterait aux leçons, les premières de sa vie, en ferait le beurre qu'elle pourrait.

D'emblée, François témoigna d'une aptitude qui surprit Jeanne elle-même. Un mois plus tard, il savait épeler des mots simples et tracer des lettres, non toutefois sans ébrécher nombre de plumes, qu'il fallait retailler. François prenait un plaisir évident à ses leçons et, voyant que sa mère et Margot s'en félicitaient, y trouvait aussi de la fierté.

— Nous en ferons un savant! s'écria le professeur improvisé, qui se nommait Philibert Bonsergent.

Margot n'en demandait pas tant et, quand Philibert était parti, s'essayait à tracer des lettres elle aussi. On dépensa beaucoup en parchemin, encre et plumes.

Quelques semaines après, Philibert demanda à Jeanne:

— Mais que lui donnerons-nous donc à lire, madame, quand il saura le faire?

— Que pensez-vous?

— Qu'il serait avisé de lui enseigner le latin. Nous pourrons lui offrir au moins les fables d'Ésope à lire.

— Le latin? répéta Jeanne stupéfaite.

— Madame, les jeunes Romains le parlaient couramment, semble-t-il. Je ne vois guère pourquoi François ne ferait pas aussi bien qu'eux.

L'argument la fit rire. Les leçons de latin succédèrent donc à celles de lecture et d'écriture. Les progrès de François se firent moins sensibles dans l'apprentissage de ces mots inconnus. Mais si Margot avait renoncé à s'initier à ce langage savant, qui lui rappelait par trop les offices du dimanche, Jeanne, elle, se piqua d'apprendre cette langue qu'après tout François de Montcorbier maniait avec aisance. Les leçons se prolongèrent.

Un soir d'août, la leçon dura presque jusqu'à l'heure du souper. Jeanne convia Philibert à partager le repas. Il accepta. La nuit vint à l'insu des soupeurs. Circuler seul dans Paris quand le jour était tombé était une aventure périlleuse si l'on ne portait pas de dague, et Philibert n'en avait pas. Le seul moyen de décourager les coquillards et autres gueux qui écumaient les rues était d'être accompagné.

— Je vais vous donner une torche coiffée, dit Jeanne.

— Madame, je serai encore plus visible ! s'écria-t-il en riant. Autant donner une chandelle à une souris au pays des chats ! J'aurais l'air d'un notable en goguette. De plus, je ne me vois guère arrivant, torche à la main, devant le portier du collège, près de trois heures après le couvre-feu !

Elle n'y avait pas songé : clercs et collégiens étaient astreints à rentrer dans les murs de leurs établissements avant que sonnât la Macée !

— Voulez-vous coucher ici ? demanda-t-elle. Il y a un lit au troisième étage, que personne n'occupe.

Il accepta volontiers. Elle monta lui montrer les lieux, abandonnés depuis le départ de Denis, souffla les chandelles et descendit se coucher.

Elle s'endormit difficilement, puis d'un sommeil léger. Elle fut réveillée par des craquements. Elle écouta. Les craquements provenaient du plancher, dans la pièce voisine de sa chambre à coucher, celle-là même où ils avaient soupé ; ils cessèrent. Puis elle entendit distinctement quelqu'un s'asseoir dans le faudesteuil de cuir devant l'âtre. Intriguée, elle s'assit elle-même dans son lit. Le promeneur nocturne ne pouvait être que Philibert. Que faisait-il à l'étage ? Elle se leva à pas feutrés et ouvrit la porte ; l'huis était mal graissé, il grinça.

Philibert, en effet, assis dans le faudesteuil, se retourna. Il tenait dans les mains le recueil de Charles d'Orléans, qu'il lisait à la lueur de l'âtre.

Elle retint un petit rire.

— Pardonnez-moi, madame, mais il fait chaud, la lune est pleine et je ne parvenais pas à dormir. J'avais aperçu ce recueil sur votre coffre, je ne croyais pas faire mal en descendant lire ces vers dont j'ai entendu des éloges.

— Non, vous ne faites rien de mal, dit-elle, rassérénée. Lesquels lisiez-vous ?

Il déchiffra le premier quatrain :

Que nous en faisons
De telles manières
Et douces, et fières,
Selon les saisons !

Il leva vers elle un regard qu'elle trouva malicieux. En chemise, elle avança et récita en souriant le quatrain suivant :

En champ ou maisons,
Par bois et rivières,
Que nous en faisons
De telles manières !
Un temps nous taisons,

Tenant assez chères
Nos joyeuses chères,
Puis nous rapaisons
Que nous en faisons !

— Mais vous le connaissez donc par cœur, ce rondeau ! s'écria-t-il, ravi.

Elle s'était avancée jusqu'au faudesteuil.

Philibert était nu, comme l'on couche en été, dans une attitude d'abandon. Il était descendu comme il s'était levé, innocemment. Et il semblait ému de la voir.

— Eh bien, dit-elle, partageons donc votre insomnie !

Le sourire qu'il lui offrit en guise de réponse la récompensa de son audace.

Le lendemain aussi Philibert enfreignit le couvre-feu. Et le lendemain du lendemain. *Et caetera*, comme il disait. Comment faisait-il ? demanda Jeanne. Il se faufilait le matin par la porte de la chapelle. Elle s'inquiéta qu'on le découvrît. Il n'était pas le seul à recourir à cette ruse, allégua-t-il, et si l'on graissait la patte du bedeau, l'escapade serait sans danger. Toutefois, il ne disposait pas de la somme. Craignant de perdre son nouvel amant, Jeanne s'empressa de proposer cinq livres ; deux seraient amplement suffisantes, dit-il ; elles le furent.

Elle fit graisser l'huis de la porte du bas, afin que la nourrice ne l'entendît pas grincer quand, au point du jour, et après avoir bu un petit bol de lait chaud et sucré, Philibert regagnait le collège.

Elle s'étonna d'avoir si vite dissipé l'amertume que lui avaient laissée les troubles incartades de François. Était-elle donc frivole ? Ou bien était-ce la vie qui était inconstante ?

Un matin, tout étonnée, elle se retrouva en train d'écrire le rondeau suivant, qui lui était spontanément venu aux lèvres :

Lundi
L'on dit,
Et Mercredi
L'on se dédit.

Ancré sur rive
Jeudi gauche,
Bientôt dérive
À droit Dimanche.

Mars éploré,
Juillet lauré,
Pleurant Septembre,
Riant Décembre.

Est-ce mon cœur,
Est-ce la brise,
Je fuis Langueur,
Veux être éprise.

Si d'inconstance
L'on me tance,
Qu'on dise au vent
D'être constant.

Elle l'enrichirait, se dit-elle, avec un sourire, d'un quatrain ou deux. Elle était fière de son œuvre.

Non, bien sûr, elle n'épouserait pas un garçon qui n'avait pas encore dix-sept ans et point de métier. À moins d'attendre deux ou trois ans. Mais il était bien agréable de cueillir sur l'arbre un fruit frais, que n'avaient pas rongé les vers de l'infortune, ni trop griffé les passions. Un cœur jeune ne portait pas ces cicatrices qui ralentissent les caresses.

Elle donna des leçons au professeur. Car il était, à sa façon, illettré. Il la surpassa. Et la surprit.

Il ne buvait pas, ne jouait pas et ne courait damoiseau ni donzelle. Son haleine fleurait à peine le vin qu'il avait bu à table et son corps n'était suspect d'aucune des souillures dont François de Montcorbier portait tant de traces. Un jour, en y songeant, elle se mit à rire toute seule, s'avisant qu'elle comprenait ce dernier.

Quand elle eut acquis les rudiments du latin, il lui apporta un jour son exemplaire des *Églogues* de Virgile.

Tityre tu patulae recubans sub tegmine fagi...

Il lui enseigna la cadence des longues et des brèves.

Ils étaient comme au premier jour quand arriva le temps de goûter ensemble au vin de Beaune, qui venait de rentrer.

La nourrice finit par subodorer la liaison, mais comme elle se désolait du veuvage de sa maîtresse, elle tint sa langue. De moins bonnes langues, toutefois, s'avisant des fréquentes visites du jeune homme rue de la Bûcherie, en informèrent le père Martineau ; il rendit visite à Jeanne et feignit la colère, puis menaça d'avertir les parents de Philibert. Elle était rassurée sur ce point-là : personne dans le voisinage ne le connaissait.

— Mon père, lui dit-elle, vous finiriez par me contrarier. J'ai étendu les frontières de votre paroisse et je vous ai rendu assez riche pour entreprendre la réfection de l'église. Je ne vous donne pas d'argent pour me sermonner, mais pour la charité. Vous êtes plus occupé de la chair qu'un charcutier, alors que la charité devrait vous inspirer de mettre fin à la pratique de faire bouillir les faux-monnayeurs, comme si c'était de la viande de porc. Croyez-vous donc, mon père, que le Paradis soit peuplé de bréhaignes et de puceaux rancis ?

Et là, elle était vraiment en colère. Elle retrouvait chez le moine cette volonté d'appropriation de son corps et de sa personne qui l'exaspérait plus que tout au monde. Elle songea à François et, dans son irritation, comprit que ce qu'elle ne lui avait, au fond, jamais pardonné, était qu'il avait ravi son corps comme un soudard.

Le moine la regarda, au comble de l'ébahissement. Elle le devinait, il n'aurait jamais imaginé qu'elle lui parlât ainsi. Elle le tança :

— Je n'ai pas pris le voile, n'appartiens à aucun ordre et ne suis pas l'abbesse de Pourras !

Le nom de cette abbesse, Huguette du Hamel, abbesse de Port-Royal, « Pourras » comme on disait, qui couchait avec qui pouvait et qui avait pris la fuite avec son amant et le trésor de l'abbaye tout ensemble, le jeta dans l'épouvante. L'affaire avait fini au Parlement après avoir fait rire les gens d'esprit et discrédité pour quelque temps nonnes et chanoines.

— Mon enfant… commença-t-il.

— *Quousque abutere patientiam nostram ?* déclara-t-elle, se rappelant à propos le début d'une *Catilinaire* de Cicéron que lui avait lue Philibert.

Il pantela et se décombobula, aux limites de l'égarement.

— Allez, lui dit-elle, je vous pardonne vos outrances, si vous voulez de mon pardon et de mon argent.

Tant d'autorité, il en fut désormais certain, ne pouvait venir que d'un soutien royal. Et le latin ! Elle parlait latin ! Grand ciel, où allait-on si les femmes se mettaient à parler latin !

Elle ne revit plus le père Martineau chez elle. Elle n'en fut pas marrie. Elle avait eu sa part d'enfer et ne voulait pas qu'on lui parlât sans cesse des chaudrons du diable.

Les frimas serrèrent plus près l'un de l'autre les corps de Jeanne et de Philibert et comblèrent même les années qui les séparaient. Un surcroît de bûches dans l'âtre leur chauffa davantage le sang.

— Je n'imaginais pas qu'on pût être aussi heureux, lui confia-t-il un matin.

— Je l'avais su, pourtant, dit-elle.

Ce garçon lui rappelait Barthélemy.

Pour François, elle fit un grand Noël, avec Sidonie, désormais mariée, son époux, Guillaumet, la nourrice et bien sûr, Philibert. Le repas se prolongea fort avant dans la nuit, bien après que François, comblé de cadeaux eut été mis au lit.

Le plus beau compliment qu'on fit à Jeanne cette nuit-là lui fut offert par Guillaumet, à peine bu et l'œil tendre :

— Maîtresse, vous êtes notre reine.

Ce fut Guillaumet qui, le soir de la Saint-Maur, le 15 janvier 1456, vint aviser Jeanne qu'il avait entendu de la bouche d'un maître des Cornouailles que François Villon était de retour à Paris.

— Sais-tu depuis quand ? demanda-t-elle.

— Un ou deux jours, semble-t-il.

Ce soir-là, elle insista pour que Philibert restât souper. Elle tendit l'oreille, guettant le tintement de la sonnette à la porte. Rien. Elle ne savait si elle en était vexée ou satisfaite.

Comment donc François se risquait-il à revenir dans la ville, alors qu'il était sous le coup d'une sentence capitale ? Il y fallait ou de la folie ou de l'effronterie. Ou bien une grâce royale, sous la forme d'une lettre de rémission. Elle était curieuse ; elle voulait en avoir le cœur net sur les affaires de l'homme qui, après tout, était le père de son fils. Mais comment ?

Philibert, à qui elle avait appris l'essentiel sur la véritable paternité de son fils et ses relations ultérieures avec le père, lui en fournit un moyen :

— Le 2 février, le collège fête l'anniversaire de sa fondation. C'est aussi la Chandeleur. Il y aura une fête. Annonce au recteur que la baronne de Beauvois, en gratitude à l'égard de l'établissement qui lui a fourni tant de clients, lui offre des crêpes à satiété. On ne pourra manquer de t'inviter. Or, il y aura là, je le sais, le lieutenant-criminel du prévôt, Martin Bellefaye. Sa présence scellera la réconciliation entre le pouvoir royal et l'Université. Tu pourras l'interroger.

L'idée était astucieuse, encore que Jeanne répugnât à ce que tout ce monde se gobergeât à ses frais. Et cela rien que pour obtenir une information.

— Inviteraient-ils une femme ?

— Il y aura deux fêtes, l'une ouverte, dans la cour, où viendront les parents des collégiens, mères comprises, l'autre close, dans la grande salle intérieure, où les femmes ne seront évidemment pas admises.

— Comment le reconnaîtrais-je ?

— Je te l'indiquerai d'un signe.

Jeanne se demanda si la satisfaction de sa curiosité valait tant de peine. Elle répugnait aussi bien à se montrer qu'à faire travailler Sidonie, enceinte, au-delà des heures ordinaires, pour fabriquer des douzaines de crêpes.

— Non, dit-elle, fais-le plutôt interroger par ton maître et raconte-moi ensuite ce qu'il aura dit.

Le 3 février, elle n'avait toujours pas revu François Villon. Mais Philibert revint avec un long récit.

— Je n'ai pas eu besoin de ruses pour interroger Bellefaye. Dix personnes au moins, au fait du retour de Villon, l'entouraient pour lui demander d'expliquer ce mystère. Il a répondu que deux groupes des amis de Villon sont intervenus auprès du roi, lequel a bien voulu concéder sa grâce. La Chancellerie ne pouvait que déférer à la volonté royale. Villon serait donc bien libre.

Les yeux de Philibert brillaient d'une certaine malice.

— Pourquoi dis-tu *serait*, puisqu'il est bien libre ? demanda Jeanne.

— Mon maître, lui aussi surpris du retour de Villon, était allé de sa propre initiative, voici peu de jours, consulter les registres des grâces à la Chancellerie. Il a bien découvert copie d'une lettre de rémission, pour meurtre du prêtre Charmoye au cours d'une rixe. Or, elle est rédigée au nom de maître François des Loges, autrement dit Villon[1].

— Je ne comprends pas...

— Jeanne, ne m'as-tu pas dit toi-même que le vrai nom de cet homme est François de Montcorbier ? La grâce royale ne s'applique donc pas à lui. Et il est bien imprudent de se montrer en ville !

L'argument la frappa. Mais tout cela était tellement dans la nature emportée, trouble et téméraire de François ! Un meurtre mystérieux, une identité confuse, une grâce royale

1. Une seconde lettre de rémission fut transcrite plus tard sur le registre de la Chancellerie, dite « Trésor des chartes », cette fois nommément au nom de François de Montcorbier.

ténébreuse... Elle se félicita qu'il eût décampé et davantage qu'il ne fût pas revenu.

— Mais quels sont les deux groupes d'amis qui sont intervenus en sa faveur ? demanda-t-elle.

— Cela n'est pas clair. On murmure que l'un au moins de ces groupes se réduit en fait à un seul homme, mais quel homme ! C'est Jean de Bourbon.

Jeanne connaissait ce nom, et seul un gueux abruti eût ignoré que le duc de Bourbon était l'homme le plus illustre et le plus puissant du royaume après le roi. Vainqueur des Anglais à Formigny, alors qu'il était encore comte de Clermont, il avait pareillement été le maître des opérations en Guyenne, au terme desquelles les Anglais avaient été chassés de France et n'y possédaient plus que l'enclave de Calais. Le roi ne lui aurait certes pas refusé la grâce de François. Restait à savoir ceci : comment François, qui n'avait jamais appartenu à aucune armée si ce n'est à celle des pauvres hères, avait-il connu Jean II de Bourbon ? Et que signifiait donc ce nom qu'elle ne connaissait pas, François des Loges[1] ?

— Mon maître suppose que Villon est franc-maçon, dit Philibert.

— Franc-maçon ? répéta Jeanne.

Elle avait la plus grande peine à imaginer François maniant la truelle.

— Ce seraient des gens puissants, ajouta Philibert.

---

1. C'est la seule fois qu'on trouve ce nom dans les documents relatifs à François Villon, et il indique probablement que le poète appartint aux premières loges de la franc-maçonnerie française. Le titre de « maître » pourrait suggérer qu'il y avait atteint un certain grade, et donc qu'il y était inscrit depuis quelques années.

— Les maçons ? s'écria Jeanne, de plus en plus déconcertée.

Déjà vexée d'être délaissée, offensée par le peu d'intérêt que le père manifestait à son fils, mais soulagée de se trouver étrangère aux activités criminelles de François Villon, Jeanne résolut que, s'il montrait son museau à la boutique, elle lui exprimerait ses sentiments le plus nettement possible.

La résolution, louable, fut sans effet, car François Villon ne revint pas rue de la Bûcherie. Ce fut son nom qui devait le faire pour lui.

Mais ces soucis churent brutalement au rang de vétilles quand, faisant son marché hebdomadaire aux Halles, Jeanne s'aperçut presque en même temps des mines que tiraient les clients et de ce que les étals étaient à moitié vides. Les bouchers, les volaillers, les poissonniers, les légumiers, les fromagers, les marchands de vin, les meuniers semblaient frappés par le même mal.

— Que se passe-t-il ?

On lui répondait tantôt que les chariots s'étaient trouvés bloqués par la neige, tantôt que les fournisseurs en gros avaient simplement fait défaut.

Le résultat en fut que les prix flambèrent. D'une semaine l'autre, la poule qui valait cinq sols en valait huit, la livre de bœuf avait doublé, la livre de rutabagas était passée de deux sols à trois.

Jeanne s'affola. Elle avait noté que, depuis quelques semaines, les denrées devenaient rares. Son meunier refusait de vendre à des marchands moins coutumiers et, quand elle se présenta à lui, il l'attira à l'intérieur de sa remise pour lui dire à mi-voix :

— Ma bonne dame, je vous attendais. J'ai refusé de vendre à dix clients ce matin. Je vous ai gardé les sacs que vous aviez commandés, mais ils me coûtent plus cher. Si vous n'en voulez pas à ce prix, foi de chrétien, je les aurai vendus trois fois dans l'heure.

— Combien ? demanda-t-elle.

Ils valaient près de quarante pour cent de plus. Elle blêmit.

— Prenez-les maintenant, ma bonne dame, parce que je ne suis pas sûr de pouvoir vous livrer la prochaine fois. En tout cas pas autant.

Et que ferait-elle donc si elle ne pouvait plus produire d'échaudés ? Fermerait-elle boutique ? Elle paya donc. Il lui annonça qu'il la livrerait à la nuit tombée, pour qu'on ne le vît pas livrer cette denrée précieuse qu'était désormais la farine.

Il en fut ainsi chez tous les autres fournisseurs, à part les marchands d'épices, lesquelles valaient déjà assez cher et venaient d'outre-mer ; mais on n'allait quand même pas se nourrir de clous de girofle et de cardamome. Elle partit avec le beurre, de peur qu'on le lui enlevât après même qu'elle l'aurait payé.

Elle savait la cause de la disette ; elle l'avait constatée en venant à Paris, puis lors de son voyage à la Beauté-sur-Marne. Ravagées par des guerres sans fin, des épidémies, des migrations, les campagnes avaient été désertées. Tout autour de Paris, des villages entiers étaient abandonnés. Elle avait dit tout cela au roi. Elle entendait de partout que la Guyenne presque tout entière était en friche et que la Normandie avait perdu la moité de sa population. Mais elle n'avait pas imaginé que les conséquences en seraient si rapides.

De plus, la population de Paris avait crû, et il n'y avait désormais plus assez à manger pour tous aux prix d'avant.

Le lendemain, elle réunit à la boutique de la rue de la Bûcherie Sidonie, Guillaumet et Ciboulet et leur exposa la situation.

— Il faut augmenter le prix de l'échaudé, suggéra Ciboulet. Les prix ont déjà augmenté dans tout le voisinage.

— Les gens ne gagnent pas davantage, objecta Jeanne. La clientèle diminuerait. Puisque tout le monde augmente ses prix, il faut au contraire maintenir les nôtres. Je propose ceci : vous mettrez plus d'eau et plus de levain dans la pâte, pour économiser la farine. Vous ferez une pâte plus mince et plus aérée. Et désormais, vous travaillerez quasiment à la commande : tenez aussi moins de pâte prête. Je ne veux plus voir tant d'échaudés qui restent le soir. Soyez particulièrement vigilants le samedi, parce que le lundi, on ne peut réchauffer ce qui reste et qu'on le jette au ruisseau.

Ils hochèrent la tête.

Ciboulet proposa d'ajouter aux échaudés des ingrédients peu coûteux, tels que l'oignon et les châtaignes bouillies.

Les sacs de méteil furent livrés et entreposés dans la cave de la rue de la Bûcherie, plus grandes que celle de la rue Galande et plus sûres que celle des Halles. Guillaumet avait engagé un personnel inattendu pour veiller sur cette fortune : deux formidables matous tachetés qu'il avait amadoués et qui menèrent une guerre sans merci aux rats et aux souris.

Le lendemain, Jeanne se rendit à sa boutique des Halles pour tâter des nouveautés proposées par Ciboulet. Elle fut convaincue : l'échaudé aux noix et à la purée de châtaignes alliait le fondant au croquant, et la farce de jambon et d'oignon hachés était piquante et parfumée. Ces inventions et les mesures qu'elle avait prescrites permettaient de maintenir le prix de deux sols que Jeanne s'était fixé. Avec plus d'eau et de levain, on compensait déjà de moitié l'augmentation du prix de la farine.

La fréquentation de ses commerces ne souffrit donc pas, elle augmenta même et, si elle gagna un peu moins, Jeanne avait oublié la grande peur que lui avait causée sa visite aux Halles.

Néanmoins, l'alerte avait sonné. L'ingéniosité l'avait tirée d'affaire cette fois-là. Mais elle restait une pâtissière exposée aux soubresauts du monde.

32

Du gruau froid

Jacques Ciboulet se tirait bien, et même très bien de son affaire à la crêperie de Saint-Eustache. Il venait tous les dimanches matin, après la messe – car il supposait que, riche, Jeanne était dévote – pour lui remettre la recette de la semaine. Sachant écrire et compter, il lui en fournissait le montant qu'elle jugeait honnête, puisqu'il était généreusement bénéficiaire.

Un dimanche, après lui avoir remis l'argent, il la regarda un moment en silence, l'air de porter un bœuf sur la langue.

— Que voulez-vous dire ? demanda-t-elle d'un ton engageant, pour le mettre en confiance.

Il secoua imperceptiblement sa tête de furet de droite et de gauche.

— Vous êtes baronne ?

Elle acquiesça.

— Parlez donc.

— Ce n'est pas que j'aie à dire, c'est que j'ai entendu. Je dors la fenêtre ouverte. Des hommes parlaient sous ma fenêtre, l'autre soir. Ils étaient joliment bus. L'un d'eux s'est moqué de l'autre parce qu'il fréquentait la baronne de Beauvois.

Elle frémit imperceptiblement.

— Il proposait de crocheter votre serrure, parce qu'il disait que vous deviez avoir du bien. À la fin les deux hommes se sont battus, et leurs compagnons les ont séparés. Je me suis penché pour voir. Ils avaient fiché une chandelle dans un flacon et j'ai pu reconnaître des gens qu'on voit beaucoup dans le quartier, surtout le soir. Ça boit, ça joue, ça se bagarre et c'est pas très honnête.

— Vous connaissez les noms ?

— Bien sûr. Tout le monde connaît tout le monde dans le quartier. Il y a Colin l'Écailler, qu'on appelle aussi Colin de Cayeux. C'est un fils de serrurier, et il raconte partout qu'il n'a pas son pareil pour crocheter les serrures, à part son compagnon Petit-Jean, qui ne le quitte pas. Mais Petit-Jean, lui, ne porte pas la tonsure. Colin, paraît-il, est savant pour piper les dés.

Joli monde. Incidemment, l'idée vint à Jeanne que Ciboulet connaissait décidément bien tout ce monde et ne le portait pas en haute estime. Elle se demanda s'il n'était pas un espion du Châtelet. Ancien cuisinier d'un seigneur en disgrâce, il n'avait pas dû répugner à communiquer aux enquêteurs les informations qu'elle recherchait. Elle s'expliqua soudain ses hésitations : s'il parlait trop, il risquait de révéler son métier parallèle.

— Vous parlez de tonsure. Colin de Cayeux est donc un clerc ? demanda-t-elle.

— C'est ce qu'on dit, répliqua-t-il ironiquement. Mais il n'en coûte qu'une pièce, vous savez, pour qu'un barbier complaisant vous taille une tonsure.

Elle le savait.

— Et l'homme qui est censé me fréquenter ou m'avoir fréquentée ?

— Un clerc aussi. Montcorbier.

Elle s'y attendait. Elle avait cru effacer à jamais son nom de son ciel, mais il était pareil à ces tarots qu'on tire sans cesse, quelque façon dont on rebatte le jeu. Elle se mordit la lèvre pour dissimuler sa colère. François fréquentait des malandrins qui rêvaient de la voler !

— C'est Montcorbier qui s'est battu avec Petit-Jean, reprit Ciboulet. Il a passé quelque temps à Bourg-la-Reine à la suite d'une vilaine histoire. Il est toujours en compagnie d'un faraud, Guy Tabarie. En réalité, ce Tabarie est un paumé.

Quel gibier, grand ciel ! Qu'est-ce que le duc de Bourbon pouvait bien à voir avec tous ces gens ?

— Il y a parfois avec eux Jean Le Loup, poursuivit Ciboulet. C'est un batelier…

Allait-il réciter l'inventaire de la pègre parisienne ?

— Bon, abrégea-t-il, je ne dirai pas le reste. C'est trop peu honnête pour vous. J'étais venu vous recommander, maîtresse, de vous méfier des serrures. Quand on est chez soi, rien de tel qu'une barre sur la porte. Le temps qu'on l'ait cassée, vous aurez appelé à l'aide.

— Je vous remercie, dit-elle.

— Et une perche solide aussi, pour repousser les grimpeurs. Vous leur en donnez un bon coup, et ils se fracassent par terre.

La perspective était réjouissante. Elle avait déjà escagassé un malandrin sur la route et un autre dans les rues de Paris, un troisième manquait à son palmarès. Elle hocha la tête et il s'en fut. D'une certaine manière, songea-t-elle, sa meilleure protection était que François fréquentait ces malfrats ; il n'oserait quand même pas la cambrioler, elle ! Mais en sept mois, il avait dû dépenser les quarante-trois livres, et même depuis belle lurette ; il était certainement en quête de billon.

Elle eût été curieuse d'apprendre justement ce que Ciboulet n'avait pas voulu répéter. Il avait dû en entendre de vertes et de pas mûres de ces ivrognes lubriques, cuvant leur vin sous sa fenêtre à la lueur d'une chandelle. L'impression d'être parcourue de vermine la fit frissonner.

Et François dans ce monde-là ! Mais quel homme était-ce donc !

Philibert ne soupait presque jamais chez elle le dimanche, qu'il consacrait à sa famille. Le plaisir de le revoir le lendemain eût dû compenser le déplaisir que lui avait valu le rapport de Ciboulet ; étrangement, il le ternit. Il en va ainsi de l'eau fangeuse qu'une roue de chariot projette sur les fleurs bordant le chemin.

Elle finit par oublier ces sanies. Alors qu'on avançait vers la fin de l'automne, Philibert et son fils étendaient sur elle les ombrages du printemps.

Les leçons de latin se poursuivaient.

Les liens s'enracinèrent : l'épanouissement du cœur, se demanda Jeanne, favorise-t-il celui de l'esprit ? Philibert gagna de la finesse dans le jugement et le comportement ; il fut le seul auquel elle raconta fidèlement toute sa vie, sans rien en omettre. Comme l'expérience n'avait pas creusé en lui d'ornières, il jugeait librement ; il partagea ses élans et ses tristesses.

Ils lurent ensemble Sénèque :

Renonçons à vouloir ce que nous avons voulu.
Pour ma part, je m'attache à ne pas désirer, vieillard,
ce que je désirais, enfant.

— Mais je désirerai toujours ton sein, murmura-t-il.

— C'est le regret de ton enfance ! répliqua-t-elle en riant. Le sein de ta mère ! La différence entre l'homme et la femme est que l'un aspire toujours à ce qu'il a connu, le sein nourricier, et l'autre n'y aspire plus.

— Lequel des hommes que tu as connus regrettes-tu ?

— À l'exception de François, je les regrette tous, car je n'en aurais connu aucun sans le précédent. Si Isaac ne m'avait pas repoussée, je n'aurais pas connu Matthieu, et si Matthieu ne s'était pas pendu, je n'aurais pas connu Barthélemy.

— Je marche donc sur un cimetière, dit-il en souriant. Je voudrais pourtant ne pas entendre de pas sur ma tombe.

Parfois, il se regardait dans le miroir d'Isaac.

Pour l'avent, Philibert offrit à Jeanne un florilège de vingt et une maximes qu'il avait collectées dans ses lectures, une par année. Elle lui offrit dix-sept livres tournois, puisqu'il avait accompli sa dix-septième année en août.

— Vivement cent ans ! s'écria-t-il, et ils rirent tous les deux.

Noël fut doux. La neige prêta à Paris un aspect plumeux, comme si les cuisines du ciel apprêtaient des oies.

Début février 1457, une nouvelle fâcheuse courut les collèges et l'Université, puis le reste de la ville : on avait volé cinq cents écus au Collège de Navarre, gloire de l'Université. L'établissement, proche du Collège des Lombards, au haut de la rue de la Montagne-Sainte-Geneviève, avait été fondé en 1304 par Isabelle de Navarre, que son mariage avec Philippe le Bel avait faite reine de France. Philippe avait légué au pays une invention, hélas promise à de beaux jours, en matière de gouvernement : la dévaluation de la monnaie ; il en avait fait deux, ce qui ne l'avait pas empêché de dépouiller les Templiers comme un coupe-jarret, afin de se débarrasser des dettes pharamineuses qu'il avait contractées à leur égard. Sa femme avait légué à la France un bien plus durable, mais non moins spéculatif : un collège de théologie.

L'établissement, en effet, était célèbre non seulement pour sa vaste bibliothèque, mais aussi par ce qu'il ne formait pas de juristes : rien que des théologiens. Et recrutés parmi les plus illustres famille du royaume.

Philibert rapporta la nouvelle le soir même.

Cinq cents écus représentaient une belle somme : vingt mille livres tournois.

Les intendants du collège avaient un jour voulu ouvrir le grand coffre de la sacristie, qui contenait la réserve de trésorerie ; ils ne le faisaient que rarement. Ils trouvèrent les quatre serrures bloquées. Ils appelèrent des serruriers. Les examinateurs du Châtelet furent alertés, comme toujours quand serruriers et barbiers étaient appelés d'urgence, puisque cela révélait un vol ou une blessure grave. Lorsqu'on vint enfin à bout des serrures, les intendants constatèrent que celles du petit coffre de noyer, qui contenait l'argent, étaient également bloquées. Une fois ces dernières forcées, les intendants ne retirèrent du coffre que l'inventaire des sommes disparues. L'effraction fut reconstituée : les voleurs avaient franchi le mur du collège par une échelle ; échouant ensuite à crocheter la lourde porte de la sacristie, ils l'avaient soulevée au levier. Les serruriers confirmèrent que les crocheteurs n'avaient pas les clefs ; cela au moins disculpait le personnel du Collège.

Philibert ne pouvait en savoir davantage.

Samedi, deux examinateurs du Châtelet se présentèrent rue de la Bûcherie et demandèrent à Guillaumet s'il avait vu dans la maison un certain François de Montcorbier, dit Villon. Jeanne était alors au marché. Guillaumet, terrifié, dit la vérité : il l'avait vu, oui, mais c'était un an auparavant. Ils demandèrent à visiter la maison et, l'ayant fait, s'enquirent de l'occupant du troisième étage. Guillaumet leur répondit qu'à sa connaissance, il n'y en avait pas.

Quand Jeanne revint, il l'informa de la venue des examinateurs. Elle n'en finirait donc pas avec cet homme ! La nourrice était alarmée ; elle la rassura.

Dimanche, Ciboulet remit comme d'habitude l'argent à Jeanne. Elle lui déclara calmement :

— Montcorbier n'habite pas ici.

Il sourit et répondit :

— Il semble avoir quitté Paris, mais il pourrait revenir et vous demander asile. Petit-Jean et Colin l'Écailler mènent grand train.

Elle comprit que l'on soupçonnait François d'avoir participé au casse du Collège de Navarre. Si deux gueux comme Petit-Jean et Colin menaient soudain grand train, c'est qu'ils commettaient l'erreur fréquente des voleurs : ils dépensaient de façon tapageuse.

Elle s'avisa le lendemain qu'un coquillard semblait avoir élu domicile de l'autre côté de la rue. Elle était donc surveillée. Le Châtelet prenait ses précautions.

Mais François ne revint pas.

Quelques jours plus tard, Philibert rapporta qu'un occupant au moins du Collège était inculpé dans le vol. Les examinateurs, en effet, ainsi que le recteur s'étaient étonnés que les voleurs eussent été droit au but. Quelqu'un leur avait donc fourni la description des lieux et l'emplacement du coffre. C'était un moine picard logé au collège, Dom Nicolas. Mais il avait disparu, et il y avait fort à parier que, si on le retrouvait, il ne serait pas en robe de bure.

En sept ans de travail et avec ses trois boutiques, Jeanne avait amassé un magot de quarante-deux mille livres tournois ou francs, ce qui était la même chose. C'était là une somme appréciable : mille cinquante écus. Afin de la rendre moins pesante, elle en avait converti une partie en écus vieils d'or, dont elle possédait quelque trois cents ; une autre partie était en livres d'argent et le reste, soit trois mille livres, en pièces de cuivre. Elle la cachait, non pas dans le coffre au pied du lit, premier cadeau de Barthélemy, où des voleurs ne manqueraient pas d'aller voir, mais dans une boîte en fer. À l'occasion d'un réaménagement du réduit de toilette, désormais équipé d'une chaise percée, pour habituer le jeune François à l'hygiène, elle avait fait bâtir un compartiment secret, masqué par des briques ; c'était là qu'elle serrait la boîte.

L'argent qui dort, se disait-elle, est un argent paresseux. Elle ne connaissait personne qui pût la conseiller. Et elle se méfiait. Demandez à quelqu'un comment faire fructifier son argent, et il vous priera de le lui prêter.

Par ailleurs, la maison que lui avait donnée le roi valait deux mille écus, et sa valeur augmentait comme celle de toutes les maisons depuis que le roi était entré dans Paris et qu'on savait que la prospérité était rétablie. Même la petite écurie à trois places qu'elle avait fait construire pour Donky, quelque sept ans auparavant, pour trente-cinq livres tournois, serrures comprises, avait pris de la valeur : on lui en avait offert cinq cents livres !

Elle en était là de ces réflexions, quand un édit royal lui administra un choc égal à celui de la flambée des prix quelques mois auparavant : la monnaie était dévaluée ! Il avait fallu vingt sols pour faire un franc d'argent ; il en fallait désormais vingt-cinq.

Les trois mille livres en pièces de cuivre qu'elle gardait dans la boîte de fer n'en valaient plus que deux mille quatre cents. Elle avait perdu cinq ou six semaines de bénéfices. Et cela sans rien faire, en dormant. Cette idée la rendit comme folle. Elle en demeura consternée toute la matinée. Même son fils s'en avisa et lui demanda pourquoi elle était triste.

Elle se félicita ardemment d'avoir changé le plus clair de son magot en or et en argent. Mais, même rétrospective, cette pensée la terrifia : elle aurait perdu quelque huit mille cinq cents livres ! Des mois de bénéfices !

Une fois de plus, la petite pâtissière est à la merci du monde, se dit-elle.

Et les prix de l'alimentation flamberaient encore. Eh bien, elle augmenterait les siens ; se dit-elle aussi en haussant les épaules.

Philibert lui expliqua savamment que les dépenses du royaume augmentaient et que le roi avait ainsi trouvé le moyen de donner plus de valeur à son or et à son argent. C'était ce qu'il avait entendu dire par de doctes maîtres, mais elle s'en moquait éperdument. Elle se sentait vulnérable.

On ne faisait pas une vie avec des échaudés ! Et l'un de ces quatre matins, une autre secousse, guerre, épidémie ou querelle de géants la jetterait sur le pavé.

Or, l'argent qu'elle avait gagné, cette somme dérisoire par rapport aux richesses des grands marchands, était son seul refuge.

Mais à qui demander conseil ? Elle eut conscience d'être seule comme elle l'avait été sept ans auparavant, avec Donky, lorsqu'elle avait quitté La Coudraye. La richesse ne changeait rien à la solitude. Et maintenant, elle avait charge d'enfant.

Elle songea à dame Contrivel, la drapière de la rue Galande, lui rendit visite et lui expliqua qu'elle avait quelque argent à placer et cherchait à s'informer.

— Mon mari est l'homme qu'il vous faut, répondit la drapière. Il n'est pas vaillant, mais il a encore toute sa tête. Je vais le prévenir.

Jeanne fut introduite peu après dans la pièce où le grabataire vivait ses dernières années, immobilisé par des rhumatismes. Des relents douceâtres flottaient dans une chaleur moite. L'homme était allongé sur un faudesteuil, les reins calés par des coussins et les jambes recouvertes de deux couvertures de laine fine, reposant sur un vaste tabouret de cuir. Elle n'avait jamais vu le drapier ; elle fut frappée par le masque cireux. On eût dit une citrouille blanchie et vidée de sa pulpe. L'œil était jaune, la bouche, édentée.

Il la fit asseoir, paterne.

— Combien voulez-vous placer, dame Beauvois ? demanda-t-il d'emblée.

Elle hésita à répondre.

— Ma femme et moi avons estimé, à voir vos affaires, que ce doit être peu ou prou un millier d'écus. Car une jeune femme avisée telle que vous n'aura certainement pas négligé de convertir ses gains en or et en argent.

Son expression de stupéfaction parla pour elle. Elle était donc jaugée au denier près !

— Bon, reprit maître Contrivel, satisfait de l'effet qu'il avait produit et de l'évidente justesse de son estimation, le revenu que vous en obtiendriez serait du douzième ou du dixième, à la condition que vous trouviez un changeur de confiance. J'entends par ces mots que ce ne serait pas seulement un homme honnête, mais également un banquier dont les affaires soient suffisamment prospères pour qu'il puisse vous garantir cet intérêt. Les seuls qui pourraient le faire seraient les Florentins, les Génois ou les Romains, qui sont implantés à Lyon, mais j'entends dire ces temps-ci que les affaires des Médicis périclitent et que les Strozzi n'entendent plus rémunérer les dépôts, parce qu'il faut les faire travailler et que cela ne va pas sans risques.

C'était la première fois qu'elle entendait et ces notions et ces noms. Elle écouta, confondue ; il y avait dans le monde bien d'autres activités dont elle n'avait pas eu jusqu'à cet instant la plus pâle idée. Tout un monde puissant et secret, parallèle à celui du pouvoir royal, qu'elle avait à peine effleuré. En un mot, elle eut conscience d'être ignorante.

— Mon épouse vous porte de l'affection, reprit le drapier. Il faut donc que je vous en porte aussi. Et que je vous déconseille pareil placement. Gardez votre argent à l'abri. Qu'un Florentin vous fasse défaut, et vous aurez perdu le fruit de vos années de labeur.

Un silence tomba, épousant les formes des trois humains dans le logis de la rue Galande, comme un nuage qui tombe sur la vallée.

— Comment avez-vous fait votre fortune ? demanda Jeanne.

— On ne fait fortune que sur les marchés, mais seulement quand on connaît bien le métier et qu'on y est établi. Et on ne la fait que sur les biens durables comme les métaux précieux, les tissus, le drap, la soie, les broderies, les objets rares, les épices.

Elle l'avait subodoré depuis le marché d'Argentan, sept ans auparavant, quand elle avait vu le premier changeur, maître Borbolan, et ensuite quand elle avait, sur d'autres marchés, entendu parler de Jacques Cœur et mesuré la folle puissance de l'homme.

— Vous ne ferez pas fortune sur les marchés, dame Beauvois, avec des échaudés. Ils ne durent que quelques heures.

La Macée sonna onze heures du matin ; à minuit, en effet, les échaudés auraient perdu de leur fraîcheur ; et après-demain, ils seraient incomestibles. L'idée était neuve pour Jeanne.

— Pour faire fructifier votre argent, il vous faudrait donc changer d'activités, reprit le drapier. Je n'en ai pas à vous proposer, car il faudrait alors que je vous conseille tout au long, et je n'en ai plus le loisir. Je vous suggère d'acheter une maison et d'en toucher les loyers. Le revenu est modeste, mais il est sûr.

Elle n'y avait pas vraiment songé. Elle remercia le drapier et se prépara à prendre congé.

Quand elle fut à la porte, il ajouta, en guise d'au revoir, sinon d'adieu :

— Dame Beauvois, vous êtes une femme seule.

Elle posa sur lui son regard gris, attendant la suite ; il n'y en eut pas.

— C'est tout, lui dit-il avec un sourire malicieux. Dieu vous garde.

Dame Contrivel l'accompagna à la porte.

— Je vous l'avais dit, il a gardé toute sa tête, murmura-t-elle. C'est le corps qu'il n'a pu garder. La vie est une usurière.

Les deux femmes se quittèrent sur des accolades en promettant de se revoir davantage.

La vie est une usurière ! Quand elle se retrouva dans la rue, elle eut le sentiment d'avoir rêvé de poulet chaud et de se retrouver devant un bol de gruau froid. Les révélations de Ciboulet et les conseils de Contrivel, cela n'était pas engageant.

Puisqu'elle y était, elle alla saluer la faiseuse et se rendit chez Sidonie. Sur ce bref parcours, elle rencontra un rat. Un gros rat qui se dirigeait vers le ruisseau. Elle poussa un petit cri. Le rat, lui, ne poussa aucun cri : il s'arrêta et la considéra d'un museau insolent, peut-être surpris. Pourquoi donc les humains criaient-ils en le voyant ? N'avait-il pas autant de droits qu'eux à exister ? Sur quoi il se dirigea, en effet, vers le ruisseau, retrouver un congénère et y partager avec lui des échaudés rassis.

33

La très amoureuse prison...

L'avril de l'année 1457 souriait entre les averses lorsqu'un colporteur du libraire auquel Jeanne avait acheté les poèmes de Charles d'Orléans se présenta rue de la Bûcherie. Il demanda à voir dame de Beauvois. Guillaumet tira le cordon de la sonnette que Jeanne avait fait installer dans son logis et que le garçon pouvait agiter pour l'appeler, quand il ne pouvait quitter la boutique.

Elle descendit, le colporteur s'inclina et tira de sa besace un livre neuf, assurant qu'elle y trouverait de l'intérêt, car les exemplaires s'en vendaient comme de petits pains. Jeanne souleva le vélin de la couverture et tomba sur le titre suivant : *Le Lais de François Villon.* Elle en fut médusée. François était-il mort[1] ?

— Nenni, madame, il est bien vif, dit le colporteur.

Elle lut les premiers vers :

L'an quatre cent cinquante-six,
Je, Françoys Villon, escollier...

---

1. *Lais* doit s'entendre au sens de *legs*, c'est-à-dire *testament* et le recueil fut d'ailleurs connu sous ce titre, peu après.

Écolier, lui ? Ha ! Elle reconnut la ruse : c'était pour se faire accorder des bénéfices ecclésiastiques et échapper à la loi du roi. Et plus loin :

... Me vint ung vouloir de brisier
La très amoureuse prison
Qui souloit mon cuer débrisier.

La très amoureuse prison, lui ?

Le colporteur la crut captivée par sa lecture ; elle avait failli lui jeter l'ouvrage à la figure. Elle hésita un moment, se ressaisit et paya : trente sols. Peut-être parlait-il d'elle dans tous ces huitains ; autant le savoir. Elle était intriguée : *L'an quatre cent cinquante-six...* Quand donc avait-il écrit tout cela ?

Et puis qu'importait !

Néanmoins, elle écuma de colère avant même d'ouvrir le livre. Ah, il la lui baillait belle, avec sa très amoureuse prison ! N'était-ce pas elle qui était enchaînée au souvenir de ce gueux ?

Le regard de celle m'a prins
Qui m'a été félonne et dure ;
Sans ce qu'en rien aye mesprins
Veult et ordonne que j'endure
La mort, et que plus je ne dure ;
Rompre veut la vive souldure
Sans mes piteux regrets oïr !

Ou bien, se demanda-t-elle, y avait-il une autre femme ? Mais quand donc aurait-il eu le temps de lui faire sa cour ? Il avait disparu pour sept mois après l'affaire Chermoye et n'était revenu à Paris que pour commettre le cambriolage au Collège de Navarre ! Belle façon de faire sa cour à une femme que de courir d'un meurtre à un vol.

Si du moins il en existait une, se dit Jeanne. Les gémissements de François ne s'adressaient probablement qu'à une femme imaginaire, et son amour était bien moins profond que son désir de gémir. Le fol tirait la larme à son lecteur en se donnant le rôle d'un martyr.

Philibert, le soir, tempéra son irritation.

— Il n'a que le talent, ne le lui enlève pas.

Il courut de huitain en huitain, cherchant quelque allusion à Jeanne.

— Non, il ne te cite pas autrement que pour te léguer son cœur enchâssé.

— Voilà un reliquaire qui ne fera pas miracles !

— Mais pourquoi fait-il donc un legs à Jacques Raguier ? demanda-t-il.

— Qui est-ce ?

— C'est le fils de Lubin Raguier, le queux de bouche du roi.

— Notre roi ?

— Oui.

— Comment le sais-tu ?

— Mon père est notaire. Il a vendu à Lubin Raguier, voici deux ans, la propriété d'un noble qui a fini l'autre jour à la potence, Régnier de Montigny.

— Je croyais qu'on décapitait les nobles ?

— Oui, mais celui-ci a eu le tort de porter la tonsure et l'Église l'a rejeté.

— Pourquoi ?

— Il avait volé un calice.

— Tout cela est bien étrange, à la fin ! s'écria Jeanne. Villon, dis-tu, fait un legs au fils d'un officier de bouche du roi dont le père a acheté la propriété d'un voleur ?

— C'est bien ce que je lis ! s'écria Philibert en riant.

— Ce qui signifie que Villon a connu un officier de la maison royale ?

— Si ce n'est lui, son fils en tout cas.

— Que lui lègue-t-il ?

— Je te lis le huitain :

Et à maistre Jacques Raguier
Laisse l'Abruvouër Popin,
Pêsches, poires, sucre, figuier,
Tousjours le choix d'ung bon loppin,
Le trou de La Pomme de Pin,
Clos et couvert, au feu la plante,
Emmailloté en jacoppin,
Et qui voudra planter, si plante[1].

— Tout cela me paraît bien ambigu, observa Jeanne, sourcilleuse.

— C'est truffé de sous-entendus, dit Philibert, riant.

1. Ce texte a suscité des interprétations parfois très libres, sinon fantaisistes, en raison de ses évidentes allusions gaillardes, toutefois malaisées à élucider. *Jacoppin* indique un Jacobin : l'ordre religieux des jacobins tenait un couvent rue Saint-Jacques, d'où leur nom ; ses moines portaient des robes leur descendant jusqu'aux pieds ; aux yeux des curés, ils passaient, ainsi que les cordeliers, pour hypocrites et rapaces. Le septième vers du huitain ferait donc référence à une personne hypocrite et de mœurs faciles.

— Oui, mais si personne ne les entend, qui donc cela intéresse-t-il ?

Philibert parut déconcerté par une question pourtant simple.

— Ce qui est drôle, rétorqua-t-il – car il était raisonneur raisonnant –, c'est que Villon se moque de quelqu'un pour des raisons qu'on ne connaît pas en lui léguant des biens qu'il ne possède pas.

— La belle affaire, répliqua-t-elle à son tour, obstinée. Supposons que je te lègue l'Hôtel des Tournelles. Tu es inconnu et moi aussi. Ça te fait rire ? Crois-tu que ça fasse rire quiconque ?

— Jeanne ! cria-t-il. Tu as raison et tu as tort d'avoir raison. Mais écoute ceci :

Où sont les gracieux gallans
Que je suivoye au temps jadis,
Si bien chantans, si bien parlans,
Si plaisans en faiz et en dis ?
Les aucuns sont morts et roidis,
D'eulx n'est-il plus riens maintenant :
Repos aient en Paradis,
Et Dieu saulve le remenant !

— Il a donc découvert que nous sommes mortels ? lâcha Jeanne. Est-ce alors la raison pour laquelle il passe sa vie terrestre dans le crime ? Il cambriole les chapelles et demande la grâce de Dieu ? N'est-ce pas là de l'hypocrisie, chez un homme qui n'a cessé de la dénoncer ?

— Je vois qu'il ne trouvera pas grâce à tes yeux, dit Philibert en refermant le livre.

Lasse des évocations d'un monde crapuleux et salace, ainsi que de repentirs qu'elle jugeait faux, Jeanne offrit le livre à Philibert. La seule présence de ces pages dans le logis lui paraissait y inviter la racaille. L'intriguait seulement le rapport qu'avait pu avoir François avec l'officier de bouche du roi ; était-ce le même lien qui menait au duc de Bourbon ? Curiosité purement égoïste : elle ne voulait pas qu'elle ni son fils pussent un jour pâtir des exploits et bavardages de François Villon auprès de gens de la cour. Elle était déterminée à garantir ce qu'elle avait acquis. François lui avait jadis lancé à la tête qu'elle n'était qu'une gueuse vis-à-vis des seigneurs ; mais elle et lui étaient désormais de part et d'autre de la même barrière.

Cette pensée ne faisait que lui rendre plus amère la déception de désaimer ce qu'elle avait aimé.

L'amour est comme un oiseau qui cherche à se poser sur un arbre avant que la nuit tombe. Le sien était sans cesse contraint de changer d'arbre.

Il changea une fois de plus.

Un matin de mai, un bourgeois bien mis et au visage agréable se présenta rue de la Bûcherie en sollicitant un entretien.

— Je suis Ythier Bonsergent, le père de Philibert, dit-il après s'être assis.

Elle devina la suite.

— Vous êtes une femme d'expérience, dit-il d'un air entendu, vous comprendrez donc plus aisément ce dont je suis venu vous entretenir. Quand il aura obtenu sa licence, dans quelques semaines, Philibert sera en âge de préparer son mariage. En fait, celui-ci est déjà arrangé, car je suis convenu depuis trois ans avec un confrère, également notaire, et possédant du bien, que Philibert épousera sa fille Blanche.

Ce fut à peine si les mains de Jeanne, jointes sur ses genoux, frémirent. Il eût été singulier, en effet, qu'un mariage n'eût pas été déjà arrangé pour un fils de notaire. À un certain niveau de fortune, les mariages constituaient des moyens d'accroître des patrimoines et d'étendre le pouvoir des familles et de la tribu. On accouplait jouvenceaux et jouvencelles comme le paysan béliers et brebis. Elle eût simplement dû s'y préparer.

Le notaire guetta une réaction sur le visage de Jeanne et n'en trouva aucune ; elle était simplement impassible.

— De plus, reprit-il, mon épouse et moi jugeons préférable que Philibert épouse une jeune fille de son âge plutôt qu'une veuve en puissance d'enfant.

Une veuve en puissance d'enfant, c'était donc ainsi qu'elle était décrite. Elle ne cilla pas. Il parut quelque peu déconcerté. Sans doute s'était-il attendu à des démonstrations d'émotion et de regrets et s'était-il vu dans le rôle du père de famille noble et chargé de tempérer les passions. Il rempocha sa simagrée. Elle n'avait même pas demandé comment monsieur Bonsergent père avait été informé de la liaison, de l'identité et de l'adresse de Jeanne. Mais elle le savait, Paris fourmillait d'espions à cinq sols, et le bedeau du collège avait dû vendre la mèche pour un peu plus cher que le stipende de Philibert.

— Vous comprendrez donc, madame, que je sois venu vous prier de ne plus voir mon fils. Je l'en ai d'ailleurs prévenu et je pense qu'en fils obéissant, il déférera à ma volonté sans incident.

À ce moment, elle jugea préférable de manifester quelque réaction, sans quoi il répandrait le bruit qu'elle était privée de conscience.

— Je vous ai entendu, monsieur, déclara-t-elle d'un ton sans réplique. Et elle se leva, pour signifier que l'entretien était terminé.

Il se leva aussi, visiblement étonné. Il l'interrogea du regard tandis qu'elle tenait la porte ouverte. Sur le seuil, il la dévisagea avec insistance. Elle soutint son regard, s'efforçant de le garder le plus inexpressif possible.

— Adieu, monsieur.

— Adieu donc, madame.

Il gagna l'escalier. Elle referma la porte derrière lui et faillit rire. La meilleure vengeance consiste souvent à priver les adversaires de la réaction à laquelle ils s'attendent. Et le notaire Bonsergent était à peine un adversaire. Tout juste l'agent de l'argent, un rouage d'une puissante machine destinée à dominer les individus. Comme la monarchie. Quant à l'aspect sentimental de l'affaire, il était annulé : si Philibert se rangeait aux plans familiaux, cela ne pouvait s'expliquer que de deux manières ; ou bien il avait jugé que ces plans entraient dans son intérêt, ou bien il était trop faible. Dans les deux cas, cela signifiait que Jeanne avait pour lui perdu son attrait. Par contrecoup, il perdait lui-même le sien.

Mais comment esquiver les assauts de la mélancolie ? La liaison avec Philibert avait duré près d'un an et demi, assez longtemps pour endormir sa vigilance. Jeanne se défendait mal contre le sentiment d'avoir aimé pour rien, bien qu'elle se dît, mais sans conviction, qu'on n'aime jamais dans un but.

Elle s'assit à sa table et écrivit sans reposer la plume :

Aimante suis
Pour qui me suit,
Et désaimante
Quand me chante.

Le beau parler
Seulement plaît
Quand sous la bise
Ne perd sa guise.

J'ai trop vu d'or
Et de trésors
Destres et senestres
Virer au cuivre.

Serment d'amour
Qui dure un jour
Est riflerie
Et moquerie.

Amant prochain
Sur le chemin,
Point donc de cuivre
Si me veux suivre.

Puis elle descendit et partit se recueillir devant la tombe de Barthélemy.

Elle prit un autre répétiteur pour François, mais veilla à ce qu'il rentrât au collège bien avant que sonnât la Macée. Elle n'était pas, elle, répétitrice d'amour pour jouvenceaux.

Le collège devait avoir eu vent de la liaison entre Jeanne et Philibert, parce que le nouveau, un rouquin au nez en trompette nommé Francet de Pataye, lança quelques regards langoureux dans la direction de Jeanne. Mais elle demeura de marbre. D'ailleurs, trop de fruits verts risquaient de donner des aigreurs.

34

« Reine de France »

Ciboulet en estimait le nombre à quarante mille ; sans doute était-il bien informé. Quarante mille, ç'aurait presque été un quart de la population parisienne. Toujours fut-il qu'il y en avait bien trop et que, soudain, la moutarde monta au nez du cardinal-prévôt d'Estouteville ; il décida de sévir. Quarante mille coquillards représentaient trois fois autant de délits, allant du vol de saucisson au casse de sacristie en passant, évidemment, par la coquillarde spécialité qu'on appelait la « vendange » et qui consistait à couper la bourse du bourgeois, notamment quand il était en prière à l'église. Les juges pestaient contre cette pègre et le surcroît de travail qu'elle leur valait. Canailles soit, mais au moins qu'ils eussent de la fierté. Or, quand on les traînait devant les juges, les laïcs aussi bien que les ecclésiastiques, ce n'étaient que jérémiades, mensonges, gémissements et lâchetés. Ah, comme ils vous pelaient bien l'oignon[1] dès qu'ils soupçonnaient qu'on pouvait bien, caprice de juge égrotant, les

1. Expression d'argot : *peler l'oignon* signifiait avouer la vérité petit à petit, comme on pèle un oignon couche par couche. Un « peleur d'oignon » était, en termes contemporains, une « balance ».

mettre à la question et qu'ils se retrouveraient tout nus sur le grand tréteau.

Sale machine que ce tréteau-là, qui vous tenait les cuisses écartées, cependant que des pointes de fer s'enfonçaient dans les fesses et les bourses. On les en descendait ensuite, on les envoyait à la cuisine boire un bouillon et puis on proposait de les remettre à cheval. C'était ce qu'on appelait « cuisiner ». Les plus récalcitrants à confesser leurs méfaits et les noms de leurs complices furent mis à l'estrapade[1] ; ils y cassèrent tant d'os qu'il n'y avait plus qu'à attendre que la mort les emportât dans le cachot où on les ramenait.

D'un jour l'autre, les sergents à verge et à cheval fondirent sur eux comme les dix plaies sur l'Égypte. On les arrêta sans distinction, et Dieu n'eût même pas à prendre la peine de reconnaître les siens, car il n'y comptait aucun. Si plusieurs d'entre eux avaient bien fait le pèlerinage à Saint-Jacques de Compostelle, la tonsure qu'ils arboraient pour se préserver de la justice laïque ne les empêchait pas de crocheter les troncs dans les églises et de dérober le ciboire ou l'ostensoir dès que l'occasion s'en présentait. Pour eux, ce n'était pas un sacrilège, mais presque le contraire. Jarnidieu ! Ils ne faisaient que devancer la charité divine.

Mainte ribaude, en tout cas, s'enchanta de la rafle : elle pourrait désormais conserver pour elle la totalité de ses gains, car nombre de coquillards exerçaient le métier de souteneur.

Pour une fois, l'archevêché ni l'Université ne revendiquèrent ces tonsurés d'occasion. Les mauvais esprits prétendirent

1. Supplice qui consistait à attacher le suspect à une corde et à le laisser tomber, d'une certaine hauteur, au sol ou dans une cuve d'eau.

que leurs juges craignaient d'y attraper des poux ou des ladreries.

De toute façon, cela faisait aussi des poux et des puces en moins dans Paris. Quelques farceurs souhaitèrent qu'on mît le feu au Châtelet, où la plupart des coquillards étaient engeôlés, pour assainir l'air.

Sur le lot, on pendit bien deux douzaines, dont des meurtriers recherchés, des récidivistes sans relations, ainsi que plusieurs « bélistres » et autres « caïmans », tels que celui qui avait tenté de couper un pied au frère de Jeanne, Denis.

Les Parisiens respirèrent, et Jeanne aussi ; elle cesserait de trembler quand François sortait prendre l'air avec la nourrice.

Restaient les Cours des Miracles. On en comptait six principales à Paris : Place Maubert, près de la tour Barbeau, au nord de la place de Grève, à Sainte-Avoie, aux Halles et à la porte Saint-Martin. Les mendiants, qui avaient moins d'initiative que les coquillards, se concentraient dans des lieux propices. D'abord là où se trouvaient la nourriture et les grandes auberges. Aux Halles, par exemple, parce que, à la fermeture, on leur jetait des restes. Aux abords des auberges parce que les clients qui entraient se goberger ou sortaient de s'empiffrer éprouvaient quelque culpabilité au spectacle de ces affamés et leur jetaient la pièce pour les tenir à distance. Ensuite, ils pullulaient dans les lieux où il y avait affluence. Place de Grève, par exemple, parce que bien des gens venaient y traîner pour voir si d'aventure il n'y aurait pas quelque bonne pendaison, quelque ébouillantement ou quelque supplice de la roue en cours. Cela vous chauffait joliment le sang que de voir le maillet d'un bourreau fracasser les os d'une canaille attachée à la roue !

Un matin, un lieutenant du roi vint remettre à Jeanne une ordonnance du président de l'Échevinat, Guillaume de Vercel, lui notifiant qu'elle avait été désignée pour siéger au conseil de la municipalité. Une lettre jointe la priait de bien vouloir se rendre le lendemain à un entretien avec le président, aux fins de lui exposer les droits et devoirs de sa charge. Elle réfléchit : payant trois patentes et possédant plusieurs années d'expérience pâtissière, ainsi qu'une réputation honorable, elle était certainement à sa place dans ce conseil de marchands, commerçants et artisans ; mais elle y devina également un coup de pouce du roi.

Les propos du président confirmèrent son intuition.

Il la reçut dans un bureau à peine plus grand que son logis, étréci de surcroît par des étagères ployant sous le poids des paperasses. Mais il portait la robe, le chaperon et le manteau rouge fourré d'hermine, c'est-à-dire le costume talaire, comme les magistrats du Parlement. Il était assis dans un faudesteuil à haut dossier au moins aussi ouvragé que la façade de Notre-Dame. Son visage large et malicieux respirait la finesse.

— Madame, lui déclara le premier échevin, notre assemblée compte peu de femmes. Vous serez flattée d'apprendre qu'elles ont toutes été élues parmi nous pour leur sagesse.

Elle sourit et répondit qu'elle appréciait l'honneur insigne de siéger dans pareille assemblée.

— Votre réputation de bon conseil s'est étendue dans notre ville, reprit Guillaume de Vercel, avec un regard espiègle.

Elle n'avait jamais conseillé personne que le roi, et encore d'une façon que Barthélemy avait jugée imprudente ; sa nomination était donc l'effet d'une suggestion royale.

L'entrevue s'acheva sur des échanges de courtoisies, et le président confia Jeanne aux soins du premier intendant de l'échevinat, aux fins de lui préciser quelques détails matériels. Le plus important concernait la mise qu'elle devrait se faire confectionner dans les meilleurs délais. Enfin, elle serait rémunérée pour sa participation.

La faiseuse travailla d'arrache-main. Dix jours plus tard, la longue robe, du nom de cette tenue, était prête. C'était une chance, le conseil suivant se tenait le lendemain. Elle se rendit à cheval à l'Hôtel de Ville, ou plutôt la Maison aux Piliers, comme on l'appelait, à cause de son rez-de-chaussée à arcades. Comme la cavalière était jolie en plus d'être majestueuse sur une haquenée pommelée qu'elle avait louée, l'on s'attroupa sur son passage.

En fait, elle le comprenait, Charles le Septième la récompensait en lui conférant des honneurs après lui avoir offert des biens matériels. Pourquoi était-il resté si longtemps silencieux ? se demanda-t-elle. Pour la mettre sans doute à l'épreuve.

Les conseillers, au nombre de trente, se réunirent dans une salle qu'elle eût espérée plus vaste : elle ne mesurait que cinq toises sur trois[1]. Mais aussi, Paris commençait à peine à prendre conscience de son importance.

Elle écouta les marchands soumettre des propositions sur ceci et cela : l'approvisionnement en eau, le pavage de certaines rues, la réfection de maisons tombées en déshérence, les effets de la rafle des coquillards. Puis elle demanda à prendre la parole.

1. Dix mètres par six.

— Je voudrais, monseigneur, évoquer le problème des Cours de Miracles.

Un léger murmure s'éleva.

— Madame la conseillère, répondit le premier échevin, nous serons bien aise d'entendre votre avis sur un problème dont nous ne voyons guère la solution.

Elle hocha la tête et se leva.

— Les mendiants qui peuplent ces cours, dit-elle, ne sont pas tous des miséreux déshérités, infirmes et malchanceux. Ce sont des exploiteurs de la charité publique. Seule la paresse les sépare du crime, à la différence des coquillards, qui sont industrieux dans le mal. Ce sont pour la plupart d'anciens soldats ou des paysans chassés de leurs campagnes et dont les épreuves ont paralysé la volonté. J'en ai réhabilité un en suscitant son intérêt : s'il voulait que je le nourrisse, il fallait qu'il allât aux bains. En en sortant, il avait regagné l'estime de lui-même. Il feignait de boiter : il recommença à marcher normalement. Et il travailla de bon cœur. Vous savez, j'en suis sûre, pourquoi l'on appelle Cours des Miracles les lieux où ils se réunissent ? C'est parce qu'ils y retrouvent soudain, et sans aucune intervention de la Providence, l'usage de leurs membres et de leurs sens. Les mains sortent des manches où elles étaient repliées, les jambes sont déficelées, les béquilles détachées des genoux et les pieds réapparaissent sous les capes ; les moignons faits de vieux saucissons décollés de-ci et de-là, les dartres et les lèpres confectionnés à la cire sont rejetés, les taies sont arrachées des yeux où elles n'étaient qu'écailles de poissons, les boiteux cessent de boiter…

Les yeux des conseillers convergeaient sur elle, écarquillés, fascinés par ce qu'elle disait. Comment cette jolie fille blonde et presque éthérée pouvait-elle connaître ces secrets de la crapule ?

Mais, elle le savait, ils attendaient une solution.

— Je propose qu'on s'empare d'eux, qu'on les baigne de force, qu'on les épouille, leur coupe les cheveux et les rase. Qu'on mette ainsi fin à leurs impostures. Puis qu'on leur donne des vêtements propres. De la sorte, on leur aura arraché le déguisement infâme et répugnant de leur détestable profession...

De nouveaux rires et applaudissements éclatèrent avec plus d'intensité. Elle remercia l'audience d'un hochement de tête.

— Convenablement vêtus, reprit-elle, ils ne susciteront plus la pitié. Ils ne pourront plus mendier. Ils seront contraints d'accepter un travail. Ceux d'entre eux qui sont véritablement infirmes pourront faire du gardiennage, par exemple, ou tout autre métier où l'on n'a pas besoin de ses quatre membres. Ensuite, il convient de les empêcher de se regrouper dans les lieux où ils ont coutume d'aller, ces fameuses cours. Je connais ces lieux. Ils sont abandonnés et même fuis des gens honnêtes parce que les mendiants les infestent. Je propose qu'ils soient réhabilités et qu'on encourage des commerçants à s'y installer, en leur proposant des loyers alléchants.

D'autres applaudissements jaillirent. Puis des questions :

— Comment les habillerez-vous ?

— Où les logera-t-on ?

Elle leva le bras.

— Pour l'habillement, je propose, avec l'assentiment du président, que l'on organise une quête de vieux vêtements décents et propres que leurs propriétaires ne portent plus. Cela fera de la place dans les coffres.

Quelques rires saluèrent le commentaire. Le président souriait.

— Pour le logement, les salaires qu'ils gagneront devraient leur permettre d'y pourvoir, même s'ils sont modestes. Les propriétaires leur consentiront un délai de grâce et des loyers adaptés à leurs moyens. Le sacrifice pécuniaire sera largement compensé par l'agrément de tous. Je connais, d'ailleurs, bien des lieux inhabités dans Paris qu'un peu d'ingéniosité peut rendre habitables. J'ai moi-même occupé l'un d'eux pendant un certain temps quand je suis venue de ma Normandie.

— Où ? demanda l'un des assesseurs du président.

— Dans la venelle à droite du Collège des Lombards, répondit-elle en souriant. J'y habitais avec mon âne.

Des éclats de rire et d'autres applaudissements saluèrent l'information.

— Ne faudrait-il pas regrouper ces gens dans un de ces bâtiments que nous envisageons de réhabiliter ? demanda un marchand, qui se présenta comme corroyeur et cordonnier.

— Je craindrais qu'ils reprennent leurs mauvaises habitudes s'ils se retrouvaient en communauté. Mon avis est au contraire qu'il vaudrait mieux les disperser et les fondre dans la population générale, qui leur offrira de bons exemples.

La plume du greffier courait sur le papier, résumant la proposition de dame de Beauvois. Guillaume de Vercel demanda qu'on délibérât, puis qu'on fît le décompte des voix favorables et des autres. Le projet de dame de Beauvois fut accepté à l'unanimité.

De trois coups de maillet sur son pupitre, le président déclara la séance levée. Les conseillers se dressèrent et gagnèrent la grande salle intérieure, en une grande marée écarlate. Ils entouraient déjà Jeanne quand le président se dirigea vers elle, souriant largement.

— Madame, le conseil qui nous fut donné de demander le vôtre était inspiré ! Vous avez en moins d'un quart d'heure présenté la solution d'un problème qui semblait n'en pas avoir depuis des années.

Les conseillères, en particulier, entouraient Jeanne, ravies de trouver du renfort chez une marchande aussi avisée. C'étaient pour la plupart des matrones, heureuses de frayer avec celle qu'elles tenaient sans doute pour une favorite du roi.

Une collation fut offerte dans la grande salle voisine, qui n'était pas si grande, car on dut garder les fenêtres ouvertes, tant la chaleur y était forte. Le président assit à sa droite la nouvelle conseillère.

Elle eût pu se laisser griser. Satisfaite à coup sûr, mais la tête froide, elle reprit sa haquenée et rentra rue de la Bûcherie.

François la regarda, éperdu d'admiration.

— Maman… C'est toi ?

Il caressa le manteau rouge d'une main prudente. Elle le prit dans ses bras et le gourmanda, amusée :

— C'est le rouge que tu admires ? Ou bien ta maman ?

La gouvernante s'émerveilla aussi.

— Maîtresse… Vous avez l'air d'une reine !

Nul ne s'en doutait : elle venait de prendre une revanche sur François Villon. Elle avait détruit le monde de fausse et de vraie misère où il se complaisait. Elle ne lui pardonnait pas. Elle détruirait ce monde de faiblesse graveleuse qu'était celui de la racaille.

En réalité, elle ne lui pardonnait pas de l'avoir, fût-ce un moment, aimé.

Le roi la fit appeler deux jours plus tard.

Elle retrouva la salle de l'Hôtel des Tournelles et le nez rouge de Charles le Septième.

Il se leva à son entrée, congédia les personnes présentes et fit les cent pas dans la salle, de ce pas dolent qui devenait traînant. Mais, en dépit de son ordinaire et apparente mollesse, il semblait agité de sentiments turbulents. Elle nota que sa cheville droite était enflée.

— J'ai sur ma table le rapport de votre première intervention au conseil, dit-il d'une voix morne. Vous avez trouvé le remède à cette plaie que sont les mendiants. J'ai donné l'ordre qu'il soit appliqué. J'ai eu raison de vous recommander à Guillaume de Vercel.

— Sire… commença-t-elle, le remerciement sur la lèvre.

— Ne me remerciez pas. Je l'ai fait par intérêt. Vous m'avez comblé. Je vous l'ai dit, le nom de Jeanne me porte chance.

Elle se trouva brusquement à un niveau des rapports humains auquel elle n'avait jamais accédé auparavant : celui des vérités crues que seuls les cœurs trempés peuvent supporter.

— Vous ne saviez rien de la puissance de Jacques Cœur, mais vous avez pressenti son danger. Cet homme a fait autant de mal que de bien au royaume. Il a tissé des liens avec mes ennemis, Anglais et Bourguignons, des liens qui sont aussi forts que le fer, puisqu'ils sont en or. Il a laissé péricliter nos campagnes au profit des foires, parce que c'est là que ses agents changeurs faisaient les bénéfices les plus rapides. Il a fait sortir l'or du pays vers les coffres des Florentins et des Vénitiens. Il était trop puissant. Vous aviez vu juste.

Qu'annonçaient donc tant de compliments ? se demanda-t-elle.

Il se tourna vers elle et lui lança de sa voix d'éternel enrhumé :

— Nous sommes vous et moi victimes d'une grande injustice, Jeanne. Vous eussiez dû être reine de France. Mais c'est trop tard. Et je vous ferais une défaveur que de vous choisir comme maîtresse. Vous êtes trop jeune : vous allez avoir affaire à mon satané fils. Poursuivez donc votre travail : votre meilleure défense est que vous aurez œuvré pour le royaume.

Il l'avait donc convoquée pour l'encourager, et non pour demander des faveurs. Et il se souciait de son avenir. Elle le remercia très humblement. Il hocha la tête. Elle se leva.

À la porte, il l'interpella :

— Vous avez revu votre frère ?

— Non, sire, répondit-elle, interloquée.

— Pourquoi ?

— Pour dire vrai, sire, il m'a valu une grande déception.

Un sourire goguenard égaya la face du monarque.

— Le sire d'Argency n'était pas à la hauteur de votre affection ?

Diantre ! Mais cet homme savait donc tout !

Elle fit des yeux ronds. Il n'attendit pas la réponse et éclata de ce rire canaille, incongru, qu'elle lui avait déjà entendu une fois.

— Voyez-vous, Jeanne, vous avez vérifié ce que je savais déjà. Le bon sang peut produire du meilleur et du pire ! Allez, Dieu vous garde !

Elle sortit de l'entretien toute retournée. Reine de France, en vérité ! Et remontant sur son cheval, elle songea qu'en effet, le changement de mains du comtat d'Argency n'avait pu passer inaperçu de la cour.

Mais il ne m'a pas parlé de François Villon, se dit-elle après coup. Est-ce parce qu'il ignore l'affaire ? Ou bien par délicatesse ?

Elle songea derechef, comme le jour où elle avait revêtu la robe longue de conseillère, qu'elle avait fait bien du chemin depuis La Coudraye. Entendre de la bouche du roi qu'elle eût dû être reine de France !

Mais ces honneurs et ces caresses faites à son amour-propre ne changeaient rien au fait qu'elle regagnait une maison sans homme.

35

Rue des Juifs et diableries

Le problème demeurait tel quel. Le drapier Contrivel lui avait indiqué ce qu'elle ne devait pas faire, mais non ce qu'elle devait faire. Et dans la position qu'elle venait d'acquérir, il devenait plus difficile de demander conseil. À coup sûr, l'un des conseillers municipaux lui eût fourni le nom et l'adresse d'un financier compétent, voire honnête. Mais il saurait le montant exact de ses biens et revenus et aurait désormais barre sur elle ; il pourrait même la contrecarrer si besoin en était. Plus d'un conseiller, en effet, avait dû concevoir de la jalousie à l'égard de cette jeune femme que le succès couronnait avec trop de complaisance.

Elle s'observait un soir dans le miroir quand elle s'avisa qu'elle tenait quasiment en main la réponse à sa question. Le miroir d'Isaac. Isaac le Pragois. Les mots de ce dernier résonnèrent dans sa tête :

— *Va voir mon père, Isidore Stern, rue de la Juiverie.*

Elle en demeura saisie.

C'était bientôt sept ans auparavant. Isaac avait été son premier amant. Elle retrouva son souvenir intact. Pourquoi n'avait-elle pas été rue de la Juiverie ? Parce que les événements s'étaient précipités. Parce qu'Isaac lui-même l'avait mise en garde contre les périls qu'elle encourrait à frayer avec les Juifs. Et que plus le temps passait, plus elle vérifiait le bien-fondé de ses avertissements. Les Juifs semblaient isolés par des barricades mystérieuses. Le sujet était rarement évoqué chez les chrétiens, et toujours accompagné de regards et de silences. Même Guillaumet semblait croire que les Juifs entretenaient des rapports dangereux avec les puissances infernales.

— Ils appellent le diable tous les samedis à minuit, avait-il assuré un jour qu'un Juif était passé rue de la Bûcherie, immédiatement reconnaissable à la rouelle jaune sur le dos de son manteau noir.

Car on les voyait rarement en ville ; ils se tenaient dans leur quartier, du côté de Sainte-Avoie et du cloître des Billettes.

— Le diable semble donc plus facile à appeler que le Bon Dieu, avait-elle rétorqué. Et pourquoi l'appellent-ils donc ?

— Pour changer le plomb en or ! s'était écrié Guillaumet.

— Je vais donc l'appeler aussi, avait-elle dit en plaisantant.

— Oh non, maîtresse ! Il faudrait lui vendre votre âme !

Il semblait scandalisé du scepticisme de Jeanne à l'égard de ce qu'il tenait pour certitude et elle, pour billevesées.

— Guillaumet, observa-t-elle avec sévérité, il faut cesser de répéter ce que tu ne sais pas. Quand tu auras vu le diable changer le plomb en or, dis-le-moi que j'y aille aussi.

Il répliqua, mais faiblement, que ce n'était pas possible, parce que les Juifs invoquaient le diable dans leurs synagogues et qu'il n'était pas permis d'y entrer si l'on était chrétien. Toutefois, son ton avait perdu de sa véhémence.

En tout cas, ce n'était pas à lui qu'il fallait demander où se trouvait la rue de la Juiverie.

Elle partit de bonne heure, traversa le Petit Pont, puis le pont Notre-Dame, et enfin la rue Saint-Antoine. Là, elle demanda à une brodeuse en boutique comment se rendre rue de la Juiverie. La brodeuse travaillait sur le pas de sa porte, pour bénéficier de la lumière du jour. Jeanne admira l'ouvrage, qui consistait à coudre du fil d'or sur une soie couleur de pavot orange, selon un dessin floral. La partie déjà achevée lui rappela justement les tissus précieux qu'elle avait vus dans la tente d'Isaac, à Argentan. La brodeuse leva la tête et cligna des yeux.

— Y'a point de rue de la Juiverie, répondit-elle.

Jeanne interloquée regarda la brodeuse qui la dévisageait.

— Y'a une rue des Juifs, oui. Rue de la Juiverie, c'est à Lyon.

Elle lui indiqua comment y parvenir.

Isaac s'était donc trompé, donnant à la rue le nom qu'elle portait dans une autre ville. Il n'était donc pas parisien et ne venait sans doute pas souvent à Paris.

— C'est beau, ce que vous faites, dit Jeanne à la brodeuse.

— C'est pour un de leurs marchands. Ils vont le vendre chez les Gentils.

La rue des Juifs ressemblait aux autres, à cette différence près que le ruisseau y était presque exempt d'ordures ; l'eau y coulait son droit fil. Jeanne demanda l'adresse d'Isidore Stern. Ce n'était guère une boutique ordinaire : deux portes épaisses, garnies de ferrures, ouvraient sur une petite salle couverte de boiseries. Au sol de pierre, un tapis. Sur une étagère, un candélabre à sept branches, un livre, quelques papiers et une balance. Comme seuls meubles, une table, un banc et deux escabeaux. Deux hommes étaient assis à la table ; ils jouaient aux échecs. Ils portaient tous deux des jaques longues, serrées à la ceinture. Deux longs manteaux noirs, fourrés, pendaient au mur. L'un des hommes, petit et massif, portait une barbe brune et carrée, et il était tête nue, l'autre, maigre et glabre, avait des cheveux blancs sous sa calotte de soie noire.

C'était la nouvelle lune ; dans une boutique voisine aussi, l'on jouait aux échecs.

— Échec au roi, dit l'homme à la calotte.

L'homme à la barbe brune eut un rire silencieux.

— Isidore, dit-il avec un accent roulant, si tu jouais pour de l'argent, tu pourrais gagner ta vie !

Ils s'aperçurent soudain de la présence de Jeanne et tournèrent la tête.

— Je suis Jeanne de Beauvois. Je voudrais parler à maître Isidore Stern.

— C'est moi, dit l'homme chenu après une imperceptible hésitation, et il se leva. Il était d'aussi grande taille que son fils.

L'autre prit congé et partit.

— Que puis-je faire pour vous ? demanda Isidore Stern.

— Me conseiller.

Il réfléchit et l'invita à s'asseoir en face de lui.

— Dans quel domaine ?

— Financier.

— Qui vous a donné mon nom ?

— Votre fils, Isaac.

Il leva les sourcils.

— Vous connaissez mon fils ?

— Je l'ai connu dans une foire à Argentan, il y a près de sept ans. Il m'avait conseillé de vous consulter si le besoin en était.

Isidore Stern hocha la tête et fixa Jeanne d'un regard sombre. Il noua les doigts sur la table ; ses mains étaient aussi fines que celles d'Isaac, plus osseuses, peut-être.

— Je paierai votre conseil, maître Isidore, dit-elle.

— Je vous écoute.

Elle lui exposa sa situation et son désir ; elle lui rapporta aussi les observations du drapier Contrivel. Il demeura un moment silencieux.

— Ce drapier a raison, dit-il. On ne peut réellement faire fructifier son argent de manière sensible que dans un des trois domaines suivants : le commerce, la banque et la finance. Vous n'êtes dans aucun des trois.

— Ne suis-je pas commerçante ? demanda-t-elle, surprise.

— Non. Vous êtes marchande, à l'extrémité d'une chaîne de commerçants. Si vous vendiez vous-même votre farine et les ingrédients de vos échaudés, ce serait un peu différent. Mais il faudrait alors que vous possédiez des champs, un moulin de meunerie et les chariots pour transporter votre farine. Le sac de dix livres que vous payez sans doute cent vingt sols n'en vaut en réalité que vingt ou trente. En achetant votre farine aux Halles, par exemple, vous enrichissez le fermier, le meunier et le transporteur.

Cette simple analyse la stupéfia ; elle n'y avait jamais pensé. Elle fut aussi surprise que cet homme connût les prix des denrées.

— Le vrai commerçant, reprit-il, est le fabricant de drap ou de cuirs qui va vendre sa marchandise dans les foires. Il ne paie que ses propres frais et la différence est tout entière pour lui.

Elle comprit l'origine de la fortune du drapier.

— Il faudrait donc que je possède une ferme ?

— Si vous avez les moyens de l'acheter. Dans ce cas-là, vous ne commenceriez à récupérer le coût de cette ferme que l'année suivante, aux récoltes. La quantité de farine que vous produiriez serait bien supérieure à celle que vous consommez sans doute. Vous pourriez alors la vendre dans les foires, à la condition de posséder aussi le chariot nécessaire.

Elle réfléchit un moment, s'efforçant d'assimiler les informations qu'elle venait de recueillir. En fin de compte, elle comprenait qu'elle n'avait pas compris grand-chose à grand-chose.

— Et l'argent même ne peut me rapporter d'intérêts ? reprit-elle.

Il se radossa, et l'ombre d'un sourire détendit ses traits austères.

— Les intérêts sur argent prêté sont assimilés par votre Église à l'usure, répondit-il. On les pratique quand même, certes, mais de manière quasi clandestine, et dès que les sommes deviennent trop importantes et que le débiteur se trouve en difficulté pour les rembourser, il crie à l'usure, et le créancier est exposé à l'opprobre public et bien souvent à l'annulation de sa créance par la voie des tribunaux, sinon à la prison. C'est ce qui est arrivé à un homme qui jouissait pourtant de la faveur royale.

— Jacques Cœur ?

— Lui-même.

Un silence passa, et Isidore Stern considérait sa visiteuse d'un œil amusé.

— Vous n'avez donc pas revu Isaac depuis Argentan ? demanda-t-il.

— Non. Où est-il ?

— À Naples.

— Il ne reviendra pas à Paris ?

— Il y vient rarement. Je l'attends vers le dix juin.

Elle s'efforça de dissimuler l'émoi qui la parcourut à cette annonce.

— Aurez-vous l'obligeance de lui dire que Jeanne, Jeanne de Beauvois, qu'il a connue à Argentan, vous a fait une visite et qu'elle serait heureuse de le revoir ? Je tiens la boutique du *Grand Échaudé*, rue de la Bûcherie.

Il hocha la tête en répétant le nom et l'adresse. Elle se leva et proposa de payer le conseil. Il secoua la tête en riant.

— Fait-on payer les mots ? Ou l'expérience ?

Elle sourit, surprise de la réflexion.

— N'est-ce pas vous qui venez d'être nommée au conseil municipal ? demanda-t-il en la raccompagnant sur le seuil de son officine.

— En effet, répondit-elle, étonnée que la nouvelle fût parvenue jusqu'à lui. Comment le savez-vous ?

— Votre nomination est affichée sur le bulletin quotidien, à la porte de la questure de l'Hôtel de Ville. Vous proposez de réhabiliter les mendiants de Paris et de supprimer les Cours de Miracles, n'est-ce pas ?

Elle acquiesça. L'affichage du projet lui avait spontanément rallié neuf dames décidées à imposer leurs bonnes œuvres à la population, et elle avait accepté leur aide.

— Je réfléchirai à votre question, dit-il. Si j'y trouvais une réponse qui puisse vous satisfaire, j'en chargerai Isaac.

Elle le remercia et s'en fut, troublée, tout à la fois habitée par l'espoir et refusant de lui céder une place en elle.

Sur le chemin du retour, elle se trouva absorbée, puis freinée par une foule dense place de Grève. Exécutait-on quelqu'un ? Elle se dit qu'elle ne le supporterait pas. Aujourd'hui encore moins que tout autre jour. Puis le rythme saccadé et obsédant de vielles obstinées monta par-dessus la foule, accompagné par des crécelles. Est-ce que l'on exécutait les gens en musique, maintenant ?

Elle tenta de se dégager, mais en vain, et elle devint soudain fiévreuse et même égarée. Elle leva les yeux et aperçut un grand échafaud sur lequel était tendu un drap noir. Sur ce fond s'agitaient des squelettes et des diables. Les premiers portaient des chausses et des gilets noirs sur lesquels étaient figurés les os ; ils brandissaient des tibias, les seconds étaient vêtus de rouge, sommés de cornes et ils agitaient des fourches.

Le jour était le 19 mai, jour de la Saint-Yves, patron des avocats, et la confrérie de ces derniers faisait représenter un mystère intitulé *Le Jugement dernier*.

Les squelettes et les diables poussaient une foule de rois, de guerriers, d'évêques, de coquillards et de manants vers une grande porte à l'extrémité gauche de la scène. De la porte jaillissaient des cris et des chiffons rouges figurant les flammes de l'enfer. Tout ce cortège dansait une danse saccadée au son des vielles. Bâtonnés par les tibias des squelettes et éperonnés par les fourches, les humains grimaçaient et levaient la jambe en cadence, tout en criant : « Pitié ! Pitié ! »

— Ainsi finit toute comédie, bonnes gens ! clamait un comédien sur le devant de la scène.

Pourpre et gloire,
Comme peste et hachoir,
Famine et maloir
Mènent au même manoir !
Les amants, les guerriers,
Les marchands, les métayers,

Les moines
Et les chanoines,
Les vertueux et les puissants,
Les méchants concupiscents,
Ils n'ont tous en fin de chanson
Qu'un lit de terre
En compagnie des vers !

Un autre comédien se rangea près du premier, portant un vrai squelette articulé, qu'il agita de façon grotesque, cependant qu'une douzaine de crécelles et des claquettes de bois emplissaient l'air de leurs vacarme.

Puis la ronde reprit, le cortège disparaissant à gauche pour reparaître à droite.

Jeanne ne pouvait détacher son regard de ces squelettes gigotants. Ils étaient plus vrais que vrais.

Tout à coup l'idée de sa propre mort s'imposa à elle.

— Vous avez manqué le meilleur, lui dit une commère, c'était la plaidoirie de l'avocat devant saint Pierre.

Elle ne répondit pas et, à force de jouer des coudes, elle sortit de la foule comme si elle s'enfuyait.

Non, pas maintenant, la mort ! Elle l'avait assez vue !

Pas maintenant.

36

L'homme de Lune

Avec l'assentiment du conseil, Guillaume de Vercel, président de l'échevinat, confia à Jeanne le commandement de ce que la ville appelait désormais, non sans quelque ironie, la Guerre des Mendiants. Pour cela, il lui délégua une force de dix sergents de ville et lui alloua un budget de cent livres.

Accompagnée de deux sergents et de deux des dames qui s'étaient offertes à la seconder, elle commença par la quête des vêtements. À sa surprise, celle-ci fut fructueuse. Les gens se défirent sans hésiter et même avec entrain de vieux vêtements dont ils ne savaient plus que faire, les uns défraîchis, les autres trop rapiécés, mais généralement pas trop sales. Les moins décents furent donnés à laver.

Le premier jour, les trois femmes en remplirent une charrette. Au bout de dix jours, une pièce de l'Hôtel de Ville. Les souliers, toutefois, furent plutôt rares.

Le plus ardu restait à faire. En effet, il fallait opérer de nuit, quand les mendiants regagnaient leurs repaires. Menant cette fois tous les dix sergents ensemble, portant deux torches coiffées et munie de vêtements pour dix hommes, elle commença par la place Maubert. Ils étaient près de deux cents et roulèrent des yeux effarés en voyant arriver cette escouade commandée par une femme. Jeanne donna l'ordre d'en arrêter dix.

Ils poussèrent les hauts cris, bramant qu'ils n'avaient commis aucun crime. Les sergents ordonnèrent :

— Debout ! En avant !

— Où nous menez-vous ? demandèrent-ils aux femmes.

Elles se gardèrent bien de le dire. Mais Jeanne voyait bien qu'ils étaient intrigués, parce que leur cortège ne prenait pas la direction du Châtelet.

Jeanne avait obtenu que l'établissement de bains le plus proche demeurât ouvert et que le personnel fût mis à disposition pour une tâche particulièrement ardue. Les sergents les y poussèrent et c'est alors que les mendiants donnèrent de la voix.

— Ah non ! Pas ça !

Les sergents se retinrent de rire.

Jeanne avait donné au personnel des bains l'ordre de déshabiller les mendiants et de faire brûler leurs hardes. Du vestibule, elle entendit les cris de l'algarade, où les sergents durent prêter main-forte. Finalement, tout ce monde parvint à mettre les misérables tout nus. Les impostures apparurent, et tel unijambiste fut prié de délacer le pilon qu'il tenait sous son genou replié. La puanteur était infâme et parvenait jusqu'au vestibule, où Jeanne attendait. On leur versa pour commencer des seaux d'eau sur la tête, pour emporter une partie de la crasse, des sanies, des fausses plaies et de la fiente qui leur descendait parfois sur les jambes. Ils poussèrent des cris plus affreux que si on les plongeait dans une cuve d'huile bouillante. Puis on les frictionna au crin et au savon, ainsi qu'à l'huile de camphre, seule capable de venir à bout de leur vermine. Ils hurlèrent. Deux d'entre eux tentèrent de s'enfuir ; les sergents de garde les rattrapèrent à la porte et les ramenèrent sans ménagement. Les cris diminuèrent, sans doute sous l'effet de la surprise. Pour finir, le barbier les dépouilla de leurs tignasses et de leurs barbes. Ils se retrouvèrent au bout d'une bonne heure et demie tout propres et penauds, et bien moins infirmes et chancreux qu'ils avaient voulu s'en donner l'air. Les trois femmes leur firent alors distribuer les vêtements.

— Et où c'est qu'on ira, maintenant, dans cette tenue ?

Les sergents les emmenèrent dormir dans les écuries de Saint-Victor, sous bonne garde et raccompagnèrent Jeanne chez elle. Une soupe chaude et du pain les y attendaient. Le lendemain, les deux dames vinrent offrir aux mendiants métamorphosés un travail rémunéré et un logis.

Le soir, la même opération recommença. Les dames patronnesses se relayèrent à la tâche. Au bout de dix jours, la Cour des Miracles de la place Maubert était déserte ou désertée ; les résistants étaient allés se réfugier ailleurs.

L'Échevinat donna l'ordre de faire laver les lieux et de les crépir de neuf. On y installa des boutiques à bas loyer, selon les recommandations de Jeanne.

Ceux des mendiants qui avaient cru s'en tirer à bon compte en changeant de quartier en furent pour leurs illusions : c'était mal connaître Jeanne. Avec l'aide de ses lieutenants féminins, elle attaqua ensuite la Cour des Miracles près de la tour Barbeau. Elles n'étaient pas trop de dix femmes pour la besogne ; heureusement, la renommée de leurs exploits et les éloges publics qu'on avait faits de l'entreprise leur attirèrent d'autres bonnes volontés. À la fin, elles étaient près de vingt à mener la Guerre des Mendiants. Jeanne ne fut plus contrainte de sortir chaque soir et put reprendre ses habitudes domestiques et voir son fils davantage, trop heureuse de laisser la gloire de l'entreprise revenir à d'autres qu'elle. De l'avis général, la besogne qui restait à faire au nord de la place de Grève, à Sainte-Avoie, aux Halles et à la porte Saint-Martin ne serait pas achevée avant l'automne, sinon l'hiver. Le conseil vota une augmentation du budget prévu. Mais la profession de mendiant devint beaucoup plus difficile. Jeanne, s'en étant entretenue avec un lieutenant de la prévôté, estima que le nombre total des mendiants à Paris devait avoisiner trois mille. Or, en près de quatre semaines, la guerre des Mendiants n'en avait éliminé que moins de deux cents. Force était d'augmenter les « arrestations » de cinq ou six à dix ou douze par soirée, voire plus.

On en arriva ainsi à la mi-juin.

Un soir, après souper, les volets étant clos, la clochette de la porte maîtresse de la maison rue de la Bûcherie sonna. Jeanne, intriguée, se pencha par la fenêtre et vit qu'un homme impossible à reconnaître d'en haut, car il était coiffé d'un bonnet noir, attendait. Elle prit une chandelle et descendit ouvrir le judas. Son cœur battit à se rompre. Elle souleva la barre et ouvrit la porte.

Isaac.

Ils se firent face un long moment.

— Entre donc, finit-elle par articuler.

Elle reprit lentement son souffle. Il l'aida à reposer la barre.

— Montons, dit-elle.

Il la suivit, de ce pas souple et feutré qu'elle avait déjà remarqué. Il s'assit devant la table et ils se regardèrent sans mot dire. Enfin, il sourit :

— Tu n'as vraiment plus l'air d'un garçon.

Le visage d'Isaac était resté mince et son poil noir, mais bien que la saillie des pommettes se fût accentuée, l'aspect ascétique, jadis inquiétant, s'était effacé.

— Sept ans, dit-elle.

— C'était hier.

Elle lui offrit du vin.

— Pourquoi viens-tu si tard ?

— Dans la journée ou dans le temps ? demanda-t-il après avoir trempé ses lèvres dans le verre.

— Dans la journée.

— Mon père m'a dit que tu étais une femme connue. Je n'ai pas voulu t'embarrasser.

— Comment l'aurais-tu fait ?

— Par la rouelle sur le manteau.

— Isaac ! dit-elle sur un ton de reproche.

— Tu estimes sans doute que cela n'a pas d'importance pour toi, mais cela en a pour les autres. Un Juif qui se rend dans une maison chrétienne la fait remarquer encore plus qu'il ne se fait remarquer.

Elle le regarda gravement.

— Isaac, je n'ai cessé de penser à toi ces sept années, même quand j'étais mariée.

— Tu ne l'es plus ?

— Il est mort.

— Cela fait de nous deux veufs. Quand je t'ai rencontrée à Argentan, ma femme était morte en couches l'année précédente. Et l'enfant aussi.

Il but une autre gorgée de vin.

— Que fais-tu ? demanda-t-il.

Elle effleura la vérité, ne parla ni de Matthieu, ni de François Villon et encore moins de Philibert Bonsergent. Une fois de plus, toute vérité n'était pas bonne à dire, et en tout cas pas prématurément. Plus tard, peut-être.

— Mon père m'a dit que tu lui avais demandé conseil sur des placements.

— Il m'a répondu qu'il y réfléchirait.

— Il le fera.

— Isaac, pourquoi es-tu venu ?

— L'éternel inaccompli, dit-il avec un sourire triste. Nous nous sommes connus charnellement et, pourtant, je garde de cette nuit à l'auberge d'Argentan un souvenir angélique, immatériel. Je suis revenu… comme en pèlerinage.

— Rien n'a changé, dit-elle.

Il secoua la tête.

— Tu oublies tout le temps.

— Quoi ? Que tu es juif ?

— Nous ne nous verrions que la nuit. Comme les chouettes. Et tu n'es pas une chouette.

— Isaac, tu sais que tu dors ici cette nuit ?

Il la regarda longuement.

— Je sais aussi que je partirai avant l'aube.

Le feu si longtemps différé prit instantanément, comme sur du bois enduit de poix.

Il avait dit qu'ils avaient fait l'amour à Argentan de manière angélique. Il disait vrai, et elle comprit ce qui l'attachait à Isaac : il était lui-même séraphique. Son corps fluide et soyeux semblait pétri de matière stellaire. Il avait été l'homme-miroir, il était désormais le feu nocturne, l'homme-lune. Il parut à Jeanne qu'elle le voyait même au plus noir du noir.

Elle entendait ses ailes battre dans l'obscurité. Peut-être y avait-il eu jadis des hommes pareils et peut-être était-ce leur histoire que racontaient les Écritures.

Elle lui demanda d'accomplir l'inaccompli.

— Non, dit-il, nous ne devons pas faire une victime de plus.

— Quelle victime ?

— Un enfant de Juif.

La désolation que cette phrase valut à Jeanne fut emportée dans le fleuve de l'amour nocturne.

Il cria « Jeanne ». Les phénix volèrent très haut.

La phrase resta gravée en bas, dans la pierre. Et chaque fois qu'elle la déchiffrait, la tristesse s'inscrivait dans le cœur de Jeanne Parrish.

NOTICES BIOGRAPHIQUES
SUR LES PERSONNAGES HISTORIQUES DE CE ROMAN

Charles VII *(1403-1461)*

Cinquième fils du « roi fou », Charles VI, et d'Isabeau de Bavière, déclaré bâtard par celle-ci, – ce qui entraînait la cession de la couronne de France à Henri VI d'Angleterre, alors âgé d'un an –, il monta sur le trône en 1422, à dix-neuf ans, dans les conditions les plus déplorables. Le pays était alors occupé par les Anglais et même Paris était acquise à ces derniers. Ce fut Jeanne d'Arc, rencontrée à Chinon, qui le sauva et, du même coup, sauva le trône de France, en persuadant celui qui n'était alors que le dérisoire « roi de Bourges » qu'il était bien le roi de France. Son mariage à Marie d'Anjou fut également détestable : le fils qu'il en avait eu, le dauphin Louis, soutenu par sa mère et le pire ennemi de Charles VII, Philippe de Bourgogne, intrigua sans relâche contre lui. De physique fragile et de santé incertaine, Charles VII parvint néanmoins à débarrasser le pays des Anglais, à restaurer le prestige du trône et de la France et à entreprendre la reconstruction d'un pays dévasté par la guerre de Cent Ans. Ce fut grâce à la victoire de Castillon, le 19 octobre 1453, que s'achevèrent l'un des chapitres les plus sombres du Moyen Âge et ce Moyen Âge lui-même. La France était enfin devenue un royaume indépendant.

Agnès Sorel ***(v. 1422-1450)***

Elle fut avec Jeanne d'Arc le soutien le plus sûr de la volonté de Charles VII. Devenu sa maîtresse en 1444, la Dame de Beauté-sur-Marne, où elle avait un château, lui donna quatre filles et les consolations qui lui avaient cruellement manqué jusqu'alors.

Jacques Cœur ***(1395-1456)***

Fils d'un corroyeur de Bourges et marchand avisé, il devint en 1436 argentier du roi, puis membre du Conseil royal, puis encore ambassadeur. Immensément riche, propriétaire de quarante manoirs et d'un palais à Bourges, l'un des plus beaux monuments de France, également propriétaire des mines d'argent du Beaujolais et du Lyonnais que Charles VII lui avait concédées, il devint le banquier du roi. Son étalage de richesses suscita des jalousies, mais ce furent surtout l'étendue excessive de son pouvoir et des imprudences notoires qui entraînèrent sa disgrâce et son exil. Il mourut sur l'île grecque de Chios.

François Villon ***(1431-v. 1463)***

François de Montcorbier, dit Villon, du nom de celui qui peut-être fut son père, Guillaume de Villon, chanoine de Saint-Benoît-le-Bétourné, à Paris, naquit et mourut dans des circonstances obscures ; sa vie ne le fut pas moins. Reçu bachelier à la faculté des Arts à Paris, en 1449, il s'engagea l'année suivante dans des activités de plus en plus répréhensibles, tua le prêtre Chermoye en 1455 pour des raisons qui demeurent ténébreuses et, l'année même où il avait obtenu une rémission de peine, participa au cambriolage du collège de Navarre. Il partit en province, fut incarcéré à Meung-sur-Loire sur l'ordre de l'évêque d'Orléans, puis gracié ; mais, de retour à Paris, il fut de nouveau arrêté et emprisonné au Châtelet pour vol. Condamné à mort en 1463, il fut encore une fois gracié et banni. On perd alors sa trace. L'ombre de la potence s'étendit sur la plus grande partie de sa vie et seules des protections mystérieuses lui permirent d'y échapper. Coureur de ribaudes et de mignards, souteneur autant que voleur, amer et plein de sarcasmes, il est le prototype du truand et l'un des poètes français les plus pathétiques.

Table

PREMIÈRE PARTIE

LES TAROTS BROUILLÉS

SECONDE PARTIE

QUE LES POÈMES SONT VIOLENTS !

Cet ouvrage a été composé
par Atlant'Communication
aux Sables-d'Olonne (Vendée)

Impression réalisée par Liberduplex
pour le compte des Éditions Archipoche.

Imprimé en Espagne
N° d'édition : 005
Dépôt légal : novembre 2006